# L'Héritière des abysses

*Retrouvez les autres séries de Rick Riordan chez Albin Michel Wiz :*

Percy Jackson

Héros de l'Olympe

Les Chroniques de Kane

Magnus Chase et les dieux d'Asgard

Les Travaux d'Apollon

Rick Riordan

# L'Héritière des abysses

*Traduit de l'anglais (États-Unis)*
*par Mona de Pracontal*
*et Nathalie Serval*

Wiz Albin Michel

Titre original :
DAUGHTER OF THE DEEP
(Première publication : Disney, Hyperion Books for Children,
une société de Buena Vista Books, Inc, 2021)

« La force créatrice de la nature l'emporte sur l'instinct destructif de l'homme. »

Jules Verne
*Vingt Mille Lieues sous les mers*

AVANT-PROPOS

# N'attrapez jamais une étoile de mer par le bras !

Saviez-vous que plus de quatre-vingts pour cent des océans restent inexplorés ? QUATRE-VINGTS POUR CENT !!! Si ça se trouve, pendant que vous lisez ces lignes, une sirène et un calmar géant partagent un plat de macaronis aux macro-algues en se demandant quand nous finirons par comprendre que l'Atlantide était en réalité un parc à thème qui a très mal tourné... On ne peut écarter aucune possibilité, même les plus folles !

Je l'avoue, j'ai une peur bleue de l'inconnu. Aussi, l'océan m'inspire une terreur sans bornes. Ce sentiment remonte sans doute à mon enfance : à l'âge de dix ans, j'ai voulu saisir une étoile de mer par le bras, et celui-ci m'est resté dans la main. À l'époque, j'ignorais que les étoiles de mer pouvaient se régénérer. J'ai cru que je l'avais tuée. Je suis tombée à genoux en poussant un cri d'horreur : MAUDITE SUPER-FORCE ! J'AI DÉTRUIT UN ÊTRE INNOCENT ! VITE, QU'ON ME DISPENSE D'EPS AVANT QUE JE FASSE D'AUTRES VICTIMES !

Mais plus une chose m'effraie, plus elle m'obsède. Depuis cet incident tragique, l'océan n'a cessé de me fasciner. Sa puissance illimitée, sa beauté stupéfiante, ses ressources inexploitées, les créatures étranges qui l'habitent – c'est de vous que je parle, les échinodermes et les ophiures ! – occupent une place de choix dans mon imagination.

*L'Héritière des abysses* de Rick Riordan restitue parfaitement ce mélange d'admiration et d'épouvante.

Si vous cherchez un roman palpitant, plein de rebondissements à couper le souffle et de roulés à la cannelle potentiellement meurtriers (sans oublier un monstre marin assoiffé d'amour), vous trouverez votre bonheur dans les pages qui suivent. L'histoire commence par un cataclysme, conséquence d'une rivalité séculaire entre deux écoles, qui conduira un groupe d'adolescents à affronter mille dangers avant de découvrir un secret susceptible de changer le destin de l'humanité. Assise au bord de ma chaise, sur des charbons ardents, j'ai accompagné l'équipage du *Varuna* dans son périple, entre délires high-tech, mystères en eaux profondes et tactiques militaires qui me donnaient l'impression d'être devenue plus intelligente, alors que j'avais passé presque toute la journée enroulée dans un plaid moelleux.

En m'embarquant dans cette aventure, je ne pouvais rêver d'un meilleur guide que la formidable Ana Dakkar. Ana incarne tout ce que j'aurais voulu être à quinze ans : elle est intrépide, brillante, parle un tas de langues étrangères, a pour ami un dauphin prénommé Socrate, et, surtout, elle est la dernière descendante d'un héros de légende : le capitaine Nemo.

À ce titre, elle doit non seulement endosser un héritage de nature à révolutionner la science, mais aussi affronter des questions plus vastes, du genre : que devons-nous aux autres, et que nous doivent-ils ? S'il n'est pas toujours facile de prendre les bonnes décisions quand le monde entier vous regarde, dans l'obscurité et la solitude des profondeurs marines, il arrive que nous fassions des choix qui nous surprennent nous-mêmes...

Comme l'océan, ce livre vous fera passer par toutes sortes d'émotions – la peur, l'excitation –, mais sa première qualité, c'est d'être simplement génial. Maintenant, montez à bord, larguez les amarres ! Bonne traversée, et doucement sur les roulés à la cannelle !

Roshani Chokshi

Mon voyage sous les mers a commencé en 2008, au cœur des terres : à Bologne, en Italie. J'y étais venu pour une foire du livre jeunesse, juste avant la parution de *La Bataille du labyrinthe* (*Percy Jackson*) et de *L'Énigme des catacombes* (*Les 39 Clés*). Je dînais en compagnie d'une quinzaine de gros bonnets des éditions Disney, au sous-sol d'un restaurant, quand le directeur du département s'est tourné vers moi et m'a demandé : « Rick, de toutes les œuvres dont Disney a acheté les droits d'exploitation, y en a-t-il une que vous rêvez d'adapter ? » Sans hésiter, j'ai répondu : « *20 000 Lieues sous les mers.* » Il m'a fallu encore douze ans pour être prêt à l'écrire, mais vous avez aujourd'hui entre les mains ma version de cette histoire.

**Qui est le capitaine Nemo ?** (Non, pas le poisson du film d'animation.)

Au cas où vous n'ayez pas entendu parler du capitaine Nemo d'origine, c'est un personnage créé par l'écrivain français Jules Verne au XIX^e^ siècle. Verne le fait apparaître dans deux romans : *Vingt Mille Lieues sous les mers* (1870) et *L'Île mystérieuse* (1875) ; Nemo y commande le sous-marin le plus technologiquement avancé du monde, le *Nautilus*.

Le capitaine Nemo était intelligent, instruit, courtois et d'une richesse phénoménale. C'était aussi un homme en colère, amer et dangereux. Imaginez un croisement entre Bruce Wayne, Tony Stark et Lex Luthor. Au temps où il était connu sous le nom de prince Dakkar, Nemo combattait le gouvernement colonial britannique en Inde. En représailles,

les Britanniques tuèrent sa femme et ses enfants. Voilà pour l'histoire de départ de Dakkar, super-héros et super-vilain. Il se rebaptisa Nemo, qui signifie « personne » en latin. (Avis aux fans de mythologie grecque : c'était un *easter egg* à Ulysse disant au cyclope Polyphème qu'il s'appelait Personne.) Nemo voua le restant de ses jours à terroriser les puissances coloniales européennes en haute mer, pillant et coulant leurs bateaux, semant la peur de l'invincible « monstre des mers » qu'était le *Nautilus*.

Qui n'aurait pas souhaité posséder de tels pouvoirs ? Gamin, chaque fois que je sautais dans un lac ou même dans une piscine, j'aimais imaginer que j'étais le capitaine Nemo. Je pouvais couler des bateaux ennemis en toute impunité, parcourir le monde sans que nul ne soupçonne ma présence, explorer des profondeurs inconnues de tous, découvrir des ruines fabuleuses et des trésors inestimables. Je pouvais m'immerger dans mon royaume secret et ne jamais revenir au monde de la surface (qui était assez abominable, il faut le dire). Et vous pouvez parier que ces rêveries d'enfance sur le capitaine Nemo et le *Nautilus* y ont été pour beaucoup si j'ai fait de mon héros Percy Jackson le fils d'un dieu de la mer.

Cela dit, pour être honnête, quand j'étais gamin, je trouvais les romans de Jules Verne trop lents. Ce que j'aimais, c'était leur version BD dans les vieux *Classics Illustrated* de mon oncle, et j'adorais regarder l'adaptation cinématographique de Disney – *20 000 Lieues sous les mers* – y compris les passages ringards, comme Kirk Douglas en train de danser et chanter ou le calmar en caoutchouc géant attaquant le bateau. Ce n'est que plus tard que j'ai mesuré la complexité et la richesse des histoires originales. Nemo se révélait encore plus intéressant que dans mon imagination. Et j'ai commencé à remarquer de petites ouvertures dans le récit, où Jules Verne avait laissé de la place pour une suite possible...

**Pourquoi le capitaine Nemo est-il toujours aussi important ?**

Jules Verne fut l'un des premiers auteurs de science-fiction. Vu du XXIe siècle, il peut être difficile d'apprécier à quel point ses idées étaient révolutionnaires, mais Verne a imaginé des technologies qui n'allaient pas voir le jour avant des siècles. Un submersible à énergie autonome, capable de naviguer continuellement autour du globe sans avoir jamais besoin de mettre à quai pour faire le plein ? Impossible ! En 1870, les sous-marins étaient encore des inventions farfelues – des boîtes en fer-blanc plus susceptibles d'exploser en causant la mort de tout l'équipage que d'accomplir un tour complet du globe. Verne a également écrit *Le Tour du monde en quatre-vingts jours* à une époque où il était impensable de couvrir une telle distance aussi rapidement, ainsi que *Voyage au centre de la Terre*, exploit qui demeure largement hors de portée de la technologie humaine – quoique... un jour, qui sait ?

Les plus grandes œuvres de science-fiction peuvent déterminer la façon dont les humains voient leur avenir. Les romans de Jules Verne l'ont fait mieux qu'aucun autre. Dès le XIXe siècle, Verne a pointé des *possibilités*, et des humains ont relevé le défi. Lorsqu'on évoque la vitesse à laquelle un avion ou un bateau peuvent faire le tour du monde, on emploie encore *Le Tour du monde en quatre-vingts jours* comme référence. À une époque, faire le tour du globe en quatre-vingts jours aurait été incroyablement rapide. Aujourd'hui, nous pouvons le faire en moins de quatre-vingts heures par avion et en moins de quarante jours par mer.

*Voyage au centre de la Terre* de Verne a poussé des générations de spéléologues à explorer les réseaux de grottes et autant de géo-ingénieurs à étudier les couches de la Terre et leur fonctionnement.

Par ailleurs, le capitaine Nemo a sensibilisé l'opinion publique à l'importance des océans pour l'avenir de notre planète. Nous savons que la Terre est majoritairement recouverte d'eau et que quatre-vingts pour cent des océans sont inexplorés, *encore aujourd'hui*. Alors que notre climat change, trouver le moyen d'exploiter le pouvoir de la mer, de vivre *avec* le pouvoir de la mer pourrait s'avérer primordial pour la survie du genre humain. Verne suggérait déjà tout cela dans ses livres.

Nemo et son équipage sont capables de vivre en autonomie totale, sans jamais toucher la terre ferme. La mer pourvoit à tous leurs besoins. Dans *Vingt Mille Lieues*, Nemo explique à Aronnax que le *Nautilus* fonctionne « tout à l'électricité » et qu'il tire sa puissance de l'océan. Dans *L'Île mystérieuse*, Cyrus Harding conjecture que lorsque le charbon sera épuisé, les humains apprendront à générer de l'énergie à partir de l'hydrogène présent en abondance dans l'océan. C'est un objectif que certains poursuivent *encore aujourd'hui*, et c'est une des raisons pour lesquelles je pense que Nemo avait dû percer le secret de la fusion froide.

Dans *Vingt Mille Lieues*, les hommes de Nemo se servent de fusils électriques à bouteilles de Leyde, plus efficaces et plus élégants que les armes ordinaires. Ils disposent d'une richesse quasi inépuisable grâce aux nombreuses épaves qu'ils ont pillées. Ils ont découvert les secrets de l'agriculture sous-marine, et n'ont donc jamais de problème pour se nourrir. Plus important encore, ils sont *libres*. Ils ne dépendent des lois d'aucune nation et peuvent aller et venir comme bon leur semble. Ils n'ont de comptes à rendre à personne, à part à Nemo lui-même. Est-ce un bien ou un mal ? Je crois que tout dépend de votre opinion sur Nemo !

L'importance de la mer, l'importance des inventions technologiques, voilà de belles raisons pour continuer à lire Jules Verne aujourd'hui. Mais il y a un autre élément crucial à prendre en considération. Verne a fait de Nemo un prince indien dont le peuple souffrait sous la férule du colonialisme européen. Son personnage soulève des questions tout aussi vitales aujourd'hui qu'à l'époque victorienne. Comme trouver sa voie et affirmer sa puissance quand la société vous refuse ces privilèges ? Comment combattre l'injustice ? Qui écrit les livres d'histoire et décide qui étaient les « gentils » et qui étaient les « méchants » ? Nemo est un hors-la-loi, un rebelle, un génie, un savant, un explorateur, un pirate, un gentleman, un « archange de la violence ». C'est un type compliqué, et c'est ce qui fait de lui un si bon personnage de roman. J'ai été fasciné par l'idée de projeter son héritage dans le XXIe siècle, et de voir à quoi ses descendants seraient confrontés tant d'années plus tard.

Et vous, que feriez-vous si vous disposiez du *Nautilus* et de son pouvoir ? J'espère que *L'Héritière des abysses* vous inspirera vos propres aventures, comme les œuvres de Jules Verne l'ont fait pour moi. Préparez-vous à plonger, nous partons pour les grandes profondeurs !

# L'Héritière des abysses

## LES QUATRE MAISONS
## DE L'ACADÉMIE HARDING-PENCROFT

**DAUPHINS**

Communication, exploration, cryptographie, contre-espionnage.

**REQUINS**

Commandement, combat, systèmes d'armement, logistique.

**CÉPHALOPODES**

Ingénierie, mécanique appliquée, innovations, systèmes de défense.

**ORQUES**

Médecine, psychologie, instruction, biologie marine, mémoire collective.

## CLASSE DE DEUXIÈME ANNÉE
## DE L'ACADÉMIE HARDING-PENCROFT

**MAISON DAUPHINS**

Ana Dakkar, préfète
Lee-Ann Best
Virgil Esparza
Halimah Nasser
Jack Wu

**MAISON REQUINS**

Gemini Twain, préfet
Dru Cardenas
Cooper Dunne
Kiya Jensen
Eloise McManus

**MAISON CÉPHALOPODES**

Tia Romero, préfète
Robbie Barr
Nelinha da Silva
Meadow Newman
Kay Ramsay

**MAISON ORQUES**

Franklin Couch, préfet
Ester Harding
Linzi Huang
Rhys Morrow
Brigid Salter

# CHAPITRE UN

Le hic, avec les journées où la vie bascule, c'est que vous ne voyez rien venir.

Elles commencent comme n'importe quel autre jour, et quand vous vous rendez compte que votre monde va exploser en mille débris d'horreur fumants, c'est déjà trop tard.

Dernier vendredi de deuxième année. Je me réveille dans mon dortoir à cinq heures du matin, comme d'habitude. Je me lève sans faire de bruit pour ne pas déranger mes camarades de chambrée, j'enfile mon maillot deux pièces et je pars pour l'océan.

J'adore le campus tôt le matin. Le soleil qui se lève colore de rose et de bleu turquoise les façades de béton blanc des bâtiments. L'épaisse pelouse de la cour est déserte, à part les écureuils et les mouettes qui se font la guerre comme tous les matins pour les miettes de goûter que nous, les élèves, avons semées dans l'herbe. L'air sent la mer, l'eucalyptus et les roulés à la cannelle qui cuisent à la cafétéria. La brise fraîche de Californie du Sud me donne la chair de poule aux bras et aux jambes. C'est dans des moments pareils que je me dis que j'ai une chance extraordinaire de faire ma scolarité à l'Académie Harding-Pencroft.

À supposer que je survive aux épreuves de ce week-end, bien sûr. Je pourrais échouer honteusement ou mourir dans les mailles d'un filet, au fond d'une course d'obstacles sous-marine… Mais vous savez quoi ? De toute façon, ce serait mieux que de finir le trimestre en remplissant un milliard de questionnaires à choix multiples ou en passant un examen standardisé.

Je prends l'allée de gravier qui mène à l'océan.

Cent mètres après le bâtiment de la guerre navale, les falaises tombent à pic dans le Pacifique. Tout en bas, l'écume festonne de blanc la mer bleu acier. Les vagues grondent et résonnent dans l'arrondi de la baie comme les ronflements d'un géant.

Mon frère Dev m'attend au bord de la falaise.

– T'es en retard, Ana Banana.

Je déteste quand il m'appelle comme ça, et il le sait. Je rouspète :

– Je vais te pousser !

– Essaie toujours.

Quand il sourit, Dev cligne légèrement d'un œil, comme s'il avait du mal à égaliser la pression dans une de ses oreilles. Les autres filles me disent que c'est adorable. Je ne suis pas convaincue. Ses cheveux noirs forment un épi sur le haut de son crâne, genre tête d'oursin. Il prétend que c'est « son style ». Moi, je pense que c'est juste parce qu'il dort avec un oreiller sur la figure.

Comme d'habitude, il porte sa combi de plongée HP noire avec le logo argenté des Requins sur le torse, signature de sa maison. Dev pense que je suis folle de plonger en maillot de bain. Peu de choses lui font peur, mais face aux températures froides, c'est un gros bébé.

Nous commençons par nos étirements. Cet endroit est l'un des rares, sur la côte californienne, où on peut faire de la plongée libre sans se fracasser sur des rochers. Les falaises ont des parois lisses et s'enfoncent à pic dans les profondeurs de l'océan.

Le lieu respire le calme, à cette heure matinale. Malgré ses responsabilités de capitaine de maison, Dev ne manque jamais notre rituel du matin. C'est une des raisons pour lesquelles je l'adore.

– Qu'est-ce que tu as apporté pour Socrate aujourd'hui ? je lui demande.

Dev fait un geste. Deux calmars morts brillent dans l'herbe. Comme il est en cinquième et dernière année, Dev a accès aux réserves de nourriture de l'aquarium. Ce qui veut dire qu'il peut chiper une gourmandise ou deux pour notre ami de la baie. Les calmars font une trentaine de centimètres de la queue aux tentacules ; ils sont visqueux, argenté et marron comme de l'aluminium oxydé.

*Loligo opalescens*. Le calmar des marchés californiens. Durée de vie : six à neuf mois.

Je n'arrive pas à endiguer le flux d'informations. Notre prof de biologie marine, la docteure Farez, nous a trop bien entraînés. On en vient à apprendre tous les détails par cœur parce qu'elle les demande tous, systématiquement, dans ses interros.

Socrate a un autre nom pour les *Loligo opalescens*. Il les appelle « petit-déjeuner ».

– Joli.

Je ramasse les calmars, encore froids car ils sortent du congélateur, et j'en tends un à Dev.

– T'es prêt ?

– Hé, avant de plonger… (Il prend soudain un air grave.) J'ai quelque chose pour toi.

Je ne sais pas s'il dit la vérité ou non, mais avec lui je tombe toujours dans le panneau. Dès qu'il a capté mon attention, il fait volte-face et saute dans le vide.

– Espèce de… je ronchonne – car celui qui saute le premier a plus de chances d'être le premier à trouver Socrate.

Je prends une grande inspiration et plonge à mon tour.

Le saut de falaise, c'est la sensation ultime. Je tombe en chute libre sur l'équivalent de dix étages, le vent et l'adrénaline hurlent à mes oreilles, puis je fends la surface d'eau glacée.

Je me délecte du choc physique : le froid soudain, la brûlure du sel sur mes égratignures et mes coupures (si vous êtes élève à HP et que vous n'en avez pas, c'est que vous avez négligé vos exercices de combat.)

Je traverse un banc de sébastes cuivrés – des dizaines de castagneurs à fanfreluches orange et blanc, qui ressemblent à des carpes koï version punk rock. Mais leur air de gros durs n'est que de l'esbroufe ; ils se dispersent dans une explosion de panique. Dix mètres au-dessous de moi, je repère le tourbillon scintillant des bulles d'air de Dev. Je pique dans sa direction.

Mon record en apnée statique est de cinq minutes. Bien sûr, je ne peux pas tenir aussi longtemps si je bouge, mais là, je suis dans mon élément. À la surface, Dev a l'avantage de la force et de la vitesse. Sous l'eau, j'ai l'endurance et l'agilité. Du moins, c'est ce que je me dis.

Mon frère flotte en tailleur au-dessus du fond sablonneux, comme s'il était en méditation depuis des heures. Il cache le calmar derrière son dos pour taquiner Socrate, qui est arrivé et lui donne des petits coups de rostre dans la poitrine, comme pour dire : *Allez ! Je sais ce que tu m'as apporté.*

Socrate est un animal splendide. Et je ne dis pas ça seulement parce que je suis chez les Dauphins. C'est un grand dauphin mâle, jeune, long de deux mètres quatre-vingts, à la peau gris bleuté. Une rayure foncée orne son aileron dorsal. Je sais bien qu'il ne sourit pas vraiment, que c'est juste la forme de sa bouche et de son bec allongé. Mais je trouve quand même ça trop mignon.

Dev lui tend son calmar. Socrate l'attrape et l'avale en une bouchée. Dev me sourit, laissant échapper une bulle d'air. Son expression semble dire : *C'est moi son préféré !*

J'offre mon calmar à Socrate. Il n'est que trop heureux d'avoir du rab et me laisse gratter sa tête, lisse et tendue comme une bombe à eau, puis frotter ses nageoires pectorales (les dauphins adorent qu'on les gratouille à cet endroit-là).

Il fait alors une chose à laquelle je ne m'attendais pas. Il se cabre et repousse ma main d'un coup de rostre, geste que je lui connais et que je traduirais par « Allons-y ! » ou « Dépêche-toi ! » Ensuite, il tourne et s'éloigne à la nage. Le sillage de sa queue me frappe de plein fouet.

Je le regarde disparaître dans l'obscurité. J'attends qu'il finisse son cercle et réapparaisse. Il ne revient pas.

Je ne comprends pas.

Ce n'est pas son genre de filer dès qu'il a mangé. Il aime s'attarder, d'habitude. Les dauphins sont des créatures naturellement sociales. Le plus souvent, il remonte à la surface avec nous et fait des bonds au-dessus de nos têtes, joue à cache-cache ou nous bombarde de petits cris et cliquetis, comme s'il posait des questions. C'est pour cela que nous l'appelons Socrate. Il ne donne jamais de réponses – il se contente de questionner.

Mais aujourd'hui, il avait l'air agité... pour ne pas dire inquiet.

À la lisière de mon champ de vision, les lumières bleues de la grille de sécurité s'étirent en travers de la baie, dessinant un motif de losanges qui m'est devenu familier au cours des deux dernières années. Soudain, elles clignotent, s'éteignent puis se rallument. Je ne les ai jamais vues faire ça.

Je tourne la tête vers Dev, mais il n'a pas l'air d'avoir remarqué le changement survenu dans la grille. Il pointe du doigt vers la surface. *Le dernier arrivé...*

Là-dessus, il se propulse d'un coup de pied en me laissant dans un nuage de sable.

Je veux rester plus longtemps sous l'eau. Je suis curieuse de savoir si les lumières vont s'éteindre à nouveau ou si Socrate va revenir. Mais j'ai les poumons en feu. À contrecœur, je suis Dev.

Une fois que je l'ai rejoint à la surface et que j'ai repris mon souffle, je lui demande s'il a vu la grille de sécurité clignoter.

Il me regarde en plissant les yeux.

– Tu es sûre que ce n'est pas toi qui as eu un passage à vide ?

Je l'éclabousse.

– Je suis sérieuse ! On devrait prévenir quelqu'un.

Dev s'essuie les yeux. Il a toujours l'air sceptique.

Pour être franche, je n'ai jamais compris pourquoi nous avions une barrière électronique ultra-sophistiquée à l'entrée de la baie. Je sais qu'elle a pour mission de protéger la faune et la flore marines du reste du monde, braconniers, plongeurs amateurs et lascars venus de l'établissement qui nous fait concurrence, l'Institut Land. Mais cela me paraît exagéré, même pour une école qui produit les meilleurs cadets de la Marine et les plus éminents spécialistes de la mer. Par ailleurs, j'ai beau ne pas savoir exactement comment fonctionne cette grille, je sais qu'elle n'est pas censée clignoter.

Dev doit voir que je suis véritablement inquiète.

– OK, dit-il. Je vais le signaler.

– Et puis, Socrate se comportait bizarrement.

– Un dauphin qui se comporte bizarrement. D'accord, je vais le signaler aussi.

– Je pourrais le faire moi-même, mais comme tu le dis toujours, je ne suis qu'une pitoyable deuxième année. Toi, tu es le grand et puissant capitaine de la maison Requins, donc...

Il m'éclabousse à son tour, et ajoute :

– Si tu as fini ton épisode de parano, j'ai vraiment quelque chose pour toi.

Il sort une chaîne étincelante de la poche de sa ceinture de plongée.

– Bon anniversaire en avance, Ana.

Il me tend la chaîne avec son pendentif : c'est une perle noire sertie d'or. Je mets une seconde à comprendre ce qu'il m'offre. Ma poitrine se serre.

– C'est celle de Maman ?

J'arrive à peine à prononcer ce mot.

La perle était la pièce maîtresse du collier de mariage de ma mère, son *mangalsutra*. C'est la seule chose qu'il nous reste d'elle.

Dev sourit, mais je vois passer dans ses yeux cette mélancolie que je connais si bien.

– J'ai fait refaire la monture. Tu auras quinze ans la semaine prochaine. Elle aurait voulu que tu la portes.

C'est l'attention la plus gentille qu'il ait jamais eue pour moi, et je sens que je vais pleurer.

– Mais... pourquoi ne pas attendre la semaine prochaine ?

– Tu pars pour tes épreuves de deuxième année aujourd'hui. Je voulais que tu aies la perle comme porte-bonheur – tu sais, juste au cas où tu te plantes magistralement.

Dev a vraiment l'art de gâcher un bon moment.

– Oh, la ferme, lui dis-je.

– Je plaisante, bien sûr ! répond-il en riant. Tu vas assurer comme une bête. Tu assures toujours, Ana. Mais sois prudente, d'accord ?

Je me sens rougir. Je ne sais pas trop quoi faire de tant de chaleur et d'affection.

– Ben, c'est... c'est superbe. Merci.

– Pas de quoi.

Il tourne le regard vers l'horizon, une lueur d'inquiétude dans ses yeux marron foncé. Peut-être qu'il pense à la grille de sécurité, ou qu'il s'inquiète réellement pour mes épreuves de ce week-end. Peut-être aussi qu'il pense à ce qui est arrivé il y a deux ans, quand nos parents ont survolé cet horizon pour la dernière fois.

– Allez, viens. (Il me décoche un nouveau sourire pour me rassurer, comme il le fait si souvent.) On va être en retard pour le petit-déj'.

Toujours de l'appétit, mon frère, et toujours en mouvement – le profil parfait pour un capitaine des Requins.

Il part à la nage vers la côte.

Je regarde la perle noire de ma mère, le talisman qui était censé lui apporter longue vie et la protéger du mauvais œil. Malheureusement pour elle et pour mon père, il n'a rempli aucune de ses deux missions. Je parcours des yeux l'horizon en me demandant où Socrate est passé et ce qu'il essayait de me dire.

Puis je m'élance à la suite de mon frère, parce que soudain, je n'ai pas envie d'être seule dans l'eau.

# CHAPITRE DEUX

À la cafétéria, j'engloutis une assiette d'œufs brouillés aux algues nori – délicieux, comme d'habitude. Puis je fonce au dortoir pour prendre mon sac.

Nous autres, deuxième année, logeons au premier étage du bâtiment Shackleton, au-dessus des première année. Nos chambres ne sont pas aussi spacieuses que celles des troisième et quatrième année au bâtiment Cousteau. Et elles sont carrément loin d'être aussi belles que les suites des cinquième année à Zheng He, mais leur confort dépasse de plusieurs années-lumière les quartiers exigus que nous partagions en première année, notre « année de bizut » à HP.

Autant que je vous explique tout de suite, ce sera fait. Harding-Pencroft est un établissement scolaire qui couvre les cinq dernières années du secondaire. Nous sommes répartis en quatre maisons, en fonction de nos résultats aux tests d'aptitude. Nous appelons l'Académie HP pour faire plus court. Et oui, on nous a déjà fait toutes les blagues autour de Harry Potter, mais merci quand même.

Lorsque j'arrive à ma chambrée, mes camarades sont en panique.

Nelinha bourre son sac à dos d'outils, de tenues supplémentaires et de produits de maquillage. Ester trie frénétiquement ses fiches. Elle en a une douzaine de piles, étiquetées et surlignées, toutes avec des codes couleurs. Son chien Top saute sur place en aboyant, on dirait un pogo-stick à poils.

C'est le souk habituel, mais je ne peux pas m'empêcher de sourire. J'adore mon crew. Heureusement, les chambres ne sont pas attribuées par maison, sinon je n'aurais jamais l'impression que je peux débrancher et me détendre avec mes amies.

– Prends pas trop d'affaires, mon chat, dit Nelinha à Ester, tout en rajoutant des clés à douille et du mascara dans son propre sac.

Tout le monde est le chat – voire le chaton – de Nelinha. C'est son truc.

– Mais j'ai besoin de mes fiches, proteste Ester. Et de biscuits pour Top.

– Woof ! confirme Top, qui redouble d'efforts pour toucher le plafond avec sa truffe.

Nelinha me regarde en haussant les épaules. *J'aurais essayé !*

Aujourd'hui, elle arbore un look à la Rosie la riveteuse, l'ouvrière américaine icône de la Seconde Guerre mondiale : bandana vert retenant son opulente chevelure brune, chemise de travail en jean nouée sur son ventre foncé. Son corsaire kaki est couvert de taches de graisse de moteur indélébiles ; en revanche, son maquillage est impeccable. Comme d'habitude. Je vous jure, Nelinha pourrait traverser à quatre pattes le système de pompage de l'aquarium ou réparer un moteur de bateau, elle aurait toujours un look hyper-stylé.

Elle écarquille les yeux en apercevant la perle noire nichée au creux de mon cou.

– Joli ! D'où ça vient ?

– Cadeau d'anniversaire en avance de Dev, dis-je. Ça... euh... c'était à notre mère.

Ses lèvres dessinent un O. Mes camarades de chambre connaissent toutes les histoires tragiques de ma famille. Entre Nelinha, Ester et moi, notre chambrée est sans doute le plus grand producteur du monde d'histoires tragiques.

– Eh ben, dit-elle, j'ai la jupe et le haut parfaits pour aller avec.

Nelinha prête volontiers ses vêtements et son maquillage ; elle est super pour ça. Nous faisons à peu près la même taille et nous avons la même couleur de peau – elle est *brasileira parda*, brésilienne métisse, et mes ancêtres étaient indiens, du Bundelkund – du coup, elle arrive toujours à m'arranger une tenue sympa quand on a une fête dansante à l'école ou une permission du samedi soir en ville. Mais aujourd'hui, ce n'est pas le jour.

– Nelinha, lui dis-je, je te rappelle qu'on va passer le week-end sur un bateau.

– Je sais, je sais, répond la fille qui s'est pomponnée juste pour le trajet en car jusqu'à l'embarcadère. Mais pour notre retour. Pour la fête de fin d'année, peut-être !

Ester fourre un dernier paquet de biscuits pour chiens dans son sac.

– C'EST BON, annonce-t-elle.

Elle fait le tour de la pièce pour vérifier qu'elle n'a rien oublié. Elle porte son tee-shirt bleu de la maison Orques avec un short à fleurs, sur un maillot de bain une pièce. Elle est toute rouge et ses cheveux blonds frisés partent dans trois directions différentes. J'ai vu des photos d'elle bébé : des joues rebondies qu'on a envie de pincer, de grands yeux bleus, une expression de stupeur qui semble dire *Mais qu'est-ce que je fais dans cet univers ?* Elle n'a pas beaucoup changé.

– JE SUIS PRÊTE ! tranche-t-elle.

– Moins fort, chaton, dit Nelinha.

– Désolée, dit Ester. Allons-y, on va rater le car !

Ester déteste être en retard. C'est une des angoisses que Top est censé l'aider à gérer. Comment Top pourrait-il calmer les angoisses de qui que ce soit, je ne l'ai jamais compris, mais c'est le chien de soutien émotionnel le plus mignon du monde. Un tiers Jack Russell, un tiers Yorkshire, un tiers tornade.

En sortant avec Ester, il passe devant moi et me renifle la main. J'ai peut-être encore un peu de jus de calmar sous les ongles.

J'attrape le sac de voyage que j'ai préparé hier. Je n'emporte pas grand-chose : une tenue de rechange, une combinaison de plongée, un couteau de plongée, une montre de plongée. Aucune de nous ne sait à quoi ressembleront les épreuves de ce week-end. Principalement sous-marines (on s'en doute !) ; les quatrième et cinquième année ne veulent rien nous dire de plus. Pas même Dev. Ils ont fait serment de garder le secret et prennent ça très au sérieux. C'est agaçant.

Je me dépêche pour rattraper mes amies.

Pour rejoindre la cour, nous sommes obligés, après être descendues, de traverser l'aile des première année. J'ai longtemps pensé que c'était une erreur de conception architecturale contrariante. Puis je me suis rendu compte que cette disposition des dortoirs était sans doute délibérée. Elle a pour conséquence de contraindre les « bizuts » à s'écarter plusieurs fois par jour pour nous laisser passer, en nous regardant, nous, les deuxième année, avec respect. Quant à nous, à chaque passage, nous pouvons nous dire : *On est peut-être des nuls, mais au moins, on vaut toujours mieux que ces pauvres tocards.* Ils sont tous tellement petits, tellement jeunes, tellement craintifs. Je me demande si nous aussi, nous étions comme ça l'année dernière. Peut-être que nous le sommes toujours aux yeux des classes supérieures. J'imagine Dev se moquant de nous.

Dehors, il fait un temps radieux et la chaleur monte. Tout en traversant le campus, je pense aux cours que notre excursion va me faire rater.

Le gymnase : six murs d'escalade, deux parcours de cordes, des salles de yoga chaud et de yoga traditionnel, des terrains de basket-ball, racket-ball, volley-ball et saut à l'élastique (mon préféré). Mais le vendredi est réservé aux arts martiaux. J'aurais passé la matinée à me faire jeter contre un mur pendant les matchs de malla-yuddha (une forme traditionnelle de lutte indienne). Je ne peux pas dire que ça va me manquer.

L'aquarium : privé, dédié à la recherche, c'est le plus grand du monde en son genre à ce qu'il paraît, avec une diversité de faune supérieure à ceux de Monterey, Chimelong ou Atlanta. Nous y avons des unités de sauvetage et de réhabilitation pour tortues luth, loutres et otaries (ce sont toutes mes chouchoutes), mais aujourd'hui ça aurait été mon tour de récurer le réservoir aux anguilles, donc... *ciao* les gars !

Le natatorium : trois bassins, dont le Trou bleu, assez grand et profond pour y pratiquer des simulations de sous-marins. L'unique piscine au monde qui soit plus grande se trouve à la NASA. J'ai beau adorer mes cours de plongée en piscine couverte, je préférerai toujours une journée en mer.

Enfin, nous passons devant le bâtiment Verne, qui abrite la recherche « Classe or ». Je n'ai aucune idée de ce qui se passe entre ces murs. Les élèves ne sont pas autorisés à y entrer avant la quatrième année. La façade en métal doré du Verne se détache comme une dent en or au milieu des bâtiments blancs du campus. J'ai toujours l'impression que ses portes en verre fumé me narguent. *Si tu étais aussi cool que ton frère, tu pourrais peut-être entrer. HA HA HA HA.*

On pourrait croire que sur les quarante élèves de quatrième et cinquième année, il y en aurait *un ou une* qui serait disposé à lâcher un petit ragot sur les cours de Classe or ; eh bien non. Comme je vous le disais, leur engagement au secret est si absolu qu'il en devient pénible. Honnêtement, je ne sais pas si pourrai tenir ma langue à ce point quand je serai en quatrième année, mais ce problème peut attendre.

Dans la cour principale, les cinquième année se prélassent sur l'herbe. Ils ont tout fini, les veinards, à part leurs examens de clôture et la cérémonie de remise de diplôme. Après, à eux les meilleures universités et les carrières prometteuses. Je ne vois pas Dev, mais sa petite amie, Amelia Leahy, la capitaine de ma maison, qui est à l'autre bout de la cour, me salue d'un geste de la main. En langue des signes américaine, elle me souhaite *Bonne chance.*

Je signe à mon tour : *Merci.*

Et j'ajoute : *Je vais en avoir besoin.*

Je ne devrais pas tant m'inquiéter. Notre classe est déjà réduite à vingt, le nombre maximal d'élèves autorisés à passer au niveau supérieur. Nous en avons perdu dix pendant notre année de bizut. Quatre de plus cette année. En principe, tous les restants pourraient donc survivre au couperet de la sélection. En plus, cela fait des générations que les membres de ma famille vont à HP. Et je suis la préfète des deuxième année de la maison Dauphins. Il faudrait vraiment que je me plante dans les grandes largeurs pour me faire renvoyer…

Ester, Nelinha et moi sommes les premières à monter dans le car. Bien sûr, Gemini Twain est arrivé avant nous. Il se tient dans l'encadrement de la porte avec son bloc-notes à pince, prêt à noter les noms et à distribuer des coups de pied à qui en aurait besoin.

Grand, ténébreux, dégingandé, c'est le préfet des Requins. Tout le monde l'appelle Spider-Man dans son dos parce qu'il ressemble vraiment à Miles Morales dans *Spider-Man : New Generation.* Sauf qu'il n'est pas aussi cool, loin de là. Nous avons conclu une sorte d'armistice l'année dernière, mais je ne l'aime toujours pas.

– Nelinha da Silva. (Il coche son nom mais refuse de croiser son regard.) Ester Harding. Préfète Ana Dakkar. Bienvenue à bord.

À l'entendre, on croirait que notre petite navette est un cuirassé.

– Merci, Préfet, rétorqué-je en m'inclinant légèrement devant lui.

Il a un battement de paupières. Tout ce que je fais semble le contrarier. Ça ne me gêne pas. Pendant notre année de bizut, ce type a fait pleurer Nelinha et je ne le lui pardonnerai jamais.

Aujourd'hui, Bernie est notre chauffeur. C'est un vieux monsieur sympa, un ancien de la Marine. Il a un sourire de buveur de café, des cheveux gris et des mains noueuses comme des racines d'arbre.

Le docteur Hewett, assis à côté de lui, consulte l'emploi du temps de la journée. Comme d'habitude, il est blafard, ébouriffé et en sueur. Il sent la naphtaline. Il enseigne la matière que j'aime le moins, l'océanographie théorique, ou OT. La plupart d'entre nous l'appellent Odieuse Torture. Voire, quelquefois, Odieux Tas de m...

Hewett est vraiment sévère, ce qui n'augure rien de bon pour les épreuves. Ester, Nelinha et moi, nous asseyons tout au fond du car, le plus loin possible de lui.

Aussitôt que les vingt deuxième année sont à bord, le car démarre.

Les paramilitaires lourdement armés qui gardent le portail principal agitent la main en souriant à notre passage, comme pour dire : *Bonne journée, les jeunes ! Ne mourez pas !* Je présume que la plupart des écoles secondaires ne disposent pas d'un système de sécurité aussi sophistiqué que le nôtre, ni d'un parc de mini-drones de surveillance qui survolent le campus en permanence, mais c'est fou comme on s'y habitue vite.

Quand le car s'engage dans la bretelle d'accès de l'autoroute 1, je tourne la tête vers le campus et ses bâtiments : on dirait de grands carrés de sucre étincelants, perchés sur la falaise qui domine la baie.

Un sentiment familier s'empare de moi : *Quelle chance j'ai d'aller à l'école ici !* Je me rappelle alors que ce n'est pas comme si j'avais eu le choix. Depuis ce qui est arrivé à nos parents, l'Académie est notre seule maison, à Dev et moi.

Je me demande pourquoi je n'ai pas vu Dev au petit-déjeuner. Qu'a dit le service de sécurité quand il a signalé le clignotement de la barrière électronique ? C'était sans doute sans gravité, comme il le pensait.

Il n'empêche, je plaque ma main sur la perle noire au creux de mon cou.

Je me souviens des toutes dernières paroles que ma mère m'a adressées : « Nous serons de retour très vite, tu verras. » Là-dessus, mon père et elle ont disparu pour toujours.

# CHAPITRE TROIS

– Jeunes gens, crache le docteur Hewett comme si c'était un gros mot.

Il est debout dans le couloir du car et s'appuie d'une main au dossier d'un siège. Il souffle bruyamment dans le micro.

– Les épreuves de ce week-end seront probablement très différentes de ce à quoi vous vous attendez.

Là, il a capté notre attention. Tous les yeux se rivent sur lui.

Notre professeur a une silhouette de cloche de plongée : un buste aux épaules étroites, qui va s'évasant jusqu'à sa large taille d'où s'échappent les pans d'une chemise chiffonnée. Ses cheveux gris vaguement ébouriffés et ses yeux tristes et larmoyants lui donnent l'air d'un Albert Einstein qui aurait passé la nuit à se planter dans ses calculs.

Ester, à côté de moi, brasse ses fiches. Top a posé la tête sur ses genoux. Il agite doucement la queue.

– Dans trente minutes, poursuit le docteur Hewett, nous arriverons à San Alejandro.

Il attend que nos murmures retombent. Pour nous tous, San Alejandro signifie shopping, cinéma et karaoké du samedi soir, pas épreuves de fin d'année. Pourtant, ça paraît logique de commencer là : le plus souvent, le bateau de l'école est amarré au port de la ville.

– Nous irons directement au dock. Pas de détours, pas de petites excursions pour acheter des boissons fraîches, dit Hewett. Et vos téléphones seront *éteints*.

Quelques élèves grognent. Harding-Pencroft contrôle strictement nos communications à l'aide de l'intranet de l'école. Notre campus est une zone blanche pour les téléphones portables. Vous voulez vous renseigner sur les modes d'alimentation des méduses ? Pas de problème. Vous voulez traîner sur YouTube ? Bonne chance.

D'après nos professeurs, c'est pour nous aider à nous concentrer sur notre travail. Moi, je soupçonne que ce soit une mesure de sécurité de plus, comme la grille sous-marine, les gardes armés et les drones de surveillance. Je ne comprends pas le pourquoi de tout ça, mais c'est comme ça.

Du coup, chaque fois que nous débarquons en ville, nous sommes comme du bétail assoiffé devant un point d'eau. Nous déboulons au galop dans le premier endroit qui offre du Wi-Fi gratuit et nous l'aspirons comme des chalumeaux.

– Je vous donnerai d'autres instructions une fois que nous serons à bord, conclut Hewett. Pour le moment, je me contenterai de vous dire que vous allez découvrir la véritable nature de l'Académie. Et que nous allons découvrir si vous êtes capables de survivre à ses exigences.

Je voudrais croire que Hewett essaie juste de nous faire peur. Mais les menaces en l'air, ça n'a jamais été son style. Quand il nous annonce un supplément de devoirs pour le week-end, nous avons un supplément de devoirs. Quand il prédit que quatre-vingt-dix pour cent d'entre nous vont échouer au prochain examen, ça se vérifie aussi.

L'océanographie théorique devrait être un cours sympa et cool. Nous passons le plus clair de notre temps à envisager à quoi les technologies marines pourraient ressembler dans un siècle ou deux. Ou ce qui aurait pu se passer si la science avait pris une direction différente. Et si Léonard de Vinci avait poussé plus loin ses travaux sur le sonar, après l'avoir conçu en 1490 ? Et si les plans du « bateau plongeur » de Cornelis Drebbel ne s'étaient pas perdus au début du XVII^e^ siècle, ou si le sous-marin anaérobie de Monturiol, qui fonctionnait à la vapeur, n'avait pas été abandonné en 1867, faute de fonds ? Notre technologie d'aujourd'hui serait-elle plus pointue ?

C'est sympa de réfléchir à tout ça, mais... pas très concret. Or, Hewett se comporte comme s'il existait des réponses exactes à ses questions. Alors que bon, on est dans le domaine *théorique*. Comment peut-il donner un B moins à quelqu'un juste parce que ses suppositions divergent des siennes ?

Bref, j'aurais préféré que ce soit le colonel Apesh, notre professeur de tactique militaire, qui supervise cette excursion. Ou le docteur Kind, notre coach en forme physique. Hewett s'essouffle dès qu'il fait trois pas. Je le vois mal juger des épreuves que j'imagine sous-marines et très exigeantes physiquement.

Il passe le micro à Gemini Twain. C'est Gem qui a défini les groupes de ce week-end. Nous serons répartis en cinq équipes de quatre, chacune composée d'un membre de chaque maison. Mais Gem a d'abord quelques règles à nous donner.

Le contraire m'aurait étonnée. Plus *Requin* que lui, ça n'existe pas. On pourrait lui confier le coaching d'une équipe de foot de maternelle, il trouverait encore le moyen de la jouer mégalo. En une semaine, tous ses bambins marcheraient au pas. Alors, il déclarerait la guerre à une équipe de maternelle voisine.

Il se met à énumérer des règlements comme il les aime. Mon esprit divague. Je regarde par la fenêtre.

L'autoroute serpente en épousant la courbe des falaises, virage après virage. Tantôt on ne voit que des arbres, tantôt le regard embrasse toute la côte jusqu'à HP. À un moment où l'école est entièrement visible, je remarque un truc bizarre dans la baie. Un sillage, très fin, se rapproche du pied des falaises, pile là où Dev et moi avons plongé ce matin. Je n'arrive pas à voir ce qui est à l'origine de ce sillage. Il n'y a pas de bateau. Pourtant le trait est trop rapide et trop droit pour être l'œuvre d'une créature marine. Quelque chose se déplace sous l'eau... un engin à propulsion.

La même sensation me prend au ventre que quand je tombe en chute libre.

Le sillage se scinde en trois. On dirait un trident, maintenant, qui fonce pour aller planter ses dents dans la côte, sous l'école.

– Hé ! Regardez ! dis-je à mes amies.

Le temps qu'Ester et Nelinha arrivent à la fenêtre, la vue a disparu, remplacée par des arbres et des falaises.

– C'était quoi ? demande Nelinha.

À ce moment-là, l'onde de choc nous frappe de plein fouet. Le car tremble. Des pierres dégringolent sur la route.

– Tremblement de terre ! s'écrie Gem, qui lâche littéralement le micro et se raccroche au siège le plus proche.

Le docteur Hewett est projeté brutalement contre la vitre.

L'asphalte se fissure tandis que nous dérapons vers la glissière de sécurité. Nous tous, vingt deuxième année bien entraînés, hurlons comme des bébés.

Bernie reprend miraculeusement le contrôle du car.

Il ralentit, cherchant un endroit où se garer. Nous passons un nouveau virage et HP revient dans notre champ de vision, sauf que maintenant...

Ester hurle. Top, sur ses genoux, se met aussitôt à gémir. Nelinha plaque les mains contre la vitre.

– Nooooon. Non non non.

Je crie :

– Bernie, stop ! Arrête-toi là !

Bernie se range sur une aire de repos, une de celles qui offrent un magnifique panorama du Pacifique aux touristes désireux de prendre des photos. La vue est dégagée jusqu'à HP, mais elle n'a plus rien de pittoresque.

Les élèves sont en pleurs. Ils appuient leur visage contre les vitres. Je n'arrive pas à croire ce que je vois et l'incrédulité me retourne l'estomac.

Une seconde onde de choc nous frappe. Sous nos yeux horrifiés, une autre énorme tranche de terre sombre dans la baie, emportant ce qu'il reste de ces beaux carrés de sucre.

Je me fraie un chemin le long du couloir et je martèle les portes jusqu'à ce que Bernie m'ouvre. Je cours au bord de la falaise et j'agrippe l'acier froid de la glissière.

Je me surprends à marmonner une prière désespérée. « Shiva, seigneur aux trois yeux, qui comme un parfum enivre et nourrit tout, délivre-nous du lien qui nous relie à la mort... »

Mais il n'y a pas de libération.

Mon frère était sur ce campus. Et avec lui cent cinquante

autres personnes, plus un aquarium plein d'animaux marins. Presque trois kilomètres carrés de la côte californienne se sont effondrés dans l'océan.

L'Académie Harding-Pencroft a disparu.

# CHAPITRE QUATRE

Certains de mes camarades sont debout devant la rambarde et pleurent. D'autres serrent leurs amis dans leurs bras. D'autres encore cherchent désespérément du réseau pour pouvoir envoyer des textos à des proches ou appeler les secours. Eloise McManus hurle en jetant des pierres à la mer. Cooper Dunne fait les cent pas comme un lion en cage, donnant tour à tour des coups de pied dans les pneus avant du car, puis dans ceux de derrière.

Le mascara de Nelinha coule sur ses joues comme une pluie boueuse. Elle s'est postée dans une attitude protectrice tout près d'Ester, laquelle est assise en tailleur sur le gravier et sanglote dans la fourrure marron et blanc de Top.

Gemini Twain dit ce que nous pensons tous :

– C'est impossible. (Il agite les bras vers l'endroit où se trouvait notre école.) *Impossible.*

Je ne suis pas vraiment là. Je flotte dix centimètres au-dessus de mon corps. Je sens mon cœur tambouriner dans ma poitrine, mais le son est lointain et étouffé, comme la musique d'une chaîne stéréo dans une chambre de l'étage du dessous. Mes émotions sont enveloppées dans du coton. Mon champ de vision commence à noircir.

Je me rends compte que je suis en pleine dissociation. On a parlé de ça, avec le psy de l'école, le docteur Francis. J'avais eu un épisode similaire une fois, quand j'ai appris pour mes parents. Maintenant, Dev n'est plus là. Ni le docteur Francis. Ni la capitaine de ma maison, Amelia. Ni la docteure Farez. Ni le colonel Apesh. Ni le docteur Kind. Ni les bébés loutres que j'ai nourris au biberon pas plus tard qu'hier à l'aquarium. Ni la gentille dame de la cafèt', Saanvi, qui me souriait toujours et faisait parfois des *gujias* à la noix de coco presque aussi bonnes que celles de ma mère. Tout le monde, à HP... Non, ce n'est pas possible.

J'essaie de contrôler ma respiration. J'essaie de m'ancrer dans mon corps, mais je sens que je vais partir à la dérive et m'évaporer.

Le docteur Hewett descend du car à pas lourds. Il s'éponge la figure avec un mouchoir. Bernie le suit en trimbalant une grosse mallette noire. Les deux hommes se mettent à discuter à voix basse.

Je lis sur les lèvres de Hewett. C'est plus fort que moi. Je suis une Dauphin. Ma formation est entièrement axée sur la communication. La collecte d'indices. Le déchiffrage des codes. Je distingue les mots *attaque* et *Land*.

Bernie répond : *... complice sur place.*

J'ai dû me tromper. Hewett ne peut pas penser que l'Institut Land est impliqué. Nos écoles sont rivales depuis toujours, mais là il ne s'agit pas d'un simple mauvais tour, comme la fois où ils ont bombardé notre yacht d'œufs ou celle où nous avons volé leur grand requin blanc. Là, il s'agit d'annihilation. Quant à Bernie, qu'entend-il par *complice sur place* ?

J'inspire. Je ravale ma stupeur et je la comprime contre mon diaphragme, comme je fais avec l'oxygène avant un plongeon libre.

– J'ai vu l'attaque, dis-je.

Personne ne m'entend, ils sont tous trop préoccupés.

Je répète, plus fort :

– J'AI VU L'ATTAQUE !

Le silence s'abat sur le groupe. Le docteur Hewett rive des yeux perçants sur moi.

Gem arrête de faire les cent pas et me dévisage d'un air qui ne me plaît pas. Il me demande, en serrant les poings :

– Comment ça, *l'attaque* ?

– C'était une espèce de torpille, dis-je. Enfin, je crois.

Je décris le sillage que j'ai vu se diriger vers les falaises, puis se diviser en trois branches juste avant l'impact.

– Impossible, rétorque Kiya Jensen, Requin elle aussi. La grille de sécurité était activée. Elle aurait arrêté tout engin tentant d'entrer.

J'ai les jambes qui tremblent.

– Ce matin, Dev et moi...

Des bulles de chagrin montent dans ma gorge et menacent de m'étouffer.

Oh, Dev, mon Dieu. Son sourire en coin, son clin d'œil. Ses yeux bruns à l'étincelle espiègle. Ses cheveux ridiculement aplatis par l'oreiller. En le voyant tous les jours, je pouvais me raccrocher au souvenir que j'avais de mon père. Je pouvais me raconter que nos parents n'étaient pas complètement partis. Mais à présent...

Ils me regardent tous. Ils attendent, veulent désespérément

comprendre. Je me fais violence pour continuer. Je décris l'étrange clignotement de la barrière électronique.

– Dev allait le signaler, dis-je. Il était sans doute dans le bureau du service de sécurité quand...

Je fais un geste vers le nord. Je ne me force pas à regarder de nouveau, mais je le sens, ce trou béant dans le paysage, à l'endroit où se trouvait Harding-Pencroft. Comme une douleur sourde dans la mâchoire après une extraction dentaire.

– Une seule torpille ? (Tia Romero, la préfète des Céphalopodes, secoue la tête.) Même avec plusieurs ogives, c'est impossible qu'un missile fasse autant de dégâts à lui tout seul. Pour déclencher un glissement de terrain de cette ampleur...

Elle regarde ses camarades de maison. Ils se mettent à discuter entre eux. Les Céphalos résolvent les problèmes. C'est leur truc, comme lire sur les lèvres pour moi. Videz le contenu d'une boîte de Lego devant eux et demandez-leur de fabriquer un ordinateur qui marche avec ; ils n'abandonneront pas tant qu'ils n'auront pas trouvé un moyen de le faire. Seule Nelinha reste à l'écart, pour veiller silencieusement sur Ester.

– Peu importe comment c'est arrivé, tranche Gem. Il faut qu'on rentre pour chercher des survivants.

– Je suis d'accord, dis-je.

N'importe quel autre jour, ça aurait fait le scoop : Gem et moi n'avons jamais été d'accord sur quoi que ce soit depuis notre admission à HP, il y a presque deux ans.

Il hoche la tête, l'air grave.

– Allez, tout le monde remonte dans...

– Non.

Le docteur Hewett s'avance en clopinant, sa tablette calée

sur un bras. Sa chemise est couverte de plaques de sueur. Il est plus blême que jamais.

Derrière lui, Bernie s'agenouille et ouvre la mallette noire. À l'intérieur, nichés dans des alvéoles de mousse, je découvre une douzaine de drones argentés à peine plus gros que des colibris.

Hewett pianote sur l'écran de sa tablette. Les drones s'animent en bourdonnant. Ils s'extraient de leurs cases, se rassemblent dans l'air en formant un essaim aux lumières bleues et aux hélices minuscules, puis partent en tir groupé le long de la côte, direction HP.

– Les drones vont se rendre sur place, dit Hewett d'une voix tremblante de colère, de chagrin ou des deux. Mais je vous préviens, ne vous attendez pas à ce qu'il y ait des survivants. L'Institut Land a lancé une attaque préventive. Ils ont l'intention de nous éliminer. Je redoutais cette attaque depuis deux ans.

Je porte la main à ma perle noire.

Pourquoi Hewett parle-t-il de l'IL et de HP comme si c'étaient des nations souveraines ? L'Institut Land n'irait quand même pas jusqu'à détruire un morceau de la côte de Californie et *tuer* plus de cent personnes !

À ce stade, la queue de Top me fouette carrément le mollet. Il enfouit la tête entre les genoux d'Ester et quémande de l'affection pour essayer de l'arracher à ses pensées noires.

– Docteur Hewett... (Franklin Couch, préfet de la maison Orques, n'y tient plus.) Nous avons peut-être des amis blessés là-bas. Ou enfouis sous les gravats. Notre devoir est de...

– TAISEZ-VOUS ! rugit Hewett.

Soudain, je suis ramenée en arrière, à mon premier cours d'OT. Daniel Lekowski – renvoyé plus tard dans l'année – avait eu le malheur de demander quelle était l'utilité de l'océanographie théorique. Je me rappelle combien Hewett peut être terrifiant quand il se met en rogne.

Bernie est derrière lui. Il ne prononce pas un mot, mais sa présence semble faire baisser la colère de Hewett d'un niveau sur l'échelle DEFCON.

– Nous continuons la route pour San Alejandro, reprend Hewett d'une voix plus posée. Vous tous, écoutez-moi bien. Vous êtes peut-être tout ce qu'il reste de Harding-Pencroft. Nous ne pouvons pas nous permettre d'échouer. Les épreuves sont suspendues. À la place, vous allez apprendre ce que vous devez savoir en service actif. À partir de maintenant, nous sommes en guerre.

Vingt élèves de deuxième année le dévisagent. Tous ont l'air aussi terrifiés que moi. Oui, nous avons suivi des cours de tactique militaire. Oui, de nombreux diplômés de HP étudient ensuite dans les meilleures écoles navales du monde : Kuznetsov, Dalian, Ezhimala. Mais nous ne sommes pas des Marines américains, ni des commandos interarmes. Pas encore, en tout cas. Nous n'avons même pas passé le diplôme de fin de deuxième année. Nous sommes *des ados*.

– Nous allons au dock comme prévu, dit Hewett. Une fois en sécurité au large, je vous donnerai de nouvelles instructions. D'ici là... Gemini Twain ?

– Monsieur, répond Gem en s'avançant – prêt à recevoir des ordres et à prendre la tête de notre classe.

Les Requins s'entraînent précisément pour le commandement militaire.

– Les armes de service sont dans la soute du car ? demande Hewett.

– Oui, monsieur.

– Armez votre équipe. Tenez-vous prêts à tirer jusqu'à nouvel ordre.

Gem claque des doigts. Les quatre autres Requins partent en courant chercher leurs mallettes d'armes.

Une froide sensation de réalité me ramène lentement à mon corps. Si les Requins reçoivent l'autorisation de s'armer, je sais que notre situation est vraiment grave.

– Préfet Twain, continue Hewett. Vous avez une nouvelle mission.

L'œil de Gem s'allume.

– Je comprends, monsieur.

– Non, rétorque Hewett. Je ne crois pas. À partir de maintenant, vous êtes responsable de la vie d'une personne, pardessus toutes les autres. Vous serez constamment à ses côtés. Vous la protégerez jusqu'à votre dernier souffle. Vous veillerez à ce qu'elle reste en vie, *quoi qu'il arrive*.

Gem a l'air décontenancé.

– Je... Monsieur ?

Hewett pointe un doigt vers moi :

– Ana Dakkar doit survivre à tout prix.

# CHAPITRE CINQ

Il ne manquait plus que ça.

Mon école est démolie. Mon frère est sans doute mort. Nous voilà de retour à bord du car, en route pour San Alejandro comme s'il ne s'était rien passé. Et pour couronner le tout, Gemini Twain est maintenant mon garde du corps particulier.

Pourquoi moi ?

Je ne suis pas Ester, qui descend d'un des fondateurs de l'école. Ma famille n'est ni riche, ni puissante, ni célèbre. Les Dakkar font leur scolarité à HP depuis des générations, c'est vrai, mais c'est le cas de beaucoup d'autres familles. Je ne suis pas non plus la seule du groupe à avoir vraisemblablement perdu un frère ou une sœur dans l'attaque. Le frère de Brigid Salter est – *était* – en quatrième année. Kay Ramsay avait une sœur d'un an de plus que nous. Brigid et Kay semblent tellement ébranlées qu'un souffle de vent suffirait sans doute à les renverser ; pourtant, ni l'une ni l'autre ne bénéficient d'un garde du corps.

Le docteur Hewett est assis au premier rang, les yeux rivés sur sa tablette. Les taches de sueur dessinent maintenant des continents inconnus sur sa chemise.

Tout ce que j'espère, c'est que ses drones trouveront des survivants à HP.

J'ai essayé d'envoyer un texto à Dev, sans succès. Ça ne m'étonne pas. Le coin où nous sommes est encore un trou noir pour les portables, mais je ne pouvais pas ne pas essayer. Depuis, Hewett a confisqué nos téléphones et les a enfermés dans un coffre-fort, ce qui me donne l'impression d'essayer de fonctionner avec un bras attaché dans le dos.

Hewett nous garantit que ses drones alerteront les services d'urgence locaux. Je guette avec impatience les ambulances, voitures de police et camions de pompiers qui devraient nous croiser à toute vitesse, sirènes hurlantes, pour aller à HP. C'est la seule route qu'ils peuvent prendre. Rien jusqu'à présent, pourtant. L'école est tellement isolée que si Hewett n'appelle pas les autorités, il pourrait se passer des heures avant que quelqu'un remarque qu'un grand pan de campagne a disparu dans l'océan.

*« Je redoutais cette attaque depuis deux ans. »*

Alors pourquoi ne nous a-t-il pas prévenus ?

Peut-être est-ce une coïncidence si mes parents sont morts au cours d'une expédition scientifique pour Harding-Pencroft il y a précisément deux ans. Un accident tragique, nous ont dit les membres du conseil d'administration. Chaque fois que je posais des questions spécifiques – pourquoi Tarun et Sitar Dakkar menaient-ils cette expédition pour HP, que cherchaient-ils ? –, les professeurs de HP semblaient pris d'amnésie sélective. J'avais cru qu'ils essayaient de me ménager, de me laisser faire mon travail de deuil avec l'aide du docteur Francis.

Maintenant, je n'en suis plus si sûre.

Soudain, je repense à Amelia Leahy, la capitaine de ma maison et petite amie de Dev, qui se prélassait au soleil dans la cour ce matin. Elle m'avait souri et souhaité bonne chance.

Amelia était tellement contente d'obtenir bientôt son diplôme de fin de scolarité. Elle avait de grands projets : intégrer les Marines américains, et plus spécialement leur école de com' à Twentynine Palms. Au cours de ses cinq années passées à HP, elle avait appris douze langues. Elle était capable de décrypter des codes linguistiques sur lesquels nos professeurs butaient. Son objectif était de devenir la plus jeune commandante du renseignement de l'histoire des Marines. Et maintenant, elle n'est plus.

J'essaie de continuer à faire circuler l'oxygène dans mes poumons : inspire, expire. Je n'y arrive pas très bien.

Je fonds en larmes. Je tremble de colère. Comment se fait-il que je sois capable de garder mon sang-froid quand je pense à Dev et que je m'effondre en pensant à la mort de sa petite amie ? Je suis bizarre ou quoi ?

– Hé, chaton...

Nelinha pose sa main sur mon épaule. Elle n'a pas l'air de savoir quoi dire d'autre. Alors, elle me tend un paquet de Kleenex.

Ouaip... un seul ne suffira pas, aujourd'hui. Et je ne suis pas la seule à aller mal.

Ester, près de la fenêtre, a les yeux gonflés. Tout en reniflant, elle écrit fébrilement sur une nouvelle fiche pour tenter d'appréhender toute cette horreur. Top, sentant que j'ai plus besoin de lui, s'approche en trottinant et pose le museau sur mes genoux. *Salut ! Je suis mignon. Aime-moi.*

Gem est assis de l'autre côté du couloir. Ses mâchoires sont serrées comme celles d'un piège à ours. Il porte deux Sig Sauer P226 à la taille, un de chaque côté de sa ceinture, dans un pur style Far West. Ce sont ses « jumeaux », et c'est ce qui lui a valu son surnom de Gemini, les Gémeaux en latin. Sur ses genoux, il a un fusil d'assaut M4A1.

Encore une bizarrerie à laquelle je ne pense pas souvent : Harding-Pencroft bénéficie d'une dérogation qui autorise l'usage d'armes de niveau militaire pour nos entraînements. Une chance, sans doute, puisque nous voici en guerre avec une autre école.

Il règne un silence étrange dans le car. Chacun semble perdu dans sa propre détresse.

Au bout d'un moment, Gem me demande :

– Tu comprends quelque chose à ce qui se passe ?

Le paysage qui défile se reflète dans ses yeux bruns. Je ne l'ai jamais vu montrer aucun signe de stress. À présent, une goutte de sueur, une seule, coule le long de son visage.

Je ne lui en veux pas de chercher des réponses. Je lui suis même reconnaissante de n'exprimer ni colère ni amertume envers moi. Je sais qu'il n'a pas plus envie d'être mon baby-sitter que moi d'être gardée par lui.

Je fais non de la tête.

– Honnêtement, rien du tout.

C'est la vérité, pourtant j'ai l'impression de mentir. J'entends la culpabilité dans ma voix. C'est un sentiment que je déteste.

Gem tapote la crosse de son fusil avec le pouce.

– Je vais avoir besoin de votre aide, dit-il. À vous toutes.

(D'un geste du menton, il inclut Ester et Nelinha.) Je sais que nous avons souvent eu du mal à nous entendre...

Nelinha renifle délibérément.

– ... mais vous savez que ce que je vais dire est vrai. (Gem jette un coup d'œil dans le couloir, puis baisse la voix.) Nous quatre, nous sommes les meilleurs éléments de nos maisons. Je n'ai rien contre Tia et Franklin. Ils sont excellents dans leurs domaines. Mais si on part en guerre, vous êtes mes meilleures recrues, même si vous n'êtes pas toutes préfètes.

– Trop flatteur, bougonne Nelinha.

– Je dis juste...

– Maladroitement, le coupe Nelinha.

– Il a raison. (Ester a toujours le nez sur sa fiche, presque entièrement couverte de mots minuscules.) Tia est notre meilleure théoricienne, mais Nelinha a de meilleures notes en mécanique appliquée et en sens tactique. Franklin a de meilleures compétences médicales que moi, mais...

Elle hausse les épaules.

– Mais tu es Ester Harding, complète Gem avec un petit sourire.

– J'allais dire que je suis meilleure pour tout le reste, reprend Ester. Mais ce serait peut-être impoli. Est-ce que ce serait impoli ?

Aucun de nous ne se donne la peine de répondre. Ester, c'est Ester. Nous savons tous qu'elle détesterait être préfète. Nous savons aussi que c'est l'Orque par excellence. Ses fiches ne sont qu'un outil de soutien émotionnel, comme Top, car en fait son esprit contient plus d'informations sur Harding-Pencroft, sur les écosystèmes marins et sur l'histoire naturelle que l'ensemble des livres que contenait notre bibliothèque récemment démolie. Elle ne raffole pas des humains, à l'exception de Nelinha et de moi, et préférerait de loin passer son temps en compagnie d'animaux. Elle a une empathie extraordinaire dès qu'il s'agit de communication non verbale avec d'autres espèces. Ester est capable de dire ce que les animaux – et les humains, parfois, même si elle trouve cela plus difficile – pensent et ressentent. Elle peut prédire leurs actions avec une précision troublante... à condition de ne pas se laisser court-circuiter par sa sensibilité à fleur de peau.

Gem continue d'une voix ferme.

– Nous allons devoir travailler ensemble pour découvrir ce qui s'est passé. Et décider quoi faire. Vous savez que Hewett ne nous dit pas tout.

– Il ne nous dit *rien du tout*, renchérit Nelinha.

– Mais si je dois protéger Ana...

– Je n'ai rien demandé, dis-je.

Gemini a l'air d'avoir envie de faire un commentaire énervé. Il ne dit jamais de gros mots. Il est très « comme il faut ». Mais là, je sens qu'il en a envie.

– Aucun de nous n'a voulu ce qui arrive, dit-il d'une voix toujours égale. Nous devons réfléchir à ce que nous allons faire. Pour cela, il faut qu'on sache à quoi nous sommes confrontés. Comment l'Institut Land a-t-il pu détruire notre école tout entière ?

Ester frissonne. Top m'abandonne aussitôt pour sauter sur ses genoux, l'obligeant à le caresser. Je n'ai jamais été aussi contente qu'Ester, et nous tous par la même occasion, ait cette petite diva en peluche montée sur ressorts.

– Détonateurs sismiques, avance Nelinha. Une torpille à trois ogives. Des impacts simultanés, plusieurs points de fracture au pied des falaises...

– Attends, interrompt Gem. Ça, c'est de l'OT. De la pure science-fiction. Cette technologie n'existe pas.

– Six ogives, intervient Ester. Il en faudrait six. Ana n'a sans doute pas vu les autres parce qu'elles étaient trop en profondeur. L'attaque ne pouvait réussir qu'à condition de pirater les systèmes de sécurité de l'école. Pas juste la barrière électronique. Il fallait brouiller les drones, le sonar à longue portée, les missiles d'interception...

– Parce qu'on a des missiles d'interception ? demande Nelinha.

Ester devient rouge comme une tomate.

– J'étais pas censée le dire.

Je note qu'il faudra que je cuisine Ester à ce sujet, plus tard. J'aimerais bien savoir quelles autres infos elle détient sous le sceau du secret, en tant que membre de la famille Harding. Mais pour le moment, nous avons des problèmes plus pressants.

– Les systèmes de sécurité de HP sont tous autonomes, dis-je. Les pare-feux ont des pare-feux. C'est absolument impossible de les franchir sans se faire repérer.

– Sauf si... commence Nelinha.

J'ai la bouche sèche, d'un coup.

– Exact, dis-je. J'ai entendu la conversation de Bernie et Hewett quand on est sortis du car.

– Entendu ? répète Gem en mimant des guillemets du bout des doigts.

– Oui, bon, j'ai lu sur leurs lèvres.

Gem plisse les yeux. Les spécificités de la formation des Dauphins ne sont pas connues des autres élèves, en dehors de notre maison. Il doit être en train de passer en revue les deux dernières années en se demandant ce que j'ai pu « entendre » d'autre.

– Et qu'est-ce qu'ils ont dit ?

Je jette un coup d'œil au docteur Hewett, toujours scotché à sa tablette. Visiblement, ce qu'il voit ne lui plaît pas.

– Bernie a parlé d'un « complice sur place », dis-je. Ce qui signifie...

– Que quelqu'un de HP nous a sabotés. (Là, pas de doute, Gem se retient de jurer.) Et si cette personne ne voulait pas mourir dans l'attaque...

– Elle est à bord du car.

# CHAPITRE SIX

Une demi-heure plus tard, nous arrivons au dock où notre navire d'entraînement, le *Varuna*, est amarré.

Pendant que d'autres élèves déchargent le car, je prends les Dauphins à part dans le parking : Lee-Ann, Virgil, Jack et Halimah.

– *Tá fealltóir againn*, leur dis-je.

Ce qui se traduirait, littéralement, par « Il y a un traître contre nous. » C'est assez exact.

Nous utilisons l'irlandais comme code interne depuis le début de l'année. C'est une langue tellement rare qu'il y a très peu de risques que quelqu'un comprenne ce que nous disons. Chaque promotion de Dauphins choisit sa langue. Celle d'Amelia avait opté pour le copte. Les cinquième année pour le maltais. Et les quatrième année, en panne d'imagination, avaient pris le latin. Si on n'a pas de facilités linguistiques, on ne fait pas long feu chez les Dauphins.

Je raconte à mes camarades de maison ce que je soupçonne. Sabotage, trahison et meurtre de sang-froid.

Ça fait beaucoup à encaisser.

Je prends un risque en les prévenant. J'ignore complètement qui a trahi l'école. Ça pourrait être n'importe lequel d'entre eux. Mais je ne peux pas me méfier de tout le monde. J'ai besoin de leur aide.

Les Dauphins se spécialisent dans la communication et l'exploration, ce qui ne nous empêche pas d'être aussi formés à l'espionnage. Je veux que mes camarades se mettent en mode alerte maximale.

Halimah Nasser a l'air tellement en colère que j'imagine la vapeur bouillonner sous son hijab.

– *Comment faisons-nous pour identifier le traître ? Et qu'est-ce qu'on fera de lui ?*

– *Pour le moment,* dis-je, *contentez-vous d'ouvrir les yeux et les oreilles.*

En irlandais, ça se dit *Bígí af faire agus ag éisteacht.* « Soyez à votre regard et à votre écoute. » Là encore, ça résume assez bien les choses.

Lee-Ann Best est rouge brique. C'est la plus forte d'entre nous en contre-espionnage, alors elle prend sans doute la nouvelle comme un affront personnel. Elle dévisage les élèves tour à tour, jaugeant certainement le potentiel de trahison de chacun.

– J'avais des amis dans les autres classes, dit-elle.

– Comme nous tous, rétorque Jack Wu. (Il dresse un sourcil pour désigner le docteur Hewett.) Ana, tu as une idée de la raison pour laquelle le prof t'a attribué un Requin ?

Le Requin en question, Gemini Twain, est posté un peu plus loin, juste hors de portée d'oreille. Il balaie le quai d'un œil scrutateur. J'aurais préféré qu'il prenne ses devoirs de garde du corps moins au sérieux.

Il n'y a pas grand monde, mais Gem s'attire les regards méfiants de quelques pêcheurs locaux. Je suppose qu'ils ne voient pas tous les jours une sentinelle de quatorze ans armée d'un fusil d'assaut militaire et de deux armes de poing. Gem leur souhaite le bonjour en hochant poliment la tête. Ils gardent leurs distances.

– Aucune idée, dis-je à Jack. Avec un peu de chance, on le saura une fois qu'on sera en mer.

Virgil Esparza, qui regardait silencieusement le sol en pavé de coquillages, prend la parole :

– Il a été prof à l'Institut Land, vous savez.

Mes épaules se contractent.

– Qui ça ?

Pour toute réponse il donne un coup de menton vers le docteur Hewett.

Je suis tellement sidérée que j'en oublie comment on dit « Tu rigoles ?! » en irlandais.

– Deuxième année ! lance alors Hewett. Rassemblement !

Je donne un dernier ordre à mes Dauphins en langue des signes, tapotant ma tempe de la pointe des quatre doigts : *Soyez sur le qui-vive.*

Nous nous plaçons. Quinze d'entre nous en demi-cercle face au docteur Hewett : les Dauphins, les Céphalos et les Orques. Les Requins, quant à eux, encerclent le périmètre, leurs armes prêtes à faire feu. Gemini Twain vient se poster à côté du docteur Hewett, ce qui lui permet à la fois de me surveiller et de faire passer le message qu'il est l'élève dominant des deuxième année.

Ester gratte les oreilles de Top. Il est assis tranquillement à côté d'elle, ses yeux marron rivés sur Hewett comme s'il essayait de lui dire : *Tu vois ? Je peux être sage.*

Je m'aperçois avec surprise que Nelinha s'est débrouillée pour se laver la figure et se remaquiller. Comment a-t-elle pu faire si vite ? Elle me lance un clin d'œil en signe de solidarité.

J'ai le cœur gros. J'aime tellement mes amis. J'aime toute la classe, même ceux que je n'apprécie pas spécialement. Je déteste la ou les personnes qui ont détruit notre monde.

Hewett termine sa conversation avec trois agents de sécurité de HP qui sont venus de l'embarcadère. Je présume qu'ils étaient à bord du *Varuna*, pour le surveiller jusqu'à notre arrivée. Ils ont l'air secoués. Hewett a dû les informer de l'attaque.

L'espace d'un instant, je suis soulagée. Nous aurons le soutien de plusieurs adultes, c'est déjà ça.

Et puis Hewett leur donne un ordre. Je lis sur ses lèvres : *Faites-nous gagner du temps.*

Les hommes hochent gravement la tête. Ils rejoignent la navette en courant. Bernie est au volant, le moteur au ralenti. Sitôt les gardes montés à bord, Bernie ferme les portes. Il me fait au revoir d'un geste vague, l'air à la fois inquiet et gêné. Puis il démarre en faisant crisser les coquillages sous les roues du car.

Pourquoi Hewett congédie-t-il trois excellents agents de sécurité ? Pourquoi renvoie-t-il Bernie, et notre car avec lui ?

Il n'y a plus d'école où retourner. *Faites-nous gagner du temps* ressemble de façon troublante à un ordre qu'on donnerait à un commando suicide.

Rien ne va, dans cette situation. Je ne veux pas de Hewett comme unique superviseur adulte. Je me souviens de ce qu'a dit Virgil : « Il a été prof à l'Institut Land. »

Sans parler de sa condition physique, qui est tout sauf bonne. Le visage de notre professeur a aussi peu de couleur que sa tignasse molle. J'essaie de deviner son âge. Soixante ans ? Soixante-dix ? C'est difficile à dire.

Je me demande à quelle époque il a enseigné à Land, et comment il s'est retrouvé chez nous. Je ne sais pas grand-chose de l'IL, notre rival. Le programme de base y est le même qu'à HP : sciences marines, guerre navale. Peut-être que l'IL est un peu plus orienté sur l'art de la guerre, alors que HP donne une petite priorité à la recherche scientifique, mais les anciens des deux écoles se retrouvent souvent à travailler côte à côte dans les meilleures Marines et les meilleurs instituts maritimes du monde. À entendre parler les quatrième et cinquième année, on croirait que les élèves de l'IL sont tous des psychopathes et que leurs profs ont des cornes et une queue pointue. J'avais toujours pensé qu'ils exagéraient. Après ce qui s'est passé ce matin, je comprends.

Hewett fixe sa tablette d'un œil mauvais. Puis il lève le regard et nous toise, l'air de se demander qui d'elle ou de nous est la plus grande source de déception.

– Jeunes gens, dit-il, vous devez comprendre qu'il ne s'agit plus d'un week-end d'excursion. Nous sommes au seuil d'une mission à durée indéterminée. Vous êtes tous en danger, pas seulement Ana Dakkar.

Les têtes se tournent vers moi. Gênant.

– Oui, tous, confirme Hewett, voyant leur inquiétude. Je vous expliquerai quand nous serons hors de portée.

Hors de portée *de quoi* ? Il ne le dit pas.

Je regarde derrière lui. Le navire d'entraînement de l'école, long de trente-six mètres, attend au bout de l'embarcadère n° 6. Le *Varuna* est de loin le plus grand yacht du port. Il porte le nom du dieu hindou de la mer et ça me ravit. D'habitude, quand j'aperçois sa coque à la blancheur étincelante, je ressens de la fierté et de l'excitation. Le logo de HP est peint sur la poupe, avec les icônes des quatre maisons – Requins, Dauphins, Céphalopodes, Orques – à l'intérieur des quadrants d'une roue de gouvernail à l'ancienne. Les mots HARDING-PENCROFT sont écrits au-dessous. Aujourd'hui, cette vue me fait monter les larmes aux yeux. Le bateau est la seule chose qu'il nous reste de l'Académie, désormais.

– Je sais que vous avez des questions... continue Hewett.

– Oui, j'en ai une, l'interrompt Rhys Morrow, une des Orques les plus intrépides. Monsieur, nos familles vont croire que nous sommes morts. Nous devons les contacter...

– Non, coupe sèchement Hewett. Mademoiselle Morrow, je sais que c'est difficile à entendre. Mais pour le moment vos familles sont plus en sécurité, *vous-mêmes* êtes plus en sécurité, si le monde vous croit morts. Il faut espérer que l'Institut Land ne s'est pas encore rendu compte que votre classe a échappé à l'attaque. Si nous parvenons à disparaître avant qu'ils...

Il jette un coup d'œil à sa tablette. Le peu de sang qu'il avait encore au visage semble se vider. Il vacille, et Gem le rattrape *in extremis* par le bras.

Mon camarade Requin regarde l'écran en fronçant les sourcils. Puis il marmonne une question que j'entends distinctement, sans avoir à lire sur ses lèvres :

– Monsieur, c'est quoi, ça ?

Il y a plus de vie dans les yeux de Hewett que dans tout le reste de son corps. Ils brillent d'une peur dévorante.

– Tout le monde à bord, dit-il. Nous devons appareiller *IMMÉDIATEMENT*.

# CHAPITRE SEPT

Ce n'est pas si simple.

Avec un yacht de trente-six mètres de long, on ne peut pas tourner la clé de contact et partir en trombe. Il faut stocker le matériel et les réserves, vérifier les différents systèmes, larguer les amarres. Au cours des deux dernières années, nous avons travaillé une demi-douzaine de fois sur le *Varuna*. Nous connaissons le bateau et chacun de nous connaît ses tâches ; il n'empêche que ça prend du temps.

Pour ne rien arranger, nous butons sur un attirail que nous n'avions jamais vu à bord. Plusieurs boîtes métalliques grandes comme des machines à laver sont arrimées au pont, couvertes de bâches ; en bas, des coffres plus petits qui ressemblent à des cantines s'alignent le long des coursives. Chacun d'eux est serti d'un lecteur d'empreintes digitales et porte l'inscription IDENTIFICATION CLASSE OR.

J'ai déjà vu des boîtes comme celles-ci à l'école, mais de loin seulement. En général, elles sont transportées du et vers le bâtiment Verne sous surveillance armée. Leur contenu est top secret. Seuls les enseignants et les élèves des classes supérieures ont le droit de s'en servir.

Et là, d'un coup, nous voilà entourés de ces containers. C'est comme si on s'était entendu dire pendant deux ans de ne pas toucher aux œuvres d'art et qu'on se prenait maintenant les pieds dans des Picasso posés à même le sol. C'est troublant, je trouve, que Hewett ait déplacé tant d'objets de valeur de l'école au *Varuna*, surtout *juste avant* que HP ne soit rayé de la carte...

J'aurais moins de mal à deviner ce qu'il avait en tête si je connaissais le contenu des boîtes. Dev ne m'a jamais cédé le moindre indice. Chaque fois que j'essayais de lui tirer les vers du nez, il me disait : « Tu le sauras bien assez tôt. »

Je me rappelle à l'ordre : *Ne pense pas à Dev.*

Mais c'est impossible. Vivre cette journée, heure après heure, m'est aussi difficile que traverser un champ de mines sous-marin à la nage. Et demain sera pire. Après-demain aussi. On pourrait croire que la perte horrible de mes parents m'aurait armée pour faire face à une telle tragédie, mais non. En réalité, elle ne fait que rendre ce nouveau coup de poignard dans la poitrine encore plus douloureux.

J'essaie d'enfermer mes sentiments dans une boîte Classe or de mon cru. Je m'attaque au travail qui m'attend. Je vérifie le bon état des batteries du système de communication, de la parabole satellite, de l'antenne VHF et du sonar à transducteur 3D. Gemini ne me quitte pas d'une semelle ; tantôt il donne des ordres à ses Requins, tantôt il s'assure que je ne me fais pas aborder par une otarie-ninja.

À peine avons-nous quitté l'embarcadère que la voix de Hewett crépite dans le haut-parleur.

– Préfets, présentez-vous à la passerelle de commandement.

Franklin et Tia sont déjà là lorsque nous arrivons, Gem et moi.

Tia pilote. Franklin s'affaire auprès du docteur Hewett, affalé dans le siège du capitaine, qui souffle comme s'il venait de courir dix kilomètres.

– Monsieur, dit Franklin, laissez-moi au moins prendre votre tension.

*Mais qu'est-ce qu'il a, le prof?* me demandé-je. Ça a l'air plus grave qu'une simple réaction au stress...

– Ne vous inquiétez pas, rétorque Hewett en le repoussant d'un geste de la main.

Il se lève avec effort et rejoint en clopinant la table à cartes.

– Venez, tous les quatre.

Tia Romero a l'air réticente, étant l'officière de quart. Elle jette un dernier coup d'œil au pilote automatique et à l'ECDIS avant de nous rejoindre. J'aurais préféré qu'elle reste à la barre. Je voudrais qu'elle pousse le navire au maximum de sa vitesse pour nous permettre d'échapper à cette chose mystérieuse que Hewett a vue sur sa tablette. Ça me rend dingue de ne pas savoir de quoi il s'agit.

Une boîte Classe or est posée sur la surface mélaminée de la table. Si Gemini Twain continue à me coller, je pense que je vais finir par le fourrer dans cette boîte – si je plie son corps en quatre ou cinq, je suis sûre qu'il finira par rentrer.

– En temps normal, commence Hewett, les informations que je vais vous donner vous auraient été communiquées par étapes. Les épreuves de ce week-end devaient constituer votre première exposition à la véritable mission de Harding-Pencroft.

– La véritable mission? demande Franklin en passant sa mèche bleue derrière son oreille gauche.

Il m'a toujours fait l'effet d'un élève plutôt docile, mais j'apprécie *vraiment* ce geste de rébellion contre la norme capillaire de HP.

– La mission de l'école n'est-elle pas de nous préparer à des carrières en mer ? poursuit-il.

– En partie, dit Hewett. Cela nous est fort utile d'avoir d'anciens élèves haut placés, bien sûr. Mais nous avons beaucoup plus d'ambition pour vous. (Il me fixe, moi tout particulièrement, d'un air bougon.) Vous êtes censés devenir les gardiens des secrets de Harding-Pencroft, les agents de son noble programme. C'est une lourde responsabilité. Il n'est pas donné à tous les élèves de réussir.

Ces histoires de secrets et de programmes me donnent la chair de poule. Je ne sais pas de quoi il parle, mais je ne peux pas m'empêcher de penser que ce qu'il entend par réussir, c'est *survivre*. Je me demande ce que Dev pensait de ce « noble programme ».

Je jette un coup d'œil aux autres préfets : ils ont l'air aussi déroutés que moi.

Hewett soupire, comme lorsqu'il nous rend des devoirs notés.

– Et maintenant, il va falloir que je vous donne un cours accéléré. Dakkar, ouvrez la boîte.

Une tension s'empare du bas de mon dos. Cela fait deux ans que l'on me met en garde : essaie d'ouvrir une boîte Classe or avant ta quatrième année et tu seras renvoyée, à supposer que tu survives à la tentative. Je présume que Hewett n'aurait pas donné l'ordre à Gem de me protéger à tout prix s'il avait l'intention de me tuer avec un objet piégé. Il n'empêche...

Je pose la main à plat sur le lecteur biométrique. Le couvercle se soulève comme s'il n'attendait que cela.

À l'intérieur, lovées dans des alvéoles de mousse noire, se trouvent les armes les plus bizarres que j'aie jamais vues.

– La vache ! s'écrie Gem.

C'est l'exclamation la plus expressive que j'aie jamais entendue sortir de sa bouche. Il a les yeux qui brillent comme un gamin devant un sapin de Noël. Il se tourne vers le docteur Hewett.

– Je peux ?

Hewett fait oui de la tête.

Délicatement, Gem extrait l'arme. Celle-ci est trop grande pour un pistolet, pas assez pour un fusil. Est-ce une sorte de lance-grenade miniature ? Un très grand lance-fusée ? Quoi qu'il en soit, on voit qu'elle a été fabriquée avec beaucoup de soin. Sa crosse en cuir repoussé est ornée d'un motif de vagues. Le canon doré semble avoir été plaqué par électrogalvanisation d'un alliage à base de cuivre. Sur l'extérieur il est couvert de fils qui s'entremêlent comme des vrilles. Le chargeur placé dans la crosse est à la fois trop court et trop épais pour recevoir aucune des munitions que je connaisse, et il est plaqué du même alliage, sur lequel quelqu'un s'est donné la peine de graver le logo de HP.

Je ne vois pas comment ces fusils peuvent fonctionner. Ils sont trop décorés, comme des pistolets de duel ou des épées d'officiers du XIX^e siècle : des objets d'art qui ne sont pas censés servir. Je n'ai jamais dit ça d'aucune arme à feu, mais ils sont d'une étrange beauté.

– C'est un fusil à bouteilles de Leyde, dit Gem d'une voix teintée d'admiration.

Le nom ne me dit rien. Je regarde Franklin, notre Orque de service. La maison Orques connaît tous les détails historiques jusqu'aux plus abscons. Ses membres pourraient écraser n'importe qui à *Questions pour un champion*. Ils excellent dans d'autres domaines, mais nous les appelons la maison Wikipédia pour rire.

De fait, Franklin hoche la tête.

– Jules Verne, dit-il.

Hewett grimace comme si le nom de l'écrivain était une réalité déplaisante, mais nécessaire.

– Oui, fait-il. Étonnamment, il a consigné certaines choses avec exactitude.

Ça me revient, maintenant. L'été qui a précédé notre année de bizut, on nous avait demandé de lire *Vingt Mille Lieues sous les mers* et *L'Île mystérieuse*, les premiers romans de science-fiction à traiter de technologies marines. J'avais supposé que l'objectif était : *Élargissons nos esprits à l'aide de lectures « sympas » (entre guillemets) sur la mer !* Pour être honnête, ce devoir s'était révélé être une véritable corvée. J'avais trouvé les livres ennuyeux à mourir. Les intrigues trop lentes, la langue datée. Quant aux personnages, ces messieurs de l'époque victorienne qui parlaient en se rengorgeant me laissaient complètement indifférente.

Parmi les principaux personnages de *L'Île mystérieuse*, deux portaient le même nom de famille que les fondateurs de notre école : Harding et Pencroft. À l'époque je m'étais dit : *Tiens, c'est un peu bizarre*. Plus loin dans le livre, lorsque le capitaine Nemo, le commandant fou du sous-marin de science-fiction, révèle qu'il est en réalité un prince du nom de Dakkar, je ne vous cache pas que j'ai eu un frisson dans le dos. Mais c'étaient des livres de fiction ! Et vu que le principal bâtiment de HP s'appelait le bâtiment Verne, j'avais pensé que les fondateurs de l'école devaient être de véritables fans de Jules Verne. Ils avaient peut-être recruté ma famille, il y a des générations de cela, à cause de son nom, en clin d'œil à leur passion.

Cela étant, j'ai retenu deux choses principales de ma lecture de Verne. Premièrement, le titre, *Vingt Mille Lieues sous les mers*, ne veut pas dire ce que je croyais. Non, ce vieux capitaine Nemo n'avait pas plongé à une *profondeur* de 20 000 lieues. Cela équivaudrait à 60 000 milles nautiques, autrement dit son sous-marin aurait traversé le globe terrestre et continué sur un quart du chemin séparant la Terre de la Lune. Le titre signifiait qu'il avait parcouru sous l'eau une *distance* de 20 000 lieues, ce qui était déjà fou selon les critères du XIXe siècle : ça voulait dire qu'il avait fait sept fois et demie le tour de la Terre dans cette vieille boîte de conserve qu'était le *Nautilus*.

Deuxièmement : Verne avait eu quelques idées très cool, mais qui ne pourraient jamais fonctionner. Parmi elles, les fusils à bouteilles de Leyde. Je crois que le nom venait de recherches dans le domaine de l'électricité que des savants hollandais avaient menées dans la ville de Leyde, au XVIIIe siècle. Et si mes souvenirs sont exacts, j'avais eu faux à cette question, à l'examen trimestriel de Hewett.

– Impossible, murmure Tia Romero, qui attrape un deuxième fusil et retire le chargeur.

– Faites attention, Préfète, lui dit Hewett.

Je sens que je perds patience.

Notre école a été détruite pour une raison que j'ignore. Il se peut que mon frère soit mort. Nous fuyons pour échapper à l'Institut Land, vers une destination inconnue. Et maintenant, nous découvrons que notre grand secret Classe or, c'est que le docteur Hewett aime les jeux de rôle grandeur nature.

Il a emporté des caisses de fusils à rayons Jules Verne faits à la main pour que nous passions le week-end à nous courir après dans le bateau en faisant semblant de nous tirer dessus en criant *Pan ! Pan !* Je commence à me poser des questions sur sa santé mentale. Et à me demander si je ne suis pas folle d'obéir à ses ordres.

– Monsieur, dis-je en m'efforçant de chasser la colère de ma voix. Si vous commenciez par nous dire ce qui se passe ? On pourra s'amuser avec vos joujoux plus tard.

Je m'attends à ce qu'il se fâche. J'y suis prête. Vraiment, je n'en ai plus rien à faire. Mais il se contente de me regarder avec tristesse et gravité – le même genre d'expression que prenaient les enseignants de HP quand ils évoquaient mes parents.

– Préfet Twain, vous permettez ? dit-il en tendant la main.

À contrecœur, Gem lui cède le Leyde.

Le docteur Hewett le retourne entre ses mains, peut-être pour vérifier les réglages. Il adresse à Gem un sourire las.

– J'espère que vous me pardonnerez, Préfet. Ce sera plus rapide qu'une explication.

– Monsieur ? demande Gem.

Pour toute réponse, Hewett lui tire dessus. Pendant une brève fraction de seconde, des filaments électriques blancs s'enroulent en crépitant autour du corps de Gem.

Puis il bat des paupières et s'écroule au sol.

# CHAPITRE HUIT

– Vous l'avez tué ! s'écrie Franklin en se ruant auprès de Gem.

Hewett tourne un bouton sur la crosse de son arme et répond avec nonchalance :

– Vous croyez ?

Tia me regarde d'un air inquiet, me demandant silencieusement ce que nous devons faire.

Je suis partagée entre le désir de porter secours à Gem et une violente envie de sauter sur notre professeur.

Franklin presse deux doigts contre le cou de Gem.

– N-non. Son cœur bat. (Il se tourne vers Hewett, le visage crispé.) Mais enfin, on n'électrocute pas les gens comme ça !

– Il n'aura pas de séquelles, nous garantit Hewett.

– Ce n'est pas la question, dis-je, au risque de me faire tirer dessus.

Maintenant qu'elle sait que Gem ne va pas mourir, Tia reporte toute son attention sur le fusil Leyde. En bonne Céphalo, elle pose l'arme et entreprend de la démonter. La masse épaisse de ses boucles bronze s'agite autour de son visage tels les ressorts d'une machine complexe. Elle extrait un projectile du haut du chargeur et le lève à hauteur de ses yeux. C'est un cylindre blanc et brillant qui a la taille et la forme... En fait, pour être honnête, ça me fait penser à un tampon.

– C'est une sorte de verre ? demande Tia.

– Pas exactement, explique Hewett. Chaque projectile est conçu selon le principe de la bouteille de Leyde. Il stocke une charge électrique qui sera libérée par l'impact. Mais la douille est faite dans un type spécial de carbonate de calcium sécrété.

– Comme une coquille d'ormeau, dis-je.

Hewett a l'air agréablement surpris.

– Précisément, Préfète Dakkar.

J'essaie de ne pas me sentir fière d'avoir donné une bonne réponse. Nous ne sommes plus en cours. Et il vient de tirer sur mon garde du corps.

– Si la douille est sécrétée, repris-je, à partir *de quoi* l'est-elle ?

Hewett se contente de sourire. Soudain, je n'ai plus envie de savoir.

– Au moment de la décharge, dit-il, toute trace du projectile disparaît. L'effet d'étourdissement dure de quelques minutes à une heure, selon la constitution de la cible.

Comme pour lui répondre, Gem se réveille avec un grognement. Il se redresse, secoue la tête.

– Qu'est-ce qui s'est passé ?

– Hewett t'a tiré dessus, dit Franklin.

Gem regarde Hewett avec respect, comme s'il ignorait que ce vieux type pouvait être aussi cool.

– Vous n'avez rien, lui dit Hewett. Debout, Préfet. Je m'apprêtais à donner des explications. Dans l'éventualité d'une nouvelle attaque de l'Institut Land, nous nous servirons de ces armes. Vous verrez qu'elles sont plus fiables que les armes à feu conventionnelles.

L'incrédulité se peint sur le visage de Gem.

– Plus fiables que mes Sig Sauer ?

– Je ne mets pas en doute votre talent, monsieur Twain, dit Hewett. Je suis conscient que vous avez les meilleures notes de tir de toute l'histoire de l'école. Mais nos ennemis porteront des armures très efficaces contre les armes à feu habituelles.

– Le kevlar n'est pas sans failles…

– Je ne vous parle pas de kevlar. (Le visage de Hewett se durcit.) De plus, nous tirerons pour mettre hors d'état de nuire, pas pour tuer. Nous ne sommes pas l'Institut Land. Nous valons mieux que ça.

Il y a une telle amertume dans sa voix que je me demande si je n'ai pas eu tort de le soupçonner. Il donne l'impression d'être sincèrement révolté par son ancien employeur. J'aimerais juste savoir pourquoi il l'a quitté et a rejoint les rangs de l'académie.

– La portée des Leyde est limitée, poursuit-il. En revanche la charge se libère au moindre contact avec le corps de la cible. Comme vous le verrez, les Leyde sont précis jusqu'à trente mètres.

– Un tiers de la portée de mes armes habituelles, marmonne Gem.

– Espérons que vous n'aurez à tester vos talents de tireur avec aucun type d'armes, rétorque Hewett. Mais nous devons être préparés. Il y a trois autres caisses comme celle-ci à l'arsenal. J'ai réglé les serrures sur les empreintes digitales de tous les préfets. Monsieur Twain, armez d'abord vos Requins, puis le reste de l'équipage.

Tia secoue la tête.

– Mais monsieur... comment ils marchent, ces engins? Théoriquement, ça ne devrait pas être possible.

Hewett grimace – son fameux air de *Seigneur, accorde-moi la patience.*

– Préfète Romero, l'impossible est seulement le possible dont on n'a pas encore découvert la science.

– Mais...

– Je sais que ça fait beaucoup à assimiler, ajoute-t-il. En temps ordinaires, pendant les épreuves de deuxième année, je vous aurais présenté les fusils à bouteilles de Leyde et je m'en serais tenu là pour la journée. J'aurais gardé les alt-tech plus surprenantes pour samedi ou dimanche.

– Les alt-tech? demande Franklin.

– *Plus* surprenantes? reprend Gem d'une voix excitée, comme s'il se portait volontaire pour une nouvelle session d'entraînement au tir.

– Malheureusement, continue Hewett en ignorant les deux questions, nous n'avons pas le luxe du temps. Pour survivre, nous allons devoir mobiliser toutes nos ressources. Mademoiselle Romero, vous voyez cette caisse, là-bas contre le mur? J'espère que vous vous souvenez de mon cours sur le camouflage opto-électrique.

Tia bat des paupières.

– Comme la peau des pieuvres, dit-elle.

– Exactement. Cette caisse contient des modules de projection. Ils sont à installer sur l'extérieur de la coque, juste au-dessus de la ligne de flottaison, à intervalles d'un mètre. Vous comprenez?

– Je... euh, oui.

– Bien.

Hewett jette un coup d'œil par le hublot. Il semble effondré de voir que nous sommes encore si près de la côte.

– Monsieur Couch, ajoute-t-il, il y a une autre caisse sur le banc juste derrière vous. Elle contient une unité de dispersion d'impulsions. Merci de l'installer sur le pont avant. Ça devrait neutraliser les radars ou les sonars.

– Euh… (Franklin devient aussi bleu que sa mèche, comme s'il avait oublié de respirer depuis quelques minutes.) D'accord, monsieur.

– Quant à vous, mademoiselle Dakkar…

– Les alt-tech, dis-je sans préambule.

J'ai l'impression de sortir d'un état de transe – ou d'y plonger, à ce stade je ne vois plus bien la différence. Je ne reprends même pas Hewett sur le « mademoiselle Dakkar » que je trouve pourtant d'une condescendance rare.

– Votre cours, continué-je. Océanographie théorique. Toutes ces technologies bizarres et dangereuses dont vous nous avez parlé. Ça n'a rien de théorique en fait, n'est-ce pas ?

J'ai de nouveau droit à son regard triste.

– Mon petit, je suis vraiment désolé.

Rien n'aurait pu me faire plus peur que ces excuses. Et « mon petit » ? Il ne m'a jamais appelée autrement que préfète Dakkar (mon titre exact), mademoiselle Dakkar (que je déteste) ou, quelquefois, « Hé, vous ! » quand il est d'humeur guillerette.

Il semble dangereux de continuer à poser des questions. J'ai l'impression d'être au sommet de la plus haute falaise d'où j'aie jamais plongé. Mais je me jette quand même à l'eau.

– Vous avez dit que Jules Verne avait *consigné* certaines choses avec exactitude. Vous n'avez pas dit *prédit* ni *imaginé*.

Êtes-vous en train de nous dire que les événements racontés dans ces romans ont réellement eu lieu ?

Hewett pose son Leyde. Les pointes de ses doigts s'attardent sur la délicate résille de fils du canon.

– C'est l'éternelle question : où les auteurs trouvent-ils leurs idées ? Dans le cas de Verne, la réponse est : au travers d'entrevues personnelles. Il entendait des rumeurs. Puis il recherchait des témoins oculaires. Ces témoins lui mentaient sur certains détails pour se protéger. Verne lui-même changeait d'autres faits pour que ses histoires fassent plus *histoires*. Mais oui, mon petit, le plus gros de ces récits est vrai.

Un silence fragile tombe sur la passerelle de commandement. On n'entend plus que le bourdonnement des moteurs et les vagues qui s'écrasent contre la proue. Les autres préfets ont l'air sonnés. Lorsque Hewett reprend la parole, ils se penchent en avant comme pour essayer d'entendre une voix émise par un électrophone vieux d'un siècle.

– Depuis la fondation de l'école, dit-il, nous avons pu reproduire certaines alt-tech de Nemo. Il y en a beaucoup que nous ne comprenons pas encore. La mission de Harding-Pencroft est de sauvegarder son héritage, d'empêcher ses inventions de tomber entre les mains des hommes et de contrecarrer les plans de l'Institut Land, qui voudrait se servir des alt-tech pour dominer le monde. J'ai bien peur que ce matin, le rapport de force qui existait entre nos écoles depuis presque cent cinquante ans ait volé en éclats. L'Institut Land est sur le point de remporter la victoire finale.

Je scrute le visage chagriné de Hewett. Mes nerfs sont comme un banc de harengs nageant tous frénétiquement dans des directions différentes. Au bout d'un moment, je n'arrive plus à contenir ce chaos. J'éclate de rire.

Je dois avoir l'air d'une folle. Je ne peux pas m'en empêcher. Ma vie a été bouleversée *une fois de plus*. J'ai perdu mon frère, mon école, mon avenir. Je ne tiens qu'à l'adrénaline depuis des heures. Et nous parlons du capitaine Nemo !

Je me tiens les côtes. Je hoquette et chasse mes larmes en battant des paupières. J'ai la quasi-certitude qu'à l'instant où mon fou rire va cesser, je fondrai en larmes jusqu'à ce que mort s'ensuive. Franklin s'avance vers moi. Il doit sentir que je suis au bord de l'effondrement. Même Gem et Tia ont l'air inquiets.

Les yeux de Hewett demeurent aussi sombres que de l'encre de calmar.

– Je suis désolé, mademoiselle Dakkar.

– *Préfète*, je le corrige, bien qu'il soit difficile d'être crédible en riant hystériquement.

Hewett fronce les sourcils.

– Je regrette que nous n'ayons pas plus de temps. Nous avons passé presque un an à guider votre frère, graduellement. Nous le formions pour le commandement, pour qu'il reprenne le flambeau de vos parents. Il avait beau se montrer fort prometteur, la pression a failli le démolir. Et maintenant, je crains de devoir vous en demander encore davantage. J'aurais souhaité...

Il est interrompu par un *ding!* émis par sa tablette. C'est la première fois que je l'entends produire un son et, même si celui-ci est plutôt joyeux, je vois à l'expression de Hewett qu'il n'apporte pas de bonnes nouvelles.

– Ils nous ont trouvés, annonce-t-il.

Les mains de Gem se portent d'elles-mêmes à ses armes.

– C'est la chose que j'avais vue sur l'écran de votre ordinateur ? demande-t-il. Qu'est-ce que c'était ?

– Pas le temps, rétorque Hewett. Alertez l'équipage. Nous sommes attaqués !

# CHAPITRE NEUF

Ils jaillissent littéralement de la mer.

J'ai juste le temps de crier « Ils sont là ! » avant que des plongeurs surgissent à la surface côté tribord, tous en scooters sous-marins – des propulseurs de plongée pas plus grands que des planches – qui vont à une vitesse de douze nœuds, si ce n'est davantage, en tout cas bien plus que tous ceux que j'aie jamais vus. Je compte huit ennemis, dont certains brandissent d'étranges armes argentées qui ressemblent à des fusils-harpons, et d'autres... Je rêve ou ce sont des lance-grenades ?

Deux cylindres de la taille d'un poing tombent sur notre passerelle et roulent le long du pont en chuintant et fumant.

– Flashbangs ! hurle Gem.

Je ferme les yeux et plaque les mains sur mes oreilles, mais les explosions m'étourdissent quand même. Je reste un moment incapable d'autre chose que de tituber dans la fumée bleue, complètement sonnée. Le temps que nous nous remettions, mes camarades et moi, nos ennemis ont jeté des grappins sur le bastingage tribord, se sont délestés de leurs propulseurs et bouteilles d'oxygène, et grimpent sur notre plat-bord comme s'ils s'étaient entraînés pendant des mois pour cet abordage.

Eloïse et Cooper sont les premiers à contre-attaquer. Ils font feu sur nos agresseurs avec leur M4A1, mais c'est comme s'ils les criblaient de boulettes en cire. Les projectiles laissent des points d'impact blancs et fumants sur les combinaisons de nos ennemis qui grimacent ; rien de plus.

Deux ennemis tirent avec leurs armes argentées. Des harpons miniatures vont se planter dans l'épaule d'Eloise et dans la jambe de Cooper. Des arcs électriques blancs en jaillissent et les deux Requins s'effondrent.

Je hurle de rage. Mes amis les plus à tribord, pour la plupart sans armes, chargent les attaquants. C'est un geste désespéré, mais mieux vaut se jeter dans un corps à corps avec des adversaires armés que de se laisser descendre un par un. En plus, il semblerait que nous ayons l'avantage du nombre. Je veux les rejoindre – je veux écarteler ces agresseurs à mains nues, en représailles pour la destruction de l'école et pour Dev – mais Gem me retient.

– Tire si tu vois une ouverture, dit-il en me tendant un Leyde. Mais reste *derrière moi*, s'il te plaît.

Ses ordres humiliants me hérissent le poil, mais j'obtempère. Il se tourne vers ses camarades de maison.

– Dru, Kiya ! crie-t-il en leur lançant à chacun un fusil de sa caisse Classe d'or, tel un père Noël de la guerre. Visez et tirez !

Instructions parfaites pour des Requins.

Deux nouveaux attaquants enjambent le bastingage. Gem leur fait payer leur retard en les canardant en plein ventre. Ils basculent en arrière, clignotant comme des guirlandes lumineuses, et retombent à l'eau. Peut-être que leurs combis les aideront à flotter. Peut-être qu'ils reviendront à eux avant de se noyer. Peut-être que ce n'est pas mon principal souci, pour le moment.

Dru Cardenas tire sur un nouvel intrus. Malheureusement, l'arc électrique touche aussi Nelinha, qui s'apprêtait à assommer l'intrus en question avec une clé à douille. Tous deux s'effondrent.

Ce qui laisse cinq ennemis, aux prises avec la dizaine de membres de notre équipage qui se trouvaient être sur le pont à ce moment-là. Pourquoi nous attaquent-ils en si petit nombre ? Et où est le docteur Hewett ? Il ne nous a pas encore rejoints. Juste quand je commençais à croire qu'il n'était peut-être pas un traître, mon pendule de la confiance repart vers *extrême suspicion*.

Je ne peux pas dire grand-chose au sujet de nos attaquants. Leurs visages sont entièrement cachés par leurs masques et leurs cagoules de plongée. Toutefois, le logo de l'Institut Land est bien visible sur le haut de chaque combinaison : un harpon argenté à l'ancienne, dont la corde entoure les lettres IL.

Nos attaquants doivent être des quatrième et cinquième année : ils sont plus grands que nous, mais n'ont pas l'air d'adultes. L'Institut Land compte sûrement dans ses rangs des enseignants formés au combat, des vigiles armés, d'anciens élèves adultes. Si c'est tellement important de nous capturer, pourquoi envoient-ils de simples élèves ? Quant à leurs fusils-harpons, ils ont méchante allure mais ne semblent pas conçus pour tuer. Après avoir entièrement détruit notre école, pourquoi hésiter à user de la force meurtrière ?

Je me demande si c'est une mascarade... une sorte d'exercice de formation. Non. La destruction de HP est bel et bien réelle.

Toute cette affaire me paraît louche, pourtant.

Mes mains moites collent à la crosse du Leyde. Je ne parviens pas à trouver une cible dégagée. Vu ce qui est arrivé à Nelinha, je ne vais pas tirer dans la mêlée avec une arme que je ne maîtrise pas pleinement.

Un des attaquants frappe Meadow Newman à bout portant avec un pistolet Leyde à mini-harpon. Elle tombe dans un crépitement d'étincelles électriques. Ester la venge en faisant un plaquage au type – Ester est une excellente défenseuse de première ligne –, et il s'affaisse en agitant les bras. Top, qui ne veut pas être en reste, lui enserre la gorge dans ses mâchoires, toujours prêt à lui apporter un soutien émotionnel. Sans l'étrange tissu pare-balles de la cagoule de plongée, Top ne ferait qu'une bouchée de l'attaquant. Les choses étant ce qu'elles sont, ce dernier hurle et titube en arrière, essayant désespérément de se débarrasser du démon à fourrure de dix kilos qui s'accroche furieusement à sa gorge.

– C'est trop facile, murmuré-je, même si je soupçonne que mes camarades inconscients ne seraient pas forcément d'accord.

Six d'entre nous sont hors service, à présent, dont certains qui saignent, blessés par les méchantes barbelures des harpons.

Et pourtant, j'ai l'impression que quelque chose m'échappe...

Peut-être que l'Institut Land ne s'attendait pas à rencontrer de résistance. S'imaginaient-ils, après avoir détruit notre école, qu'ils tomberaient sur une poignée de deuxième année terrifiés qui les imploreraient de les épargner ? Les quatre attaquants qui restent se défendent vaillamment, à coups de pied et de poing, usant de leur poids et de leur force supérieurs aux nôtres, mais il est clair que nous allons finir par l'emporter. Gem, Dru et Kiya gardent leurs armes rivées sur la mêlée désordonnée, mais je vois à leurs postures qu'ils commencent eux-mêmes à se relâcher. Ils pensent que nous avons gagné.

L'IL a soigneusement préparé cet assaut. Les mouvements des attaquants étaient synchronisés. Ils ont fait l'abordage le plus spectaculaire possible par tribord. Pourquoi bâcleraient-ils ensuite ? À moins que...

– Gem ! m'écrié-je.

Il ne m'entend pas. Entre les coups de feu, les moteurs du navire et le bourdonnement d'oreilles qui persiste après les flashbangs, ça ne m'étonne pas. Il y a assez de bruit pour couvrir presque tout. Les trois Requins ont les yeux rivés devant eux, faisant face à la menace évidente en me gardant derrière eux.

*Pense en Dauphin*, je m'intime à moi-même. *Espionnage, et non assaut frontal.*

Mille crabes minuscules courent le long de mon dos. *C'est une feinte.*

Cette fois-ci, je hurle :

– GEM !

Je veux me tourner pour regarder ce qui se passe à bâbord, mais je suis trop lente. Je suis peut-être encore en état de choc à cause du chagrin, ou ramollie par les grenades. Je n'ai décrit que quatre-vingt-dix degrés quand un avant-bras se referme sur ma gorge. Je sens une douleur aiguë, semblable à une piqûre de guêpe, dans le côté de mon cou.

La terreur afflue dans mes veines et se mélange avec ce qu'on a bien pu m'injecter. Le Leyde glisse de mes doigts engourdis.

J'ai appris une dizaine de méthodes pour me libérer d'une prise d'étranglement, mais j'ai soudain les jambes en coton. Mes bras pendent le long de mon corps, inutilisables, et je ne sens rien d'autre que la panique qui monte dans ma poitrine. Je vois maintenant, au large du flanc bâbord du *Varuna*, le bateau-ponton qu'a emprunté mon agresseur. Un autre commando de l'IL se trouve sur le hors-bord.

Les Requins crient, à présent. Je suis au moins parvenue à capter leur attention. Dru et Gem flanquent mon agresseur en braquant leurs fusils. Kiya arrive la première au bastingage bâbord, remarque le bateau-ponton et vise aussitôt le garçon qui se trouve à bord. Elle le rate et touche le moteur à la place. Le garçon réplique et Kiya s'effondre, prise dans une cage de Tesla scintillante.

– ARRÊTEZ DE TIRER OU ANA DAKKAR MEURT ! crie mon agresseur.

Il se contorsionne pour se placer dos au bastingage, tandis que je me retrouve entre les Requins et lui. Il sait comment je m'appelle. Bien sûr... j'étais la cible, dès le départ. Je ne comprends pas pourquoi, mais l'objectif de cet assaut est ma capture.

Gem et Dru gardent leurs Leyde braqués sur nous. À tribord, le dernier commando tombe quand Tia Romero lui assène un coup d'extincteur dans l'aine.

Je croise le regard de Gemini Twain. J'essaie de lui dire *Abats-nous tous les deux*, mais aucun son ne sort de ma bouche.

– Je ne ferais pas ça, à ta place, dit mon agresseur à Twain. Tu n'as peut-être pas remarqué l'aiguille que j'ai plantée dans le cou de ton amie. Ça peut être assez méchant, le venin de serpent de mer. Elle survivra, sauf si tes deuxième année et toi faites les imbéciles avec vos Leyde. Si tu me tazes, tu la tazes avec. Ça ne ferait vraiment pas de bien à son système nerveux.

Lentement, Gem abaisse son Leyde. Puis, tout aussi lentement, il dégaine ses deux SIG Sauer.

– Et si je te tirais dans la bouche à la place ? demande-t-il poliment, comme s'il proposait une lingette humide à notre invité. À moins que ton visage aussi soit pare-balles.

Gem est un tireur hors pair, mais cela ne me rassure pas pour autant. La tête de mon agresseur se trouve juste à côté de la mienne.

– Je m'en moque, que tu sois bon tireur ou non, Twain, lance mon agresseur.

Il connaît également Gem. Il s'est bien préparé.

– Cette aiguille s'enfoncera dans son cou, prévient-il. Une deuxième dose de venin de serpent de mer ? Mortelle sans aucun doute. Alors maintenant, je vais passer par-dessus bord, avec Dakkar, et tu vas me laisser faire.

– Tu vas abandonner tes compagnons ? rétorque Gem en pointant le canon d'un de ses pistolets vers la pile de commandos IL qui gisent maintenant, inertes et décoratifs, sur notre pont tribord. Et si on faisait un échange ?

– Tu peux les garder, ricane mon agresseur. Ils ont fait leur boulot. Elle, par contre... (Il resserre son bras autour de mon cou.) Ni vous ni nous ne pouvons nous permettre de la voir mourir, pas vrai ?

Mon agresseur et moi basculons en arrière – et tombons en chute libre du *Varuna*. J'aperçois au passage un bout de ciel bleu. Je sens la claque sourde de notre impact quand nous touchons l'eau. Puis les eaux froides de la mer se referment sur mon visage comme les plis d'un linceul.

# CHAPITRE DIX

Je refais surface en crachotant, avec une sensation d'étouffement. J'ai une vision floue de mes camarades de classe, alignés là-haut, le long du bastingage bâbord du *Varuna*, la posture grave. Hewett est là, lui aussi – il a l'air d'avoir mal au cœur. Gemini Twain a troqué ses Sig contre son M4A1, qu'il braque sur mon agresseur.

Le *Varuna* a coupé les moteurs. Le monde est silencieux, hormis le clapotis des vagues contre la coque et la respiration hachée de mon ravisseur à mon oreille. Ça ne doit pas être facile de me remorquer, de nager en arrière vers le bateau-ponton tout en me tenant devant lui comme bouclier humain. Je lui souhaite de se noyer.

Au-dessus de nous, Gem dit d'un ton sévère :

– Je l'ai dans ma ligne de mire, monsieur.

Je ne sais pas s'il escomptait que nous l'entendions ou pas, mais la voix porte, en mer. Mon estomac se noue à la pensée qu'il va tirer. Entre la houle, les mouvements du bateau et mon ravisseur, il serait difficile de faire mouche, même pour un tireur du niveau de Gem. En plus, j'imagine que mon ravisseur a toujours sa petite seringue hypodermique sous la main. J'espère qu'il va se piquer avec.

– Repos, monsieur Twain, ordonne Hewett.

*Ah ouais ? T'as pas mieux comme idée, Hewett ?* me dis-je dans ma tête.

– C'est ça, se gausse mon ravisseur. Repos, monsieur Twain.

Hewett plisse les yeux.

– Caleb South, dit-il, je reconnais votre voix. Ne faites pas ça.

Caleb lâche un juron. Apparemment, il n'aime pas plus Hewett que moi.

Nous arrivons au bateau-ponton. Deux mains rêches m'empoignent. Le garçon qui est au moteur me hisse à bord.

– Dave, dit sèchement mon ravisseur, encore dans l'eau. Mets-lui une aiguille sur la gorge le temps que je monte.

Super. Je me suis fait enlever par deux affreux qui s'appellent Caleb et Dave. Je me demande s'ils ont été élus par leur promotion, à l'IL, comme le tandem de l'année le plus susceptible d'ouvrir un restaurant de famille, voire une jardinerie.

Mes membres ne répondent toujours pas, mais je sens un picotement dans mes orteils. La toxine commence à s'éliminer. J'essaie de parler. Je n'arrive à produire qu'un gargouillement.

Caleb South grimpe à bord. Il me tire vers lui de sorte que de nouveau, je bloque la ligne de tir de Gem. Dave file à l'arrière et se met à tripatouiller le moteur hors-bord.

– Dépêche-toi, Dave ! aboie Caleb.

– J'essaie, marmonne Dave. L'autre idiote a tiré sur le moteur.

Ça me réjouit d'entendre ça. J'espère que le moteur va lui exploser à la figure.

Le docteur Hewett lance, depuis le pont :

– Caleb, écoutez-moi. C'est de la folie.

– Ouais, je me souviens de vos sermons. (Le ton de voix de Caleb est aussi toxique que son venin de serpent.) Nos plans sont fous, bla-bla-bla. Mais aujourd'hui, l'*Aronnax* est opérationnel et Harding-Pencroft a disparu, alors c'est peut-être vous qui avez été fou de nous quitter, non ?

J'ignore ce qu'est l'*Aronnax*, mais le nom suffit à me faire frissonner. Il a une sonorité lourde et tranchante comme une lame de couperet. En même temps, que je sois capable de frissonner est une bonne nouvelle. J'essaie de bouger la tête. Elle tombe sur le côté. D'une heure à l'autre, je serai prête au combat.

– Votre nouveau jouet n'a aucune valeur, dit Hewett à Caleb. Tout ce qui compte, c'est Dakkar.

– *Jouet ?!* hurle Caleb.

– Après ce que vous avez fait ce matin, poursuit Hewett, à l'Académie, au frère d'Ana ? Elle est irremplaçable.

Je n'apprécie pas la façon dont Hewett parle de moi – comme si j'étais un bien précieux plutôt qu'une personne. Je me demande s'il va se mettre à marchander, peut-être proposer de me diviser en deux pour partager les profits entre eux.

Je sens les doigts de Caleb trembler contre ma gorge. Il est agité alors qu'il tient la pointe d'une seringue contre ma carotide. Je n'aime pas cette combinaison.

Dave, à l'arrière du bateau-ponton pousse un « Ha ! » triomphant.

Le moteur démarre en crachant.

– Au revoir, docteur Hewett ! lance Caleb tandis que le

bateau-ponton se met en mouvement. Vous étiez nul comme prof, de toute façon.

Bon, d'accord, Hewett n'est pas du côté de l'IL et il n'aide pas ses commandos… mais il ne m'est pas d'un grand secours non plus. Je ne trouve qu'une seule chose à faire. Je gargouille suffisamment fort pour attirer l'attention de Caleb.

Il resserre la main sur mon cou.

– T'as dit quoi, Dakkar ?

Je marmonne comme si j'essayais de lui communiquer quelque chose d'important. Je sens qu'il se penche vers moi. C'est dans la nature humaine : il veut savoir ce que je dis. Je calcule mon angle et mon moment. Alors je me sers de la seule arme dont je dispose. Je jette violemment la tête en arrière et j'entends le son satisfaisant du nez de Caleb qui se casse.

Il hurle et relâche sa prise – un court instant, mais ça me suffit. Ses doigts mouillés glissent sur ma peau quand je me dégage avec une impulsion de sa paume empoisonnée, puis bascule mollement dans l'eau.

Je prends une bouffée d'air avant de plonger la tête sous l'eau. Mes bras et jambes sont comme des nouilles trop cuites, mais je parviens à garder le buste droit pour flotter. Je remonte à la surface assez longtemps pour entendre le chuintement d'un Leyde en provenance du *Varuna*. Dave glapit.

Avec un grognement, Caleb plonge sous l'eau à ma poursuite. Deux balles tirées par le M4A1 de Gem rasent le dos de sa combinaison de plongée. Caleb m'attrape par les cheveux et se met à me tirer vers le bateau-ponton, qui s'éloigne à vive allure.

– J'ai ordre de te ramener vivante, dit-il. Mais si je ne peux pas…

Du coin de l'œil, je le vois lever sa main libre. L'aiguille d'injection dépasse de l'intérieur d'une bague qu'il porte au majeur. Ça me rappelle la poignée de main électrique avec laquelle Dev me tourmentait quand on était petits. Je ne veux pas que ce soit ma dernière pensée.

Gem tire de nouveau. La balle ricoche sur le front cagoulé de Caleb et tombe à quelques centimètres de mon oreille.

– Arrêtez de tirer ! hurle Hewett.

J'essaie de me débattre. Mon corps refuse d'obéir. Caleb ricane. Le sang qui coule de ses narines lui donne l'air d'un morse aux défenses rouges.

– Tu es bien trop pénible pour que je te garde en vie, tranche-t-il.

Il lève la main pour me gifler avec sa bague empoisonnée – mais une aide me vient de là où je ne l'attendais pas. Juste à côté de nous une masse de chair luisante, gris bleuté, fuse hors de l'eau et retombe sur Caleb, l'assommant de ses trois cents kilos.

Le remous ainsi créé me fait couler. Mes sinus se remplissent d'eau de mer. Je sombre en agitant mes bras et jambes affaiblis.

Alors, le grand dauphin se glisse sous moi et me pousse doucement vers la surface. Je passe les bras autour de sa nageoire dorsale, ornée d'une grande rayure foncée.

Nous émergeons. Le premier mot que je prononce, dans un sanglot étouffé, c'est : « Socrate ? »

J'ignore complètement comment il a fait pour me trouver et comment il a su que j'avais besoin d'aide, mais cette fois-ci, je n'ai pas de mal à comprendre ce qu'il me dit avec ses petits cris et cliquetis familiers : *J'avais essayé de te prévenir, stupide humaine.*

Je pose mon visage sur son front lisse et tiède, et je me mets à pleurer.

# CHAPITRE ONZE

Nous ne laissons pas Caleb se noyer.

Si nous avions mis la question aux voix, je ne suis pas sûre qu'il en aurait eu assez pour être secouru, mais le docteur Hewett exige que nous le repêchions. Ensuite, Kiya et Dru l'emmènent pour l'interroger.

Quant au reste des attaquants de l'IL, nous les dépouillons de leurs armes, les attachons avec des liens de serrage et les mettons à dériver sur le bateau-ponton. Le docteur Hewett nous garantit qu'ils seront secourus tôt ou tard – par les garde-côtes s'ils ont de la chance, par leurs camarades s'ils en ont moins.

– L'Institut Land ne récompense pas l'échec, commente-t-il. Maintenant, nous devons appareiller.

– Monsieur, dit Tia Romero en le regardant avec de grands yeux incrédules, nous avons été attaqués. Nous avons des blessés. C'est nous qui devrions appeler les garde-côtes.

Hewett la gratifie d'un regard plein de pitié.

– Préfète, les autorités ne peuvent rien pour nous. Nous ne

ferions que les mettre en danger. Terminez vos modifications et lancez les moteurs. L'*Aronnax* ne doit pas être loin.

Tia n'a pas l'air contente, mais elle file s'exécuter.

Formés aux soins d'urgence, les Orques ne manquent pas de travail : Meadow, Eloise, Cooper et Robbie Barr ont des blessures superficielles, infligées par les harpons miniatures. Franklin estime qu'ils vont bien s'en remettre, mais qu'ils ont besoin de points de suture.

– C'est complètement gratuit, déplore-t-il à propos du projectile qu'il tient à la main – quinze centimètres de métal barbelé. Quand on assomme quelqu'un par choc électrique, à quoi ça sert de le harponner en plus ?

Je n'ai pas de réponse à cette question. Mais je ne suis pas vraiment étonnée que l'Institut Land ait mis au point un Leyde qui inflige une douleur inutile.

Les autres membres de notre équipage n'ont que des blessures mineures. Franklin veut à tout prix que j'aille à l'infirmerie, car il aimerait me faire passer quelques examens pour s'assurer que j'ai véritablement éliminé le poison. Je lui garantis que je vais bien.

Il ne me croit pas. Ester et Nelinha non plus, mais s'il y a une chose dont je n'ai pas envie, c'est de me retrouver enfermée dans une petite pièce sous le pont, branchée à un tas de moniteurs. J'ai besoin d'air, d'espace et de mer. J'ai besoin de voir Socrate nager le long du bateau en me lançant des cris et des cliquetis joyeux. Après tout ce qui s'est déjà passé ce matin, mon enlèvement m'a laissée sous le choc, tremblante de terreur, de honte et de colère. Le venin de serpent de mer n'est pas le seul poison que j'essaie d'éliminer.

Les Céphalos s'agitent en tous sens pour achever de mettre en place les modifications alt-tech du docteur Hewett. L'unité de dispersion d'impulsions est installée sur le pont avant pour brouiller les radars et les sonars. Les modules de projection sont posés sur tout l'extérieur de la coque, pour créer un camouflage dynamique. Du bastingage où je m'appuie, je ne vois aucune différence, mais les Céphalos ont l'air tout excités. Ils discutent avec entrain de paramètres et spécifications comme s'il s'agissait de sortilèges de magie.

– C'est dingue, non? me lance Nelinha avec un sourire, quand elle passe devant moi.

Avoir reçu une décharge du fusil de Dru ne l'a pas ralentie pour deux sous. On dirait même que ça lui a rechargé les batteries. Mais son sourire se fige quand elle s'aperçoit que je ne réponds pas.

– Tu es sûre ce que ça va, mon chat?

À ce moment-là, Kay, une de ses camarades de maison, s'exclame :

– Waouh, viens voir! Le temps de réponse du réseau optique phasé est incroyable!

Et Nelinha disparaît.

On ne peut pas rêver d'une amie plus dévouée qu'elle, mais il faut accepter, parfois, de passer après une nouvelle technologie rutilante.

Quelques minutes plus tard, le *Varuna* appareille.

Nous mettons le cap sur l'ouest. Socrate n'a pas de mal à nous suivre. Nous bavardons du mieux que nous pouvons, lui et moi, mais comme d'habitude, il n'y a que des questions et pas de réponses.

J'aurais aimé savoir comment il m'a retrouvée et s'il comprend que Dev n'est plus. Il ne peut pas me dire ces choses-là.

Non, c'est inexact. J'en sais suffisamment sur l'intelligence des dauphins et leurs modes de communication pour savoir aussi qu'il est parfaitement capable de me le dire. Le langage des dauphins est infiniment plus complexe et plus nuancé que ceux des humains. Simplement, il m'est impossible de le comprendre.

– Merci, lui dis-je, en m'aidant de la langue des signes pour illustrer visuellement mon propos. Je te dois une fière chandelle.

Il me décoche son sourire de dauphin en coin. J'imagine qu'il me dit *Oui, tu me dois une tonne de calmars !*

Une voix, derrière moi, dit alors :

– Je me suis fait voler la vedette par un dauphin.

Gemini Twain est appuyé contre un cabestan. Il a les bras croisés, l'air morose. Ses cheveux foncés sont mouchetés de sel de mer.

– Mon unique tâche était de te protéger, ajoute-t-il. Je suis désolé.

Je suis tentée de rétorquer *Je n'ai pas besoin de protecteur*, mais il a l'air tellement déprimé que je n'ai pas le cœur de le faire.

– Te mets pas martel en tête, Miles Morales, lui dis-je.

Gem rit doucement.

– Plus facile à dire qu'à faire.

Il tire sur son col comme s'il portait une cravate trop serrée.

Je ne sais pas grand-chose de lui. Après son altercation avec Nelinha pendant notre année de bizut, j'ai décidé que je ne voulais pas avoir affaire avec lui, sauf quand ce serait strictement nécessaire. J'imagine que Harding-Pencroft n'a pas toujours été facile pour lui non plus. À ma connaissance, c'est le seul membre de l'Église de Jésus-Christ des saints des derniers jours de HP. Comment un jeune mormon noir qui a grandi dans l'Utah, au cœur des terres, se découvre-t-il une vocation pour une carrière marine ? Je ne lui ai jamais posé la question. À présent, j'espère que nous aurons davantage d'occasions de parler – pas parce qu'il m'inspire de la sympathie, ni même parce que je me dis que je *devrais* en avoir pour lui, mais parce que c'est un camarade de classe. La journée d'aujourd'hui m'a rappelé que n'importe quelle personne présente dans ma vie peut en être arrachée en une fraction de seconde. Je lui demande :

– Qu'est-ce que tu as vu sur la tablette du docteur Hewett ?

Gem fronce les sourcils.

– Une forme sombre sous l'eau, dit-il. Comme une gigantesque pointe de flèche.

– L'*Aronnax*, n'est-ce pas ? C'est un genre de sous-marin ?

Gem balaie l'horizon du regard.

– Je n'ai jamais entendu parler de sous-marins qui ressembleraient à ça. Si c'est cette chose qui a attaqué HP et si elle est à nos trousses...

Il laisse sa phrase en suspens. Un submersible capable de démolir trois kilomètres carrés de côte californienne n'est pas un ennemi que nous pouvons combattre depuis le *Varuna*, même avec des fusils d'assaut, des pistolets zappeurs et un dauphin catcheur. Si nous ne pouvons pas demander de l'aide aux autorités, et Hewett est catégorique à ce sujet, notre seul espoir consiste à fuir et à nous cacher. Ce qui m'amène à une question délicate : fuir pour nous cacher *où* ?

Ester s'approche alors de nous, Top sur ses talons, un calmar mort à la main. Sans préambule, elle me tend le calmar, qui est à la fois tiède et glacé – et parfaitement répugnant.

– Je l'ai trouvé au congélateur, dit-elle. Je l'ai mis soixante-cinq secondes au micro-ondes. Je ne voulais pas le laisser plus longtemps pour qu'il ne devienne pas trop caoutchouteux. Enfin bon, c'est un calmar, il est déjà caoutchouteux.

Tout ça débité d'une traite et sans me regarder. Elle essaie de me réconforter, bien sûr. Elle savait que j'avais envie de donner une gourmandise à Socrate et elle a trouvé pile ce qu'il fallait.

J'ai entendu des « spécialistes » dire que les individus souffrant des troubles du spectre de l'autisme ont des problèmes d'empathie, mais parfois je me demande si ces spécialistes ont pris le temps de s'asseoir et de discuter avec ces personnes. Au début, je ne comprenais pas pourquoi Ester ne nous consolait pas quand l'un ou l'une de nous avait de la peine. Son comportement me faisait l'effet d'un code complexe, d'un fouillis de mots et de signaux. Mais quand j'ai déchiffré ce code, j'ai compris qu'Ester avait juste une manière un peu différente de procéder. Elle est plus susceptible de faire quelque chose de gentil, ou de donner une explication, pour nous remonter le moral. En réalité, c'est une des personnes les plus empathiques que je connaisse.

Top s'assied à mes pieds et agite la queue. Il me regarde de son œil le plus attendrissant. *Je suis un super toutou. J'ai presque tué quelqu'un tout à l'heure.*

– Je lui ai déjà donné des tonnes de biscuits, me prévient Ester. Le calmar est pour Socrate.

– Tant qu'il n'est pas pour moi... dit Gem.

– Tu blagues, commente Ester avec le plus grand sérieux. J'ai pigé.

– Ester, merci beaucoup, lui dis-je. C'est merveilleux.

Je lance le calmar à Socrate, qui l'attrape avec empressement. J'aurais aimé descendre à l'eau et le lui donner à la main, mais nous naviguons à vive allure, à présent, et Socrate nous suit à la même vitesse. Il peut facilement tenir la cadence, mais je ne sais pas s'il décidera de nous suivre. Les dauphins ont leurs propres priorités.

– Il peut se reposer à bord, s'il est fatigué, me dit Ester.

Il me faut une seconde pour comprendre la phrase.

– Comment ça, *à bord* ?

– Tu n'as pas vu la cabine du capitaine ? me demande-t-elle. Harding-Pencroft a toujours eu des amis dauphins. Pareil pour Top. (Elle lui gratte l'oreille.) Il y a toujours eu un Top à Harding-Pencroft. Je veux dire, avant que Harding-Pencroft ne soit détruite.

Ça m'échappe un peu, cette histoire de Top et de dauphins qui auraient toujours été à HP, mais après avoir évoqué la destruction de l'école, Ester s'agite de nouveau. Elle pianote sur ses cuisses et sa voix monte de quelques crans.

– ENFIN BREF, JE SUIS VENUE TE CHERCHER, dit-elle.

– Je... D'accord. Qu'est-ce qui se passe ?

Je n'ai pas vraiment envie de savoir. La journée a été assez longue comme ça.

– Le docteur Hewett veut vous voir tous les deux sur le pont avant, nous dit Ester. Il ne se sent pas bien. Je ne suis pas spécialiste, mais à mon avis, il a du diabète et sans doute une pathologie sous-jacente.

Gem et moi échangeons un regard inquiet. L'idée que Hewett soit malade ne m'étonne pas. Il a une mine épouvantable depuis... depuis toujours, en fait. Ester n'est pas la reine du tact, mais en général, elle a de l'intuition. Une fois, elle a déclaré bien fort, au beau milieu d'un déjeuner, que mes douleurs menstruelles seraient moins horribles si j'augmentais ma dose de vitamine B1. Je dois reconnaître qu'elle avait raison.

– D'accord, dis-je. C'est pour ça qu'il veut nous voir ? Parce qu'il est malade ?

– Non, répond Ester. J'y ai pensé alors je l'ai dit, c'est tout. Il veut vous voir parce que le prisonnier a commencé à parler. (Elle regarde ses paumes.) J'ai du jus de calmar sur les mains. Je vais les laver parce que je crois que c'est ce qu'il faut faire quand on a du jus de calmar sur les mains.

# CHAPITRE DOUZE

Caleb South est ligoté avec des liens de serrage à une chaise pliante en métal. Ses poignets sont attachés dans son dos et ses chevilles aux pieds de la chaise.

Quand je le vois, je sens ma colère se durcir pour essayer de former une armure, mais je suis tellement épuisée qu'elle reste molle comme un vieux tee-shirt de nuit : elle glisse et retombe, pend comme une masse informe de chagrin et de traumatisme.

Caleb est encore en combi de plongée. On lui a retiré son masque et sa cagoule. Il a des yeux marron rapprochés et une grande mèche blonde qui vire au verdâtre à cause du chlore. Son nez cassé est en train d'enfler bien comme il faut, et le sang sèche au-dessus de sa lèvre supérieure.

Il a été placé face à l'ouest, de sorte qu'il a le soleil dans les yeux chaque fois qu'il regarde le docteur Hewett. Dru et Kiya, armés de leurs Leyde tout neufs, sont postés de chaque côté du prisonnier. Kiya n'a pas l'air de s'être très bien remise de son choc électrique. J'aperçois Linzi Huang, de la maison Orques, debout derrière le docteur Hewett.

Ça me rassure. Ça signifie que Hewett respecte encore les procédures. Un Orque doit être présent à toutes les négociations importantes. Ils ne sont pas seulement nos soignants, mais aussi nos témoins et nos rapporteurs – la conscience de l'école. Quand ils sont là, tout le monde se tient à peu près à carreau.

Je pense qu'aucun de mes camarades de classe ne serait capable de battre un prisonnier pour lui arracher des informations, mais après ce que nous avons subi, les nerfs sont à vif. Nous sommes tous tendus.

Caleb a l'air plutôt en forme, sachant qu'il a le nez cassé et qu'un dauphin lui est rentré dedans il n'y a pas longtemps. La seule torture à laquelle il est soumis, c'est une humiliation à la sauce Harding-Pencroft. Ses biceps sont entourés de brassards pour enfants jaune vif avec des canards roses. Il a une bouée assortie autour de la taille. C'est le traitement que les classes supérieures infligent aux bizuts qui s'acquittent maladroitement de leurs missions. Ils sont forcés de porter des canards roses une journée entière. Les pauvres, beaucoup ne se remettent jamais de cette humiliation. Je ne sais pas du tout pourquoi nous avons ces bouées à bord, mais ça ne m'étonne qu'à moitié.

Caleb grimace en me voyant, toutefois il s'abstient de commentaire sarcastique. Les petits canards ont dû lui saper le moral.

Hewett se penche vers le prisonnier.

– Monsieur South, dit-il, dites à Mlle... dites à la préfète Dakkar ce que vous m'avez confié.

– Ce bateau, lâche South avec un rictus, va finir au fond de la mer.

– Pas ça, dit Hewett avec lassitude. L'autre partie.

– L'*Aronnax* arrive.

– Votre sous-marin, dis-je en me souvenant de la conversation avec Gem.

Caleb émet un petit rire.

– Comparer l'Aronnax à un sous-marin, c'est comme comparer une Lamborghini à une voiture d'entrée de gamme. Mais oui, petit génie, c'est notre navire. Il vous reste une heure, peut-être, si vous avez de la chance. Notre mission était de te capturer vivante... (Il crache un grumeau de sang séché.) Vu que nous avons échoué et que nous ne sommes pas allés au rapport, les autres vont rappliquer. Ils vont torpiller cette poubelle et ils confirmeront ensuite la mise à mort.

*Confirmer la mise à mort.*

Je sens dans mon ventre un froid aussi tranchant qu'une lame de couteau à fileter. Je me demande si l'équipage de l'*Aronnax* parlait de Dev et de moi de cette façon avant de détruire l'école, comme si nous n'étions rien de plus que des cibles impersonnelles.

J'ai envie de le gifler. Je me retiens. La présence de Linzi est un rappel au calme : *Nous ne sommes pas comme eux. Nous ne nous abaisserons pas à leur niveau.*

– Pourquoi cette attaque ? demandé-je à Caleb. Pourquoi moi ? Et pourquoi ont-ils envoyé une bande d'élèves incapables de faire le job ?

Il secoue la tête, l'air dégoûté.

– Tu as eu de la chance que cet imbécile de dauphin te vienne en aide, c'est tout. À l'IL, on ne dorlote pas les élèves comme à HP. Détruire HP... (Il me décoche un sourire sanguinolent.) C'était notre projet de cinquième année, et je dirais qu'on a fait fort.

Dru avance d'un pas en levant la crosse de son Leyde, mais Gem l'arrête d'un regard sévère.

Caleb suit l'échange avec un amusement visible.

– Quant à *pourquoi toi*, Ana Dakkar... tu ne sais vraiment rien, on dirait. (Il jette un coup d'œil à Hewett.) À croire que le professeur ne vous a pas dit toute la vérité sur HP. Est-ce qu'on vous avait appris à vous servir d'un Leyde avant aujourd'hui ? Est-ce que vous étiez même au courant que ça existait ?

Un vent de malaise parcourt notre groupe.

– C'est bien ce que je pensais, dit Caleb. À l'IL nous n'avons pas peur de nous servir de nos connaissances. Combien de problèmes mondiaux auriez-vous pu résoudre, lâches que vous êtes, si vous aviez bien voulu *partager* ?

Gem, derrière moi, demande :

– Partager quoi, au juste ?

– Vous avez eu deux ans, reprend Caleb. (J'entends de l'amertume dans sa voix, et même des regrets.) Vous auriez pu coopérer avec nous. Vous auriez pu négocier.

Je ne sais pas si c'est le bateau qui tangue ou moi qui manque d'équilibre. *Deux ans* que mes parents sont morts. Deux ans pendant lesquels, d'après Caleb, Harding-Pencroft aurait pu négocier.

Je regarde le docteur Hewett droit dans les yeux.

– Que s'est-il passé il y a deux ans ?

Il a le regard encore plus triste que Top quand il réclame des biscuits pour chiens.

– Nous en discuterons bientôt, chère Ana. Je vous le promets.

Caleb ricane.

– Tu n'es quand même pas assez bête pour croire aux promesses de Hewett ? Nous aussi, il nous promettait plein de choses quand il était à l'IL.

Hewett contracte les poings si fort que ses jointures pâlissent.

– Ça suffit, monsieur South.

– Professeur, si vous leur disiez sur quoi vous travailliez à l'IL quand j'étais en deuxième année ? suggère Caleb. Avant de vous dégonfler. Dites-leur qui a eu l'idée de l'*Aronnax.*

C'est comme s'il venait de lancer un autre flashbang. Mon crâne tinte comme une cloche.

Gem reprend son souffle et demande :

– Professeur, de quoi parle-t-il ?

Hewett a l'air plus contrarié que honteux.

– J'ai fait beaucoup de choses dont je ne suis pas fier à l'IL, Préfet Twain, avant de comprendre de quoi ces gens-là sont capables. (Il reporte le regard sur notre prisonnier.) Et aujourd'hui, monsieur South, l'Institut Land a prouvé pourquoi on ne peut et ne pourra jamais lui confier des technologies avancées. Vous avez détruit une noble institution.

– *Noble institution ?* Vous protégiez l'héritage d'un hors-la-loi. (Caleb gigote dans sa bouée rose à canards.) Et si vous avez l'intention de me tuer, allez-y. Ce truc est inconfortable.

Dru et Kiya regardent froidement le docteur Hewett. Même Linzi a l'air secouée. Peut-être, comme moi, ignoraient-ils jusqu'à aujourd'hui que Hewett avait travaillé à l'Institut Land. Mais c'est pire que ça. Il a eu l'idée de l'*Aronnax*. Il a contribué à créer l'arme qui a détruit notre école et tué mon frère.

– Nous n'exécutons pas les prisonniers, déclare Hewett. Dru, Kiya, jetez-le par-dessus bord.

L'expression de Caleb perd toute arrogance.

– Hé, attendez...

– Monsieur, proteste Linzi.

– Il ne risque rien, lui assure Hewett. Il a son gilet de sauvetage, sa combinaison de plongée, ses brassards. Exécution !

Dru et Kiya ont l'air tentés de jeter le professeur à la mer à la place du prisonnier, mais après un coup d'œil à Gem, ils obtempèrent. Ils détachent Caleb, qui jure et se débat comme un diable, puis le traînent jusqu'au bastingage de bâbord et le balancent à l'eau.

La dernière image que j'ai de mon ravisseur, c'est sa tête blonde qui ballotte dans le sillage de notre bateau. Il crachote et crie des horreurs sur Harding-Pencroft. Je pense qu'il ne tardera pas à être repêché. Il fait pas mal de bruit et, avec ses brassards roses, c'est sans doute l'objet flottant le plus coloré au large de San Alejandro.

– Mademoiselle Huang, dit Hewett. Présentez-vous à la passerelle. Maintenez le cap sur l'ouest à la vitesse maximale.

Linzi s'agite.

– Monsieur, dit-elle. Nous méritons...

– Vous aurez vos explications, promet Hewett. Mais faisons les choses dans l'ordre. Vérifiez le bon fonctionnement des modules de projection du camouflage et l'unité de dispersion des impulsions. Demandez aux Orques de passer le navire au peigne fin pour s'assurer qu'aucun dispositif de traçage n'a été dissimulé à bord. Nous devons à tout prix échapper à l'*Aronnax*. (Il se tourne vers moi.) Quant à vous, Ana Dakkar, venez avec moi. Je crois qu'il est temps que vous nous donniez un cap.

## CHAPITRE TREIZE

J'attrape Nelinha au passage et je l'entraîne avec moi.

J'ai besoin d'une amie à mes côtés, même si cela l'oblige à coexister un moment avec Gem. Je suis encore étourdie par... par tout, en fait. Les mises en garde de Caleb ne m'ont pas plu. Je ne comprends pas pourquoi le docteur Hewett considère que c'est à moi de décider du cap que nous allons prendre. Pourquoi me désigne-t-il sans cesse ? C'est lui qui détient les secrets, pas moi. Et je ne suis toujours pas sûre de faire confiance à Gemini Twain pour me protéger.

Au bout de la coursive, Hewett ouvre la porte de la cabine du capitaine. C'est la première fois que j'y entre. La pièce est immense : un lit double contre le mur de bâbord, des fenêtres qui donnent sur la proue, une grande table de conférence et, à tribord...

J'en ai le souffle coupé.

– *Socrate !*

Le côté tribord de la pièce est entièrement occupé par un aquarium d'eau de mer ouvert. Le mur de Plexiglas doit faire autour de trois mètres cinquante de long et un mètre cinquante de haut ; il est incurvé pour empêcher l'eau de faire trop de vagues quand le bateau a du roulis. L'aquarium n'est pas assez grand pour que le dauphin y vive, mais il a la place de barboter, de se tourner et de flotter à son aise. Des deux côtés, il y a un rabat métallique qui me fait penser à une chatière géante. Je ne comprends pas bien comment l'aquarium a été conçu, mais je présume que les glissières rejoignent la mer pour permettre à Socrate d'aller et venir.

Socrate passe la tête par-dessus le rebord de Plexiglas, ce qui nous met face à face. Il cliquette joyeusement. Je serre sa tête dans mes bras et je l'embrasse sur le bec. Je me rends compte que je souris pour la première fois depuis que l'école a été détruite.

– Je ne comprends pas, dis-je. Comment nous as-tu trouvés ?

Hewett répond à sa place.

– Votre ami dauphin connaît bien ce bateau. HP a cultivé des amitiés avec de nombreux membres de sa famille au fil des ans. Vous l'avez appelé Socrate ?

– Je... Oui.

J'allais raconter que Dev et moi plongeons avec Socrate tous les matins, mais évoquer ce rituel serait comme marcher pieds nus sur du verre brisé.

– Un nom judicieusement choisi, dit Hewett. Eh bien, Socrate sait qu'il a toujours sa place à bord du *Varuna*, s'il a envie de voyager avec nous. Approchez, mademoiselle Dakkar. Venez voir ceci.

Il me fait encore le coup du *mademoiselle*. Ils sont tous pareils : ils persistent à répéter la même bourde en espérant que vous finirez par vous lasser de les reprendre.

– Préfète Dakkar, grommelé-je – mais Hewett a déjà reporté

son attention sur la table de conférence, où l'ont rejoint Gem et Nelinha.

À croire que la présence du grand dauphin dans la cabine du capitaine ne leur fait pas plus d'effet que ça. À contrecœur, je vais m'asseoir avec mes camarades humains.

Une carte nautique du Pacifique est déployée sur la table. À certains égards, c'est une carte à l'ancienne. Les noms sont joliment calligraphiés, la rose des vents coloriée avec soin. Des gravures de monstres marins au corps sinueux occupent les quatre coins.

Cependant, la carte est faite d'un matériau que je ne connais pas. Il est gris clair, presque translucide et parfaitement lisse, comme s'il n'avait jamais été plié. L'encre scintille. Si je la regarde de côté, les inscriptions semblent toutes disparaître. Je n'aime pas penser cela alors que Socrate est dans la pièce, mais on dirait de la peau de dauphin. Peut-être que, comme le carbonate de calcium des Leyde, il a été « sécrété » biologiquement dans un laboratoire.

Super. Voilà que mes pensées s'égarent dans le labyrinthe des alt-tech, maintenant.

Une espèce de presse-papiers cuivré en forme de dôme est posé sur la carte – enfin, dans un monde normal, ce serait un presse-papiers. Sa surface arrondie est couverte de fils métalliques entremêlés. Au point culminant, il y a un creux lisse et rond. On dirait l'œil d'un robot steampunk. J'espère vraiment qu'il ne va pas s'ouvrir et me regarder.

Hewett s'assied de l'autre côté de la table et s'éponge le front avec un mouchoir. Les paroles d'Ester me reviennent à l'esprit : « Diabète. Pathologie sous-jacente. » Hewett n'a jamais été mon professeur préféré. Je ne lui fais pas confiance. Il n'empêche que je m'inquiète pour sa santé. C'est le seul adulte à bord et la seule personne peut-être susceptible de me donner des réponses.

Nelinha est debout à ma droite, Gem à ma gauche. Ils évitent soigneusement de se regarder. Socrate vocalise et joue dans son aquarium.

Hewett saisit le presse-papiers. Il se penche en travers de la table et le pose au milieu de la carte, comme si on était en train de jouer au poker et qu'il égalisait sa mise.

– Je ne vais pas vous demander de le faire tant que vous ne vous sentirez pas prête, dit-il. Mais c'est le seul moyen d'avancer.

J'examine l'objet de plus près. Cette marque sur le dessus...

– C'est un lecteur d'empreinte digitale, deviné-je. Je mets le pouce dessus et... il se passe quoi ? Ça nous montre un point sur la carte ?

Hewett ébauche un sourire.

– C'est un lecteur génétique, en fait, répond-il. Réglé sur l'ADN de votre famille. Mais oui, vous avez bien déduit sa fonction.

Je commence à déduire ma propre fonction, également – à comprendre pourquoi Hewett et Caleb South parlent de moi comme d'une denrée rare. Je rassemble les pièces de cette horrible journée et je n'aime pas le tableau qui se dessine.

Je pose prudemment la question qui m'intrigue réellement.

– Alors, Jules Verne... Vous dites qu'il a interviewé des personnes réelles.

Hewett hoche la tête.

– *Vingt Mille Lieues sous les mers. L'Île mystérieuse*, dit-il. Les textes fondateurs s'appuient sur des faits réels.

Je sens mon ventre se nouer.

– Textes fondateurs... À vous entendre, on croirait qu'ils sont sacrés.

– Loin de là ! proteste Hewett. Ce sont des romans, des représentations erronées. Mais Ned Land était vraiment un maître harponneur canadien. Le professeur Pierre Aronnax était bien un biologiste marin français.

– Ned Land... L'Institut Land, dit Nelinha.

– Et *Aronnax*, enchaîne Gem. C'est le nom du submersible.

Hewett garde le silence assez longtemps pour marteler la carte de chacun de ses dix doigts.

– Oui, finit-il par dire. Land et Aronnax, ainsi que le domestique du professeur, Consiel, furent les seuls survivants d'une expédition navale tragique. Dans les années 1860, ils se joignirent à une chasse pour traquer un monstre marin présumé... une créature qui attaquait et coulait des bateaux tout autour du globe. L'*Abraham Lincoln*, le navire expéditionnaire, disparut quelque part dans le Pacifique. Plus d'un an après, Land, Aronnax et Consiel furent retrouvés, inexplicablement, à bord d'une petite chaloupe de sauvetage au large de la côte norvégienne.

Je me penche pour mieux écouter. Je connais l'intrigue de *Vingt Mille Lieues sous les mers*. Mais là, elle commence à ressembler à une prophétie... annonciatrice d'une apocalypse. Je n'aime pas les apocalypses.

– Personne n'a cru ce qu'ils ont raconté sur leur année perdue, poursuit Hewett. On les a traités de fous. Je doute que Jules Verne lui-même les ait crus, mais il les a *écoutés*. Plusieurs années plus tard, alors que le roman de Verne était devenu célèbre, il a été contacté par un autre groupe d'hommes. C'étaient des naufragés qui avaient survécu sur une île déserte du Pacifique. Ils prétendaient avoir fait une rencontre similaire à celle décrite dans *Vingt Mille Lieues*. Ils voulaient rectifier ce qu'ils qualifiaient d'inexactitudes dans le récit de Verne. Le roman suivant de Jules Verne, *L'Île mystérieuse*, se fondait sur ses entretiens avec ces hommes-là.

– Cyrus Harding et Bonaventure Pencroft. (Mon esprit travaille à toute vitesse, fait des rapprochements que je n'ai pas envie de faire.) Les fondateurs de notre école. Et Ned Land est le fondateur de l'Institut Land.

Nelinha regarde Hewett en levant un sourcil. C'est l'expression qu'elle réserve aux filles de troisième année qui nous embêtent quand elle veut leur signifier qu'elles ont intérêt à arrêter si elles ne veulent pas se faire botter le derrière.

– Si tout ça est vrai, dit-elle, vous êtes en train de nous expliquer que le héros du livre, là, était réel, lui aussi. Nemo.

– C'est exact, mademoiselle da Silva.

– Et on ne parle pas du poisson-clown, ajoute-t-elle.

Il fallait que quelqu'un le dise.

Hewett se passe la main sur la figure.

– Non, mademoiselle da Silva. Le *héros du livre, là*, n'était pas un poisson-clown. Et il n'était pas non plus le personnage fictif des romans de Jules Verne qui a donné son nom au poisson du dessin animé. Le capitaine Nemo a véritablement existé. Il a vécu au XIXe siècle, et c'était un génie qui a créé des technologies marines en avance de plusieurs générations sur son temps. Ses découvertes les plus importantes et les plus porteuses ont été codées selon la chimie corporelle de Nemo... ce qu'on appelle aujourd'hui l'ADN. Lui et ses descendants étaient les seuls capables d'activer ses plus grandes inventions.

Nous y voilà. Je m'assieds. J'ai peur que mes jambes me lâchent.

– Ester est la descendante de Cyrus Harding, dis-je.

Hewett rive les yeux sur moi et attend. Son expression est un mélange de compassion et d'intérêt froidement analytique, comme celle d'un inspecteur de série télé à la morgue, au moment de retirer le drap qui recouvre la victime pour permettre à l'un de ses proches de l'identifier.

– Et le capitaine Nemo… dis-je. Ce n'était pas son vrai nom. C'était le prince Dakkar. Un aristocrate indien. Du Bundelkund.

– Oui, mademoiselle Dakkar, confirme Hewett. Et vous êtes désormais sa seule descendante directe. Ce qui fait de vous, littéralement, la personne la plus importante du monde.

# CHAPITRE QUATORZE

– Ah non.

Honnêtement, c'est tout ce que je trouve à répondre.

– Non, vous ne voulez pas dire que notre école a été détruite, que mon frère a été tué et que l'Institut Land a essayé de me kidnapper parce que je suis la descendante d'un personnage de fiction ?!

– Pas de fiction, répète Hewett d'une voix fatiguée. Le prince Dakkar était votre quatrième arrière-grand-père.

– Je suis d'accord avec Ana, dit Nelinha. C'est de la folie.

Gem dépose son Leyde sur la table.

– On a des preuves, dit-il.

Nelinha fait un geste de la main pour balayer l'argument – ou peut-être juste pour envoyer promener Gem.

– Il est sympa, ton pistolet zappeur, dit-elle. Mais ça ne prouve pas que Jules Verne ait écrit de la non-fiction. Je pourrais rétro-concevoir un Leyde, si j'avais le temps.

– C'est exactement ce qu'a fait Harding-Pencroft, intervient le docteur Hewett. Et l'Institut Land, malheureusement. Mais les plus grandes innovations de Nemo...

– Un instant. (Je lève les mains comme si j'essayais de rassembler ces informations nouvelles en un tout cohérent, sans succès.) Vous avez rétro-conçu des super-tasers. Vous avez des systèmes de camouflage dynamique et de brouillage antiradars plus performants que ceux de l'armée. Et tout ça a été inventé par un type qui a vécu il y a cent cinquante ans.

Hewett me gratifie du hochement de tête plein d'attente dont il use en classe, comme pour me dire : *Continuez. Vous voyez que vous n'êtes pas complètement idiote.*

– Alors pourquoi avez-vous besoin de moi ?

Hewett tressaille. J'ai l'impression qu'il aimerait bien *ne pas* avoir besoin de moi.

– Mademoiselle... Préfète Dakkar, se rattrape-t-il devant mon regard noir. Au cours des cent cinquante dernières années, nous ne sommes arrivés à recréer que quelques-unes des avancées technologiques de votre ancêtre. Nous sommes comme des enfants qui jouent à se déguiser pour lui ressembler. La majeure partie de son travail, malheureusement, est toujours hors de notre portée.

– Et vous croyez que j'y peux quelque chose ?

Je ris, même s'il n'y a rien de drôle. Derrière moi, Socrate me répond par quelques cliquetis. Je déclare d'un ton ferme :

– Professeur, je ne détiens aucun secret de famille.

– Non, je sais, confirme-t-il. Cela faisait partie du plan de Nemo.

Gem s'assied à côté de moi. Sa main se referme sur le canon du Leyde.

– Le plan de Nemo ?

Hewett prend une inspiration, comme pour se préparer à plonger dans son dernier discours.

– Il est arrivé deux fois seulement que des gens rencontrent le capitaine Nemo et puissent en réchapper pour raconter leur aventure. La première fois...

– C'était Land et Aronnax, l'interrompt Nelinha. Les méchants.

Hewett se force à sourire.

– Oui, mademoiselle da Silva. Bien sûr, eux-mêmes ne se seraient pas qualifiés de « méchants ». Ils ont fui le sous-marin de Nemo, le *Nautilus*, convaincus d'échapper de justesse au fou le plus dangereux du monde.

– Un hors-la-loi, dis-je. Caleb a dit que nous protégions l'héritage d'un hors-la-loi.

– Oui, dit Hewett. C'est vrai, Nemo était un hors-la-loi amer et dangereux. Il haïssait les grandes puissances coloniales. Il coulait leurs bateaux par tous les océans et les mers, dans l'espoir de saboter leur commerce et de les mettre à genoux.

– Le type sympa, en somme, commente Gem en fronçant les sourcils.

– Un savant brillant, rétorque Hewett, et qui avait des raisons personnelles de détester l'impérialisme.

Il hésite, pesant le pour et le contre avant de me raconter une tragédie familiale supplémentaire.

– Pendant la rébellion indienne de 1857, le prince Dakkar s'est opposé aux Britanniques. En représailles, les Britanniques ont saccagé sa principauté et tué sa femme et son fils aîné. À la suite de cela, Dakkar est entré dans la clandestinité, pour finir par devenir le capitaine Nemo. Vous, Ana, vous êtes la descendante de son plus jeune fils, l'unique héritier à avoir survécu.

Pendant une minute, nous sommes tous silencieux. La tragédie a beau remonter à plusieurs générations, j'éprouve un vide douloureux et familier, comme si la femme et l'enfant de Nemo étaient deux personnes de plus que j'avais perdues lorsque HP s'est effondré dans l'océan.

Pour finir, Nelinha grommelle en portugais un commentaire peu amène sur ce que les impérialistes peuvent faire de leurs drapeaux nationaux.

Le docteur Hewett ne parle pas portugais, à ma connaissance, mais il semble saisir l'idée générale. Il hoche la tête d'un air compatissant.

– Toujours est-il, reprend le professeur, que lorsqu'ils ont fui le *Nautilus*, Ned Land et Pierre Aronnax étaient terrifiés par la rage et la puissance du capitaine. Ils ont voué le restant de leurs jours à protéger de son programme vengeur l'ordre du monde dominant. Ils estimaient qu'ils ne pouvaient y arriver qu'en recréant ou en volant les technologies de Nemo, par tous les moyens, et en s'appropriant sa puissance.

Nelinha examine ses ongles, abîmés par une journée de rude labeur à assommer des ennemis avec sa clé à douille.

– Alors c'est ça, l'origine de l'Institut Land, dit-elle. *Les méchants*, comme je disais. Ils veulent sauver l'ordre du monde. Et nous, alors, que sommes-nous ? Les gentils hors-la-loi ? (Elle lève les sourcils.) Pour info, ça me convient.

– Ravi de l'apprendre, réplique Hewett d'un ton pince-sans-rire. Comme l'a déduit la préfète Dakkar, notre école a été fondée par le deuxième groupe à avoir rencontré Nemo – le groupe dirigé par Cyrus Harding et Bonaventure Pencroft. Ils avaient eu la chance de s'échouer sur une île qui se trouvait être une des bases secrètes du capitaine. Il les a aidés à survivre, puis à se sauver.

– Il avait beaucoup de bases secrètes ? demande Gem comme s'il avait toujours rêvé d'en avoir une.

– Nous avons connaissance d'une douzaine de bases, mais peut-être qu'il en avait plus. En tout cas, lorsque Harding et Pencroft ont rencontré Nemo, il était devenu un autre homme. Ses tragédies personnelles avaient eu raison de ses espoirs et l'avaient brisé. Bien qu'il fût un génie, bien qu'il possédât le sous-marin le plus puissant jamais construit, il n'était pas arrivé à apporter de réels changements au monde... Du moins, c'était ce qu'il croyait.

– Il est mort dans son submersible, dis-je.

Je ne m'étais pas rendu compte que je me souvenais si bien de *L'Île mystérieuse*. Je suppose que ça change la donne de savoir que ce type partageait mon sang, et pas seulement mon nom.

– Nemo a aidé les naufragés à s'enfuir, précisé-je. Puis il a coulé le *Nautilus* dans un lagon souterrain, juste avant que l'île n'explose dans une gigantesque éruption volcanique. Le sous-marin a été son tombeau.

Je vois la chair de poule couvrir les bras de Nelinha. Pour une ingénieure, elle est drôlement superstitieuse. Les fantômes, les morts, les tombes – elle a une peur bleue de tout ça.

– Il n'y avait aucune mention d'une école fondée par Harding et Pencroft dans ce livre, dit-elle.

– Non, bien sûr, répond Hewett. Si Harding et Pencroft sont allés parler à Jules Verne, c'était pour une seule raison : qu'il change le récit public. Pour que nous puissions atteindre notre objectif, si jamais des gens finissaient par soupçonner que le capitaine Nemo avait réellement existé, il valait beaucoup mieux qu'ils ne le perçoivent pas comme une menace. Vers la fin de sa vie, Nemo avait renoncé à sa quête de vengeance. Effectivement, il est mort à bord du *Nautilus*, dont on suppose qu'il a été détruit dans l'explosion de l'île.

– *Notre objectif*, dit Gem. En quoi consiste-t-il ?

Hewett montre la carte d'un geste.

– Juste avant sa mort, Nemo a pris Cyrus Harding à part pour une dernière conversation, raconte-t-il. C'est relaté dans le livre de Verne. Ce qui n'est pas dit, en revanche, c'est que Nemo a remis à Harding un coffre rempli de perles fines et qu'il lui a confié une mission : s'assurer que ses technologies ne soient jamais employées par les puissances mondiales ni volées par l'Institut Land. Nous avions pour mission de sauvegarder l'héritage de Nemo et de ne révéler ses avancées qu'au fur et à mesure, quand nous estimerions que le monde serait prêt à les recevoir. Et surtout – son regard se pose sur moi –, nous avions pour mission de protéger ses descendants jusqu'au moment venu.

Je n'ai pas envie de poser la question, mais je le fais quand même.

– Quel moment venu ?

Une fois de plus, le docteur Hewett se contente de me regarder en attendant que ça fasse tilt.

– Cette carte mène à l'une des bases de Nemo, dis-je, sentant ma peau se couvrir d'une chair de poule encore plus prononcée que celle de Nelinha. Pas n'importe laquelle. L'île où Nemo est mort. Car elle n'a pas été entièrement détruite par l'explosion, c'est ça ?

Là, Hewett m'adresse son geste de prof le plus rare. Il pointe énergiquement le doigt vers moi pour signifier : *Exact*.

– Ana, dit-il alors, il y a deux ans, vos parents ont donné leurs vies pour retrouver cette île. Nous préparions votre frère à prendre la direction des opérations sur place, après ses études. En effet, depuis que nous l'avons découverte, l'île est devenue un laboratoire de terrain doublé d'un site archéologique sous-marin, tenus tous deux par des enseignants de HP. Elle abrite nos technologies les plus avancées. Ainsi que... des objets.

Gem se frotte le front.

– C'est ce que convoite l'Institut Land. L'accès à cette île. Et vous... vous avez travaillé à l'IL, dit-il d'une voix où l'on sent qu'il en fait une affaire personnelle, comme si Hewett avait manqué à sa parole.

Ce dernier répond, les yeux rivés sur la carte :

– C'est vrai, monsieur Twain. Quand j'étais jeune, j'ai fait HP – maison Requins, comme Dev Dakkar et vous-même. Malgré ça et presque malgré moi, j'avais une certaine admiration pour l'Institut Land. On y préférait l'action à la prudence, l'attaque à la défense. Ça me parlait. À plusieurs égards, l'IL est une école entièrement composée de Requins. C'est pourquoi j'ai accepté le poste qu'on m'y a proposé, et j'ai passé des années à définir le cahier des charges d'un sous-marin capable de rivaliser avec le *Nautilus*. Il m'a fallu longtemps pour voir le côté brutal et hideux de l'IL, pour comprendre ce qu'ils comptaient faire d'un tel pouvoir...

Il m'adresse un regard triste.

– Je ne m'attends pas à ce que vous m'accordiez votre confiance. Mais mon passé à l'IL est une des raisons pour lesquelles j'ai voulu être le conseiller de Dev. Je me suis efforcé de le guider dans ses progrès, de lui apprendre pourquoi l'approche de HP était la seule façon responsable d'avancer. Dev me faisait tellement penser à moi à son âge...

Si je n'étais pas tellement bouleversée, ça m'aurait sans doute fait rire. Je ne peux pas imaginer deux personnes moins semblables que Dev et le docteur Hewett. J'ai du mal à me représenter Hewett en Requin, en jeune, ou en quoi que ce soit d'autre que notre professeur. En revanche, ça me fait réfléchir à ce que Dev aurait pu accomplir dans sa vie d'adulte. Aurait-il réussi à commander son propre bateau puis sa propre flotte, comme il en avait toujours rêvé ? Aurait-il pu finir comme Hewett, en professeur amer et découragé ? Cette idée m'attriste presque autant que de savoir que désormais, Dev n'a plus aucune chance de se faire un avenir.

Hewett soupire, comme s'il partageait mes pensées.

– En tout cas... quand vos parents ont découvert la base de Nemo, l'Institut Land a eu peur que HP n'en retire un avantage imparable. Comme je vous le disais, les découvertes les plus importantes de Nemo ne peuvent être activées que par ses descendants. Et contrairement à l'Institut Land, nous avons... de bonnes relations avec la famille Dakkar.

J'ai la désagréable impression que Hewett a failli dire *nous avons la mainmise sur la famille Dakkar*. Il n'a pas l'air de remarquer le regard froid que je lui lance.

– L'île est complètement hors réseau, dit-il en reprenant un peu de couleur. Elle est coupée de toute communication extérieure. Même moi, j'ignore son emplacement. Le seul moyen de la trouver, c'est...

– Moi.

Je regarde l'espèce de presse-papiers cuivré.

– Exactement, ma chère Ana. La base est notre seul espoir. L'équipe qui s'y trouve n'a aucun moyen d'être informée de la destruction de HP. Il faut que nous l'avertissions. Là-bas, nous pourrons rassembler nos forces, nous réarmer, protéger...

– On pourrait juste s'adresser aux autorités, dis-je en l'interrompant. Nous avons bel et bien été attaqués. Notre école a été détruite. Nous pourrions prévenir...

– Qui ? me demande Hewett. La police ? Le FBI ? L'armée ? Dans le meilleur des cas, ils nous prendront pour des fous. Dans le pire, ils nous *croiront*. Êtes-vous prête à disparaître dans un site secret du gouvernement et à passer le restant de vos jours à subir des interrogatoires ? L'Institut Land et Harding-Pencroft ne sont d'accord sur pratiquement rien. Mais il y a un seul point sur lequel nous le sommes à cent pour cent : confier les technologies de Nemo aux gouvernements mondiaux ou, pire, aux grandes entreprises mondiales, serait une véritable catastrophe. Nous devons...

Soudain, il pique du nez comme s'il avait reçu un coup de poing dans le ventre.

Gem se relève d'un bond :

– Professeur ?

– Ça va, dit-il d'une voix chuintante. J'ai abusé de mes forces, c'est tout.

J'échange un regard avec Nelinha. *J'y crois pas une seconde.*

– Préfet Twain, hoquette Hewett. Aidez-moi, je vous prie.

Gem a l'air soulagé d'avoir quelque chose à faire. Il attrape Hewett par le bras et l'aide à se lever.

– Je vais vous laisser pour le moment, Préfète Dakkar, dit Hewett. Prenez le temps de réfléchir. Notre plan d'action dépendra de vous. Nous suivrons vos ordres.

Je le dévisage. *Suivre mes ordres ?* L'idée me terrifie.

– Mais... vous partez ? je bafouille. C'est votre cabine.

– Oh non, rétorque Hewett. C'est la vôtre. Je vous ai bien dit que vous étiez la personne la plus importante du monde, il va sans dire que vous êtes aussi la personne la plus importante à bord de ce navire. Nous nous reparlerons demain.

Monsieur Twain, aidez-moi à gagner la passerelle, je vous prie...

Avant qu'ils n'arrivent à la porte, je l'interpelle :

– Monsieur.

Hewett se retourne.

– Vous avez mentionné des objets... (Je n'ai pas envie de continuer, mais je me force.) Vous avez dit qu'on *supposait* que le sous-marin de Nemo avait été détruit. Ce que mes parents essayaient de trouver quand ils sont morts...

– Ils y sont parvenus, Ana, me dit-il d'une voix empreinte de nostalgie, comme s'il parlait du père Noël. Après quatre générations de recherches infructueuses, vos parents ont réussi. Ils ont découvert l'épave du *Nautilus*.

# CHAPITRE QUINZE

Tu es la personne la plus importante du monde. Le sort de tes amis et camarades de classe est entre tes mains. Ah ! j'oubliais : tes parents sont morts en découvrant un super sous-marin inventé par un romancier du XIXe siècle. Débrouille-toi avec ça !

Je ne sais pas vous, mais moi, quand mon cerveau menace d'exploser, j'organise une soirée pyjama.

J'invite Ester et Nelinha à partager ma cabine. Je n'ai pas envie de rester seule dans cette pièce immense, même avec mon doudou dauphin, Socrate. J'ai besoin d'être rassurée par les ronflements d'Ester et par le frottement soyeux des cheveux de Nelinha quand elle tourne la tête sur son oreiller. Je veux respirer l'odeur de Top et l'entendre soupirer, blotti aux pieds de sa maîtresse.

Au moment du coucher, Gemini Twain vient vérifier que je vais bien. Il m'indique que le *Varuna* gardera le cap à l'ouest, sauf ordre contraire de ma part, et qu'il repassera prendre de mes nouvelles demain matin.

– D'accord, dis-je. Merci. Bonne nuit.

Je lis de la gêne dans son regard. Peut-être me considère-t-il autrement maintenant qu'il me sait apparentée à un célèbre fou/génie/hors-la-loi/capitaine de sous-marin. À moins qu'il ne projette de dormir sur mon paillasson au cas où l'on tenterait de m'enlever. Je préférerais la première explication.

Mes amies insistent pour me céder le lit et se glissent dans leurs duvets. Comment trouver le sommeil alors que les pensées et les émotions se bousculent en moi ? Cette journée n'a été qu'une longue succession de malheurs. Je m'attendais à ce que nous bavardions pendant des heures, mais à peine me suis-je écroulée sur mon matelas extra-large que la fatigue me submerge.

Je fais des rêves fragmentés, mais incroyablement détaillés. C'est la Holi, la fête des couleurs. Ma mère et moi surveillons les gâteaux en train de cuire dans le four. Une délicieuse odeur de cardamome, de *khoya* et de noix de coco flotte dans la cuisine. Soudain, elle éclate de rire à la blague idiote que je viens de raconter et me presse contre son sari qui sent fort l'encens. Je me revois ensuite, toute petite, le visage enfoui dans le cou de mon père. Je ferme les yeux et m'imprègne du parfum de son après-rasage, qui me rappelle celui de la tarte à la citrouille. Puis mon frère et moi rentrons de l'école, main dans la main. Ce jour-là, je me suis battue pendant la récréation. Bien qu'à peine plus âgé, Dev a l'air beaucoup plus mûr que moi. Il me parle d'un ton apaisant, mais sa voix vibre d'indignation. Il me dit que je vaux beaucoup mieux que les idiotes qui m'ont manqué de respect. Le sang qui coule de ma lèvre fendue a un goût cuivré. Nous dépassons un buisson de chèvrefeuille en pleine floraison. Depuis, l'odeur sucrée de cette plante me provoque toujours un bonheur intense. Je voudrais frapper encore et encore cette punaise de Maddy White pour que Dev me complimente et me tienne la main sur le chemin de la maison.

Un bruit de conversation animée me tire du sommeil. Ester et Nelinha parlent à voix basse près de moi. Je constate qu'elles sont habillées et que Socrate a quitté son tunnel pour hamster aquatique, sans doute pour aller pêcher son petit-déjeuner. Ça faisait une éternité que je n'avais pas dormi aussi tard.

Nelinha remarque soudain que j'ai ouvert les yeux.

– Bonjour, chaton ! dit-elle. Comment te sens-tu ?

Le menton calé sur ma jambe, Top pousse un jappement qu'on pourrait traduire par : « Debout, espèce de larve ! »

Les souvenirs de la veille affluent en masse. Mon frère a péri dans la destruction de l'Académie et ma vie part à vau-l'eau, au sens propre comme au figuré.

Je finis par répondre :

– Je me sens... réveillée. J'ai manqué quelque chose ?

Nelinha lance un regard d'avertissement à Ester.

– La bonne nouvelle, annonce celle-ci, c'est qu'il n'est pas mort.

– Ester ! gémit Nelinha.

– Tu m'as dit de commencer par le positif, proteste Ester. Eh bien, il n'est pas mort. Du moins, pas encore...

Pendant une fraction de seconde, je crois qu'elle parle de Dev, mais elle brise net mon espoir en précisant :

– Le docteur Hewett. Franklin l'a trouvé inconscient dans sa cabine.

Je me lève d'un bond et me précipite dans le couloir. Je ne porte qu'un tee-shirt long sur une culotte en coton, mais tant pis !

Gemini Twain monte la garde devant l'infirmerie. Il n'a visiblement pas fermé l'œil de la nuit. À l'intérieur, Franklin Couch et Linzi Huang surveillent notre professeur, qui n'a pas repris connaissance. Il est sous perfusion, et ses constantes s'affichent sur plusieurs écrans. Pas besoin d'être médecin pour constater qu'elles ne sont pas bonnes. À cause des lanières de son masque à oxygène, ses cheveux gris se dressent sur sa tête comme les épines d'un poisson-scorpion. Top renifle tout ce qui l'entoure avec intérêt, jusqu'à ce que Linzi le chasse de la pièce. Elle a les yeux rouges et un masque chirurgical pend de son oreille droite.

– Nous avons procédé à un bilan sanguin aussi complet que possible, explique-t-elle. Son foie ne fonctionne plus et sa glycémie crève le plafond. Nous penchons pour un cancer du pancréas en phase terminale associé à un diabète de type 2, mais nous ne sommes pas équipés pour établir un diagnostic plus approfondi, et encore moins pour entreprendre un traitement. Son état nécessite une prise en charge médicale immédiate.

– Le problème, soupire Franklin, c'est que *môssieur* Twain refuse que nous lancions un S.O.S.

– Je ne fais qu'obéir aux ordres du professeur, se justifie Gemini, dont la voix se fêle sur le dernier mot. Silence radio, quoi qu'il arrive. Si l'Institut Land nous retrouve...

Il n'a pas besoin d'achever : si l'*Aronnax* nous rattrape, il nous coulera sans sommation. Depuis hier, j'ai entendu beaucoup de choses si incroyables que j'ai eu du mal à les prendre au sérieux. Les menaces de Caleb South n'en faisaient pas partie.

Le visage de Hewett est sillonné de veines bleu pâle et parsemé de taches brunes. Je n'ai pas le droit de lui en vouloir, mais c'est plus fort que moi : s'il avait mieux pris soin de lui, on n'en serait pas là ! Qu'attendrait-il de nous ? La réponse est évidente. Il souhaiterait que nous gardions le cap afin de trouver la base secrète. Mais celle-ci justifie-t-elle son sacrifice ?

– Combien de temps pouvez-vous le maintenir en vie ? demandé-je.

Franklin hausse les épaules.

– Nous ne sommes que des ados, Ana ! Nous avons reçu une formation médicale, mais…

La voix d'Ester nous fait tous sursauter, sauf Hewett :

– SI C'EST UN CANCER DU PANCRÉAS EN PHASE TERMINALE, il est de toute façon condamné. Même un hôpital ultramoderne ne pourrait rien pour lui.

– Ester, on est des Orques ! proteste Linzi. On ne peut pas…

– Elle n'a pas tout à fait tort, glisse Franklin.

– Tu plaisantes ? Nous devons faire demi-tour !

– La base, intervient Gem. D'après Hewett, elle est équipée des technologies les plus avancées. Encore mieux qu'un hôpital ultramoderne.

– C'est un pari risqué, fait remarquer Nelinha.

– De quelle base parlez-vous ? s'enquiert Franklin avec une lueur d'espoir dans les yeux. Elle est loin d'ici ?

Tous se tournent vers moi. Gem leur a-t-il dit que je suis devenue « la personne la plus importante du monde » ? Je n'ai pas de réponse à leur apporter – je n'ai même pas encore mis mes chaussures ! –, mais je sais où en trouver.

– Faites de votre mieux pour le stabiliser, dis-je à Franklin et à Linzi. Vous trois, venez. J'ai quelque chose à vous montrer.

# CHAPITRE SEIZE

Depuis quand mes camarades de classe m'obéissent-ils au doigt et à l'œil ?

Sans protester, Franklin et Linzi retournent au chevet de leur patient. Ester et Nelinha s'alignent derrière moi telle une garde d'honneur, et Gem ferme la marche tandis que nous nous dirigeons vers la cabine du capitaine – je n'arrive toujours pas à la considérer comme la mienne.

Gem attend à l'extérieur pendant que j'enfile une tenue décente. Socrate a regagné son aquarium en mon absence. Il émet des vocalises, comme pour dire : *Eh bien, humaine ? Tu ne m'as pas apporté de calmar ?* Je note pour moi-même de réparer au plus vite cet oubli.

Dressé sur ses pattes arrière, Top observe notre nouveau colocataire à travers la vitre. Il semble regretter de ne pouvoir lui renifler le derrière pour faire plus ample connaissance.

Une fois habillée, je crie à Gem d'entrer, et nous nous asseyons tous les quatre autour de la table.

– Je vous rappelle que je ne suis pas préfète, et Nelinha non plus, commence Ester en tripotant ses doigts. Tia et Franklin seraient plus légitimes que nous.

– Te fais pas de bile, chaton, la rassure Nelinha. J'ai dit à Tia que je la tiendrai au courant. Quant à Franklin... Comme tu as pu le voir, il est très occupé.

Ester n'a pas l'air convaincue ; pourtant, elle acquiesce.

– Dans ce cas, d'accord.

Gem regarde le presse-papiers en forme d'œil de robot comme s'il allait lui sauter au visage.

– Tu sais comment faire marcher ce truc ? me demande-t-il.

– Je t'interdis de douter de ma copine ! le gronde Nelinha, avant de me fixer en plissant des yeux. Ana, tu sais comment faire marcher ce truc ?

– Il n'y a qu'un moyen de le vérifier ! dis-je en saisissant l'œil de robot.

Il est tiède, comme un téléphone portable que l'on vient de recharger. J'applique mon pouce contre le motif gravé sur le dessus. Un fourmillement remonte jusqu'à mon coude, mais je résiste à la tentation de tout lâcher.

La carte s'illumine. Le presse-papiers commence à se déplacer au-dessus. Cela me rappelle la fois où nous avons testé une planche de Ouija dans notre chambre, à l'Académie. Nelinha a poussé un cri strident dès que le curseur s'est mis à bouger, et j'ai été prise d'un fou rire pendant qu'Ester nous donnait un cours magistral sur l'effet idéomoteur et les mouvements musculaires inconscients. Nous n'avons jamais su ce que les esprits s'apprêtaient à nous révéler.

Cette fois, personne ne crie ni ne rit. J'ignore comment l'œil de robot parvient à se repérer, mais il s'immobilise au large de la côte californienne – notre position actuelle ? Puis il émet un rayon qui s'étire à la surface de la carte, traversant les lignes de latitude et de longitude, et s'interrompt en plein Pacifique.

Le fourmillement devient plus intense. Je serre les dents.

– Ester, tu pourrais mémoriser ces coordonnées ? demandé-je.

– C'EST FAIT ! s'écrie-t-elle, excitée comme une puce.

Je repose l'œil de robot. Le rayon s'éteint.

– Waouh ! fait Nelinha. Impressionnant. Une fois activé par l'ADN d'Ana, je suppose que l'appareil diffuse un signal codé à l'intérieur du papier, si toutefois il s'agit de papier. Puis il s'efface sans laisser de trace.

– Les anguilles électriques s'orientent et communiquent au moyen de décharges de faible tension, explique Ester. Cette carte doit être fabriquée avec leur peau, ou avec un matériau similaire cultivé en laboratoire. C'est cruel, de tuer des anguilles. Nemo n'aurait pas fait une chose pareille, si ?

Elle me regarde, attendant que je confirme. Comme je reste muette, elle répond à ma place :

– Non, il n'aurait jamais fait ça.

– Bon Dieu, c'est fantastique ! soupire Nelinha.

– S'il te plaît, ne blasphème pas, intervient Gem.

– Tu te prends pour ma mère ?

– Je t'ai juste demandé poliment de ne pas...

– Vous deux, ça suffit ! ordonné-je.

À ma grande surprise, ils se taisent aussitôt.

Je m'adresse à Ester :

– Quand atteindrons-nous le point que nous a indiqué le rayon ?

La navigation n'a aucun secret pour les Dauphins. Je suis capable de déchiffrer une carte marine, mais Ester maîtrise mieux les mathématiques dures. Elle jongle sans effort avec les variables.

– À notre vitesse actuelle, répond-elle, je dirais, dans soixante-douze heures. Avec des conditions météo favorables, sans avarie et sans nouvelle attaque par un commando de l'IL. En plus, ces coordonnées ne correspondent à aucune terre connue. Si nous ne trouvons pas la base, nous serons coincés au milieu de nulle part, nous aurons épuisé nos réserves d'eau et de nourriture, et nous mourrons.

C'est brutal, mais honnête.

Nous avons des provisions pour un week-end. En nous rationnant, nous devrions tenir vingt-quatre heures de plus. Un soupçon se forme dans mon esprit : Hewett a prétendu ignorer où était la base. Pourtant, il avait prévu des vivres pour trois jours de navigation ; exactement ce dont nous aurons besoin pour l'atteindre. Drôle de coïncidence.

D'un autre côté, je ne vois pas comment il pourrait simuler un coma diabétique. Je ne le crois pas non plus capable de risquer sa vie pour nous amener à découvrir une base secrète et révéler ensuite son emplacement à l'IL.

Et même si j'ai honte de l'admettre, j'adore les chasses au trésor, les coffres enterrés sur une île déserte et repérés par une croix sur une carte... Piège ou pas, la tentation est trop forte.

Bien sûr, il serait plus raisonnable de regagner San Alejandro, mais quelle aide pouvons-nous attendre des autorités ? Ma classe et moi, nous avons travaillé dur pendant deux ans pour devenir un jour les meilleurs navigateurs, explorateurs, océanologues et officiers de marine du monde.

Nous devons à nos camarades défunts d'aller au bout de

cette aventure. Je veux savoir pourquoi mes parents ont sacrifié leurs vies, pourquoi Dev... Pourquoi il est mort, lui aussi. Mais je n'imagine pas un instant prendre cette décision seule.

– Rassemblez l'équipage sur le pont, dis-je à mes amis.

# CHAPITRE DIX-SEPT

J'ai toujours détesté les exposés oraux.

Quand on faisait des travaux de groupe en classe, je me portais volontaire pour effectuer des recherches, dessiner des cartes, rédiger le devoir ou concevoir le PowerPoint. Mais je laissais la partie présentation à quelqu'un d'autre.

Cette fois, pas moyen de me défiler. Sans que je leur en donne l'ordre, les élèves se rangent par maisons sur le pont principal. Manquent juste à l'appel Linzi, qui veille le docteur Hewett, et Virgil Esparza, de service sur la passerelle, mais je les ai déjà mis au courant.

L'océan est agité et le ciel se charge de nuages sombres. Pas le temps idéal pour prendre une décision aussi importante.

Gemini Twain se tient à ma droite. Je ne suis pas encore habituée à sentir dans mon cou le souffle d'un Requin lourdement armé. Je m'attends presque à ce qu'il me pousse sur le côté et s'avance en disant : *À partir de maintenant, c'est moi qui commande !* Le pire, c'est que je ne protesterais même pas. Je n'ai jamais réclamé le pouvoir, et le fait que tous me regardent, espérant des réponses, accroît mon malaise.

Le traître qui a désactivé la barrière électronique de l'école se trouve peut-être parmi eux, mais cela ne doit pas m'arrêter. Nous avons traversé beaucoup d'épreuves ensemble depuis deux ans, et encore plus au cours des dernières vingt-quatre heures. Chacun d'entre eux a ma confiance tant qu'il ou elle ne m'aura pas donné des motifs sérieux de douter de sa loyauté. De toute manière, Hewett a confisqué nos téléphones et vérifié qu'ils ne contenaient pas de mouchards. Même si l'un de nous parvenait à récupérer le sien, nous sommes trop loin de la terre pour avoir du réseau. Nous avons activé le brouilleur opto-acoustique, le système de camouflage dynamique, et fouillé le navire de fond en comble pour le cas où l'on y aurait caché un émetteur. Aucun passager n'est en mesure de communiquer avec l'extérieur, du moins en théorie.

Je leur expose la situation. Surprise ! Je suis la dernière descendante du capitaine Nemo (non, pas le poisson du dessin animé). Nos super-tasers et nos autres joujoux Classe or s'inspirent des inventions de celui-ci. L'Institut Land et Harding-Pencroft se disputent lesdites inventions depuis cent cinquante ans. Ce conflit larvé a récemment viré à la guerre ouverte. La pièce maîtresse de l'héritage de Nemo est une base secrète censée abriter l'épave du *Nautilus*, à trois jours de navigation de notre position actuelle. Si l'*Aronnax*, le sous-marin de l'IL, nous rattrape avant que nous l'ayons atteinte, il nous coulera. Ah ! Dernière chose : le docteur Hewett est dans le coma et a besoin d'une assistance médicale urgente.

– Deux options s'offrent à nous, dis-je en conclusion. Nous pouvons chercher cette base, comme le souhaitait Hewett, en espérant y trouver des alliés qui nous aideront à vaincre l'IL. Ou alors, nous regagnons la Californie et nous nous en remettons aux autorités. Des questions ?

Les élèves échangent des regards gênés ; aucun n'ose parler le premier.

Kiya Jensen finit par rompre le silence :

– C'est toi qui donnes les instructions, Ana ? Gem est d'accord ?

J'essaie de ne pas me vexer. Les Requins sont spécialement formés au commandement. D'après les règles de l'Académie, c'est Gem qui devrait faire la pluie et le beau temps à bord. S'il réclamait un vote, je ne doute pas qu'il l'emporterait haut la main, et pour être franche, ça me soulagerait. Même si ça m'ennuie de l'admettre, Gemini Twain serait un meilleur capitaine que moi.

Je me tourne instinctivement vers lui, lui laissant le soin de répondre à Kiya.

– Les ordres du professeur sont clairs, dit-il. Nous devons trouver cette base. Ana a eu de bonnes intuitions jusqu'ici, et son ADN lui permet de faire fonctionner des engins qui nous dépassent complètement. Je partage l'avis du docteur Hewett : elle est notre meilleur atout.

Je m'efforce de garder un visage impassible, genre : *Je n'ai pas douté une seconde que Gem m'apporterait son soutien !*

Rhys Morrow prend à son tour la parole :

– Tous les deux, vous partez du principe que cette mystérieuse base existe. Mais si Hewett a menti ? Nous nous retrouverons au milieu du Pacifique, avec zéro provision. N'oubliez pas qu'il a enseigné à l'IL. Celui-ci a pu le charger de nous infiltrer pour nous envoyer à la mort.

Cette chère vieille Rhys, toujours aussi optimiste !

Toutefois, elle n'a pas tort. Des murmures approbateurs saluent son intervention.

– La base existe ! affirme Ester.

Accroupie sur le pont, elle cueille délicatement des croûtes de sel dans le pelage de Top. Elle n'a pas parlé très fort, pourtant tous lui accordent aussitôt leur attention.

– Tu en es sûre ? l'interroge Franklin.

– Pas à cent pour cent, répond Ester en regardant toujours son chien. Mais si le docteur Hewett voulait nous éliminer, il aurait trouvé un moyen plus simple que de nous lancer à la recherche d'une île imaginaire. Et si c'est un espion, il a besoin de nous – et d'Ana – pour mener l'IL à la base. Ils ne nous tueront pas avant de l'avoir trouvée.

Cette perspective réjouissante plane dans l'air chaud et humide. L'océan s'agite sous nos pieds. De nouveau, tous les regards convergent vers moi.

Je suis trop jeune pour gérer une crise aussi grave. Je n'ai même pas quinze ans ! Je voudrais hurler : *Ce n'est pas juste !* Mais je n'ai cessé de hurler en silence depuis la mort de mes parents, et pour quel résultat ?

– Chercher la base présente des risques, dis-je d'une voix plus assurée que je ne l'aurais cru. Mais faire demi-tour ne serait pas non plus sans danger. L'*Aronnax* nous traque, et vous avez vu ce qu'il a fait à notre école. Nous avons tous perdu des... amis dans sa destruction.

Plus que des amis. Je repense au sourire en coin de Dev, et son cadeau d'anniversaire anticipé, la perle noire de notre mère, me semble soudain peser une tonne. Kay Ramsay, dont la sœur aînée achevait sa troisième année à l'Académie, fixe le sol, les yeux rougis par les larmes. Brigid Salter, qui avait un frère en première année, tremble si fort que Rhys est obligée de la soutenir.

Hier, notre monde a volé en éclats, nous plongeant dans l'effroi, la stupeur et l'inconnu. Maintenant, nous devons reconstruire nos vies à partir de ces débris.

Certains d'entre nous ont été littéralement brisés. Eloise McManus a le bras gauche en écharpe – quoi de plus rageant pour un Requin que de ne pouvoir manier une arme ? Meadow Newman, une Céphalo, cache ses pansements sous sa chemise, mais je la vois encore, raide et pâle, avec une pointe de harpon fichée dans la poitrine. Son coéquipier Robbie Barr a la jambe droite plâtrée. Appuyé sur une béquille, il se mouche non parce qu'il pleure, mais parce qu'il souffre de multiples allergies. Même en pleine mer, il trouve le moyen d'éternuer et de renifler.

– Toutes ces technologies alternatives... commence-t-il en coulant un regard vers moi. Tu as dit que l'Académie avait vocation à veiller sur elles. Aucun de nous n'était au courant. Et toi ?

– Non plus. Je ne l'ai appris qu'hier, comme vous tous.

En fait, je soupçonne Ester d'en savoir plus qu'elle n'a le droit d'en dire, mais je ne veux pas l'embarrasser en public.

Cooper Dunne brandit son Leyde tout neuf.

– Est-ce que cette fameuse base nous réserve d'autres surprises de ce genre ? demande-t-il.

S'il ne donne pas l'impression de souffrir de sa jambe blessée lors de l'attaque d'hier, il paraît impatient de disputer le match retour contre l'IL, de préférence avec un arsenal renforcé.

– D'après Hewett, lui réponds-je, les armes sur le principe de la bouteille de Leyde sont les plus rudimentaires des inventions de Nemo. Le reste se situe à des années-lumière de nos meilleures technologies de pointe. Ce week-end devait nous servir d'initiation.

Ce rappel déclenche de nouveaux murmures dans les rangs : dire qu'il y a vingt-quatre heures, notre principal souci était de réussir nos évaluations de fin d'année !

– Si je comprends bien, intervient Tia Romero en tirant sur une de ses boucles brunes, les élèves des classes au-dessus étaient tous dans le secret, mais aucun n'a jamais rien laissé filtrer !

Le plus vexant, c'est de découvrir que les troisième année en savaient plus que nous. Beaucoup de choses s'éclairent à présent, à commencer par les mesures de sécurité autour du bâtiment Verne, les gardes armés, les caisses Classe or...

Je n'en reviens toujours pas que Dev m'ait caché notre ascendance, et pire encore, les circonstances de la mort de nos parents. Mais plus j'y réfléchis, moins je lui en veux. Je suis juste triste qu'il ait dû porter ce fardeau seul. Je regrette qu'il n'ait pu le partager avec moi, mais c'est trop tard.

– Ils ne l'auront pas !

La voix de Brigid Salter me tire soudain de mes pensées. Elle tremble toujours comme si elle avait de la fièvre, mais une détermination farouche se lit sur son visage.

– Cette base est tout ce qui reste de l'Académie, enchaîne-t-elle. Nous devons empêcher l'Institut Land de s'en emparer. Toi aussi, Ana, tu es trop précieuse pour tomber entre leurs mains. Nous te défendrons !

Une boule se forme dans ma gorge. L'IL en a après moi seule. Mes camarades auraient tous de bonnes raisons de m'en vouloir, mais la colère que je sens monter parmi eux n'est pas dirigée contre moi.

– Je vote pour confier le commandement de ce navire à Ana, annonce Gem. Sous ses ordres, nous découvririons cette base et nous ferons payer ses crimes à l'Institut Land. Qui me suit ?

Toutes les mains se lèvent. Seul Top s'abstient, mais j'aime à croire qu'il m'accorde son soutien moral.

Je sens le goût métallique de la peur sur ma langue : me voici à la tête d'un équipage composé de vingt ados, un chien, un dauphin et un adulte dans le coma. C'est une trop lourde responsabilité. Mais mes camarades ont besoin de se rallier à un chef, et ils pensent l'avoir trouvé en moi. Pour eux, pour nos amis disparus, et surtout pour Dev, je ne peux pas les décevoir.

– Vous pouvez compter sur moi !

À peine ai-je prononcé ces mots que je les regrette : en réalité, je ne peux rien leur promettre. J'ajoute :

– Les préfets, accompagnez-moi sur la passerelle. Les autres, à vos postes. Nous avons du travail.

*C'est juste l'affaire de soixante-douze heures*, me répété-je pour me donner du courage.

Dans soixante-douze heures, soit nous aurons trouvé de l'aide à la base, soit nous serons tous morts.

# CHAPITRE DIX-HUIT

Commander un navire, ce n'est pas des vacances.

J'aurais dû m'en douter : ce n'est pas la première fois que je monte à bord du *Varuna*. Mais je n'avais encore jamais eu un équipage sous mes ordres ni une cargaison de gadgets alt-tech.

Mon entrevue avec les préfets se déroule assez bien. Nous répartissons les tâches et organisons les quarts. La passerelle accueillera en permanence un Dauphin et un Requin, respectivement en tant que quartier-maître et officier de pont. De leur côté, les Orques et les Céphalos déballeront nos trésors Classe or afin de les étudier. Linzi et Franklin se relaieront auprès du docteur Hewett. Chacun à tour de rôle préparera les repas, rationnera les vivres, contrôlera les systèmes critiques et fera le ménage. (Un bateau se salit vite avec vingt et une personnes et un chien à bord.) Top aura pour mission d'être adorable et de suivre Ester comme son ombre. Socrate continuera à aller et venir, à dévorer des poissons et à jouer dans les vagues. Ce n'est pas juste : les animaux ont toujours le meilleur rôle.

Après réflexion, je décide de garder le cap droit vers l'île censée abriter la base. C'est risqué, mais nous n'avons pas assez de vivres pour tenter de semer nos poursuivants en louvoyant. Reste à espérer que nos brouilleurs opto-acoustiques de pointe feront le job.

Virgil Esparza et Dru Cardenas prennent le premier quart. Tia Romero leur tient compagnie sur la passerelle. Elle a entrepris de cracker la tablette du docteur Hewett afin de rediriger ses données vers l'ordinateur de bord. Je lui souhaite bonne chance, même si je ne suis pas certaine de pouvoir digérer les secrets renversants que notre professeur gardait peut-être en réserve.

Je consacre les heures qui suivent à l'inspection du navire, encourageant l'équipage et évitant autant que possible de trébucher sur une des nombreuses caisses de matériel qui encombrent les lieux de passage. Des Orques et des Céphalos surexcités me pressent de questions : C'est quoi, ce truc ? Ça fonctionne comment ? La plupart du temps, je suis incapable de leur répondre. J'ai beau être l'arrière-arrière... petite-fille de Nemo, le mode d'emploi de ses inventions n'est pas inscrit dans mon ADN.

Vers midi, il se met à pleuvoir, avec de la houle et des creux de deux mètres. Ce n'est pas la première dépression que nous affrontons ; néanmoins le moral de l'équipage s'en ressent. À rester coincés des heures dans l'entrepont sans voir l'horizon ni respirer l'air frais, même les estomacs les plus solides commencent à s'agiter.

Je rejoins Nelinha dans la chambre des machines. Visiblement, elle a décidé de revisiter la tenue de Rosie la riveteuse avec un débardeur et un bandana à pois rouges. Assise par terre, elle trie le contenu d'une caisse pleine de câbles et de plaques métalliques avec une expression concentrée. Je crois revoir Dev à dix ans, en train de construire un robot en Lego.

Je me tourne vers Gem, qui ne m'a pas lâchée d'une semelle de toute la matinée, et lui propose :

– Tu ne voudrais pas faire une pause déjeuner ? Ne t'inquiète pas, il ne m'arrivera rien en ton absence.

Tiraillé entre le devoir et la gêne que lui cause la présence de mon amie, il finit par s'éloigner, à mon grand soulagement. Il y avait si longtemps qu'il me suivait que je craignais de découvrir la marque de son souffle dans mon dos.

– T'en as pas marre ? demande Nelinha en pointant un tournevis vers l'endroit où se tenait sa bête noire quelques secondes plus tôt.

Je suis tentée de lui répondre que Gem n'est pas si horrible que ça, mais je me contente de hausser les épaules.

Nelinha pousse un vague grognement et reporte son attention sur les éléments qu'elle est en train d'assembler.

Son animosité envers Gem a été presque immédiate. Nous venions d'entrer à l'Académie et tâchions de survivre à la période de répartition, qui s'étendait sur tout le mois de septembre. Deux de nos camarades avaient déjà décroché et quitté l'école en larmes.

Nelinha galérait plus que la plupart. L'anglais n'était pas sa langue maternelle, même si elle se débrouillait très bien. Dès les premiers jours, elle avait pris l'habitude de s'asseoir à côté de moi à la cafétéria parce que je connaissais des rudiments de portugais. Un soir, pendant le dîner, une ombre s'est abattue entre nous. Debout près de notre table, Gem regardait

Nelinha avec des yeux ronds, comme s'il venait de voir une licorne.

« C'est toi, la boursière brésilienne ? » lui a-t-il demandé.

Sa curiosité n'était pas dictée par la méchanceté, mais sa question a résonné dans le silence de la salle. Après un entraînement physique épuisant, aucun de nous n'avait la force de bavarder. Tous les élèves se sont retournés pour voir à qui Gem s'adressait.

*La boursière brésilienne...*

Le visage de Nelinha s'est brusquement fermé. J'ai serré le manche de ma fourchette, luttant contre l'envie de la planter dans la cuisse de Gemini Twain. En une phrase, il avait réduit ma nouvelle amie à une étiquette qui lui collerait à la peau jusqu'à la fin de l'année.

Gem, inconscient du mal qu'il venait de causer, a enchaîné sur son frère, qui était missionnaire mormon à Rocinha. Est-ce que Nelinha l'avait croisé là-bas ? Et d'abord, ça ressemblait à quoi, la vie dans une favela ?

Avec le temps, j'ai compris que cette franchise brutale fait partie de son caractère. Quand Gem repère une cible, il tire, et tant pis pour les dommages collatéraux !

Nelinha a posé ses couverts.

« Non, je n'ai pas rencontré ton frère, a-t-elle répondu avec un sourire crispé. Tu as terminé, Ana ? »

J'ai lancé un regard furieux à Gem et me suis précipitée à la suite de mon amie, abandonnant mon assiette encore à moitié pleine.

Plus tard, dans notre chambre, j'ai entendu quelqu'un pleurer dans le noir. J'ai d'abord cru que c'était Ester, mais elle dormait à poings fermés alors que Nelinha, recroquevillée sous sa couverture, poussait des sanglots déchirants. Je me suis glissée dans son lit et l'ai serrée dans mes bras jusqu'à ce qu'elle tombe de fatigue.

Nelinha n'a pas eu une enfance de conte de fées. Elle a grandi dans un orphelinat, sans argent, ni famille, ni perspectives. Puis, grâce à un instituteur qui avait décelé son potentiel, elle a passé le concours d'entrée à Harding-Pencroft et obtenu la note maximale aux tests d'aptitude mécanique. Elle vaut mille fois mieux que cette étiquette de « boursière brésilienne ».

À cause de cet incident, j'en ai voulu à Gemini Twain pendant presque deux ans. C'est peut-être excessif, mais je déteste qu'on fasse du mal à mes amis.

Maintenant que l'Académie n'existe plus, le sort de Nelinha semble de nouveau incertain – tout comme le mien. Elle et moi n'avons ni maison ni famille pour nous accueillir. Notre seul foyer, c'est un navire perdu au milieu de l'océan.

– C'est dingue !

Je m'arrache brusquement à ma rêverie. Depuis quand suis-je plantée là, à regarder Nelinha travailler ?

– Qu'est-ce qui est dingue ? demandé-je.

– Si je ne me trompe pas, répond-elle en brandissant une sorte de boule de pétanque à ressorts, ceci est un LOCUS.

Le mot fait remonter à ma mémoire un cours soporifique du docteur Hewett.

– Un capteur d'électroperception ?

– Exact ! Autrement dit, un dispositif indécelable, plus efficace qu'un radar ou un sonar, inspiré du « sixième sens » des baleines, des dauphins et des ornithorynques. Si j'arrive à le faire fonctionner, il nous permettra de repérer nos ennemis sans leur révéler notre position.

– À moins que leurs écrans de détection ne s'allument comme des sapins de Noël à notre approche...

– Qui ne tente rien n'a rien ! réplique Nelinha d'un ton enjoué.

– Comment fais-tu pour rester aussi calme ? m'étonné-je. Tous ces trucs, là... Ça relève de la science-fiction !

Nelinha jette le LOCUS en l'air avant de le rattraper.

– Mon chat, nos sens ne perçoivent qu'une infime partie de la réalité...

Je soupire intérieurement : une fois lancée, pas moyen de l'arrêter !

– Ce LOCUS, enchaîne-t-elle, pourrait avoir été conçu par des dauphins, ou par des calmars, avec quelques millénaires d'évolution en plus. Ton ancêtre était un génie, Ana. Contrairement à nous, qui ne distinguons que trois dimensions, il en voyait cinq ! Si l'on parvenait à reproduire...

Ester m'épargne la suite de sa démonstration en faisant irruption dans la salle, hors d'haleine, avec Top sur les talons. Ses yeux sont rouges d'avoir pleuré.

– VENEZ VITE ! dit-elle. IL FAUT QUE VOUS VOYIEZ ÇA ! ÇA NE VA PAS VOUS PLAIRE, MAIS IL LE FAUT !

# CHAPITRE DIX-NEUF

Les images filmées par les drones du docteur Hewett défilent simultanément sur les six écrans de la passerelle. Je devine aussitôt qu'elles resteront à jamais gravées dans nos esprits. Jusqu'à notre dernier souffle, nous revivrons tous indéfiniment ce traumatisme en couleur et en panoramique.

Tia se tient loin du pupitre, les mains plaquées sur la bouche. Virgil et Dru semblent pétrifiés. À côté de moi, Nelinha pousse un grognement sourd, comme si on venait de la frapper en pleine poitrine.

Les écrans montrent le site de notre ancienne école sous six angles différents. Gravats et éboulis teintent l'écume des vagues en gris et en brun. On dirait qu'un géant a creusé la falaise avec une cuillère à glace pour se servir une généreuse portion de Californie, créant une immense entaille en forme de croissant. Il ne reste rien de l'Académie, hormis le ruban d'asphalte déformé de la route menant au portail principal. La machine ne décèle aucune présence humaine. Faut-il s'en réjouir ou s'en désoler ?

Que sont devenus les vigiles qui gardaient l'entrée du campus ? Une partie des étudiants ont-ils pu évacuer les bâtiments ? Il est plus probable qu'ils reposent tous au fond de la baie. D'après ce que je sais de la décomposition marine, il s'écoulera un certain temps avant que des restes ne remontent à la surface.

Des restes... Bon sang, Ana, tu parles de tes *amis* !

Je revois Dev me sourire en me tendant son cadeau, la perle noire. À présent, celle-ci me semble peser comme une ancre à mon cou.

– Ce n'est pas tout, dit alors Tia.

Elle presse une touche, et la même image s'affiche sur les six écrans : un triangle sombre se profile sous l'eau à l'entrée de la baie. Difficile d'évaluer sa taille, mais il paraît aussi grand qu'un bombardier englouti. Soudain, ses contours se brouillent et il disparaît en un clin d'œil.

– L'*Aronnax* ! murmuré-je.

– Il possède un système de camouflage dynamique, observe Nelinha.

J'ai envie de hurler et de balancer sur les écrans tout ce qui me tombera sous la main. Mais, je parviens à contenir ma colère.

– Autre chose, Tia ?

– Euh, oui, répond celle-ci, les mains tremblant au-dessus du clavier. Le docteur Hewett a enregistré les fils d'informations par satellite dans les heures qui ont suivi l'attaque. Nous faisons les gros titres dans le monde entier.

Les écrans se mettent à diffuser des bribes de programmes de tout le pourtour du Pacifique – Californie, Oregon, Japon, Chine, Russie, Guam, Philippines... Sur une chaîne de Seattle, un journaliste lit le texte écrit sur son téléprompteur avec un visage de circonstance : *UN GLISSEMENT DE TERRAIN DÉTRUIT UN LYCÉE CALIFORNIEN. PLUS DE 100 PERSONNES PRÉSUMÉES MORTES.* À la télévision officielle chinoise, un bandeau défilant annonce en mandarin : *LA VÉTUSTÉ DES INFRASTRUCTURES AMÉRICAINES PROVOQUE UNE NOUVELLE TRAGÉDIE.* Le présentateur cite des « sources anonymes » mettant en cause le laxisme des règlements sur la construction. Personne n'évoque une attaque extérieure.

– Comment peuvent-ils être aussi aveugles ? s'indigne Virgil. Un glissement de terrain ne laisse pas une cicatrice en demi-cercle !

Mais les images qui tournent en boucle sur les écrans sont très différentes de celles filmées par les drones du docteur Hewett. Le temps que les hélicoptères des chaînes de télévision parviennent sur les lieux de la catastrophe, des éboulements ont refaçonné l'immense faille dans le flanc de la falaise, lui donnant un aspect plus naturel.

Certains montages comportent des plans rapprochés sur des parents en pleurs.

– Éteins, ordonné-je à Tia. S'il te plaît.

Le noir envahit les écrans. Pendant plusieurs secondes, on n'entend que le vacarme de la tempête au-dehors. Le *Varuna* se soulève et plonge, laissant mon cœur accroché à la crête d'une vague. À travers la vitre, je regarde l'équipage s'activer sur le pont en cirés et bottes.

– Mieux vaut que les autres ne voient pas ces images, dis-je enfin. Dans leur intérêt, bien sûr. Ils sont déjà bouleversés.

– Je comprends, acquiesce Tia. Seulement... Aucun reportage ne mentionne notre expédition. Ça signifie que tout le monde nous croit morts. Nos amis, notre famille...

Elle pense probablement à ses parents, qui vivent dans le

Michigan, à ses oncles et tantes, à ses frères et sœurs, à ses cinq nièces et neveux adorés... Tous doivent être fous de douleur.

– Je sais ce que tu ressens, lui dis-je. (C'est faux : personne ne m'attend ni ne s'inquiète pour moi sur la terre ferme.) Mais l'*Aronnax* nous recherche. Si nous émettons le moindre signal...

– ... nous serons morts pour de bon, achève Dru.

Un commentaire brutal, bien dans le style d'un Requin, mais lucide.

Virgil se frotte le menton d'un air pensif.

– Notre chauffeur, Bernie, sait que nous avons quitté l'école avant sa destruction, fait-il remarquer. Et les agents de sécurité qui gardaient le *Varuna* nous ont vus sur le port de San Alejandro. Ils ont certainement averti nos proches.

– À condition qu'ils aient survécu, objecte Dru.

Je repense à l'ordre que Hewett leur a soufflé avant que nous embarquions : « Faites-nous gagner du temps. »

– Pour le moment, dis-je, nous poursuivons notre route. Il faut juste espérer que...

Je n'achève pas : nos provisions d'espoir sont aussi limitées que nos réserves d'eau.

Top gémit en se pressant contre la jambe d'Ester. Je m'aperçois alors qu'elle pleure en silence. Top mérite vraiment ses biscuits pour chien.

– Hé ! lui dis-je. Ne t'inquiète pas. On va s'en sortir.

Elle émet un bruit entre le sanglot et le hoquet avant de se ruer à l'extérieur, Top trottinant derrière elle.

Nelinha fait mine de la suivre, mais je la retiens.

– Je m'en occupe ! Toi, fais voir ton nouveau joujou à Tia.

S'il marche, je veux que vous le mettiez immédiatement en service.

– Quel joujou ? s'enquiert Tia.

– Celui-ci, répond Nelinha en lui montrant la boule de pétanque à ressorts. Je crois que c'est un LOCUS.

– Cool ! Ana, ajoute Tia avant que je sorte, j'aimerais vérifier un truc. Pendant qu'ils survolaient le campus, nos drones ont certainement tenté de se connecter à l'intranet.

– Mais il ne restait rien de l'école !

– Les ordinateurs étaient conçus pour survivre à une catastrophe, comme les boîtes noires des avions. Ils ont peut-être récupéré des données avant l'extinction complète du réseau.

Je réprime un frisson. Son plan, s'il fonctionne, risque d'aggraver notre chagrin en nous rappelant un peu plus ce que nous avons perdu. Pourtant, je me force à acquiescer.

– Bonne idée, Tia ! Vous faites tous de l'excellent boulot. Continuez !

Sur ces encouragements, je m'élance à la suite d'Ester et de Top.

# CHAPITRE VINGT

Les murs de la bibliothèque du *Varuna* sont recouverts de livres en tous genres, depuis le manuel de physique jusqu'au plus récent best-seller. Des barres transversales fixées aux rayonnages les empêchent de tomber quand le navire est secoué. La grande table en acajou est entourée de six fauteuils, mais lors de nos précédents séjours à bord, dès que nous avions un moment de liberté, nous préférions nous disputer l'antique canapé en velours au fond de la pièce. Malheureusement, je crains que nous ne soyons trop occupés pour en profiter pour le moment. Blottie à une extrémité, Ester tient un épais volume relié en cuir sur ses genoux. Étendu près d'elle, Top remue la queue. Il se lève pour me lécher le visage quand je m'assieds en tailleur sur le tapis.

– C'est ma faute, soupire Ester en reniflant. Tu crois qu'ils me laisseront reconstruire l'Académie ? Il le faut ! J'aurais dû emporter davantage de fiches. Je suis trop bête. Tout est ma faute.

Ce n'est pas toujours facile de suivre son raisonnement.

Parfois, quand Ester vous parle, mieux vaut mettre son cerveau en pilote automatique sans se poser de questions. Mais si je n'ai pas tout compris à ce qu'elle vient de dire, j'ai capté l'idée principale.

– Tu n'as rien à te reprocher, Ester.

– Si. Je suis une Harding.

Je me retiens de la prendre dans mes bras. Les contacts physiques la gênent, sauf avec Top et pendant les exercices de combat rapproché.

– Ce n'est pas parce que ta famille a fondé l'école que...

Je me tais brusquement. Jusqu'ici, je n'avais pas vraiment pris conscience que nos arrière-arrière-arrière-grands-pères se connaissaient. Leur rencontre a déclenché la chaîne d'événements qui nous a menées là. Cette pensée me donne le vertige.

– Tu ne pouvais pas deviner ce qui allait arriver.

Les cheveux frisottés d'Ester se dressent en tous sens, comme si elle avait mis le doigt dans une prise de courant. Sa chemise framboise accentue la rougeur de ses pommettes. Combien de fois Nelinha lui a-t-elle conseillé de porter plutôt du vert ou du bleu marine ? Mais voilà, Ester aime le rose, et son entêtement me la rend encore plus chère.

– Si, je le pouvais, gémit-elle. Et je sais aussi ce qui va t'arriver.

Il y a quelques secondes, je croyais la retenir par la main pour l'empêcher de tomber dans un gouffre béant. À présent, il me semble que c'est moi qui suis suspendue dans le vide. Je brûle de lui soutirer des précisions, mais elle risquerait de se fermer. Je tente une autre approche :

– Tu veux en parler ?

Pendant qu'elle s'essuie le nez sur sa manche, je déchiffre le titre doré à l'or fin de son livre : *L'Île mystérieuse*. Bien sûr, il fallait qu'il y en ait un exemplaire à bord ! S'agit-il d'une édition originale dédicacée par le capitaine Nemo, mon arrière-arrière... ? Je ne sais même pas comment je dois l'appeler !

– Harding et Pencroft, commence Ester. Nemo les a chargés de préserver son héritage.

J'acquiesce distraitement. Ça, je l'avais déjà entendu de la bouche de Hewett.

– Ne pouvant détruire le *Nautilus*, poursuit-elle, il leur a demandé de veiller à ce que personne ne le trouve avant le moment opportun...

– Pourquoi ne pouvait-il pas le détruire ?

Question idiote : pourquoi Botticelli n'a-t-il pas brûlé *La Naissance de Vénus* avant sa mort ?

– Je l'ignore, marmonne Ester en passant l'index sur les lettres dorées de la couverture du livre. Tout ce qu'il pouvait faire, c'était le saborder. Land et Aronnax le traquaient. Il était seul et mourant... Je suppose qu'il n'avait pas le choix. Alors, il a décidé de confier son trésor et ses secrets à Harding et Pencroft.

Nemo, Harding, Pencroft...

Nos destins, à Ester et à moi, étaient liés plusieurs siècles avant notre naissance. Comme si nos âmes, après cette rencontre initiale, s'étaient réincarnées côte à côte, jusqu'à aujourd'hui.

– Personne ne devait découvrir le sous-marin avant un certain moment, dis-tu. Comment Harding et Pencroft étaient-ils censés savoir quand le temps serait venu ?

Ester ramène ses genoux sous son menton avant de répondre :

– La carte dans la cabine du capitaine. Le lecteur d'ADN. Ils ont été conçus pour que seul un descendant direct de Nemo puisse les activer, après plusieurs générations. Combien ? Nous... mes ancêtres l'ignoraient. Ton père a essayé alors qu'il était encore étudiant à HP. Sans succès. Il a fait une nouvelle tentative deux ans plus tard. Va savoir pourquoi, cette fois, ça a marché. Il était le premier.

Je repense à la décharge électrique qui a remonté mon bras quand j'ai saisi le presse-papiers, et ma gorge se noue à l'idée que mon père a fait la même expérience avant moi. J'ai l'impression de sentir sa main chaude et calleuse dans la mienne.

Ester frissonne, et Top vient se blottir contre elle.

– L'automne dernier, reprend-elle, les administrateurs m'ont briefée. Sur ta famille... et sur la mienne. Garder ces secrets pour moi seule, ça me semblait mal. Mais ils gèrent mon héritage, en plus de l'école. Ils m'ont fait signer une tonne de papiers. Si je répétais quoi que ce soit à quelqu'un, même à toi... Ana, je suis désolée ! Si je t'en avais parlé plus tôt, on aurait peut-être pu sauver l'Académie.

Je voudrais la rassurer, mais aucun son ne franchit mes lèvres. Trop d'émotions se bousculent en moi.

– La lignée des Pencroft s'est éteinte il y a une génération, ajoute-t-elle. Ma tante est morte quand j'avais six ans. Elle était la dernière « vraie » Harding. Moi, je suis juste... moi.

La tristesse dans sa voix me brise le cœur.

– Oh ! Ester...

– Les administrateurs doivent me confier des responsabilités quand j'aurai dix-huit ans. Mais je ne suis pas certaine qu'ils le feront... Ils ne me croient pas capable de les exercer. L'Académie a été détruite ; c'est mon devoir de la reconstruire. Je ne sais pas comment m'y prendre. Maintenant que je t'ai raconté tout ça, tu dois me détester.

Je savais qu'Ester n'avait pas d'autre famille que cette tante défunte, mais j'ignorais combien le nom de Harding était lourd à porter. Au lieu d'être aimée et entourée, elle a été surveillée par des tuteurs légaux qui ne s'intéressaient qu'à sa fortune et guettaient chez elle le moindre signe d'incompétence. Moi, au moins, j'ai eu la chance de connaître mes parents et de partager leur vie.

– Comment pourrais-je te détester ? lui dis-je. Tu étais tenue au silence. Je ne t'en veux pas du tout, promis !

– Et les autres ?

– Si l'un d'eux te fait des reproches, je lui colle des brassards roses et je le balance par-dessus bord !

– C'est une blague ? renifle-t-elle.

– Non. Mais crois-moi, personne ne te détestera.

– Et les administrateurs ? J'ai brisé ma promesse en te racontant tout ça. Ils vont me déshériter.

– S'ils te causent des problèmes, je leur botterai les fesses à tous !

Cette fois, Ester ne demande pas si je plaisante. Elle réfléchit quelques secondes, puis :

– Ça me va, déclare-t-elle. Je t'aime, Ana.

Son ton pourrait faire croire à une simple formule de politesse, mais je sais que ces mots expriment des sentiments profonds et sincères.

– Moi aussi, je t'aime, lui dis-je. Je peux te poser encore une question ?

Elle fait oui de la tête. Pendant qu'elle caresse l'oreille de Top, je remarque qu'elle a mordillé jusqu'au sang les peaux autour de ses ongles.

J'enchaîne, bien que je ne sois pas certaine de vouloir connaître la réponse :

– Tout à l'heure, tu as dit que tu savais ce qui allait m'arriver. Tu peux m'expliquer ?

Le front plissé, elle baisse les yeux vers la couverture du livre. Celle-ci montre un volcan escarpé émergeant d'une mer en furie, et au premier plan, perché sur un rocher, un chien qui ressemble beaucoup à Top.

– Après avoir trouvé le *Nautilus*, tes parents ont tenté de l'ouvrir, dit-elle enfin. En tant que descendant direct de Nemo, ton père aurait dû pouvoir y entrer sans difficulté. J'ignore pourquoi, mais ça s'est mal passé. Les administrateurs de HP ont alors décidé que Dev ne devrait pas s'approcher de l'épave tant qu'ils n'auraient pas compris…

Prise de vertige, je proteste :

– Mes parents sont morts dans un accident !

– Je ne crois pas, non.

Ester relève la tête et soutient mon regard pendant quelques secondes.

– Le *Nautilus* est dangereux, Ana. Je pense que c'est lui qui les a tués. Et je ne veux pas qu'il te tue, toi aussi.

# CHAPITRE VINGT ET UN

Les deux jours suivants, je m'efforce de ne pas trop ressasser les paroles d'Ester, en vain. La nuit, je reste des heures réveillée dans le noir. J'imagine mes parents s'enfonçant dans une épave sinistre et rongée par la rouille, ou foudroyés en franchissant une porte piégée. Je pense à Dev, torturé par de trop lourds secrets. Quand je m'endors enfin, je vois en cauchemar la silhouette sombre et furtive de l'*Aronnax* foncer vers le *Varuna* et le briser en deux.

Pendant la journée, heureusement, je suis trop occupée à régler des problèmes urgents pour m'inquiéter de ceux qui risquent de me tuer plus tard – on a les satisfactions qu'on peut.

Dans la colonne des points négatifs, nous avons presque épuisé nos vivres. Nous avions mal calculé nos besoins, et il aurait fallu rationner davantage. Pour le coup, je me sens coupable d'avoir piqué un cookie aux pépites de chocolat dans la réserve le premier soir. (À vrai dire, je rêvais de tremper un *gujia* dans une tasse de *chai* brûlant, mais à la guerre comme à la guerre !)

À un moment, je dois séparer Cooper et Virgil, qui en sont venus aux mains après une réflexion du premier à propos de... Peu importe. Je suis obligée de crier pour qu'ils se calment. (J'ai honte de l'avouer, mais ça me soulage.) Si je n'avais pas besoin de tous les bras disponibles, je les confinerais dans leurs quartiers. En tout cas, cet incident traduit une évidence : tout le monde a les nerfs à vif.

Pour ne rien arranger, l'état du docteur Hewett s'est encore dégradé. Franklin et Linzi ne ménagent pas leurs efforts pour le garder en vie, mais on n'est pas sûrs qu'il passera les vingt-quatre prochaines heures. Sa pression artérielle est très basse, son pouls est faible, et son urine... Mon cerveau a bugué à cet endroit de leur rapport.

Les points positifs sont nettement moins nombreux.

Pour commencer, Nelinha a réussi à faire fonctionner le LOCUS. Quand Gem, Ester, Tia et moi la rejoignons sur la passerelle pour une démonstration, nous ne savons pas trop à quoi nous attendre. La boule de pétanque est fixée au centre du pupitre de commande et ses ressorts s'étirent dans toutes les directions, tels des tentacules. Servent-ils d'antennes ? De fils de terre ? Mystère !

Nelinha tourne un bouton et une nuée de lumières vertes se déploient autour de nous. On se croirait dans un aquarium qui aurait besoin d'un bon nettoyage.

– Ça n'a pas l'air de marcher, commente Ester.

– Une seconde ! dit Nelinha. Je vais régler la résolution.

Elle tourne un autre bouton, et les lumières se concentrent au-dessus du pupitre, formant une sphère de la taille d'un ballon de basket.

Un minuscule point blanc flotte au centre : le *Varuna*. Les lignes vert pâle qui tournoient dans l'hémisphère supérieur représentent les vents, la pluie et les nuages en temps réel. Dans l'hémisphère inférieur, des taches et des traits plus foncés matérialisent les courants sous-marins et tout ce qui évolue dans les profondeurs de l'océan.

– La faune marine, dis-je, fascinée. Ici, ce doit être un banc de poissons, et là... une baleine ?

– Bienvenue dans le monde magique de l'électroperception ! nous lance Nelinha avec un sourire radieux.

Je ne peux détacher mon attention du système complexe qui s'anime sous mes yeux. Au lieu d'être écrasée par cette avalanche de données, je ressens intuitivement la position de notre navire, la manière dont il réagit aux vents, aux courants, et dont il affecte les créatures qui l'entourent.

– C'est mille fois mieux qu'un radar ou un sonar, remarqué-je. Comment est-ce possible ?

Nelinha ne serait pas plus fière si elle avait remporté un concours de cuisine avec une fournée de cookies.

– Je te l'ai expliqué, mon chat : cet appareil reproduit la perception que les dauphins ont de leur environnement. Et oui, c'est mille fois mieux que nos inventions de grands mammifères terrestres.

– Bien joué, da Silva ! la félicite Tia. Tu es sûre que ce truc n'a pas déjà signalé notre présence à tous les bâtiments à deux cents lieues à la ronde ?

– Sûre à quatre-vingt-dix pour cent. Mettons, quatre-vingt-cinq...

J'interviens :

– Nous savons que l'*Aronnax* possède un système de camouflage dynamique. Est-ce qu'il pourrait tromper notre LOCUS ?

Le sourire de Nelinha tourne à la grimace.

– C'est possible, admet-elle.

Le LOCUS ne détecte aucun navire ni sous-marin dans notre zone de navigation, mais la pensée que l'*Aronnax* est peut-être proche, aussi invisible pour nous que nous le sommes (en principe) pour lui, me cause un profond malaise.

– S'il se montre, dit alors Gem, on testera notre autre nouveau jouet sur lui.

À travers la vitre, il indique le pont avant, où les Requins finissent d'assembler leur dernière trouvaille : un canon Leyde de la taille d'un jet-ski. Son fût est décoré d'une délicate dentelle de câbles et d'engrenages, et il peut pivoter à 270 degrés. Je n'ai aucune idée des dégâts qu'il pourrait causer à un bâtiment aussi évolué que l'*Aronnax*, mais je sais que Gem et ses copains brûlent de l'essayer. Je leur ai catégoriquement interdit d'électrocuter les baleines et les chalutiers.

Le dernier point positif, c'est que nos moteurs calent.

A priori, c'est plutôt une mauvaise nouvelle. Du moins, ça le serait si nous étions condamnés à dériver en plein océan. Mais les Céphalos affirment pouvoir les réparer, et Halimah suggère de profiter de ce contretemps pour inspecter la coque. Je lève le doigt pour me porter volontaire, si brusquement qu'elle sursaute.

Sans plus attendre, j'enfile mon équipement – l'eau est assez chaude pour se passer de combinaison –, me munis d'un calmar mort (pour des raisons évidentes) et plonge en arrière dans le Pacifique. Quand le nuage de bulles se dissipe, j'aperçois Socrate qui nage dans ma direction.

Ravi d'avoir une camarade de jeu, il vocalise gaiement et me donne une bourrade amicale. Je lui tends le calmar. Apparemment, celui-ci ne suffit pas à le rassasier, car il me pince les fesses pour attirer mon attention tandis que j'examine la coque.

– Malotru ! je marmonne à travers mon respirateur.

Mes reproches le laissent froid – les dauphins peuvent être très malpolis –, mais il me pousse de nouveau. Je comprends alors qu'il veut me montrer quelque chose.

Il me guide vers la proue du *Varuna*. Un grappin aussi gros que mon poing est planté dans un bordage juste sous la ligne de flottaison. Il est relié à un morceau de corde qui oscille mollement dans la pénombre sous-marine : sans doute un souvenir de la tentative d'abordage de l'IL.

Même si les dégâts paraissent superficiels, je ne veux prendre aucun risque. Surtout, je ne veux rien voir qui appartienne à l'IL sur *mon* bateau. J'arrache le grappin et le laisse s'enfoncer dans les profondeurs de l'océan.

Après avoir remercié Socrate d'une caresse, je remonte chercher le matériel nécessaire aux réparations. Celles-ci terminées, il me reste encore une demi-heure d'air respirable. Je plonge alors à six mètres avec Socrate, auquel je décide d'apprendre à danser le Hokey Pokey. Debout face à lui, je lui montre les mouvements en fredonnant : « Mets la nageoire droite devant, mets la nageoire droite derrière et remue-la dans tous les sens... » À le voir sourire, il trouve cet étrange rituel humain vraiment comique.

Un poisson-lune plus gros que nous s'approche lentement. Imaginez un hybride mi-requin, mi-chou-fleur qu'on aurait passé au laminoir avant de le recouvrir d'étain... Notre visiteur n'étant ni menaçant ni comestible, Socrate l'ignore. D'un geste du bras, je l'invite à se joindre à nous, mais il s'éloigne aussitôt, porté par le courant. Selon Dave Barry, un humoriste dont mon père me lisait les chroniques quand j'étais petite, les poissons ne connaissent que deux mots : *Miam !* et *Aïeaïeaïe !* Pourtant, on pourrait traduire l'expression de celui-ci par : « Vous, les hommes, vous êtes de drôles d'animaux. »

J'aimerais rester là pour l'éternité, à danser avec Socrate dans un tourbillon de bulles auxquelles les rayons du soleil donnent des reflets d'argent.

Je finis par perdre la notion du temps.

Soudain, un tintement insistant me ramène à la réalité : quelqu'un frappe un objet métallique contre la coque pour m'inciter à remonter.

Une dernière caresse à Socrate, et je regagne la surface.

Une fois à bord, je rince mon matériel et range ma bouteille. Je me sens parfaitement détendue, comme toujours après une séance de plongée. Bientôt, le ronron des moteurs s'élève et le bateau recommence à avancer. La mer s'est apaisée et le ciel s'est dégagé, nous offrant un coucher de soleil de toute beauté. Demain soir, si tout va bien, nous aurons atteint la base secrète, où nous trouverons de l'aide, des réponses, et, qui sait, peut-être un stock de cookies aux pépites de chocolat.

Mon optimisme dure jusqu'à ce que Gemini Twain m'appelle depuis la passerelle :

– Ana, tu pourrais venir ?

Au ton de sa voix, je soupçonne une mauvaise nouvelle.

Penchée au-dessus du pupitre de commande, Tia Romero presse ses écouteurs sur ses oreilles.

– J'ai récupéré des données sonores *via* l'intranet de l'école, m'annonce-t-elle d'un air grave. Tu ferais bien de t'asseoir.

# CHAPITRE VINGT-DEUX

Je croyais m'être préparée au pire.

Je me trompais.

En entendant la voix de Dev, un sanglot jaillit de ma poitrine.

« ... menace majeure. Ordre d'évacuation immédiat ! Je... »

Des parasites noient le reste de sa phrase. J'arrache mes écouteurs et les jette loin de moi, comme s'il s'agissait d'une araignée venimeuse.

– C'est tout, indique Tia. Désolée.

Je ne suis vêtue que de mon bikini. De l'eau salée coule le long de mes jambes et forme une flaque sur le lino. J'ignore si je tremble parce que j'ai froid ou à cause de l'émotion.

– Dev a donné l'ordre d'évacuer, murmuré-je. Peut-être ont-ils tous réussi à fuir ?

Les oreilles de Lee-Ann Best, la navigatrice de quart, deviennent subitement rouges. C'est le signe qu'elle s'apprête à mentir. À sa place, je laisserais pousser mes cheveux pour éviter de me trahir aussi bêtement, mais elle s'obstine à raser les siens sur les côtés.

– C'est possible, oui, dit-elle.

Gem s'empresse de doucher mes espoirs :

– Ça m'étonnerait qu'ils en aient eu le temps, Ana. Ce bruit, à la fin...

Il a raison. Ce que j'ai pris pour des parasites, c'était plus probablement le fracas des bâtiments s'écroulant dans l'océan. Je suppose que Dev parlait à travers l'interphone de l'école. Il se trouvait donc dans le local de sécurité, sous les bureaux de l'administration. Jamais il n'aurait fui sans s'être assuré que tout le monde était à l'abri.

Les drones n'ont repéré aucune présence humaine. Aucun reportage ne mentionnait des survivants. Je dois me rendre à l'évidence : mon frère est mort.

Tout ce qu'il me reste de lui, c'est un mauvais enregistrement de ses dernières paroles.

Je voudrais dire quelque chose, mais si je ne sors pas immédiatement, je vais me décomposer devant mes amis.

Je regagne ma cabine dans un état second et me blottis dans mon lit. Le regard tourné vers l'aquarium vide, je tente de retrouver la sérénité que je ressentais pendant que je dansais sous l'eau avec Socrate, mais les remords déchirent mon ventre avec leurs griffes d'acier.

Si je m'étais rendue au poste de sécurité pour signaler la défaillance de la grille, au lieu d'aller déjeuner comme si de rien n'était, mon frère serait peut-être encore en vie.

Je n'ai pas pu dire adieu à mes parents. Ils m'ont juste annoncé qu'ils partaient pour une expédition d'un mois ou deux. « Sois sage en notre absence », a ajouté mon père. J'ai protesté : « Je le suis toujours ! Pas comme Dev... » Puis ma mère m'a embrassée. « Nous serons de retour très vite, tu verras », a-t-elle promis. Je l'ai crue.

Et maintenant, j'ai aussi perdu Dev. Je n'ai pas eu le temps de lui dire au revoir, à lui non plus.

J'ai de plus en plus mal au ventre. Au bout d'un moment, je comprends que ce n'est pas à cause du chagrin, mais de mes règles.

Il ne manquait plus que ça !

Je me relève péniblement, tâtonne dans mon sac à la recherche de ma trousse de toilette et de vêtements de rechange.

En sortant de la cabine, je tombe nez à nez avec Nelinha et Ester. Elles me jettent un regard coupable, comme si je les avais surprises en train d'écouter à la porte. Puis elles remarquent mes traits crispés et le paquet de serviettes hygiéniques ultra-absorbantes dans ma main. Elles s'écartent alors pour me laisser accéder à la salle de bains.

– Je vais chercher du Spasfon, annonce Ester.

– Et moi, je vais remplir la bouillotte, ajoute Nelinha.

Je marmonne quelques mots de remerciements. Elles ont l'habitude. Malgré l'exercice physique, une alimentation équilibrée et un complément en vitamine B1, j'ai des règles atrocement douloureuses. Cela fait déjà deux ans et demi que j'endure chaque mois le même supplice. Je ne sais pas comment je l'aurais supporté sans mes amies.

Une fois habillée, je regagne la cabine, avale deux comprimés de Spasfon et me roule en boule dans mon lit en pressant la bouillotte sur mon abdomen.

À chaque pic de douleur, des taches jaunes dansent devant mes yeux.

Top, voulant m'aider, s'approche et me lèche le nez.

– ANA, TU NE VAS PAS MOURIR ! s'écrie soudain Ester.

Je ris, ce qui me fait encore plus mal.

– Merci, mais je le savais. Ce n'est pas la première fois que ça m'arrive.

– JE PARLE DE L'ÎLE, PAS DE TES RÈGLES.

– Moins fort, chaton, intervient Nelinha.

– Pardon !

Ester s'assied et commence à compulser ses fiches.

– J'ai noté les secrets dont je me souvenais, poursuit-elle. Ceux qu'on m'avait interdit de te répéter. Tout est là-dedans.

– Bravo ! la félicite Nelinha. Maintenant, tu devrais éviter de laisser ces fiches top-secret traîner n'importe où.

– Je les avais cachées dans la cuisine, se défend Ester. Quand je suis allée les chercher, j'en ai profité pour prendre un cookie. C'est OK. Personne ne m'a vue.

Ah ah ! Je ne suis donc pas la seule à voler des cookies aux pépites de chocolat ! Si une mutinerie éclate à bord, elle et moi, on nous jettera certainement par-dessus bord.

Ester possède une mémoire phénoménale. Un jour où je m'étonnais qu'elle ait besoin de rédiger des fiches, elle a tenté de m'expliquer comment fonctionne son cerveau : si on lui fait écouter un orchestre, elle gardera un souvenir global de la prestation de l'ensemble des musiciens. Mais si on lui demande quelles notes jouait le hautbois à la deuxième mesure du troisième mouvement, elle aura du mal à extraire cette information de tous les sons qu'elle aura absorbés. D'où les fiches. Attribuer un code couleur, mettons, à la section des cuivres, lui permet d'isoler celle-ci des cordes et des percussions et d'analyser la symphonie instrument par instrument, portée par portée.

Sans cela, le monde lui apparaît chaotique et terrifiant.

– J'ai trouvé ! s'exclame-t-elle en brandissant un bristol bleu rempli recto et verso par une écriture minutieuse. Demain, avant d'atteindre la base, il faudra relever un défi.

J'essaie de me concentrer. La bouillotte commence à produire son effet, mais la douleur est toujours intense. La voix de Dev résonne dans mon esprit, noyée dans les grésillements : « Menace majeure… Ordre d'évacuation immédiat ! »

Je parviens à articuler :

– Quel genre de défi ?

– Je ne sais pas, mais j'ai noté que ça faisait partie du protocole standard. Les occupants de la base voudront s'assurer que nous sommes bien autorisés à accoster. Si nous échouons, il est probable qu'ils nous couleront.

– Mais ça n'arrivera pas, affirme Nelinha.

– Non, ça n'arrivera pas, répète Ester. Parce que… Pourquoi ?

– Parce que nous allons relever le défi, explique Nelinha d'un ton apaisant. On en a discuté, tu te souviens ? Toi et moi, on va réfléchir pendant qu'Ana se repose.

– Exact, acquiesce Ester. On va réfléchir. Et c'est pour ça qu'on ne va pas mourir, Ana. Maintenant, dors !

À l'entendre, c'est aussi simple que d'éteindre un poste de radio.

Je voudrais me lever et réfléchir avec elles, mais mon corps refuse d'obéir. Les derniers mots de Dev m'ont achevée. À cause du combat que se livrent le Spasfon et mon mal de ventre, mon système nerveux est aussi agité que la mer par gros temps. Je m'accroche à la voix de mes amies comme à une bouée.

Je ferme les yeux et sombre dans un abîme qui me libère de la douleur.

# CHAPITRE VINGT-TROIS

Dans mon rêve, nous sommes le 4 juillet et j'ai dix ans. Étendue sur une couverture dans le Jardin botanique de San Alejandro, j'attends le feu d'artifice.

Dev court autour de l'endroit où nous nous sommes installés pour pique-niquer en agitant un cierge magique. Ma mère est assise à côté de moi, le visage dans l'ombre de son chapeau de paille. Sa perle noire étincelle sur sa gorge. Ses pieds nus (elle a toujours eu horreur des chaussures) bougent au rythme de la musique que déversent des haut-parleurs.

À un moment, elle s'adosse contre la poitrine de mon père, qui passe un bras autour de sa taille. Ces marques d'affection me gênent un peu. Depuis quand les parents ont-ils le droit de se faire des câlins en public ?

La chemise blanche de papa, son pantalon en lin clair et son verre de chardonnay se détachent de la pénombre. Ses cheveux noirs lustrés sont peignés avec soin. Un sourire flotte sur ses lèvres, comme s'il émergeait d'une agréable rêverie.

Avec un soupir ravi, ma mère promène son regard sur la

prairie couverte de coquelicots, de tournesols et de némophiles qui s'étire jusqu'à un étang.

– À ma mort, annonce-t-elle, je veux qu'on disperse mes cendres dans ce lac.

– Maman !

Elle rit devant mon expression horrifiée.

– Ma chérie, il n'y a pas de honte à mourir. Tout le monde en passe par là, tôt ou tard.

– D'accord, mais pourquoi en parler maintenant ?

– Parce qu'il n'y a aucune raison d'en faire un mystère, répond-elle en me pinçant le bras pour me taquiner. Tout ce que je voulais dire, c'est que ce jardin est l'endroit idéal pour reposer en paix, parmi les fleurs.

– Mais tu ne vas pas mourir !

– Qui va mourir ?

Dev cesse de chahuter et s'approche de nous, sa curiosité piquée au vif. Le cierge magique projette une pluie d'étincelles dorées sur son poignet sans qu'il y prête attention.

– Personne, déclare papa. Du moins, pas tant que je n'aurai pas vidé mon verre.

Ses yeux aussi noirs que le cœur des tournesols pétillent d'humour.

– Toutefois, je rejoins votre mère, ajoute-t-il, subitement sérieux. Quand mon heure viendra, j'aimerais que vous répandiez mes cendres au même endroit que les siennes. Vous ferez ça pour moi ?

Je m'apprête à protester quand une première fusée explose dans le ciel...

Je me réveille dans mon lit. D'après l'angle des rayons qui filtrent par le hublot, j'ai dormi toute la soirée et toute la nuit.

Je suis courbaturée et une migraine pulse sous mon crâne. Je ne vois pas Ester et Nelinha – sans doute sont-elles sorties tôt pour me laisser faire la grasse matinée.

« Il n'y a pas de honte à mourir. Tout le monde en passe par là, tôt ou tard... »

Je n'ai même pas pu honorer la volonté de ma mère. Je n'avais pas de cendres à disperser dans un lac. Tout ce qu'il me reste d'elle, c'est sa perle noire, récupérée par miracle après l'« accident » et expédiée à l'Académie avec un message de condoléances.

Je suis tentée de traîner au lit pour m'apitoyer sur mon sort, mais ça ne ferait qu'aggraver mon humeur. Le meilleur remède contre le chagrin et les règles douloureuses, c'est l'action. En plus, dans quelques heures, nous sommes supposés atteindre la base secrète, si elle existe.

Après une toilette rapide – nous économisons l'eau –, je m'habille et déjeune d'une barre protéinée aux algues – nous rationnons également les vivres.

Quand j'apparais sur la passerelle, personne ne fait allusion à mon lever tardif. Pourtant, je me sens coupable. Le rationnement rend l'atmosphère à bord aussi électrique que la charge d'un fusil Leyde. En tant que capitaine, j'ai le devoir d'être opérationnelle à cent pour cent, ou au moins de faire semblant.

Le « défi » tant redouté survient à dix heures précises.

Soudain, une nuée de points violets se matérialise dans l'holosphère supérieur du LOCUS.

– Un avion ! s'écrie Jack Wu. Non... Bon sang, c'est quoi, ces trucs ?

Les lumières clignotent, changent de forme et varient en intensité. Le LOCUS les situe un peu à l'avant et au-dessus du *Varuna*, mais quand je scrute le ciel et l'océan à travers la vitre, je ne distingue que le vide jusqu'à l'horizon.

Jack est le premier à trouver l'explication.

– Ce ne sont pas des objets physiques, dit-il. Regardez : les points s'étirent pour tracer des ondes.

– Bien vu ! m'exclamé-je.

– On nous attaque ? demande Dru Cardenas, plein d'espoir.

On dirait qu'il brûle d'étrenner notre canon flambant neuf. Même les autres Requins considèrent Dru comme un excité de la gâchette. Je décide de lui confier une tâche qui n'implique pas l'usage d'une arme :

– Personne ne nous attaque. Du moins, pas encore. Tu veux bien aller chercher les Dauphins ? Nous avons un message à décoder.

Virgil apparaît quelques minutes plus tard, l'air mal réveillé – il vient à peine d'achever son quart de nuit. Lee-Ann et Halimah nous rejoignent bientôt. Jack et moi n'avons pas perdu notre temps en les attendant : nous avons repéré la coupure entre deux répétitions du message et converti en sons les signaux lumineux du LOCUS.

Halimah tend l'oreille vers le haut-parleur.

– Baleine bleue ? suppose-t-elle.

Je secoue la tête.

– Seulement en partie. Écoute bien !

Cela fait des années que l'Académie utilise un code inspiré du chant des baleines bleues, dont les fréquences, les tonalités et les intervalles, associés aux composants du langage humain, produisent un cryptage presque impossible à décoder.

Mais ce code-ci est encore plus complexe.

Au bout de quelques secondes, une série de clics qui rappellent les vocalises des dauphins se superposent au chant des baleines, puis un son évoquant le souffle du vent dans une conque les remplace.

La séquence se répète ensuite.

– L'émetteur connaît les méthodes de chiffrage de HP, observe Jack. Et il présume que nous disposons d'un LOCUS comme récepteur.

– C'est bon signe, non ? réagit Lee-Ann. Ça veut dire que c'est bien notre base qui envoie ce message.

– À moins qu'il ne s'agisse d'un piège, objecte Virgil. S'il provient de l'*Aronnax*, et si nous nous manifestons...

Il n'a pas besoin d'achever : dans ce cas, nous serons fichus.

– Il vient forcément de la base, affirmé-je. Nous savions qu'il faudrait passer une épreuve...

Halimah hausse les sourcils :

– « Nous » ?

Je leur rapporte ma conversation de la veille avec Ester, puis j'ajoute :

– Si nous ne répondons pas, la base nous coulera. Avant de prendre une décision, commençons par décrypter ce message.

Mes camarades Dauphins paraissent aussitôt plus détendus : briser des codes, c'est notre affaire !

Jack dégaine son calepin et entreprend de reproduire les points violets et les ondes sur une page vierge. Il prétend que calculer à la main l'aide à réfléchir, et comme il est notre meilleur déchiffreur, aucun de nous ne le contrarie.

– Partons du principe que la première partie se fonde bien sur le chant des baleines bleues, commente-t-il à voix haute. La deuxième, avec les clics... Ce serait possible de la ralentir ?

Après quelques tâtonnements, je parviens à réduire la

vitesse de défilement de vingt-cinq pour cent, et la structure de la séquence apparaît nettement.

– C'est du cinq sur cinq !

– De quoi vous parlez ? demande Gem, juste dans mon dos.

Je saute presque au plafond. Je ne l'avais pas entendu approcher. Sérieux, s'il me refait le coup, j'attache des clochettes à ses holsters !

– Le cinq sur cinq est une méthode de communication inventée par des prisonniers américains pendant la guerre du Vietnam, lui expliqué-je. Ils composaicnt des messages en tapant sur les murs, un peu comme avec le Morse. Maintenant, passons à la troisième partie.

Regroupés autour de la table à carte, nous écoutons plusieurs fois l'enregistrement à des vitesses différentes. Jack noircit les pages de son carnet avec des graphiques et des équations. Halimah et Virgil se lancent dans une discussion enflammée : la première penche pour une symbolique phonétique, le second pour un système alphabétique. Lee-Ann nous fait un cours sur les relations entre l'acoustique et la dynamique des fluides. On se croirait dans une convention de geeks version Dauphins.

Je perds la notion du temps jusqu'à ce que Gem pose une assiette de sandwichs devant nous.

– Le déjeuner ! annonce-t-il.

Pendant que les autres mangent, je fais un saut à la salle de bains. Je passe un peu d'eau fraîche sur mon visage et reprends du Spasfon. En plus des crampes, j'ai mal au dos à force de rester courbée au-dessus d'une table. Je dois faire appel à toute ma volonté pour ne pas vomir. Si je commence, j'ai peur de ne pas pouvoir m'arrêter.

En remontant sur le pont supérieur, j'ai une inspiration, et les éléments de code qui tournoyaient dans mon esprit s'assemblent en un tout parfait. Si j'aime tant être un Dauphin, c'est pour ces illuminations, aussi excitantes qu'un plongeon du haut d'une falaise. Jack est plus doué que moi pour le chiffrage, Halimah a un sens inné de la navigation, Lee-Ann est un as du renseignement, et Virgil, un expert en communication électronique, mais je n'ai pas mon pareil pour reconstituer un puzzle. C'est ce qui m'a valu d'être nommée préfète des deuxième année.

Je regagne la passerelle avec un grand sourire et annonce :

– J'ai trouvé !

Je guide ensuite mes amis pas à pas à travers le code : la première partie, le chant des baleines bleues, est l'algorithme permettant de déchiffrer la deuxième, le message proprement dit. Les indices phonétiques contenus dans la troisième indiquent que celui-ci est rédigé en bundeli, une variante de l'hindi : la langue maternelle de mes ancêtres... et de Nemo.

– Bravo, Ana ! s'écrie Halimah.

– J'aimerais avoir une oreille aussi avertie que la tienne, avoue Virgil. Si j'avais dû écouter cet enregistrement une fois de plus, j'aurais pété un plomb.

Je prends un air modeste.

– C'est vous qui avez accompli le gros du travail. Moi, je n'ai fait que la synthèse. À toi de jouer, Jack !

Tout en mastiquant une bouchée de son sandwich au beurre de cacahouète, Jack saisit son crayon pour traduire le message codé. Puis il tend son carnet à Lee-Ann, qui s'éclaircit la voix.

– Roulement de tambours... commence-t-elle d'un ton solennel. *ICI LA BASE LINCOLN. IDENTIFIEZ-VOUS. CINQ HEURES.*

– Tous ces efforts pour ça ! soupire Halimah.

– Lincoln ! s'exclame Gem. C'est le nom que Harding et Pencroft ont donné à l'île sur laquelle ils ont fait naufrage. Ben quoi ? ajoute-t-il comme tous les Dauphins le regardent avec étonnement. Moi aussi, j'ai lu Jules Verne !

Avec un frisson d'excitation, je jette un coup d'œil à l'holosphère supérieur du LOCUS, toujours constellé de points violets dispersés comme des impacts de balles sur une cible. Enfin, la situation commence à me paraître réelle. Nous sommes près de l'île de Nemo – l'endroit où mes parents sont morts.

– « Identifiez-vous », répète Lee-Ann en pianotant sur la table. Ce passage est clair. Mais pourquoi « cinq heures » ? C'est le temps qu'il nous faut pour atteindre la base ?

– Dans ce cas, il nous reste à peine deux heures, intervient Gem. Vous en avez consacré trois à déchiffrer ce message.

Ça me semble impossible ; pourtant le chronomètre du bord me confirme qu'il est treize heures. Je repense aux coordonnées indiquées par la carte ultra-secrète dans ma cabine et me livre à un rapide calcul.

– À notre vitesse actuelle, déclaré-je, nous ne devrions pas atteindre l'île avant ce soir. Cinq heures, c'est le temps qu'ils nous accordaient pour réussir l'épreuve. L'ultimatum expire donc dans deux heures.

– Qu'arrivera-t-il si nous ne nous sommes pas manifestés d'ici là, ou si notre réponse ne leur convient pas ? me demande Virgil, brusquement inquiet.

– Eh bien, je suppose que notre propre base nous enverra par le fond.

# CHAPITRE VINGT-QUATRE

C'est une chose de déchiffrer un message, c'en est une autre de trouver la réponse adéquate et de la formuler dans le même code, surtout en moins de deux heures. À part ça, pas de pression !

La base Lincoln possède peut-être un générateur de messages en baleine bleue bundeli, mais nous n'avons pas cette chance. Nous n'avons même pas accès à Internet, cet outil magique.

Nous ne pouvons compter que sur notre formation et notre capacité de réflexion... Pas de quoi nous rassurer !

Prise d'une inspiration, je me tourne vers Virgil et lui demande :

– Tu as toujours cette application qui simule des chants de baleine ?

Il me regarde avec des yeux ronds.

– Euh... oui.

– Elle fonctionne hors connexion ?

– Évidemment ! réplique-t-il, piqué au vif. J'ai téléchargé toute la bibliothèque sonore.

Combien de fois l'ai-je taquiné à cause de la quantité astronomique d'applications inutiles stockées sur son smartphone ? On dirait que je lui dois des excuses.

– Virgil, tu es génial ! Gem, accompagne-le au coffre-fort pour qu'il récupère son téléphone. Surtout, assurez-vous que l'appareil est hors ligne.

Ni l'un ni l'autre ne sont du genre à vouloir se connecter à TikTok en plein Pacifique, et même si c'était le cas, je doute qu'ils capteraient quelque chose. Toutefois, un rappel à la prudence s'impose.

Gem fait signe qu'il a compris, puis Virgil et lui sortent.

Entre-temps, Jack a couru chercher Nelinha. Pendant qu'ils s'efforcent de configurer le LOCUS en émetteur, Lee-Ann lance les calculs pour créer une base de cryptage. Impossible d'envoyer une réponse fondée sur le même algorithme que la question – ce serait trop simple. Si nos interlocuteurs sont issus de HP, ils s'attendent à ce que nous conservions le format du message initial en modifiant le registre, comme si nous changions de clé au milieu d'une chanson.

Avec l'aide d'Halimah, je traduis en bundeli quelques phrases qui pourraient servir, comme « Ne tirez pas. »

Virgil et Gem sont bientôt de retour avec le téléphone. Tandis que le premier nous fait écouter des enregistrements de baleines jusqu'à l'indigestion, Gem croit devoir nous rappeler régulièrement combien de temps il nous reste à vivre avant d'être éparpillés façon puzzle, ce qui m'agace à peine moins.

Au bout d'une heure et demie, ma vision commence à se brouiller et la transpiration colle mon tee-shirt à ma peau. Nous mettons la touche finale à notre réponse en convertissant ses éléments phonétiques dans les fréquences et les tonalités des chants des baleines, si toutefois celles-ci s'exprimaient en bundeli.

Le message dit : *VARUNA À BASE LINCOLN. NE TIREZ PAS. SITUATION D'URGENCE. ANA DAKKAR À BORD.* Enfin, je l'espère... Mon cerveau est tellement ramolli que je n'y verrais que du feu si nous avions écrit : *MON MAMMIFÈRE PRÉFÉRÉ EST LE TOFU.*

J'avais des scrupules à utiliser mon nom, mais les autres m'ont convaincue. Selon eux, si j'ai bien la valeur qu'on me prête, ma présence devrait dissuader quiconque, ami ou ennemi, de nous couler sans sommation.

– Espérons que nous n'avons pas affaire à un relais automatique, dit Virgil. S'il attend de nous un mot code spécifique et qu'il ne le trouve pas...

– Alors, achève Halimah, nous aurons parcouru un long chemin juste pour nous faire tuer.

– J'aime cet état d'esprit, plaisanté-je. Chez les Dauphins, on po-si-ti-ve !

C'est une blague entre nous : à nous cinq, nous maîtrisons deux douzaines de langues, mais à nous écouter, le mot optimisme n'existe dans aucune d'entre elles.

Personne ne sourit. L'enjeu est trop important.

Je m'adresse ensuite à Nelinha :

– Tout est prêt pour la transmission ?

– À ma connaissance, oui, répond-elle d'un ton enjoué.

Elle a choisi un maquillage festif – ombre à paupières et gloss mandarine – pour aller avec sa jupe verte et son sweat à capuche orange. Son sac de voyage doit avoir un double fond extra-dimensionnel pour contenir toute sa garde-robe.

– Bien sûr, ajoute-t-elle, il est possible que le transmetteur ne fonctionne pas, ou que nous révélions notre position à l'ennemi... Mais il faut bien prendre des risques, pas vrai ?

Gem tousse discrètement. Il est vêtu de son habituelle tenue de commando noire. Quand je les vois côte à côte, Nelinha et lui, je pense aussitôt à une page test d'impression.

– Plus que vingt minutes avant la fin du temps imparti, annonce-t-il.

– On envoie ? demande Lee-Ann.

J'hésite quelques secondes, puis je dis :

– Pas encore. Faites venir les autres. Ils ont le droit de savoir ce qui se passe.

Une fois les élèves rassemblés sur le pont écrasé de soleil, je leur parle du message codé, de la réponse que nous avons préparée et leur énumère les deux cent soixante-treize raisons pour lesquelles la situation pourrait mal tourner.

– À l'instant où nous émettrons un signal, nous révélerons notre position. Espérons qu'en faisant cela, nous ne tomberons pas dans un piège tendu par nos ennemis...

Cela me paraît toujours étrange d'employer ce terme pour désigner l'Institut Land, mais comment l'appeler autrement ? Nous avons dépassé le stade des blagues potaches, du genre emballer le car de l'école rivale dans du papier toilette...

– Et si notre réponse comporte une erreur, nous risquons de subir une attaque dans quinze minutes...

– Onze, me corrige Gem.

– Merci, Préfet Twain, répliqué-je sèchement.

Plusieurs élèves sont pris d'un rire nerveux. Histoire d'alléger l'atmosphère, je décide de conclure sur une note d'optimisme :

– Mais si le message provient bien d'une base secrète de HP, d'ici à ce soir, nous serons entourés d'amis.

Une rumeur parcourt le groupe. Après trois jours à bord, la vie d'avant paraît si loin qu'on imagine mal qu'il existe d'autres êtres humains, et plus encore des « amis », en dehors de ce bateau. Toutefois, personne ne proteste ni ne pose de questions. Perdus au milieu de l'océan et bientôt à court de vivres, nous sommes obligés de nous en remettre au sort.

– Préfète Romero ?

– Capitaine ?

Je sursaute. C'est la première fois que quelqu'un me donne ce titre en public.

– Tout le monde aux postes de combat. Nelinha ?

– Oui, chaton ?

Cette marque d'irrespect déclenche un éclat de rire général. Je remercie intérieurement mon amie : à tout prendre, « chaton » sonne mieux à mes oreilles que « capitaine ».

– Envoie le message. Si l'un de vous a besoin d'aller aux toilettes, c'est maintenant ou jamais.

Les élèves se dispersent. Leur moral semble assez bon. J'espère juste que je ne viens pas de les condamner à mort.

Je fais un saut à la salle de bains pour changer ma serviette hygiénique, avaler un Spasfon et vomir. Vraiment, quelle belle journée !

Quand je regagne la passerelle, Nelinha a encore le doigt sur la touche Envoi de son clavier. Ester et Top sont là aussi – je suppose qu'ils ne voulaient pas rater le clou du spectacle.

Gem s'agite comme s'il y avait une méduse sous son tee-shirt. Ester et lui font partie de ces gens qui arrivent toujours à leurs rendez-vous avec une demi-heure d'avance. Ça doit le mettre hors de lui que nous ayons attendu la dernière minute pour répondre à la base.

Je retiens mon souffle, redoutant de voir une batterie de

missiles balistiques surgir à l'horizon. Puis, me rappelant le sillage des torpilles qui ont détruit l'école, j'imagine tout un banc de poissons explosifs qui fendraient les eaux du Pacifique en direction du *Varuna*...

D'abord, il ne se passe rien, puis... Toujours rien.

Cinq minutes s'écoulent, puis cinq autres, et ainsi de suite, jusqu'à former une heure.

Les rayons qui pénètrent en biais par les vitres transforment la passerelle en étuve. La sueur ruisselle le long de mon cou. Ester est aussi rouge qu'un crabe bouilli. Même le maquillage impeccable de Nelinha commence à fondre. Top a déjà vidé deux bols d'eau – la notion de rationnement lui échappe complètement ; pourtant, il souffle comme s'il avait couru.

À l'extérieur, Dru et Kiya se tiennent prêts à armer le canon Leyde. Ils semblent transpirer sous leurs gilets de sauvetage.

La mer paraît vide. Seul Socrate nage devant nous tel un poisson-pilote. De temps en temps, il crève la surface et nous regarde avec son drôle de sourire en coin, l'air de dire : *Bonne chance, les copains ! Si quelqu'un vous fait exploser, moi, je ne risque rien !*

– Nous sommes toujours vivants, constate Ester. Peut-être avons-nous passé le test avec succès ?

Je souhaite qu'elle ait raison, mais ce silence m'oppresse. J'espérais une confirmation, comme une pluie de confettis ou un smiley géant flottant au-dessus du LOCUS.

Quand le soleil touche l'horizon, je donne l'ordre d'arrêter les moteurs.

Le ciel est parfaitement dégagé. Nous sommes censés avoir atteint notre destination, mais s'il y avait une île à proximité, nous la verrions.

J'ai la bouche aussi sèche que du papier de riz.

– Renvoie le message, dis-je à Nelinha.

Cette fois, elle ne m'appelle pas « chaton ». Tout le monde sur la passerelle fait une tête d'enterrement.

La seconde transmission ne produit aucun effet.

Nous flottons immobiles dans la quiétude du crépuscule. Sur le pont avant, Dru et Kiya, le regard tourné vers l'ouest, semblent avoir oublié leur canon.

Je m'en veux affreusement d'avoir fait confiance à la pseudo-science du docteur Hewett. J'ai eu tort de me croire capable de guider un équipage inexpérimenté jusqu'au milieu du Pacifique pour trouver une île qui ne figure sur aucune carte.

Combien de temps pourrons-nous survivre sans nourriture ni eau potable ? Si nous lançons un S.O.S, sera-t-il entendu, et si oui, les secours arriveront-ils à temps ?

En ne prévoyant pas de plan B, je nous ai tous condamnés à une mort lente et cruelle. Je voudrais m'excuser auprès de mes camarades, mais que dire ? Je suis impardonnable.

– Là ! s'écrie soudain Ester.

Juste devant la proue du *Varuna*, l'air s'est mis à chatoyer. C'est comme si un miroir de presque deux kilomètres de long venait de voler en éclats.

Une île surmontée d'un volcan pareil à une montagne de sucre candi se tient désormais devant nous.

Elle est entourée d'un atoll formé de bancs de sable qui enserrent une bande de végétation. À tribord, un chenal naturel permet d'accéder à un lagon turquoise.

Je n'en reviens pas qu'il existe un système de camouflage dynamique assez puissant pour dissimuler une île de cette taille. Et pourtant...

– On a réussi ! exulte Gem.

Une voix de femme un peu sèche grésille alors dans l'interphone :

– Base Lincoln à *Varuna* ! Votre visite n'était pas prévue. Un drone va vous guider jusqu'au port. Au moindre signe d'hostilité, nous vous coulerons sans sommation. Même chose si nous ne trouvons pas Ana Dakkar saine et sauve à bord.

J'ai dit qu'elle était « un peu » sèche ? Un vrai dragon, oui !

Une seconde voix, celle-ci brouillée, s'élève à l'arrière-plan. La femme lui répond hors micro, puis elle ajoute à notre intention :

– Merci d'indiquer au drone combien vous êtes. Jupiter prépare des lasagnes pour le dîner. Terminé !

# CHAPITRE VINGT-CINQ

Entre la perspective d'être coulée et un plat de lasagnes, mon choix est vite fait. J'espère juste que le dénommé Jupiter ne rechignera pas à cuisiner pour vingt convives supplémentaires. (En réalité, nous sommes vingt et un, mais pour le moment, le docteur Hewett suit un régime par intraveineuse très strict.)

Je scrute l'entrée du lagon, m'attendant à voir surgir un drone de la taille d'un remorqueur, mais il est si discret que je ne décèle sa présence qu'au moment où il frôle mon oreille pour se poser sur le pupitre de commande.

La libellule alt-tech agite ses ailes en cristal. Ses yeux à facettes scintillent comme de minuscules œufs de Fabergé. Encore heureux qu'aucun de nous n'ait tenté de l'écraser : ça aurait probablement été interprété comme un « signe d'hostilité ».

Top se met à aboyer. Le drone tourne la tête vers lui, et une étincelle fuse entre ses pattes. Top se réfugie derrière sa maîtresse en geignant.

Je prends un ton détaché pour m'adresser à la libellule, comme si j'avais l'habitude de parler à un insecte mécanique :

– Bonjour ! Je suis Ana Dakkar. Comme tu peux le voir, je vais parfaitement bien. Concernant le dîner, nous serons vingt à table, si ça ne dérange pas. Et nous aurions besoin d'une assistance médicale pour le docteur Hewett. Il est à l'infirmerie du bord, dans le coma.

Les antennes de la libellule frétillent ; un fil de cuivre jaillit de sa bouche et va se brancher sur le pupitre.

– OK, murmure Tia Romero. Il n'y a pas de raison que ça se passe mal, pas vrai ?

Les moteurs redémarrent. Guidé par le drone-pilote, le *Varuna* vire à tribord et pénètre dans le lagon.

Nous découvrons alors un paradis lourdement militarisé : tout autour de l'atoll, des tourelles émergent des coraux et pivotent pour suivre notre progression. Des points de visée laser clignotent le long de notre coque. Je ne vois nulle part les projecteurs qui contrôlent le système de camouflage de l'île, mais je suppose qu'ils sont cachés dans la végétation.

J'ai passé les trois derniers jours à tenter de me convaincre que cet endroit existait. Même si nous l'avons trouvé, je n'arrive toujours pas à le croire réel.

Socrate nous précède. Deux dauphins locaux nagent à sa rencontre et, quelques minutes plus tard, les trois font des cabrioles dans les vagues en bavardant gaiement. Et moi qui le prenais pour un solitaire !

L'eau est si transparente que je distingue le dédale des récifs au fond. Des bancs de poissons tropicaux tourbillonnent dans la lumière du couchant, telles des traînées de peinture multicolore. Qu'est-ce que je ne donnerais pas pour piquer une tête !

L'île volcanique n'a pas de rivage à proprement parler, juste des falaises brunes qui plongent à pic dans le lagon. Les seuls signes d'une présence humaine sont un ponton en bois et une cabane adossée à la paroi rocheuse. Elle paraît assez fragile pour s'envoler au premier coup de vent, et trop petite pour accueillir vingt personnes.

C'est pourtant vers elle que nous conduit le drone. À dix mètres du ponton, il coupe les moteurs.

– Tia, prépare-toi à amarrer, ordonné-je. Pilote-libellule, demande l'autorisation d'accoster.

Le drone ravale le fil cuivré qui lui tient lieu de langue et émet une étincelle avant de décoller. Je prends ça pour une réponse positive.

Je débarque la première, escortée par Gem, Ester et Top.

Il me faut quelques secondes pour m'adapter à l'absence de roulis, comme toujours après une sortie en mer de plusieurs jours. La terre ferme ne m'a jamais inspiré confiance, et la destruction de l'école a encore accru ma méfiance.

Gem regarde autour de lui, les mains sur ses holsters, quand la porte de la cabane s'ouvre brusquement. Je me jette presque devant lui, craignant qu'il ne dégaine et tire.

Un grand type au teint hâlé s'avance dans la lumière. Son jean blanc étroit et son maillot de foot à rayures verticales accentuent sa maigreur et le font ressembler à un personnage de manga – peut-être l'un des pirates de *One Piece*. Ses cheveux noirs sont striés de gris. Il porte des gants de cuisine et tient à deux mains un plat fumant d'où monte une odeur alléchante de beurre et d'ail. J'en ai l'eau à la bouche !

– Ana Dakkar ? me demande-t-il avec un sourire amical. Tu es le portrait craché de tes parents !

Ce n'est pas la première fois qu'on me le dit, mais après la tension des derniers jours et le choc de la mort de Dev, sa remarque me bouleverse.

– Je... Oui, c'est moi, finis-je par répondre, la gorge nouée. Je suis avec la classe de deuxième année de l'Académie Harding-Pencroft. Nous apportons de mauv...

Le pirate au plat fumant éclate de rire.

– Les deuxième année ? Ça, c'est la meilleure !

Je ne parviens pas à identifier son accent, jusqu'à ce qu'il se présente :

– Je suis Luca Barsanti.

Je lui réponds alors en italien :

– *Piacere !*

– *Ah ! Parli la lingua del bell'paese !*

– *Certo. Sono un Delfino.*

– *Ottimo ! Prego, entrate tutti ! Anche povero Hewett, portatelo. La mia prossima pagnotta di pane sta bruciando !*

Puis il disparaît à l'intérieur de la cabane.

– Hum ! fait Gem. Tu peux me dire ce qui se passe ?

– Il nous a invités à entrer et à amener Hewett. Sa prochaine fournée de pain à l'ail est en train de brûler.

# CHAPITRE VINGT-SIX

Je charge les Orques d'aller chercher le docteur Hewett, même s'il paraît risqué de le transporter dans son état. J'espère que la base secrète dispose d'équipements médicaux de pointe, en plus de la haute technologie nécessaire pour camoufler une île et faire cuire du pain à l'ail.

– Surtout, pas de gestes agressifs, recommandé-je à l'équipage.

Les Requins me regardent d'un air faussement innocent, du genre : *Agressifs, nous ?*

Je prends alors conscience que je viens de donner des ordres à mes camarades et qu'ils m'ont obéi. Trois jours plus tôt, ils m'auraient ignorée ou se seraient moqués de moi. Beaucoup de choses ont changé depuis, pas toujours en mieux.

Ce que nous avions pris pour une cabane se révèle n'être qu'un vestibule. *EXCUSEZ LE BAZAR*, peut-on lire sur le paillasson à l'entrée. Une douche est installée contre le mur de gauche. Du matériel de plongée – masques, bouteilles, palmes, fusils-harpons – est rangé sur des étagères contre celui de droite. L'œil d'une caméra nous observe depuis le plafond. Devant nous s'ouvre un tunnel qui mène au cœur de la montagne.

Barsanti nous y précède. Sa silhouette se détache de la pénombre et sa voix résonne quand il s'adresse à nous :

– Venez ! J'ai désactivé les lasers, vous n'avez pas à craindre d'être coupés en deux !

Top, assis près d'Ester, lève le museau, la truffe palpitante. Il ne semble flairer aucun danger – je crois plutôt qu'il voudrait goûter au contenu du plat. Mise en confiance, je m'enfonce à mon tour dans le tunnel, guidée par l'odeur du pain à l'ail.

Après une trentaine de mètres, nous atteignons une vaste salle rectangulaire d'où partent d'autres couloirs. Les luminaires industriels et les conduits d'aération qui courent au plafond lui donnent un côté loft branché. Le sol en pierre polie brille comme du chocolat fondu. Des pièces détachées s'entassent sur plusieurs établis. Dans le coin salon, deux confortables canapés forment un L face à une table basse. Un vieux pneu se balance, accroché à une corde. Pourquoi ? Mystère ! Un téléviseur extra-large relié à une demi-douzaine de consoles de jeux diffuse une émission de cuisine. À voir les piles de DVD, j'en déduis que l'île ne reçoit pas les chaînes par satellite et n'est abonnée à aucune plateforme de vidéo à la demande.

Dans l'angle opposé, un lustre en coquilles d'ormeaux jette des reflets irisés sur une longue table à manger. Une petite femme coiffée d'une masse de tresses grises est assise à une extrémité. L'écran de son ordinateur portable se réfléchit dans les verres de ses lunettes. Des bracelets en acier étincellent à ses poignets. Ses pieds nus et sa tenue – leggings et débardeur noirs – évoquent moins une paisible adepte du yoga qu'une acrobate diabolique.

Elle lève un regard circonspect vers nous et demande :

– Faut-il les atomiser ?

– Surtout pas ! répond Barsanti. Je vais jeter un coup d'œil au four. Jupiter va me tuer.

La femme semble un peu déçue.

Barsanti se tourne vers nous avec un grand sourire.

– Je vous présente Ophelia, *mia moglie*, dit-il. Je dois vous laisser. Faites comme chez vous !

Puis il s'engouffre dans un des couloirs.

Ophelia se lève alors – elle est vraiment minuscule – et s'avance vers nous d'un pas élastique de lutin ninja. Elle est sur le point de dire quelque chose – peut-être va-t-elle menacer de nous réduire en cendres au premier écart de conduite – quand les Orques arrivent, transportant le docteur Hewett sur un brancard.

Ophelia considère notre patient d'un air désapprobateur. Après trois jours d'infirmerie, il a une mine épouvantable, sans parler de son odeur.

– Theodosius, espèce d'idiot ! Les Orques, venez avec moi, ordonne Ophelia en faisant claquer ses doigts. Il n'y a pas une minute à perdre.

Comme nous manifestons l'intention de les suivre, elle nous arrête net :

– Vous autres, attendez ici.

Nelinha se dirige vers les établis quand la voix d'Ophelia nous parvient depuis un couloir :

– NE TOUCHEZ À RIEN !

Nous échangeons des regards hésitants.

– « Faites comme chez vous », dit Nelinha, imitant Luca Barsanti. « Mais ne touchez à rien ! » ajoute-t-elle en copiant le ton autoritaire d'Ophelia.

– Elle ne nous a pas défendu de toucher avec les yeux, pas vrai ? dit Robbie Barr. Il me semble avoir aperçu des consoles de jeux...

– Moi aussi, acquiesce Kay Ramsay. Je rêve, ou ils ont une Nintendo 64 ?

Sur un signe de Gem, les Requins se déploient afin d'inspecter la salle tandis que Nelinha et Meadow Newman se livrent à un examen purement visuel des pièces détachées sur l'établi le plus proche.

– *Cad a cheapann tù ?* me souffle Halimah.

Les autres Dauphins font cercle autour de nous.

Je lui réponds également en gaélique irlandais, même s'il y a de fortes chances pour que nos hôtes maîtrisent aussi cette langue, vu l'exercice de chiffrage qu'ils nous ont imposé avant de nous entrouvrir leur porte :

– *Je ne sais pas trop... Dans l'ensemble, ils nous ont bien accueillis. Mais s'ils appartiennent à l'Institut Land...*

Je me demande si ce n'était pas une erreur de nous conduire ici quand Robbie Barr commet l'impensable : jugeant sans doute que l'interdiction de toucher ne s'appliquait pas aux options de divertissement, il saisit la télécommande et change de canal.

Tandis qu'il farfouille parmi les DVD, une créature humanoïde déboule d'un couloir en poussant un hurlement outragé, et se précipite vers lui en agitant ses longs bras velus.

Un orang-outan !

Plus précisément, un orang-outan avec un tablier de cuisine imprimé de marguerites qui ont des têtes de smileys.

Il adresse à Robbie une grimace qui dévoile deux immenses canines et déclare en langue des signes :

*DÉFENSE DE ZAPPER MARY BERRY !*

# CHAPITRE VINGT-SEPT

Les Requins dégainent aussitôt.

– Repos ! hurlé-je.

Dieu merci, ils ne discutent pas et rangent leurs armes.

– Robbie, lâche cette télécommande et éloigne-toi, ordonné-je, le cœur battant.

Robbie n'est pas idiot ; il fait ce que je lui demande. L'orang-outan s'empare de la télécommande et change de nouveau de canal. Une demi-douzaine d'Anglais se démènent alors à l'écran pour créer une recette originale de pudding.

Je m'approche lentement en montrant mes mains vides. Le fait d'être entouré d'humains armés ne semble pas l'inquiéter. Sans être d'une taille exceptionnelle, il est impressionnant. Il doit peser autant que moi, avec des dents beaucoup plus grandes. Son visage rond et plat m'évoque une pleine lune déguisée avec une barbe postiche. De longs poils roux pendent de ses bras telles des franges. Le nom JUPITER est brodé sur la bavette de son tablier.

J'entame le dialogue : *Pardon pour la télé. Tu parles la langue des signes ?*

Je lis l'intelligence et la réflexion dans ses beaux yeux bruns. Il glisse la télécommande dans la poche de son tablier et répond : *Toi, tu parles l'orang-outan.*

Je me présente : *A-N-A.* (J'ai la chance d'avoir un prénom facile à signer.) Les questions se bousculent dans ma tête. Je cherche par où commencer quand Luca Barsanti revient, sans plat ni gants de cuisine.

– Je vois que vous avez fait connaissance avec Jupiter, dit-il. Surtout, n'éteignez jamais la télé pendant *The Great British Bake Off* ! La jurée du concours, Mary Berry, est son idole.

Jupiter se hisse sur le canapé et fixe l'écran sur lequel une vieille Anglaise impeccablement coiffée expose les subtilités de la pâte à tarte.

– Je me rappelle cet épisode, dit Gem. Les candidats devaient confectionner des cakes aux fruits. Quoi ? se défend-il en me voyant hausser les sourcils. C'est une bonne émission !

Jupiter semble comprendre notre langue, car il observe Gem d'un air approbateur et tapote le coussin à côté de lui. Craignant sans doute d'offenser le chef cuisinier aux longues canines, Gem accepte l'invitation à s'asseoir.

– Je vois que Jupiter s'est déjà fait un ami ! commente Luca. Il a regardé chaque épisode au moins une vingtaine de fois. Ce serait lassant s'il ne reproduisait pas ensuite les recettes...

Nelinha désigne tour à tour l'orang-outan, l'écran, puis de nouveau l'orang-outan.

– C'est lui qui prépare les lasagnes ? demande-t-elle.

Soudain, elle paraît beaucoup moins pressée de passer à table.

– Pas uniquement, répond Luca. Jupiter sait tout faire, ou presque. Il voudrait m'embaucher comme sous-chef, mais s'il y a une machine que je suis incapable de maîtriser, c'est bien le four !

– Mais... c'est un orang-outan, insiste Nelinha, au cas où personne ne l'aurait remarqué.

– Bien sûr ! acquiesce Luca. Il y a toujours eu un Jupiter à Harding-Pencroft.

Ester a dit à peu près la même chose au sujet de Top. Je me rappelle alors qu'il y a un orang-outan nommé Jupiter dans *L'Île mystérieuse*. Celui-ci doit être son... clone ? Arrière-arrière-arrière... petit-fils ? Apparemment, les Jupiter ont évolué au point de pouvoir communiquer en langue des signes et cuisiner des soufflés.

Le visage de Luca s'assombrit soudain, et il se tourne vers moi :

– Maintenant, si tu nous disais un peu ce qui vous amène ? Nous n'attendions pas la visite de ton frère avant au moins quatre ans. Quant à toi... Ma chère enfant, nous pensions ne jamais te rencontrer ! Si tu es là, c'est qu'il a dû arriver quelque chose de grave.

Je suis certaine qu'il n'avait pas l'intention de me blesser. Néanmoins, ses paroles me font mal.

J'ai grandi dans l'ombre de Dev. Bien qu'aimants et tolérants, nos parents étaient un peu vieux jeu sur certains sujets : ils comptaient sur leur fils aîné pour perpétuer la tradition familiale. Cette répartition des rôles me convenait très bien, car elle m'offrait la liberté d'organiser ma vie à ma guise – du moins, je le croyais.

La disparition de mon frère a laissé dans le monde un vide que je ne parviendrai jamais à combler. Luca et Ophelia ne m'attendaient pas, et ma présence est le signe qu'une catastrophe s'est produite.

Le retour d'Ophelia m'épargne de répondre tout de suite. Ester, Top et Rhys Morrow l'accompagnent. La première a les yeux rouges ; Rhys murmure des mots apaisants à son oreille.

– Cancer du pancréas, annonce Ophelia. Theodosius a été un idiot de A à Z.

Mon sang se glace. « De A à Z » ?

– Il est... ?

– Non, non, il est toujours en vie. Franklin est en train de lui administrer un traitement expérimental. Ce que je voulais dire, c'est qu'il aurait dû solliciter notre aide depuis des mois. Enfin, qu'est-ce qu'il lui a pris, dans son état, d'embarquer avec un groupe de gamins ?

Elle me fusille du regard, attendant une explication que je suis incapable de lui fournir. Ses yeux sont du même gris acier que ses cheveux et que la monture de ses lunettes.

Top se dirige vers le canapé et renifle les pieds de Jupiter. Celui-ci tire de la poche de son tablier un cookie qu'il tend au chien, se faisant ainsi un deuxième ami.

– Je...

Ma voix se brise. Ça fait trois jours que je m'efforce de tenir le coup. Je ne vais pas craquer maintenant – pas devant l'équipage.

Gem et Nelinha se rapprochent instinctivement de moi.

– Nous serions mieux assis pour discuter, non ? dit le premier.

Son ton posé me rappelle que les Requins ne sont pas seulement des guerriers, mais aussi des diplomates.

– Bonne idée ! s'exclame Nelinha.

C'est la seconde fois cette semaine qu'elle l'approuve publiquement. Ça ne peut signifier qu'une chose : l'apocalypse est pour bientôt.

– Pendant ce temps, ajoute-t-elle, nos camarades iront s'occuper du *Varuna* et faire un brin de toilette. Qu'en dis-tu, Ana ?

J'acquiesce avec reconnaissance. C'est mieux que d'éclater en sanglots.

– C'est vrai, vous auriez tous besoin d'une douche, lui concède Ophelia.

Après trois jours de rationnement en eau, aucun de nous ne doit sentir la rose.

Ophelia fait claquer sa langue. Deux libellules mécaniques apparaissent aussitôt à ses côtés.

– Les drones vont vous conduire à la salle de bains, annonce-t-elle. Ils sont également programmés pour empêcher les enfants désobéissants d'aller fouiner dans les zones interdites.

Le sourire de Luca a vacillé. Il semble avoir deviné que sa bonne humeur ne résistera pas aux révélations que je m'apprête à faire.

– Je vais chercher du café et des *biscotti*, dit-il. Quelque chose me dit que nous aurons besoin d'un remontant.

# CHAPITRE VINGT-HUIT

Trois jours après, c'est toujours aussi difficile de raconter ce qui s'est passé.

Quand j'explique dans quelles circonstances mon frère est mort, j'ai l'impression de ramasser à mains nues les cendres encore brûlantes de son bûcher funéraire.

Je suis assise entre Gem et Nelinha. À droite de celle-ci, Ester renifle discrètement. Elle a de bonnes raisons de pleurer : la maladie du docteur Hewett, la destruction de l'école, son arrivée dans un endroit inconnu et effrayant...

Les deux autres préfets auraient dû prendre part à la conversation, mais ils semblaient soulagés de céder leur place à Ester et à Nelinha. Franklin reste au chevet du docteur Hewett à l'infirmerie ; Tia Romero veille sur nos camarades comme une poule sur ses poussins, s'assurant qu'aucun d'eux ne se fasse décapiter par un laser ou atomiser par une libellule mécanique pendant qu'ils prennent possession de leurs quartiers.

À la fin de mon récit, Luca et Ophelia échangent un regard

appuyé. Ils n'ont pas l'air surpris. On dirait plutôt que leurs pires craintes se sont réalisées.

Ophelia ajuste ses lunettes et plante les coudes sur la table, faisant tinter ses bracelets.

– Pardon, Ana, dit-elle. Tu méritais mieux de notre part.

La colère et l'amertume dans sa voix m'étonnent presque autant que ses excuses. Cela fait trois jours que je réprime mes propres émotions. Un goût de bile envahit ma bouche. Désagréable, mais moins que la tristesse qui m'écrasait jusque-là.

– Ah oui ? répliqué-je. Et je méritais quoi ? La vérité, peut-être ?

Luca baisse les yeux vers sa tasse d'expresso.

– *Certo*, murmure-t-il. *La verità. Ma non è così semplice, cara mia.*

– Pas si simple ? Pour quelle raison ? Pourquoi Dev ne pouvait-il pas partager ce qu'il savait avec moi ? Pourquoi Ester devait-elle vivre avec ses secrets ?

Ester rougit violemment. Je regrette aussitôt de l'avoir ainsi mise en avant, ce qui attise encore ma fureur.

– Et ne me racontez pas que l'école essayait de me protéger !

Ophelia secoue la tête.

– En effet, dit-elle. L'école ne protégeait qu'elle-même.

– Et vous l'avez laissée faire !

Gem tousse pour m'avertir que je dépasse les bornes. Je ne saurais dire pourquoi j'en veux tant à Luca et à Ophelia. Je les connais à peine, et ils ont été plutôt gentils avec nous, si on oublie leurs menaces de destruction.

Luca trempe un biscuit dans son café et soupire :

– Ana, Ophelia et moi étions là quand tes parents sont morts... Tous les quatre, nous formions une équipe.

Je baisse les yeux vers ma propre tasse, et pour ne pas froisser Jupiter, je me retiens de briser en mille morceaux le cookie posé à côté. Je parviens à articuler :

– Que s'est-il passé ?

La mâchoire de Luca se crispe.

– Nous tentons encore de le comprendre, avoue-t-il. Avec le recul, je me dis que nous aurions dû prendre plus de précautions. Mais je me mets à la place de ton père : avant lui, trois générations de Dakkar avaient cherché en vain l'épave du *Nautilus*. Ta mère et lui étaient impatients de passer à l'étape suivante...

– Ils étaient pressés d'explorer un tas de ferraille ?

Luca hésite si longtemps que son biscuit finit par s'émietter dans son café.

– Nous les avons exhortés à la prudence. Enfin, surtout Ophelia... Mais autant interdire à quelqu'un qui vient de trouver le Saint Graal de boire dedans. Tes parents ont insisté pour plonger immédiatement. Après l'accident...

Il baisse la tête.

– Vous vous sentez coupables, murmure Nelinha. Après tout, c'étaient vos amis...

Ophelia pose une main sur l'épaule de son mari.

– Nous étions de la même promotion, explique-t-elle. Quand Tarun et Sita sont morts, une partie des professeurs de HP, dont Theodosius Hewett, a souhaité vous envoyer ici, ton frère et toi, pour votre sécurité.

– Nous les en avons dissuadés, reprend Luca. Nous considérions que c'était trop risqué, et que vous deviez achever votre formation sur le continent avant de pouvoir assumer l'héritage de Nemo. Nous ignorions que l'Institut Land projetait une attaque de cette envergure. Nous vous pensions trop précieux pour qu'ils mettent vos vies en danger. Nous avions tort. Pardon.

J'ai la tête qui tourne, et pas seulement à cause de la caféine.

Si j'avais passé les deux dernières années sur cette île avec Dev, je n'aurais pas rencontré Nelinha et Ester. Je ne serais pas devenue préfète des Dauphins. Mon frère aurait survécu, mais il serait coincé avec moi en plein océan, dans la base souterraine qui sert de tombeau à nos parents.

Luca et Ophelia n'ont pas voulu nous infliger ça. Comment le leur reprocher ? Pourtant, je bouillonne toujours de colère. Si cette base et les technologies qu'elle contient constituent notre héritage, à Dev et moi, de quel droit les administrateurs de Harding-Pencroft nous ont-ils caché son existence ? Qui les a autorisés à contrôler ainsi nos vies ?

Je me rappelle les paroles de Caleb South : « Combien de problèmes mondiaux auriez-vous pu résoudre, lâches que vous êtes, si vous aviez bien voulu partager ? »

Peut-être avait-il raison. Harding-Pencroft valait-elle beaucoup mieux que l'Institut Land ?

Comme si elle avait lu dans mes pensées, Ophelia dit alors :

– C'est normal que tu te méfies de nous. Mais nous, nous avons confiance en toi, Ana. Tu es la dernière des Dakkar. À l'évidence, Theodosius te croyait capable de guider ta classe jusqu'ici, et tu lui as donné raison.

Luca lui jette un regard troublé.

– Tu suggères de…

– Oui, le coupe Ophelia. Pour qu'Ana puisse prendre sa décision, nous devons tout lui montrer.

Gem se penche brusquement en avant, faisant craquer sa chaise.

– Tout ? répète-t-il. C'est-à-dire ?

S'il cache assez bien son impatience, en bon Requin, il rêve probablement d'armes flambant neuves.

– Les technologies que vous avez rencontrées jusqu'ici – fusils Leyde, camouflage dynamique – ne sont que de pâles copies des créations de Nemo, explique Ophelia. Cela fait cent cinquante ans que Harding-Pencroft et l'Institut Land s'efforcent de les reproduire. Nous avons connu quelques succès, comme la fibre optique, le laser, la fission nucléaire, les micro-ondes…

– Nemo a inventé le four à micro-ondes ? s'exclame Nelinha.

Je devine que celui qui équipait la salle de jeux de l'école lui manque cruellement, tant elle raffole de pop-corn.

Ophelia acquiesce avec un mince sourire.

– Une des moins dangereuses parmi ses créations, commente-t-elle. À la fin des années 1940, l'Académie a jugé qu'elle pouvait en divulguer le principe auprès du grand public.

– Une minute ! intervient Gem. Vous avez évoqué la fission nucléaire. Le capitaine Nemo possédait des bombes atomiques ?

– Certainement pas ! Il n'aurait jamais conçu une arme aussi dévastatrice. Mais il a ouvert la voie à la physique nucléaire. Pendant la Seconde Guerre mondiale, l'Institut Land a cru bien faire en donnant un coup de pouce au projet Manhattan. Ils prétendent toujours avoir agi pour le mieux, même si la course aux armements qui en a découlé a conduit l'humanité au bord de la destruction au moins une demi-douzaine de fois.

– La recherche atomique a aussi abouti à des traitements

contre le cancer et à l'exploration spatiale, lui objecte Gem. Selon l'usage qu'on en fait, la science peut être bonne ou mauvaise.

Luca pose une main sur le poignet de sa femme, comme s'il craignait qu'elle bondisse par-dessus la table pour l'étrangler.

– Mon garçon, dit-il, chaque fois qu'une avancée de la technologie alternative est révélée au monde, elle perturbe son équilibre. Tu imagines les conséquences si nous annoncions que Nemo connaissait le secret de la fusion froide ?

Nelinha pousse un petit cri de souris. Sans être aussi calée en science, je partage sa surprise. En scindant les gros atomes pour libérer de l'énergie, la fission nucléaire génère une grande quantité de déchets radioactifs. La fusion, au contraire, combine les atomes, comme elle le fait naturellement dans le cœur du Soleil. Si l'humanité parvenait à reproduire ce processus à température ambiante, elle disposerait d'une source d'énergie inépuisable et non polluante.

– Pourquoi ne pas partager cette information ? m'étonné-je. Ce serait une véritable révolution !

– Une révolution capable de détruire notre civilisation, m'oppose Ophelia. Imagine qu'un gouvernement – ou pire, une société privée – s'attribue le monopole de cette technique ?

À cette idée, un frisson m'envahit.

– Le secret de la fusion froide se trouve donc ici, sur cette base ?

– Ce secret, et beaucoup d'autres. Mais Nemo a fait en sorte que seul un membre de sa famille – *ta* famille – puisse accéder à son chef-d'œuvre.

Le noyau de colère qui brûlait dans mon cœur se rétracte subitement, créant sa propre réaction de fusion froide.

– Son chef-d'œuvre... Ce n'est pas la base, mais le *Nautilus*, c'est ça ?

Le silence de Luca et Ophelia est éloquent.

Je repense aux photos de l'épave du *Titanic* que j'ai vues : un squelette de métal festonné de rouille, tombant peu à peu en poussière... Et le *Nautilus* repose au fond de l'océan depuis encore plus longtemps !

Je secoue la tête d'un air incrédule.

– Il ne doit pas en rester grand-chose...

– Détrompe-toi, réplique Luca d'un ton mélancolique, comme s'il allait m'annoncer une nouvelle pire que la destruction de l'école. Tes parents l'ont retrouvé intact. Nous te le présenterons demain.

## CHAPITRE VINGT-NEUF

Comment obtenir une classe d'ados surexcités ?

1. Laissez-leur une machine à expresso en accès libre.

2. Offrez-leur un abri sûr après une course contre la mort de soixante-douze heures.

3. Servez-leur un dîner réconfortant cuisiné par un orang-outan.

4. Promettez-leur de leur faire découvrir un sous-marin fictif-mais-pas-trop du XIX$^{e}$ siècle.

Après ce véritable coup de tonnerre, Luca déclare le sujet clos jusqu'au lendemain. C'est sans doute mieux ainsi, même si je brûle de le bombarder de questions. J'ai déjà l'impression que ma tête va exploser après toutes ces révélations.

Comment une épave peut-elle résister à un séjour de cent cinquante ans sous l'eau ? Quand Luca affirme que le *Nautilus* est « intact », que faut-il comprendre ? Que sa coque reste identifiable ? Qu'il n'est pas entièrement inondé ? Et surtout, comment Ophelia et lui comptent-ils me le « présenter » ? À les entendre, on croirait presque que... Je repousse l'idée complètement folle qui me vient à l'esprit.

La table ne pouvant accueillir que dix convives, une partie des élèves s'asseyent où ils peuvent dans la salle. Aucun n'est assez téméraire pour occuper la balançoire pneu de Jupiter.

Le volume sonore des conversations augmente peu à peu. Les plaisanteries fusent. Je n'avais pas vu mes camarades aussi détendus et joyeux depuis que notre univers s'est effondré. En fermant les yeux, je pourrais presque me croire dans la cafétéria de l'école un soir ordinaire.

La nostalgie m'envahit quand Jupiter dépose devant moi une assiette de lasagnes fumantes, accompagnées d'un mélange de salades et de deux tranches de pain à l'ail un peu noires sur les bords.

*C'est sa faute si ça a brûlé*, précise-t-il en pointant l'index vers Luca.

Je le remercie.

Avant de s'éloigner, il déplie ma serviette sur mes genoux. (N'importe quel primate supérieur se tiendrait mieux à table que moi.)

Le fromage fondu et la sauce tomate étalée entre les couches de pâte dorée sentent délicieusement bon.

Je me penche vers Luca et lui glisse à l'oreille :

– Je ne voudrais pas vexer Jupiter, mais j'espère qu'il n'y a pas de bœuf dans ses lasagnes. Je suis hindouiste, et...

– Tu peux manger sans crainte. Au début de l'odyssée du *Nautilus*, Nemo et son équipage chassaient les animaux marins pour leur viande. Plus tard, afin de préserver les ressources de l'océan, il s'est converti à ce qu'on n'appelait pas encore le véganisme. Il a conçu des plantes hybrides qu'il cultivait dans des jardins aquatiques sous...

Il marque un silence, comme s'il craignait d'en dire trop, et reprend :

– Au fil du temps, ces plantes ont proliféré. Tous les ingrédients de ce plat proviennent de ces jardins.

– Même ceci ? demande Ester en reniflant une tranche de pain.

– Pas l'ail, en effet, admet Luca. J'ai mon propre jardin en surface, où je fais pousser des herbes aromatiques et des épices. Mais le reste, oui. La farine est faite avec des algues blanches moulues, et on utilise un mélange de vinaigre et de bicarbonate de soude en guise de levure.

– Et le beurre, le fromage ?

– Élaborés à partir d'extraits de macro-algues et de goémon.

– Vous êtes sûrs que ça se mange ? interroge Nelinha avec une moue sceptique.

– Goûte ! l'encourage Ophelia.

Nelinha mordille sa tranche de pain et son regard s'illumine.

– Hé ! C'est délicieux ! Un peu brûlé, mais...

– Ça va, la coupe Luca. Pas la peine d'enfoncer le clou !

Ophelia sourit, et soudain, le gris de ses yeux me rappelle moins l'acier que l'argent.

– Grâce à Jupiter, nous progressons sans cesse, explique-t-elle. Nous sommes maintenant capables de simuler les ingrédients de n'importe laquelle des recettes qu'il a apprises en regardant ses émissions culinaires préférées.

Je prends une bouchée de lasagnes. Elles sont encore meilleures que je l'imaginais.

– Avec ce type de cultures, on pourrait régler le problème de la faim dans le monde, fais-je remarquer.

– Ou bien une multinationale s'emparerait des ressources de base afin de préserver son monopole, rétorque Ophelia.

Subitement, je trouve un goût plus prononcé de macroalgues à mes lasagnes.

Assis aux pieds d'Ester, Top ne mendie pas – il est trop malin pour ça –, mais il nous regarde d'un air triste. Quand l'un de nous lui glisse un morceau sous la table, ce qui arrive à peu près toutes les deux minutes, il joue la surprise : *C'est pour moi ? Bah ! Si tu insistes...*

Pour un chien de soutien émotionnel, c'est un redoutable comédien !

Pendant ce temps, Jupiter sympathise avec les Dauphins, auxquels il décrit ses recettes avec des gestes parfois difficiles à interpréter. Si nous n'avons pas appris à traduire « julienne de laitue de mer » ou « espuma de carragheen » en langue des signes, mes amis savent dire « délicieux » et « merci », ce qui paraît le satisfaire.

Gem essuie la sauce sur son assiette avec un morceau de pain à l'ail.

– Dites-moi, docteur Barsanti... commence-t-il.

– Je t'en prie, appelle-moi Luca.

Gem se tortille sur sa chaise, gêné. Le respect du protocole est une seconde nature chez lui.

– Est-ce que vous et le docteur...

– Artemisia, le coupe Ophelia. Mais mon prénom suffira.

Gem semble au bord de la syncope. Il poursuit néanmoins :

– Euh... Ophelia et Luca, si j'ai bien compris, vous avez tous les deux étudié à Harding-Pencroft ?

– Comme mon père, mon grand-père et mon arrière-grand-père ! répond Luca. La cinquième année, j'étais capitaine des Céphalopodes.

Entendant cela, les élèves de cette maison lèvent le poing et s'exclament :

– Ouaaais !

– Et moi, des Orques, ajoute Ophelia. La même année, j'ai été reçue à l'examen final des Requins avec les félicitations du jury.

Je lui jette un regard admiratif. En théorie, il est possible de suivre deux cursus en parallèle, mais cela nécessite le double d'efforts. Quant à assumer le rôle de capitaine d'une maison tout en sortant diplômée d'une autre – avec les honneurs, en plus ! –, c'est juste incroyable !

En outre, les Requins et les Orques sont considérés comme diamétralement opposés. Les premiers sont des tacticiens et des leaders destinés à combattre en première ligne ; les seconds mettent leurs talents de soignants au service du collectif. J'ai du mal à concevoir qu'on puisse concilier les deux.

Quant à Gem, il est tellement stupéfait qu'il en oublie de manger son pain détrempé par la pseudo-sauce marinara.

– Waouh ! Docteur... Pardon, Ophelia... Du coup, vous aviez Tarun Dakkar comme capitaine des Requins ?

– En effet. Et Sita était ma meilleure amie. C'est moi qui lui ai appris à terroriser nos camarades plus jeunes.

– Moi aussi, tu me terrorisais, avoue Luca avec un grand sourire. Quand tu as volé mon cœur... terrifiant !

– Et depuis, je suis obligée de te supporter ! réplique Ophelia.

Elle adresse un clin d'œil à son mari, qui éclate de rire.

– Ma foi, c'est vrai ! Blague à part, Ana, ta mère était une formidable capitaine des Dauphins. Elle serait fière de toi.

Ce n'est pas la première fois que je rencontre quelqu'un qui a connu mes parents. Mais c'est bizarre de les imaginer adolescents, avec leurs amis, jouer les caïds de l'école comme le fait maintenant Dev... ou comme il le faisait il y a encore trois jours.

Je bredouille un vague « merci » et repose ma fourchette en priant pour que personne ne remarque le tremblement de ma main.

Mon trouble n'échappe pas à Nelinha. Pour créer une diversion, elle s'adresse alors à Luca en parlant aussi fort qu'Ester :

– DITES-MOI, combien de générations de Barsanti ont fréquenté HP ?

– Nous étions présents dès l'origine ! Les fondateurs de l'école nous ont recrutés à cause des travaux de mon ancêtre sur la combustion interne.

– Eugenio Barsanti ? demande Nelinha, brusquement intéressée. Le concepteur du premier moteur à gaz ?

– On croise beaucoup de noms célèbres dans les archives de l'Académie. Pour reproduire les inventions de Nemo, l'école avait besoin des esprits les plus brillants. Mais ça, vous le savez déjà. Dans votre classe, on trouve une Harding, une Dakkar... Et toi, Gem : tu t'appelles bien Twain, comme l'écrivain ?

– Aucun rapport, marmonne Gem. En plus, son vrai nom était Clemens.

Luca semble un peu déçu, comme s'il espérait un autographe.

– Ah... Quoi qu'il en soit, chaque nouvelle génération doit faire ses preuves et se montrer digne de l'Académie. Je suis sûr que vous réussirez tous brillamment !

Autour de la salle, les visages de mes camarades s'assombrissent. Sans doute pensent-ils la même chose que moi : comment être dignes d'une école qui n'existe plus ?

Dans trois ans, certains d'entre nous seraient devenus capitaines de leur maison. Peut-être aurions-nous trouvé l'âme sœur au sein de Harding-Pencroft, comme Luca et Ophelia (pour ma part, j'ai du mal à le croire), et eu ensuite une carrière exemplaire.

Mais ça, nous ne le saurons jamais. Notre avenir a volé en éclats avec un pan entier de la falaise.

Ophelia perçoit notre changement d'humeur.

– Barsanti, soupire-t-elle, tu es incorrigible !

– Qu'est-ce que j'ai encore dit ? demande Luca, interloqué.

Je l'imagine courir à travers un champ de mines et en sortir indemne. Sa femme s'arracherait les cheveux en le regardant, puis elle lui passerait un savon. Pas étonnant qu'Ophelia et lui se soient aussi bien entendus avec nos parents. À eux quatre, ils devaient former une combinaison parfaite de courage, d'audace, d'intelligence et d'excentricité.

– Si tout le monde a fini, reprend Ophelia, je propose que nous débarrassions. Jupiter fait la cuisine, mais pas la vaisselle.

Elle répartit ensuite les tâches. Rien de tel que de récurer un plat à lasagnes pour relativiser ses problèmes ! Une fois la cuisine et la salle à manger impeccables, presque tout l'équipage regagne le *Varuna*. Le navire a été nettoyé de la cale au pont supérieur et approvisionné afin d'offrir un minimum de confort à mes camarades. J'avais prévu d'y passer la nuit, mais Luca et Ophelia insistent pour que j'occupe la « chambre d'amis ». Celle-ci comportant quatre lits superposés, j'invite Ester et Nelinha à la partager avec moi. La seconde se propose pour retourner chercher nos affaires à bord.

À voir l'expression torturée de Gem, je devine qu'il brûle de s'attribuer la dernière couchette. Même pas en rêve !

– T'inquiète, il ne m'arrivera rien, dis-je pour le rassurer. Je te charge de veiller sur l'équipage. On se retrouve demain pour le petit-déjeuner.

Il hésite avant de répondre :

– D'accord. Mais sois prudente.

J'ignore s'il se méfie de nos hôtes ou de la vie en général. Comment le lui reprocher après les événements des derniers jours ?

Ophelia nous conduit à notre chambre, une pièce minuscule et sommairement meublée, avec des murs de pierre nue qui lui donnent un peu l'aspect d'un cachot. Je repousse cette impression et me glisse aussitôt dans mon lit. C'est la première nuit que je passe sur la terre ferme depuis notre départ de l'école.

Mes cauchemars n'en sont que plus terrifiants.

# CHAPITRE TRENTE

Je rêve que je me noie, ce qui ne me ressemble pas.

Je suis coincée dans le local de sécurité de l'école avec Dev. Nous suivons sur un mur d'écrans la progression des torpilles qui foncent vers la falaise. « Menace majeure ! crie mon frère dans un micro. Ordre d'évacuation immédiat ! Je... »

Les tableaux de commande explosent. Le plafond s'écroule. Un gouffre s'ouvre sous nos pieds et nous coulons au fond de la baie parmi les décombres. Nous hurlons et frappons les blocs de béton avec nos poings. La poche d'air qui nous protégeait éclate soudain. Dev saisit ma main juste avant que mes poumons ne se remplissent d'eau salée...

Je me réveille en sueur et prends une série d'inspirations tremblantes. J'entends alors Ester ronfler dans le lit à côté, et Nelinha marmonner dans son sommeil au-dessus de moi. Pendant quelques secondes, je me crois dans notre chambre, à Harding-Pencroft, puis les souvenirs reviennent. Il ne reste rien de mon ancienne vie.

Je m'assieds, frissonnante, et constate que je n'ai presque plus mal au ventre. C'est déjà ça.

Je regarde ma montre : cinq heures trente.

Aucune chance pour que je me rendorme. Je me lève sans bruit et vais chercher mon maillot dans mon sac. Après un rêve de noyade, il n'y a qu'une chose à faire : se jeter à l'eau dès que possible.

Je traverse la pièce commune de la base, à présent déserte, et sors sur le ponton.

La masse sombre et silencieuse du *Varuna* se dresse dans l'aube rose et turquoise. Je plonge dans le lagon aussi transparent que du cristal et me retrouve aussitôt au centre d'un tourbillon de poissons-anges. En nageant au milieu des coraux, je salue – à bonne distance – une murène dont la tête pointe hors d'une crevasse. Un requin-nourrice de cinq mètres sillonne paresseusement un herbier marin devant moi.

Socrate me rejoint bientôt. Il me présente ses nouveaux amis, et nous jouons tous ensemble.

Il fait grand jour quand je regagne la base, où l'odeur des gâteaux en train de cuire achève de me requinquer. Jupiter dispose des corbeilles de croissants, de muffins et de pains aux raisins sur la table avant qu'elle soit prise d'assaut par une troupe d'ados affamés. Je n'en reviens pas qu'un seul orang-outan ait pu préparer une telle quantité de nourriture en si peu de temps.

*Ça sent bon*, lui dis-je. *Je peux t'aider ?*

Il me tend un chausson fourré en signant : *Ça te plaît ?*

La pâte feuilletée fond dans la bouche. On ne devinerait jamais qu'elle est faite avec des algues. La garniture a un goût de poire et d'orange, alors que les fruits qui la composent proviennent sans doute d'un verger expérimental sous-marin.

Si je vivais ici, je prendrais dix kilos... À moins que Nemo n'ait découvert une solution miracle pour éviter de grossir.

*C'est délicieux*, dis-je. *Mary Berry serait fière de toi.*

*Je t'aime*, signe calmement Jupiter.

Pendant qu'il se dirige vers la cuisine, je pique une corbeille de viennoiseries sur la table – pour mes amies, bien sûr ! Jupiter sait-il aussi faire des *gujia* ? Sinon, je suis sûre que Mary Berry ne verrait pas d'inconvénient à ce que je lui apprenne.

Je trouve Ester et Nelinha douchées et habillées. Mon absence ne semble pas les avoir inquiétées. Elles ont l'habitude de mes escapades matinales.

Je leur tends la corbeille.

– Qui veut goûter les spécialités de notre chef orang-outan ?

Nelinha prend un chausson et m'inspecte de haut en bas.

– Heureuse de constater que tu n'as pas sauté sur une mine marine ! dit-elle.

Je me sens brusquement idiote : il ne m'était pas venu à l'esprit que le lagon pouvait être truffé de systèmes défensifs alt-tech.

Les yeux fixés au sol, Ester émiette la croûte d'une tartelette aux pseudo-pommes. Ce matin, elle porte une chemise et des leggings roses. J'en déduis qu'elle est particulièrement nerveuse. Après la douche, elle a peigné ses cheveux en arrière, mais en séchant, ils recommencent à pointer dans toutes les directions, comme ses pensées.

– J'ai beaucoup réfléchi la nuit dernière, déclare-t-elle. Ana, tu te rappelles ce que je t'ai dit à propos du *Nautilus* ?

Qu'il était dangereux et que je le soupçonnais d'avoir tué tes parents ?

J'acquiesce. Ça ne s'oublie pas.

– Eh bien, hier soir, en écoutant Luca et Ophelia, je crois avoir compris ce qu'il s'est passé. Il ne faut pas que...

On frappe alors, et Ophelia pousse la porte.

– Vous êtes déjà debout, constate-t-elle. C'est bien.

Elle n'est pas étonnée. Je suppose qu'il y a des caméras de surveillance dans toute la base, peut-être même dans cette chambre.

Ester devient écarlate. Assis à ses pieds, Top lève vers l'intruse un regard qui semble dire : *Touche pas à mon humaine !*

– Prête ? enchaîne Ophelia.

Il me faut quelques secondes pour saisir le sens de sa question : elle veut savoir si je suis prête à rencontrer le *Nautilus*. Le chausson aux fruits fait un double salto arrière dans mon estomac.

– Si c'est possible, dis-je, j'aimerais que mes amies viennent avec nous. Enfin, si elles acceptent...

Je jette un coup d'œil à Ester, dont les oreilles virent au rouge brique, tandis que Nelinha acquiesce vigoureusement.

Le regard d'Ophelia se teinte de tristesse derrière ses lunettes. Peut-être pense-t-elle à mes parents.

– D'accord, soupire-t-elle. Suivez-moi !

Top trottine près de nous. Il est le seul à ne montrer aucune fébrilité. Ophelia nous guide le long d'un couloir parfaitement cylindrique, comme s'il avait été creusé par une foreuse géante.

– Luca ne vient pas ? demandé-je.

– Il nous attend là-bas.

Je refoule les questions qui se pressent sur mes lèvres : je saurai bien assez tôt où elle me conduit. Peut-être aurais-je dû inviter Gem à se joindre à nous. Il n'a pas fini de me faire des reproches, mais je ne crois pas que j'aurais été plus en sécurité avec un garde du corps hyperprotecteur et lourdement armé.

Le couloir aboutit à une porte circulaire qui m'évoque un antique coffre de banque.

Je la désigne à Ophelia :

– Elle date de l'époque de Nemo ?

– Qu'est-ce qui te fait dire ça ?

La porte ne présente aucun signe d'usure ou de corrosion. Son style rappelle celui des objets alt-tech que j'ai déjà approchés, tels le LOCUS et le canon Leyde, mais elle dégage une impression de puissance. J'explique :

– Elle paraît ancienne. Très ancienne, même.

Ophelia me décoche un sourire.

– Bien vu, Ana. Cette porte marque l'entrée de la base d'origine. Cyrus Harding l'a scellée peu après la mort de Nemo. Elle est restée ainsi jusqu'à ce que ton père l'ouvre, il y a deux ans.

– Mais l'île a été détruite par une éruption volcanique ! proteste Ester. C'est écrit dans le roman !

Elle se frotte les bras comme si elle avait froid.

Ophelia la regarde par-dessus ses lunettes.

– Harding et Pencroft ont un peu déformé la vérité en racontant leurs aventures à Jules Verne. Ils ont prétendu que l'île avait disparu afin de décourager les chercheurs de trésor.

Ester a l'air scandalisée, comme si ses précieuses fiches venaient de la trahir.

– Le livre ment, alors ? Ça explique pourquoi...

Elle se tait soudain et la couleur se retire de son visage.

– C'est quoi, ce métal ? demande Nelinha pour détourner l'attention de notre hôtesse. Il ne ressemble ni à l'acier ni au laiton, et il paraît insensible à la corrosion.

– Remarquable, pas vrai ? Nous avons appelé cet alliage nemonium. Nous sommes encore incapables de le reproduire ; nous parvenons uniquement à le travailler et à le réutiliser pour nos propres créations. Pour autant que nous le sachions...

Ophelia se lance alors dans une analyse des caractéristiques du nemonium seulement compréhensible par quelques rares initiés, dont Nelinha.

J'en profite pour me rapprocher d'Ester et lui murmurer :

– Ça va, toi ?

Je me retiens d'attraper sa main pour l'empêcher de mordiller les peaux autour de ses ongles.

– Une fois dedans, sois très prudente, me souffle-t-elle. Je crois que tu devrais lui parler en premier.

– Parler à qui ?

Ophelia interrompt notre conversation.

– Ana, à toi l'honneur, dit-elle en m'indiquant la porte.

Celle-ci comporte une plaque circulaire avec des pistons disposés comme les rayons d'une roue, et à la place du moyeu, un lecteur d'ADN identique à celui que j'ai testé à bord du *Varuna*.

– Qui ça, moi ? dis-je un peu bêtement.

Comme s'il y avait une autre Ana dans le secteur !

– Je pourrais m'en charger, reprend Ophelia en sortant une fine carte en métal de sa poche. Nous avons bricolé une sorte de passe magnétique après que ton père l'a ouverte. Mais puisqu'elle est déjà synchronisée avec ton ADN...

Cherche-t-elle à me tester ? Je repense au picotement désagréable le long de mon bras la première fois que j'ai utilisé un lecteur. Puis je me rappelle mon cauchemar : Dev qui saisissait ma main, ma terreur quand l'eau envahissait mes poumons... Je n'ai pas le choix. Je suis la dernière des Dakkar.

Je presse ma paume contre le lecteur. Cette fois, je ne ressens pas de décharge. La plaque pivote, les pistons se rétractent et l'on entend un sifflement, comme si l'air fuyait au niveau des joints de la porte. Celle-ci ne bouge pas, mais je devine qu'elle s'ouvrirait sans effort si je la poussais.

– Quelques recommandations avant d'aller plus loin, dit Ophelia. Au-delà de cette porte, évitez de parler fort ou de faire des gestes brusques. Surtout toi, Ana. La phase d'approche ne devrait pas poser de problème. Luca et moi visitons cette caverne presque chaque jour. Jusqu'ici, nous n'avons déploré aucun incident.

« Incident. » Le mot paraît faible pour décrire la mort de mes parents !

– Pourtant, vous n'êtes pas rassurée. Je suis la première Dakkar à monter à bord du *Nautilus* depuis... l'accident.

Ophelia laisse un silence, puis elle reprend :

– Nous avons passé les deux dernières années à le nettoyer et à tenter de réparer ses systèmes.

– Il n'est pas complètement rongé par la rouille ? s'étonne Nelinha.

– Tu le verras bientôt par toi-même. La plupart de ses fonctions supérieures sont en sommeil, parce que... Eh bien, seul un Dakkar peut les activer. Tarun et Sita ont probablement été victimes d'une défaillance, d'un malentendu. Néanmoins, on ne peut pas...

– Un *malentendu* ?

Je n'avais pas l'intention de crier, mais comment pourrais-je garder mon calme ?

Ophelia se tourne alors vers Ester.

– Tu veux bien lui expliquer, mon chou ? Je pense que tu as compris, toi.

– Ana, commence Ester en tripotant l'ourlet de sa chemise, comme je te l'ai dit, la mort de tes parents n'était pas due à un accident. C'est le *Nautilus* qui les a tués. Je suis désolée.

Je sens mes jambes mollir.

– À t'entendre, remarqué-je, on croirait presque qu'il l'a fait exprès.

– Il devait être très en colère. Il avait passé cent cinquante ans au fond de l'eau, abandonné par son créateur...

– Nemo est mort à l'intérieur, précise Ophelia d'un air sombre.

– Pire, poursuit Ester, il n'avait personne pour entretenir ses systèmes.

– « En colère » ? « Abandonné » ? Comment un sous-marin peut-il...

Malgré l'accumulation d'indices, une partie de mon cerveau rejette toujours la vérité. Celle-ci finit pourtant par s'imposer, me plongeant dans l'horreur.

– Non... Vous ne parlez pas sérieusement !

– Si, *bella*, dit Ophelia. Nemo avait conçu un prototype d'IA – une intelligence artificielle. Le *Nautilus* est vivant.

# CHAPITRE TRENTE ET UN

Ma vie entière m'a conduite à ce moment.

Mes parents ont tout sacrifié. J'ai perdu mon école et mon frère. Mes camarades ont risqué leur vie dans cette traversée du Pacifique. Des générations de Dakkar, de Harding et d'autres anciens de HP m'ont hissée sur leurs épaules, ont vécu et sont morts dans l'espoir qu'un jour, un ou une descendante de Nemo pourrait monter à bord de son sous-marin.

Et je n'ai qu'une seule envie : prendre mes jambes à mon cou.

En plongée, on apprend à égaliser la pression dans ses canaux auriculaires en se pinçant le nez et en soufflant doucement de l'air dans les sinus. Plus on plonge profond, plus c'est nécessaire. Faute de quoi, on risque d'avoir la tête comme une canette de soda au congélateur (Un conseil : ne jamais mettre de canette de soda au congélateur.)

J'aimerais bien qu'il existe un moyen d'égaliser son cerveau émotionnellement. Je plonge de plus en plus profond. La pression ne fait qu'augmenter. Et je ne peux pas me contenter de me pincer le nez pour m'adapter à chaque nouveau niveau de détresse.

J'ai d'abord cru que mes parents étaient morts dans un accident. Puis on m'a dit qu'ils étaient morts en retrouvant un objet scientifique d'une valeur inestimable. Maintenant j'apprends que l'objet en question est une créature vivante et qu'elle a tué mes parents. L'a-t-elle fait exprès ou non ? Je n'en ai pas la moindre idée !

Oh, à propos, elle est juste derrière cette porte. Aimerais-je la rencontrer ?

Je ne suis pas tout à fait moi-même quand je franchis le seuil de la porte blindée. Mon esprit est trop occupé à faire le va-et-vient entre la rage et la terreur. J'entends Ophelia m'appeler : « Suis-moi. »

Nelinha m'attrape par le coude :

– Je te couvre, mon chat. Allons-y.

Nous sommes à l'intérieur de la cheminée centrale du volcan endormi. Des parois de pierre lisse se dressent à la verticale, formant une cathédrale de roche noire et luisante en forme de cône. J'ai l'impression d'être au cœur d'une sucette au chocolat géante. Il n'y a pas de sol à proprement parler : juste un ponton qui s'avance au milieu d'un grand lac circulaire.

Des dizaines de drones-libellules vrombissent au-dessus de nos têtes ; l'éclat des pierres précieuses de leurs yeux fait scintiller leurs ailes. Sont-elles là pour surveiller ou pour éclairer ? Peut-être est-ce leur lieu de repos, quand elles ne sont pas occupées à guider des bateaux dans l'atoll ou à escorter des collégiens perdus jusqu'à la base.

Le lac est également illuminé par en bas. Des nuées de ce qui m'a tout l'air d'être du phytoplancton brillent dans les profondeurs. J'ai déjà vu des floraisons bioluminescentes, mais d'habitude elles sont bleues. Ces mini-créatures-ci, quelles qu'elles soient, forment des constellations d'orange, de vert, de bleu et de jaune, comme si le biome du lac avait décidé de célébrer la Holi. Je me demande si mes parents ont vu ce spectacle et s'ils ont pensé la même chose. Sont-ils morts entourés de ces étonnantes nébuleuses ?

Ester, à côté de moi, se met à gémir. Top, passant en mode alerte maximale, se plante devant elle avec un petit glapissement qui signifie *Hé, tout va bien. Petit chien mignon devant toi.* Nelinha murmure : « Vixe Maria. »

J'oblige mes yeux à suivre son regard et à remonter le ponton, jusqu'au navire amarré tout au bout.

Je n'ai jamais rien vu qui ressemble de près ou de loin au *Nautilus*. J'ai même du mal à concevoir qu'il s'agisse d'un sous-marin.

Bon, c'est vrai, je n'ai jamais mis les pieds à bord d'un submersible. Cette partie de notre formation ne commence qu'à la seconde moitié de notre troisième année à HP. En revanche, j'en ai vus et étudiés. Ceux d'aujourd'hui, pour la plupart, ressemblent à des tubes noirs et lisses ayant très peu de profil de surface – à part le léger arrondi de l'accastillage et un seul « kiosque » ou « massif ». Les plus grands sous-marins de la Marine américaine peuvent dépasser cent quatre-vingts mètres, de la proue au gouvernail, à peu près la longueur de deux terrains de foot.

Le *Nautilus* en fait à peine la moitié, mais cela reste un grand navire. Il semble avoir une forme tubulaire – je me souviens que Jules Verne le comparait à un cigare géant –, mais il n'est ni noir ni de profil faible. Sa coque est faite de plaques de nemonium qui s'imbriquent les unes dans les autres et luisent comme de la nacre d'ormeau. Des spires serrées couvrent ses flancs, entrecoupées à intervalles réguliers de touffes de filaments raides, ainsi que de petits creux en rangées qui me font penser aux cryptes vibrissales sur la peau de Socrate – des électro-récepteurs qui lui permettent de percevoir son environnement.

Je n'arrive pas à imaginer comment une coque aussi complexe, à l'aspect si délicat, a pu rester intacte depuis le XIXe siècle. On dirait la peau d'une créature marine – à mi-chemin entre le poisson-lion et le dauphin.

Ce qui est encore plus troublant, ce sont les yeux du *Nautilus*. Je ne vois pas comment les appeler autrement. Dans la proue du navire sont incrustés deux ovales convexes et transparents couverts d'un treillis de poutrelles métalliques, semblables à des yeux d'insecte à facettes.

Mon esprit se rebiffe devant cette erreur de conception. Des fenêtres sur un sous-marin ? La traînée hydrodynamique ralentirait la navigation. Le profil du navire le rendrait facilement repérable au sonar. Pire encore : dès que le sous-marin atteindrait une certaine profondeur, ces fenêtres exploseraient – l'intérieur serait inondé et tout le monde à bord mourrait noyé. Et pour livrer bataille contre des sous-marins modernes, équipés d'armes explosives ? Inutile d'y songer. Ce serait comme faire la guerre à l'intérieur d'une grande bouteille en verre.

– Ce sub ne devrait même pas exister, dis-je. Je ne vois pas comment il pourrait naviguer.

– Et pourtant... objecte Ophelia en haussant les épaules.

Et pourtant, le voilà, sous nos yeux : une œuvre d'art nautique de haute technologie, vieille d'un siècle et demi, amarrée au milieu d'un volcan. Je repense à l'un des passages les plus sinistres de *Vingt Mille Lieues sous les mers*, dans lequel des survivants d'une attaque du *Nautilus* racontent avoir vu des yeux géants qui brillaient sous l'eau – les yeux d'un monstre marin.

Je dois avouer que moi-même, si j'avais été marin à bord d'un trois-mâts à coque de bois et que j'avais vu ce navire fou foncer sur nous, prêt à nous éperonner, j'aurais fait pipi dans ma culotte victorienne.

– Mais il est en parfait état, dit Nelinha. Vous l'avez réparé en deux ans seulement, Luca et toi ?

– Pas vraiment, répond Ophelia avec une petite moue. L'extérieur avait besoin d'un nettoyage en profondeur et de nombreuses réparations mineures, mais la coque s'auto-entretient. À la mort de Nemo, le *Nautilus* s'est posé au fond de ce lac et s'est enseveli dans la vase, puis il est entré en estivation.

– Comme un dipneuste africain, dit Ester, se retrouvant soudain en terrain familier. Ils peuvent rester enfouis des années en biostase.

Ophelia a l'air contente.

– Exactement, Ester. Le *Nautilus* s'est mis en mode autoconservation. Pendant tout ce temps, il est resté quasiment en sommeil, maintenant son intégrité à l'aide de courants électriques et d'une circulation d'eau autour de la coque. Ça ne veut pas dire qu'il n'y a pas eu de dégâts. Il y a eu des fuites. L'intérieur du bateau n'a pas été inondé, mais...

Elle met la main devant le nez, comme si l'odeur lui revenait.

Je me sens tanguer ; pourtant je ne crois pas que les planches bougent sous mes pieds. Je promène le regard de l'autre côté du ponton. Le quai d'en face est bordé de postes de travail et de cabanes à outils qui me font penser, bizarrement, aux magasins de la jetée de Santa Monica. Je sens le fou rire monter dans ma poitrine. Je me demande si on ne pourrait pas avoir une glace ou une barbe à papa avant de monter à bord du *Nautilus*.

– Et Luca... il est déjà à bord ? demandé-je.

Ophelia hoche la tête.

– Oui, dit-elle. Il commence tous les matins à quatre heures. Il dormirait sur le *Nautilus* si je le laissais faire.

Elle me regarde avec inquiétude. Je dois avoir l'air un peu sous le choc.

– On n'est pas obligées de monter à bord aujourd'hui, Ana, poursuit-elle. C'est peut-être suffisant de le voir à distance, pour ta première visite.

Nelinha tourne la tête vers moi avec une expression qui dit : *Oui, bien sûr, pas de problème. Mais, steuplaît steuplaît, chat, est-ce qu'on peut monter à bord ?*

Je n'ai pas envie de me rapprocher davantage du sous-marin qui a tué mes parents. Comment Luca peut-il supporter d'être seul à l'intérieur, et dès quatre heures du matin ? Je préférerais dormir dans une maison hantée en compagnie d'un serial killer.

En même temps, savoir que Luca est à bord me donne du courage. Et je me sens un peu ridicule : si lui en est capable, pourquoi pas moi ?

– Comment a-t-il tué mes parents ? demandé-je, la bouche comme pleine de sable. Que s'est-il passé, au juste ?

Ophelia expire par le nez.

– Nous étions parvenus à élever le bateau. Nous l'avions amarré juste là où tu le vois maintenant, mais à l'époque, ça ressemblait à une île de vase. Ton père a voulu ouvrir immédiatement l'écoutille principale. Il a peut-être... manqué de prudence. La porte a commencé de s'ouvrir devant lui. Il s'est avancé. Au moment où il a franchi le seuil...

La voix d'Ophelia se brise. Je me rends compte que je lui demande de revivre un des moments les plus traumatisants de sa vie. Mais je dois savoir.

– Eh bien ?

– Il y a eu une décharge électrique, dit-elle. Il est mort sur le coup, Ana. Je ne pense pas qu'il ait eu le temps de comprendre ce qui le frappait. Ta mère, par contre... (Le regard d'Ophelia prend la teinte métallique de ses montures de lunettes.) Elle s'est précipitée à son secours. Elle l'a touché, alors que...

Oh, mon Dieu. Ma pauvre maman. Malgré toutes ces années de formation, son instinct aura été, *bien sûr*, de déplacer mon père pour le mettre hors de danger. L'électricité a dû parcourir son corps, à elle aussi... peut-être sans la tuer sur le coup, mais causant de graves dommages internes.

– Nous n'avons pas pu la sauver, poursuit Ophelia.

Sa voix lasse me dit qu'elle a tout essayé, faisant appel à son savoir d'Orque, et que ma mère n'est morte ni sur le coup ni paisiblement.

– Je suis vraiment désolée, Ana, me dit Ophelia. Sa dernière volonté...

– La crémation, deviné-je.

J'ai l'impression que la perle noire chauffe au creux de mon cou. Un commentaire que Luca a fait hier me revient à l'esprit.

– Les jardins sous-marins de Nemo... C'est là que vous avez dispersé ses cendres ?

Ophelia baisse la tête.

– Je regrette que nous n'ayons pu vous aider davantage

à faire votre deuil, Dev et toi. La situation... était compliquée. (Elle montre la perle noire du doigt.) Sita l'avait laissée à bord de notre bateau de recherche. Elle ne plongeait jamais avec. C'est pour ça qu'elle est intacte et que nous avons pu vous l'envoyer.

Je m'attends à sentir la colère enfler comme un tsunami. Je m'imagine traverser le ponton en courant, jeter ce qui me tombe sous la main à la tête d'Ophelia et au sous-marin, hurler contre le monde entier.

Eh bien non. Je ne fais rien de tel. Je regarde le *Nautilus*. J'éprouve un ressentiment ardent, de la haine, même. Mais j'ai aussi la certitude plus forte que jamais que cet étrange sous-marin et moi sommes liés par le destin. Il faut également que je donne un sens au sacrifice de mes parents.

– D'accord, dis-je. Où est l'entrée ?

Car ce n'est pas évident.

Ophelia nous conduit au milieu du bateau. Ester me prend par la main, ce qui ne lui ressemble pas du tout. Sa paume est douce et moite. Je ne sais pas laquelle des deux réconforte l'autre, mais je suis contente de l'avoir près de moi. Il me vient à l'esprit que c'est la première fois qu'un Harding et un Dakkar se tiennent dans cette grotte depuis le jour où Nemo est mort.

Au bout d'un moment, des fentes étroites comme des ouïes s'ouvrent sur le flanc du navire. Des vrilles métalliques se déroulent et s'entremêlent pour tisser un escalier. En haut de cette passerelle, une section circulaire de la coque s'ouvre à l'iris.

Mes oreilles bourdonnent. Il me faut un moment pour me rendre compte qu'Ophelia m'a posé une question.

– Pardon ?

– Veux-tu que j'entre la première ? répète-t-elle. Ce serait peut-être plus sûr si…

– Non, je vais le faire, dis-je.

Nelinha bascule d'un pied sur l'autre, l'air incertain.

– Ana, t'es sûre ?

Je m'approche de la première marche.

Tous les nerfs de mon corps me disent de me sauver. Je suis tellement submergée par les émotions que je n'aurais pas besoin d'eau pour me noyer. Mais je crois que je sais pourquoi ça s'est mal passé pour mes parents. Je crois que je sais quoi faire.

Mon père était Requin. Ophelia est Orque et Requin. Luca est Céphalopode. Tous devaient voir le *Nautilus* comme un trophée à ouvrir et à explorer. Ma mère, Sita, était l'unique Dauphin du groupe. Je ne pense pas qu'elle ait eu le temps de penser ou d'agir en Dauphin quand ils ont remonté le *Nautilus*. Mon père a été trop impulsif. Il a foncé sans réfléchir et il en est mort. Ma mère est morte en essayant de le sauver.

– Bonjour, *Nautilus*, dis-je en bundeli.

C'était la langue maternelle de Nemo. Il a certainement grandi en étant bilingue bundeli-anglais, à cette époque où l'Inde était sous le joug britannique. Si Nemo parlait à sa création, je fais le pari qu'il aurait choisi de le faire dans la langue dans laquelle il rêvait.

– Je suis Ana Dakkar.

J'essaie de ne pas me sentir trop bête de m'adresser à une écoutille ouverte. J'ai déjà parlé à des dauphins, des chiens, des orangs-outans et même à des élèves de l'Institut Land. Je ne vois pas pourquoi ce serait plus idiot de parler à un submersible de l'ère victorienne.

– Je sais que tu as réagi violemment quand mon père t'a

réveillé. (J'ai peur que *Nautilus* entende ma rage dans ma voix, mais j'estime que je dois être franche.) Tu as tué mes parents. Je crois que je ne pourrai jamais te le pardonner. Mais je comprends que tu étais sans doute perdu, en colère et effrayé.

Le sous-marin ne répond pas. Évidemment.

– Mon ancêtre, poursuis-je, celui qui se nommait Nemo, t'a laissé seul très longtemps. J'en suis désolée. Ce qu'il y a, tu vois... c'est que je suis la dernière des Dakkar. Je suis seule et unique, exactement comme toi. Je suis ta dernière chance. Tout comme tu es la mienne. J'aimerais te demander la permission de monter à bord. Je te promets que je ferai de mon mieux pour te respecter et t'écouter, si tu fais pareil pour moi. Et si tu pouvais te retenir de me tuer, ce serait vraiment cool.

Rien ne peut m'indiquer si le sous-marin m'a entendue et comprise.

A-t-il de petites oreilles cuivrées, quelque part sur cette coque ? Son intelligence artificielle reconnaît-elle les voix, d'ailleurs ?

Il n'y a qu'un seul moyen de le découvrir.

Je pose le pied sur la passerelle.

Je ne suis pas immédiatement électrocutée. Je décide que c'est bon signe.

– Merci, dis-je à *Nautilus*. Je monte à bord.

Je m'avance d'un pas et passe le dernier seuil que mes parents aient jamais franchi.

# CHAPITRE TRENTE-DEUX

Il y a deux choses que je n'associe pas aux sous-marins : l'élégance et le parfum d'ambiance.

À partir de l'écoutille principale, un escalier en spirale descend vers un vaste foyer qui aurait plus sa place sur un bateau de croisière que dans un sous-marin. Je m'attends presque à voir un steward en uniforme blanc m'offrir un cocktail de fruits tropicaux.

Les murs noirs, encadrés de poutres en nemonium doré, luisent comme de l'ébène polie. À l'autre bout de la pièce, un second escalier en colimaçon mène à un niveau inférieur. Au centre du sol de marbre (du moins de ce qui *ressemble* à du marbre) sont incrustées des armoiries en mosaïque : un grand N doré en écriture cursive dans un cercle au fond noir, entouré d'un calmar doré. Au-dessous s'étire la devise : *MOBILIS IN MOBILE.*

C'est du latin. Difficile à traduire. Le plus proche serait « Mobile dans l'élément mobile[1] ! », ou « Mouvement en

1. « Mobile dans l'élément mobile ! » est la formule employée par Jules Verne lui-même dans *Vingt Mille Lieues sous les mers*, N. d. T.

mouvement » – deux formules qui ne veulent pas dire grand-chose.

Voir la devise en vrai, *in situ*, me donne un coup au ventre. Je me souviens de l'avoir lue dans *Vingt Mille Lieues sous les mers*, l'été précédant ma première année à HP, juste avant que mes parents ne quittent la maison pour la dernière fois... avant d'apprendre que j'étais orpheline. Ma vie se mouvait dans l'élément mobile, et je ne le savais même pas.

À présent, je suis dans le véritable *Nautilus*. Cyrus Harding et Bonaventure Pencroft ont traversé cette pièce. Ned Land et Pierre Aronnax aussi. Ils n'étaient pas de simples personnages dans les romans de Verne, mais des *personnes réelles*.

J'ai la tête qui tourne. L'odeur des désodorisants d'atmosphère n'aide pas. C'est le genre d'arbres magiques pas chers qu'on achète dans les lave-autos : des sapins de Noël en carton parfumé. Certains sont accrochés à la rampe de l'escalier, d'autres fixés sur les poutres en nemonium des murs. Les senteurs écœurantes de pin et de vanille se font la guerre pour régner dans mes narines.

Sous ces odeurs, je perçois un relent de moisi et de décomposition. Luca et Ophelia ont fait tout leur possible, mais le *Nautilus* dégage toujours des effluves qui mêlent le pourri d'un quai de pêche et le douceâtre de la maison de quelque grand-tante. Les allergies de Robbie Barr vont exploser.

Top a l'air de trouver l'odeur du foyer délicieuse. Il hume l'air en levant la tête, comme s'il avait une balle en équilibre sur la truffe. Nelinha examine les murs sans les toucher, suivant du regard le réseau des conduits d'aération. Ester, plantée au milieu des armoiries, décrit un cercle sur elle-même. Puis elle tourne dans l'autre sens, comme si elle se déroulait.

– Ce bateau est en colère, déclare-t-elle. Tu sens sa colère, n'est-ce pas ?

Je ne sais pas quoi répondre. Je frôle la surcharge sensorielle. Effectivement, je sens une lourdeur dans l'air, comme avant un orage. J'ai peut-être obtenu un armistice temporaire de la part du *Nautilus*, mais je le soupçonne de m'observer, de guetter ma prochaine action. Nous ne sommes pas encore amis. Loin de là.

– Il est magnifique, dis-je. Effrayant. Impressionnant.

– Et en colère, insiste Ester. Fais attention, Ana, s'il te plaît.

Ophelia est la dernière à descendre. L'écoutille se referme sur elle.

– Jusque-là, tout va bien, me dit-elle avec un sourire encourageant, mais elle a l'air tendue.

Tous les muscles de son corps semblent contractés, prêts à l'action. Je me dis que si un pétard explosait derrière elle, elle sauterait si haut qu'il faudrait la désincruster du plafond.

– Allons trouver mon mari.

Ça, au moins, ça ne devrait pas être trop difficile.

De la poupe nous vient un sifflotement lointain, ponctué par les vrombissements d'une perceuse électrique.

– Luca ! crie Ophelia – et c'est moi qui manque de sauter au plafond.

La voix de Luca retentit, comme répercutée depuis les profondeurs d'un puits.

– Oui, *mio cuore* ! Chambre des machines ! Aucun risque !

Ophelia nous regarde en levant le sourcil :

– C'est ce qu'il dit. J'espère qu'il a raison cette fois-ci.

Nelinha se renfrogne et rétorque :

– Je croyais que vous aviez dit qu'il n'y avait plus eu de... Comment les appelez-vous ? D'incidents...

– Non, effectivement, pas d'incidents graves, répond Ophelia. Mais le *Nautilus* peut être... grognon. Par ici.

Génial. Enfonçons-nous plus profondément dans un sous-marin grognon.

Ophelia nous mène vers l'arrière, empruntant une coursive centrale.

Les murs sont ornés de tableaux dans des cadres dorés. Enfin, je présume que *c'étaient* des tableaux. Aujourd'hui, ce sont des toiles couvertes de moisissure noire. Le sol dallé porte des traces de crasse, comme si on en avait retiré un tapis pourri. Alignés le long du plafond, des luminaires ovales en bronze donnent un éclairage orangé et clignotant digne d'Halloween.

Nous passons devant des portes ouvertes, et il est difficile de ne pas s'arrêter pour regarder, bouche bée.

À bâbord : une salle à manger de réception, meublée d'une table en acajou et de huit chaises assorties à dossier haut. Des porcelaines fines et de l'argenterie luisent dans le buffet. Un tapis persan, élimé et moisi, s'étend sous la table.

Côté tribord : une bibliothèque aux murs tapissés de livres du sol au plafond. Ça me fend le cœur de voir tant d'ouvrages mouchetés, gonflés et irrémédiablement abîmés par l'eau. Deux fauteuils en cuir craquelé sont disposés de part et d'autre d'une cheminée à feu de bois. (Sérieux ?! Par où sort la fumée ?) Sur le mur du fond, une longue fenêtre ovale offre une vue sous-marine sur les nuées de phytoplancton.

Je suis frappée de voir que la « carcasse » du navire est pratiquement intacte. En revanche, ce que Nemo y a apporté en guise d'ameublement et de décoration n'a pas résisté aussi bien. Le sous-marin me fait penser à une statue ancienne ornée de peinture, de fleurs et de beaux habits, qui tous se décomposent lentement, jusqu'à ce qu'il ne reste plus que la pierre.

Nous passons devant ce que je devine être les anciens quartiers de l'équipage. Au lieu d'étroites couchettes de la taille de cercueils empilées les unes sur les autres, comme je m'attendrais à voir dans un sous-marin moderne, je découvre quatre lits superposés, de taille normale, dans chaque chambre – ce qui fait plus de place par personne qu'à bord du *Varuna*. Pour un sous-marin, un tel confort, c'est de la pure décadence.

– Je prends celui-là, dit Nelinha en pointant le doigt vers un des lits.

– Tu ne vaux pas mieux que Luca ! lui lance Ophelia.

– J'ai entendu !

Luca surgit au fond du couloir, le visage souriant. Il porte un bleu de travail taché et tient à la main une clé à tuyau.

– Ana, tu tombes à point ! s'exclame-t-il. Tu pourras peut-être m'aider à convaincre le *Nautilus* d'arrêter de faire sa diva ce matin ? Il y a une porte secrète que je meurs d'envie d'ouvrir !

# CHAPITRE TRENTE-TROIS

Vu le passif de ma famille avec ce navire, j'aurais préféré que Luca évite l'expression « mourir d'envie ».

Cela étant, j'ai passé assez de temps avec Nelinha pour savoir que les Céphalos deviennent complètement polarisés quand ils travaillent sur une chose qui les intrigue. Et rien n'est plus intrigant que le *Nautilus*.

Luca nous fait descendre un autre escalier qui mène, je présume, à la chambre des machines. Dans la plupart des sous-marins, c'est un espace suffocant et confiné, où il y a plus d'équipement que d'air. Sans surprise, sur le *Nautilus*, ça n'a rien à voir.

La pièce est entièrement lambrissée de nemonium réfléchissant, qui la fait paraître encore plus grande qu'elle ne l'est. Des Ana reflétées à l'infini me regardent par le biais du métal poli. Ça me rappelle vaguement une scène de *Charlie et la chocolaterie* (mon père aimait un peu trop ce film). J'ai l'impression que je devrais porter des lunettes de soleil et une combinaison de protection, et être accompagnée de grand-papa Joe.

Des rangées de grands cylindres s'alignent le long des murs de bâbord et tribord. Au premier regard, je les prends pour des lance-torpilles. Puis je perçois leur vrombissement doux et synchronisé. Ils doivent faire partie du système de propulsion : sans doute des pistons.

Au milieu de la salle se trouve un îlot rassemblant quatre postes de commande. Les jauges, les mesures et les manettes sont d'une conception tellement sophistiquée qu'ils me font penser à une montre-squelette. Quelques cadrans sont allumés, et leurs aiguilles oscillent légèrement. La plupart sont éteints et inertes.

Nelinha couine en lisant les descriptions gravées sur certaines plaques de cuivre. J'ai peur qu'elle explose de bonheur.

Luca glousse.

– Je sais, dit-il. Ça m'a fait la même chose la première fois que j'ai mis les pieds dans cette salle.

– Celui-là. (Nelinha montre du doigt un bouton rouge à l'aspect menaçant.) *Supercavitation*. Sans rire, vous êtes sérieux ?

Ophelia croise les bras.

– Si seulement on arrivait à le faire fonctionner, dit-elle. Mais oui, apparemment, Nemo avait réussi.

– Supercavitation... ?

Je sais que j'ai entendu ce terme pendant un cours du docteur Hewett. Je me mets à fredonner dans ma tête *Supercalifragilisticexpialidocious*, mais je sens bien que c'est un autre concept. J'aurais sans doute fait plus attention si Hewett nous avait dit : *À propos, cette technologie est réelle et pourrait vous sauver la vie.*

– La supercavitation est la technique de propulsion du futur, m'explique Nelinha. Les meilleurs Marines du monde planchent dessus, mais aucun n'est encore parvenu à un résultat concret. L'idée consiste à entourer la proue du sous-marin d'une bulle d'air, de façon à supprimer entièrement la résistance de l'eau. Et puis BANG ! Tu lances les moteurs et, théoriquement, tu peux traverser l'océan à n'importe quelle profondeur à une vitesse extrême, plus comme une balle de revolver que comme un bateau.

Ester frissonne.

– Ça explique comment Nemo faisait pour parcourir de telles distances dans les livres. Il passait sans cesse d'un point du globe à l'autre. Personne n'arrivait jamais à l'attraper. Il fait froid, non ?

Personnellement, je trouve au contraire qu'il fait vraiment chaud. Peut-être parce que je pense à toute l'électricité qui traverse cette chambre des machines, et à la facilité avec laquelle le *Nautilus* pourrait régler une fois pour toutes ses problèmes avec les Dakkar, d'un bon coup de jus – *gzzzt !*

– Là, dit Luca – montrant d'un geste une porte ovale boulonnée, percée d'un petit hublot, au fond de la pièce –, c'est le réacteur à fusion froide. Il puise son hydrogène directement dans l'océan. Électricité par combustion infinie et sans déchets. S'il tombait en panne pour *x* raisons... (Il pointe du doigt une porte identique, sur la droite.) Nelinha, tu ne vas pas le croire, mais le réacteur de secours fonctionne au charbon.

Nelinha manque de s'étrangler.

– Comment ?

– Comme ça ! Luca rit avec délectation. Nemo a sauté un siècle de découvertes scientifiques. Il a fait un bond du moteur à vapeur à la fusion froide ! J'ai bien pensé à remplacer la chaudière à charbon par quelque chose de moins victorien, mais...

Un craquement résonne dans le navire.

Top aboie.

Je me tourne vers Ophelia, et il est possible qu'elle lise sur mon visage une expression passablement terrorisée.

– Est-ce que c'était... ?

– Le *Nautilus* qui fait son grognon, confirme-t-elle.

– *Nautilus* n'aime pas entendre parler de modifications, dit Ester, tout en examinant le plafond comme si elle venait d'y découvrir des signes du zodiaque cachés.

Je remarque qu'Ester appelle le sous-marin *Nautilus*, sans article, comme un prénom. Comme si elle avait capté quelque chose de plus fondamental chez le sous-marin. Je décide de toujours avoir Ester à mes côtés quand je serai à bord, et de prendre ses avertissements au sérieux. Je lui demande :

– Qu'est-ce qu'il aime, alors ?

Ester passe la main sur le pupitre.

– Il aime être nettoyé et réparé. Ça, il aime.

– Ah, tu vois ? dit Luca à Ophelia, en levant les sourcils. C'est pour ça qu'il apprécie tellement ma compagnie.

– Disons qu'il te tolère, rétorque Ophelia. Il sait que tu lui es utile.

– Voyons, chérie. Ne sois pas jalouse.

Nelinha continue son examen des tableaux de bord. Elle lit à voix haute les inscriptions soigneusement gravées sur les plaques de bronze :

– Propulseurs vectoriels. Contrôle automatique du ballast. Waouh ! Dément ! *Nautilus*, je t'adore !

Le navire ne répond pas, mais j'imagine qu'il pense *Oui, je sais. Je suis assez merveilleux.*

J'ai du mal à partager l'enthousiasme de Nelinha. Le Nautilus reste le bateau qui a tué mes parents. J'essaie de maîtriser mes sentiments. Je fais de mon mieux pour comprendre la création de mon ancêtre, cette chose ancienne, étrange et, apparemment, vivante. Mais au fond de moi, j'ai envie d'attraper la clé à tuyau de Luca et de fracasser ce qui m'entoure.

J'essaie de retrouver ma concentration.

– Luca, vous dites qu'il y a une porte secrète ?

– Oui, juste ici !

Luca me mène devant une écoutille nichée dans un coin, derrière les pistons géants. Plutôt qu'une porte, c'est une trappe de service, sans doute assez large pour permettre à un enfant de s'y faufiler. Il n'y a ni poignée ni serrure apparentes.

– Vous savez ce qu'il y a à l'intérieur ? demandé-je.

Comme Luca hésite, Ophelia répond.

– Nous avons trouvé plusieurs trappes similaires à bord, dit-elle. Nous les soupçonnons de donner accès au processeur du *Nautilus*... Son cerveau, si tu veux. Après un siècle et demi sous la mer, ses autres systèmes ont eu besoin de beaucoup de nettoyage et de réparations. Nous pensons que ce doit être pareil pour son processeur, mais...

– Il est réticent à laisser quelqu'un bidouiller dans son cerveau, dit Luca. Ça se comprend, bien sûr. Et je n'essaierai pas de forcer les trappes.

– Non, acquiesce Ester. Ce serait mal.

– Mais si seulement nous pouvions nettoyer ces écoutilles (Luca m'adresse un regard lourd de sens), je crois que ça nous ferait du bien à tous, à commencer par le *Nautilus*.

Je vois ce qu'il veut dire. Qui sait si les capacités de raisonnement supérieures du sous-marin ne sont pas gravement atteintes ? Cela pourrait expliquer pourquoi le *Nautilus* a attaqué mes parents quand ils l'ont réveillé. Réparer son cerveau pourrait le rendre plus amical et faciliter la communication.

Ou accroître sa colère et le rendre plus dangereux...

Top renifle l'écoutille. En voilà au moins un qui est impatient de sentir un cerveau de sous-marin.

– Ester, tu as un conseil à me donner ?

– Fais attention, suggère-t-elle.

– Ça m'aide beaucoup. Merci.

– De rien.

C'est l'un des super-pouvoirs d'Ester : elle est imperméable au sarcasme.

Je pose la main sur l'écoutille.

– *Nautilus*, nous aimerions nettoyer l'intérieur de cette trappe, dis-je en bundeli. Nous ferons extrêmement attention à ne pas t'abîmer. Serais-tu d'accord ?

Un déclic nous répond.

– Merveilleux ! s'écrie Luca avec un grand sourire. Je peux ?

Je m'écarte. Luca ouvre l'écoutille, libérant une vague de puanteur digne du casier de sport de Davy Jones. Top agite frénétiquement la queue.

Luca plonge la main à l'intérieur. Il en ressort une grappe visqueuse et dégoulinante – algues pourries, caca de crabe ? Je ne sais pas.

– Tu vois ?

Luca brandit son trophée comme s'il avait été pondu par la poule aux œufs d'or. Un jus noir et visqueux couvre son bras jusqu'au coude.

– C'est un miracle que le *Nautilus* fonctionne encore !

exulte-t-il. Oh, Ana, imagine ce qu'il pourra faire quand nous l'aurons bien nettoyé. Tu nous ouvres...

*VAAAMM !*

Le son fait vibrer le sol et trembler mes orbites : un *mi* bémol grave et sonore, tenu sur une note entière. Luca en lâche sa grappe de bouillie visqueuse. Top se cache derrière les jambes d'Ester. Ophelia s'arc-boute contre le mur.

Le bruit s'éteint. J'attends, mais il ne se répète pas.

– On aurait dit...

– L'orgue, dit Luca d'un ton inquiet.

– Il n'a jamais fait ça, murmure Ophelia.

– *L'orgue ?* fais-je, interloquée.

Luca et Ophelia échangent un regard anxieux. Ils semblent débattre en silence de ce qu'ils doivent faire.

– Je crois, finit par dire Ophelia, qu'il est temps qu'Ana voie la passerelle.

# CHAPITRE TRENTE-QUATRE

La première chose à installer dans un super sous-marin high-tech ?

Un orgue, bien sûr.

Les merveilles du *Nautilus* ont déjà porté un coup à mon sens de la réalité. Lorsque nous débouchons sur la passerelle, mon esprit à bout de forces hisse le drapeau blanc et se rend. Un orgue – maintenant silencieux – occupe effectivement tout le panneau tribord de la pièce, et ce n'est même pas le plus étrange.

Les « yeux » de la proue dominent l'avant de la pièce. Les dômes globuleux et quadrillés de métal offrent une large vue sur la caverne, ce qui me donne l'impression d'être dans un jardin d'hiver aquatique... ou alors dans un aquarium.

– Les vitres ne sont pas en verre, m'explique Luca. D'après nos déductions, le matériau est un polymère de fer transparent créé à une température et sous une pression extrêmes.

– Par exemple au fond de la mer, devine Nelinha. Près d'une cheminée de volcan.

– Exactement, ma chère Nelinha, dit Luca en se tapotant le nez. Nemo a peut-être recouru à un processus similaire pour le placage de sa coque. Nous ignorons comment il s'y est pris. C'est encore un mystère à élucider ! Bien sûr, quand Jules Verne a écrit ses romans, il ne savait pas comment appeler ce matériau, alors il a parlé de fer. (Il tambourine contre la poutrelle de nemonium la plus proche de ses doigts.) Mais clairement, ce n'en est pas.

Quatre postes de commande sont disposés en fer à cheval à l'avant de la passerelle. Comme dans la chambre des machines, chaque tableau de bord est d'une complexité de montre suisse, avec des cadrans et des boutons identifiés par des plaques gravées méticuleusement. Un LOCUS, en veille, est monté au-dessus de chaque poste. Les bordures sont ornées de motifs artistiques mêlant dauphins, baleines et poissons volants.

Ce navire est une œuvre d'art, unique et faite à la main. Il serait absolument impossible de le reproduire à l'identique, et encore moins en série. Je commence à comprendre en quoi le *Nautilus* est extraordinaire et pourquoi il était tellement important pour HP et l'Institut Land de le retrouver. Au cours de cette première visite, j'ai déjà vu une demi-douzaine d'avancées technologiques qui pourraient changer le monde – si le *Nautilus* nous laissait le démonter et scruter ses rouages internes, ce dont je doute.

– Voilà, dit Luca en agrippant le dossier de ce qui est, de toute évidence, le fauteuil du capitaine. C'est là que nous avons trouvé Nemo.

– Luca ! s'écrie Ophelia en lui donnant une tape sur le bras. Elles n'avaient pas besoin de ce détail !

– J'ai pensé qu'Ana aimerait savoir qu'il est mort à son

poste. Nous avons envisagé d'essayer d'extraire un peu de son ADN, mais, euh... considérations éthiques mises à part, nous avons vite compris que le *Nautilus* ne tolérerait pas nos ruses pour passer outre ses systèmes. Il doit *choisir* son capitaine, lequel doit être un ou une Dakkar en vie.

Ophelia plisse le nez.

– Ana, ma chérie, je suis désolée. Mon mari n'a aucun tact.

Je regarde le fauteuil du capitaine. C'est un L métallique monstrueux monté sur un pied pivotant, qui ressemble à un fauteuil de barbier vintage. Nichée dans chaque accoudoir se trouve une commande hémisphérique, semblable au lecteur d'ADN du *Varuna*. L'assise est tapissée d'une sorte de cuir noir brillant.

Allez savoir pourquoi, l'idée qu'on ait retrouvé le corps de mon quatrième arrière-grand-père dans ce fauteuil ne me trouble pas autant que je l'aurais imaginé. D'une certaine façon, j'ai déjà le sentiment que le sous-marin tout entier est sa crypte, la châsse de sa dépouille humaine.

Je passe le doigt sur le cuir souple du dossier.

– Le revêtement est neuf, dis-je.

– Effectivement, acquiesce Luca. Le métal a tenu le coup, mais le cuir d'origine était irrémédiablement abîmé. Et puis aussi, bon... la dépouille de ton ancêtre y était restée plus d'un siècle et demi... (Il jette un coup d'œil à Ophelia pour voir si elle va lui donner une nouvelle tape.) Nous avons confié Nemo à la mer. Ensuite, j'ai retapissé le fauteuil. Le revêtement lui-même est à base d'algues. Heureusement, j'ai un ami à Florence qui est un peaussier remarquable. L'artisanat italien est le meilleur du monde, comme chacun sait.

Ophelia lève les yeux au ciel, avant d'enchaîner :

– Nous avons essayé d'activer d'autres systèmes à bord,

mais notre conclusion est que le fauteuil du capitaine contrôle l'accès à toutes les fonctions cruciales : la propulsion, les armes, la navigation et les communications.

Elle désigne tour à tour chacun des quatre postes de commande. Puis elle tourne de nouveau la tête vers moi, comme si elle attendait...

Bien sûr. Elle souhaite que je m'asseye dans ce fauteuil. Elle n'insistera pas, mais elle meurt d'envie de voir ce qui se passerait si je posais les mains sur les commandes des accoudoirs. Même pour Luca et Ophelia, qui nous ont accueillis si gentiment, il est difficile de me voir comme une personne, et non comme un outil miracle.

Je prends une grande inspiration. Je ne veux pas m'asseoir dans ce fauteuil. Il n'est pas à moi. Je ne l'ai pas gagné. Je suis en train de chercher la façon la plus polie de refuser quand Ester me sauve.

– Tu ne devrais pas commencer là, dit-elle.

Ester s'est tue jusqu'à présent ; elle est restée debout au milieu de la passerelle, absorbant tous les détails, sondant peut-être l'humeur du navire. Alors, elle ajoute :

– Tu devrais commencer *là-bas*.

Elle tend la main vers l'orgue. J'avais essayé de ne pas penser à cet immense engin musical, ni à la raison pour laquelle il avait soudain décidé d'émettre une note unique de son propre chef.

Sa présence sur la passerelle me donne froid dans le dos, bien plus que le fauteuil du capitaine mort. Essayer de jouer de l'orgue avant d'arriver à se servir des commandes de la passerelle ne paraît pas logique. Mais là encore, Ester semble comprendre le sous-marin d'une manière qui dépasse la simple logique.

Je m'approche de la forêt de tubes de métal luisant.

Les quatre claviers ont connu des jours meilleurs, mais ils sont encore très beaux. Les touches blanches ont l'air en nacre d'ormeau. Les noires ont le même lustre sombre que la perle de ma mère. Les manettes et les pédales sont en nemonium brillant gravé de motifs de poissons sautant dans les vagues.

L'assise en velours du banc est noire de moisissure. Ses pieds en bois semblent sur le point de céder.

Luca toussote.

– Je ne connais pas grand-chose aux orgues, dit-il d'un ton penaud. Je l'ai nettoyé de mon mieux, mais les éléments les plus fragiles sont encore en mauvais état. Et je suis sûr qu'il a besoin d'être accordé... mais va savoir comment on accorde un orgue.

– Aucune idée, dis-je. J'ai pris des cours de piano, mais...

Ce souvenir me ramène à l'école primaire.

Je me rappelle que Dev se plaignait amèrement chaque fois que Mme Flannigan arrivait chez nous pour une de ses deux leçons hebdomadaires. Il détestait jouer du piano. Ce n'était pas un sport. Ce n'était pas en extérieur. Pas de coups de pied, pas de tirs, pas de tacles.

Pourtant, mes parents tenaient bon.

Je me souviens de mon père lui disant : « Ton avenir va dépendre de nombreuses compétences, et le piano fait partie de ces compétences. »

Je n'avais jamais compris. J'y voyais juste l'un des nombreux commandements étranges et mystérieux de mes parents. Comme tant de choses impliquant Dev, la décision de me faire suivre des leçons de piano à moi aussi avait été prise après coup. Vu que Mme Flannigan venait de toute façon, autant qu'elle nous fasse un forfait pour deux cours.

Dev avait toujours été meilleur. Il avait beau se plaindre, il avait l'oreille musicale. Il ne travaillait jamais. Il déboulait à la dernière minute et se jetait devant le clavier, écoutait Mme Flannigan jouer, puis l'imitait à la perfection. Sa négligence et son impatience la rendaient folle, d'autant qu'elles ne l'empêchaient pas de maîtriser tous les morceaux qu'elle lui présentait.

Quant à moi, je progressais laborieusement, dans une démarche mathématique et appliquée, abordant le clavier comme une nouvelle langue et chaque chanson comme une phrase à analyser.

À présent, je me demande si mes parents étaient au courant que Nemo avait un orgue. Jules Verne en parle dans *Vingt Mille Lieues*, non ? Préparaient-ils Dev à quelque chose de plus spécifique que jouer quelques jolis airs à l'occasion d'un dîner ?

– Dev est-il déjà venu ici ? demandé-je.

Ophelia prend un air offusqué.

– Bien sûr que non, répond-elle. Ça aurait été beaucoup trop risqué.

– Toi-même, ma chérie, s'empresse d'ajouter Luca, tu ne serais pas là aujourd'hui si la situation n'était pas aussi catastrophique.

*Même aujourd'hui je ne devrais pas être là*, me dis-je en mon for intérieur. Je ne suis qu'un prix de consolation. Le quarterback de la dernière chance pour HP, le remplaçant du remplaçant...

– Dev voulait voir le *Nautilus*, bien sûr, poursuit Luca. Quand il avait ton âge... Disons que l'équipe de HP a eu du mal à le convaincre d'attendre, après qu'on lui a dit la vérité. Il voulait venir ici immédiatement. Ensuite, il a soutenu qu'il devait venir dès qu'il aurait terminé HP. Puis il a fini par entendre raison. Il a accepté de faire la fac d'abord, ce qui nous donnait quatre années de plus pour restaurer le submersible et comprendre son fonctionnement. Ça lui aurait aussi donné quatre ans de plus pour s'instruire et mûrir.

J'essaie de digérer ces informations. Je me rappelle qu'à plusieurs reprises au cours des deux dernières années, Dev m'avait semblé inexplicablement en colère. En même temps, nous avions perdu nos parents. Je n'étais pas à la fête non plus.

Je n'ai aucun mal à imaginer Dev brûlant d'impatience de voir le *Nautilus*. En revanche, qu'il ait fini par entendre raison et accepter de partir gentiment faire ses études... ça m'est plus difficile à croire. Il se montrait enthousiaste à la perspective de finir HP. Impatient d'aller à la fac. Mais maintenant que je suis au courant pour le *Nautilus*, je me demande si, secrètement, il n'était pas irrité de ces quatre années d'attente supplémentaires.

J'aurais aimé pouvoir en discuter avec lui. Désormais, c'est trop tard.

– Tu devrais jouer, suggère Ester. Je pense que ça lui plairait.

*Comme une autre langue...*

Encore debout, je pose les doigts sur le clavier le plus bas. Les touches sont froides comme des sorties d'air climatisé.

Je n'ai pas joué depuis des années... Depuis la mort de mes parents, quand notre maison a été vendue et le vieux piano expédié. Est-ce que je me souviens encore d'un morceau ?

Je décide de tenter la fugue de Bach en *ré* mineur. Elle a été écrite pour l'orgue. Je la jouais toujours à Halloween, parce que je la trouvais super lugubre. Elle peut aussi être triste et plaintive, jouée lentement, et c'est une composition tellement ancienne que Nemo la connaissait peut-être. Qui sait, peut-être l'a-t-il même jouée sur cet orgue...

Je plaque la première mesure. Les notes sont trop graves, mais elles emplissent le navire.

Deuxième mesure : je manque un battement, joue un *ré* naturel par erreur, continue néanmoins. L'arpège me mène au premier accord riche. Je le laisse se déployer et il fait vibrer le sol. Je lève les mains. Je suis en train de chercher la mesure suivante, quand Nelinha dit :

– Ana.

Je tourne la tête. Luca et Ophelia, bouche bée tous les deux, regardent les lumières qui se sont allumées sur la passerelle. Les tableaux de bord sont tous éclairés. Quatre hologrammes de LOCUS flottent au-dessus des postes de commande telle une rangée de planètes fantomatiques. Les grands yeux de la proue sont éclairés en violet sur tout leur pourtour. Le pied du fauteuil du capitaine s'orne de la même ambiance lumineuse.

Apparemment, le *Nautilus* aime Bach.

– Ana Dakkar, me dit Luca d'un ton déférent, aujourd'hui va être une journée merveilleuse.

# CHAPITRE TRENTE-CINQ

Lorsque Luca dit *merveilleuse*, il veut dire *tellement chargée que tu n'auras pas une minute pour t'asseoir.*

Je passe le restant de la matinée à faire des visites guidées du *Nautilus* pour mes camarades, par petits groupes. À chaque fois, avant de commencer, je prends le temps de parler au *Nautilus* pour l'informer de ce qui se passe. Ester se fait interprète du sous-marin, prévenant tout le monde de faire attention à ne pas heurter sa sensibilité. Je ne sais pas trop ce que pensent nos camarades de cette approche, mais ils se prêtent au jeu de bonne grâce. Top nous accompagne en reniflant tout sur son passage.

Quand arrive l'heure du déjeuner, toute la classe de deuxième année est montée à bord au moins une fois. Nous sentons légèrement le moisi et la vanille du déo d'ambiance. La bonne nouvelle, c'est que personne n'a été tué par des décharges électriques ou des allergies à la moisissure. Je prends cela comme une victoire.

Nous nous rassemblons tous dans la salle à manger de la

base Lincoln, mais je suis tellement claquée que je ne savoure qu'à peine l'excellent soufflé au fromage de macro-algues préparé par Jupiter. En revanche, la plupart de mes camarades ont le moral en hausse. Ils se sentent en sécurité, protégés du monde extérieur par nos mentors de HP ainsi que par un tas de gadgets alt-tech. Ils ont fait quelques bons repas. Le *Nautilus* s'est réveillé plus facilement que tout le monde ne le prévoyait. Que demander de plus ?

L'équipe se réjouit même des plans de Luca, qui compte mettre tout le monde au travail après le déjeuner. Vingt personnes nettoient bien plus vite qu'une ou deux. Alors, si le *Nautilus* nous y autorise, nous nous mettrons tout de suite à sortir les meubles moisis, à enlever la bouillie visqueuse qui engorge et recouvre les câbles et conduits intérieurs, à récurer… tout, en fait. Personnellement, ça me rappelle ce passage des *Aventures de Tom Sawyer* où Tom convainc ses amis de le payer pour avoir le privilège et le plaisir de peindre sa clôture à sa place, mais je présume que ce sera efficace.

Les nouvelles de l'infirmerie sont encourageantes elles aussi. Bien que le docteur Hewett soit encore dans le coma, son état s'est stabilisé grâce aux médicaments expérimentaux qu'Ophelia a rétro-conçus à partir du laboratoire du *Nautilus*.

Je lui demande en aparté si elle n'aurait pas quelque chose pour les douleurs menstruelles. Je n'ai plus mes règles, mais les règles, c'est comme la promesse du général Douglas MacArthur quittant l'île de Corregidor pendant la Seconde Guerre mondiale : « Nous reviendrons. »

Ophelia soupire.

– Si Nemo avait été une femme, ça aurait été la priorité numéro un sur sa liste de choses à inventer. Mais malheureusement, non. Juste des anti-douleurs classiques. Une fois que le sous-marin sera redevenu pleinement opérationnel, nous lui demanderons de nous aider à développer quelque chose de plus spécifique, d'accord ?

La seule personne à table qui a l'air malheureuse, c'est Gemini Twain. Il est assis en face de moi et chipote dans son assiette, l'air abattu.

– Tout va bien, Spider-Man ? lui demande Nelinha.

Gem fronce les sourcils.

– Vous n'auriez pas dû monter toutes à bord du sous-marin sans moi ce matin. Et s'il s'était passé quelque chose de grave ?

– Ben je suis sûre que tu aurais abattu le sous-marin d'une balle entre les deux yeux, en vrai héros ! balance Nelinha. Heureusement, on a survécu sans toi.

Gem fixe la table, comme s'il récitait intérieurement une prière pour s'exhorter à la patience.

– Je vais voir comment va le docteur Hewett, dit-il.

Sur ce, il se lève et s'en va.

Je pose la main sur le poignet de Nelinha et lui dis doucement :

– On n'a pas besoin de se lancer des piques.

– Quelles *piques* ? rétorque-t-elle, l'air surprise.

Je soupire, me lève et pars rejoindre Gem.

Je le trouve à l'infirmerie, appuyé contre le mur, les bras croisés. Il regarde la silhouette inconsciente du docteur Hewett. Franklin Couch est occupé à vérifier les moniteurs et les niveaux de liquides du professeur, mais lorsqu'il remarque mon expression grave, il dit :

– Si vous voulez bien surveiller mon patient une seconde, je vais grignoter quelque chose.

Il s'esquive rapidement.

– Excuse-moi, Gem, dis-je. J'aurais dû t'attendre ce matin. À partir de maintenant, je veillerai à ce que tu sois dans la boucle.

Ses sourcils froncés semblent se détendre un peu.

– J'apprécierais, dit-il. Je ne sais pas, Ana... J'ai un mauvais pressentiment. Nous ne devrions pas baisser la garde.

J'aimerais pouvoir balayer ses inquiétudes aussi facilement que Nelinha, mais moi aussi je me sens perturbée, comme si j'avais laissé passer un avertissement important – du même ordre que le clignotement de la grille de sécurité le matin où Harding-Pencroft a été détruite.

J'examine le visage du docteur Hewett... Il est toujours beaucoup trop pâle, sa peau est quasiment translucide, mais ses pommettes et son cou me paraissent d'un jaune moins cireux. Quelqu'un lui a lavé et coiffé les cheveux, ce qui leur confère une certaine majesté : on dirait presque la crinière d'un vieux lion.

– C'était mon conseiller, murmure Gem. Et aussi celui qui fut le plus proche d'un père dans ma vie.

J'ai l'impression que nous venons de poser le pied à un bout chacun d'une corde raide. Le chagrin fait trembler la voix de Gem. Je n'aurais jamais vu le docteur Hewett comme une figure paternelle de substitution – que ce soit pour Gem ou pour Dev –, mais apparemment, il avait essayé d'être leur guide à tous deux. La santé de Hewett doit préoccuper Gem bien davantage qu'il ne le montre.

Je ne sais pas comment formuler ma prochaine question. Je ne sais même pas si je devrais la poser tout court, mais Gem semble m'inviter à en prendre le risque.

– Tu as connu ton père ?

Il laisse échapper un petit rire sans joie.

– Mon père et ma mère sont en vie et en bonne santé. Aux dernières nouvelles, ils vivaient dans l'Oregon.

Ma première réaction serait : *Oh, ce n'est pas très loin de HP*, mais à entendre la façon dont Gem dit « Oregon », il pourrait aussi bien parler de Saturne.

– Ils n'ont pas été présents dans ta vie, dis-je.

Il décroise ses longs bras maigres, puis croise les mains dans le dos comme s'il ne savait pas quoi en faire. Comme d'habitude, il est vêtu de noir commando, austère de la tête aux pieds : jean, tee-shirt, et même sa ceinture et ses holsters – un cow-boy en route pour un enterrement.

– Tu sais d'où me vient le nom de Gemini ?

– De tes Sig, non ? On m'a dit que ton vrai nom était James, Jim en diminutif, donc Gemini...

Il secoue négativement la tête.

– Ce n'est pas moi qui ai inventé cette histoire, mais quand j'entends quelqu'un la raconter, je ne rectifie pas. Gemini Twain, c'est mon nom légal. Mes parents sont... je crois qu'on les appellerait des hippies des temps modernes. Ce qui les passionne, c'est l'horoscope, les cristaux, les tarots, ce genre de trucs. Être parents, par contre, ça ne les intéressait pas. Quand j'étais petit, ils nous ont laissés, mon frère et moi, chez notre grand-mère, à Provo. C'est elle qui nous a élevés. Elle nous emmenait à l'église. Mon frère a six ans de plus que moi. Lorsqu'il est parti au Brésil comme missionnaire...

Gem regarde les clignotements du moniteur de fréquence cardiaque de Hewett.

– Je crois que ce que je suis en train de te dire, c'est que je n'ai pas beaucoup de proches. Alors, ceux que j'ai sont vraiment importants. Je me suis excusé plusieurs fois auprès de Nelinha de l'avoir mise dans une situation gênante à la cafétéria, ce jour-là. J'étais juste... Mon frère me manquait et j'essayais de me faire de nouveaux amis. Mais je comprends pourquoi elle me déteste.

L'air me râpe les poumons, comme s'il me venait d'une bouteille d'oxygène contaminée. Nelinha est ma meilleure amie. Quand elle a mal, j'ai mal. Mais c'est terrible de n'avoir jamais considéré l'histoire du point de vue de Gem. Et j'ignorais qu'il s'était excusé pour l'incident de « la boursière brésilienne ».

– « Déteste » est un peu fort, dis-je. Nelinha est tombée d'accord avec toi deux fois, rien que cette semaine. Un miracle peut toujours arriver.

Gem hausse les épaules.

– Sans doute. C'est juste que... j'ai *besoin* que cette équipe tienne, Ana. J'ai besoin de HP. Hewett m'a dit... qu'il croyait que l'école pouvait renaître de ses cendres. Il m'a confié la tâche de te protéger, parce que tu es la seule personne qui puisse faire en sorte que ça se réalise.

Je sens mon cœur aussi fragile qu'un des soufflés de Jupiter.

– Gem, dis-je, je sais que nous sommes dans une situation d'urgence, mais ce n'est pas parce que je suis une Dakkar que je suis cheffe à plein temps.

Il me dévisage.

– Tu rigoles ou quoi ? Ana, j'étais sur la passerelle du *Varuna* quand tu as déchiffré le code. Tu as mobilisé ton équipe et obtenu des résultats. Je t'ai regardée diriger l'équipage pendant trois jours. Tu t'es chargé de l'organisation, tu as fait appel aux talents de chacun, tu nous as empêchés de nous entretuer. Tu nous as donné un objectif alors que nous étions sur le point de nous effondrer. Ce n'est pas une question d'ADN. Tu es *faite* pour ça. Je suis content que tu sois au commandement.

Je suppose que j'ai les oreilles aussi rouges que celles de Lee-Ann, et ce n'est pas parce que je vais dire un mensonge. J'ai du mal à accepter les compliments. J'ai tendance à croire que l'autre personne veut juste me faire plaisir ou qu'elle ménage ma susceptibilité. Mais ce n'est pas le genre de Gem. Il est direct. Tellement qu'il vient de me couper le souffle avec des éloges que je n'aurais jamais imaginés.

– Ben, euh... merci.

Franklin, sur le pas de la porte, toussote.

– J'ai pas fait exprès d'entendre, dit-il, mais Gemini a raison. Maintenant, vous m'excuserez, mais il faut que je change le cathéter de mon patient, à moins que vous ne vouliez rester pour me donner un coup de main.

Franklin sait évacuer une pièce. Je retourne à la salle à manger, suivie de Gem, et, pour la première fois, je suis contente de le savoir derrière moi.

# CHAPITRE TRENTE-SIX

Après le déjeuner, nous emmenons pour la première fois l'équipage entier à bord du *Nautilus*.

Je m'inquiète de la réaction du sous-marin. Les outils électriques et les aspirateurs, les élèves qui se hèlent en criant, tout cela fait sans doute plus de bruit qu'il n'en a entendu depuis que la reine Victoria a été couronnée impératrice des Indes. Les Requins font la chaîne pour déblayer des seaux de bouillasse visqueuse, en plus des meubles abîmés et des tableaux moisis. Au bout de quelques heures, le tas de rebuts ressemble à un étal de brocante ingurgité puis régurgité par une baleine.

Malgré le vacarme et l'activité, Ester me garantit que le *Nautilus* est content.

– Ça lui plaît d'avoir retrouvé un équipage, m'explique-t-elle. Il aime qu'on prenne soin de lui.

Je suis soulagée de l'entendre. Je ne veux pas mettre mes amis plus en danger qu'ils ne le sont déjà. Par ailleurs, je lutte pour maîtriser ma rancune et mon inquiétude. Voulons-nous *vraiment* prendre soin de ce sous-marin ? Puis-je lui faire confiance, après le sort qu'il a réservé à mes parents ? Je me demande ce qu'en dirait Nemo. Est-il mort à bord par amour pour son navire, ou parce que c'était devenu sa prison ?

Heureusement, je n'ai pas le temps de ressasser. Mes camarades me sollicitent chaque fois qu'ils tombent sur quelque chose à ouvrir, ce qui arrive environ toutes les six secondes. Parmi nos trouvailles : la chambre des torpilles, qui en contient quatre très anciennes, mais alt-tech et sans doute encore dangereuses. Nous décidons de ne pas y toucher pour le moment, en espérant qu'elles n'explosent pas.

La chambre de plongée contient des dizaines de combinaisons en mailles de nemonium, autant de casques et de bouteilles. Rien que pour nettoyer tout cet équipement, comprendre comment il fonctionne et le tester, il nous faudrait un mois de plus.

Au dernier niveau du sous-marin (il y en a trois au total), nous trouvons une soute dans laquelle est niché un mini-submersible.

– La navette, m'explique Ophelia. Et non, nous n'avons pas encore essayé de la mettre à l'eau.

Elle hausse les épaules et souffle pour chasser une mèche de cheveux gris qui lui tombe devant les yeux. Je commence à mesurer l'énorme quantité de travail qu'elle et Luca ont déjà fournie, et celle, non moins énorme, qu'il nous reste encore à abattre.

Le mini-sub est fascinant. Il a deux sièges, sous un dôme transparent aux lignes plus épurées encore que les yeux de la passerelle. Sa coque est elle aussi lisse et hydrodynamique, avec ses petits stabilisateurs pectoraux et sa queue effilée et crantée. On dirait que la conception est inspirée du thon rouge, un des poissons les plus rapides du monde. Je suis incapable, en revanche, d'imaginer comment il fonctionne. Je ne vois aucun emplacement pour un moteur.

En inspectant le *Nautilus* par l'extérieur, les plongeurs Kay et Tia découvrent une grande cavité oblongue sous la coque du submersible, qui ressemble à un croisement entre la bouche ouverte d'une baleine à fanons et la prise d'air d'un avion de chasse. Personne n'arrive à deviner à quoi elle sert. Comme pour la plupart de nos découvertes, nous nous abstenons de trop y toucher.

Le soir, l'équipage est épuisé, mais encore grisé. Mes camarades s'efforcent d'imaginer un nouvel avenir pour HP, ici, à la base Lincoln. Nous travaillerons tout l'été à restaurer le *Nautilus*, plus longtemps s'il le faut, en prenant notre temps pour percer les secrets du sous-marin. Nous pourrons faire appel à ses technologies, ce qui nous donnera un avantage imbattable sur l'Institut Land. Ensuite... Eh bien, ensuite, plusieurs possibilités s'offriront à nous. Nous pourrons sortir de notre clandestinité et faire savoir à nos proches que nous avons survécu. Reconstruire notre école et demander des comptes à l'IL pour son attaque.

Je ne fais pas plus confiance à ces rêves qu'au *Nautilus*. Mais je souris, je hoche la tête, je laisse les autres parler. Je repense à ce que m'a dit Gem : qu'il était content que je sois au commandement. Pourquoi, alors, ai-je un tel sentiment d'imposture ?

Pour le dîner, notre orang-outan étoilé nous sert des gnocchis d'algues maison nappés d'une sauce crémeuse à l'ail et au citron, suivis d'un succulent tiramisu. Parce que, clairement, nous sommes tous en manque de sucre et de caféine.

Ensuite, Jupiter est d'humeur tellement généreuse qu'il

laisse certains membres de l'équipage éteindre son émission de cuisine chérie pour jouer à des jeux rétro sur la PlayStation et la GameCube. D'autres se portent volontaires pour aller faire des « travaux de détail » nocturnes sur le *Nautilus* avec Luca. Je ne sais pas trop ce qu'il entend par là. Je crains de découvrir demain matin la coque du sous-marin décorée de flammes peintes à la bombe.

Je n'aperçois pas Nelinha de toute la soirée. Ester ronfle déjà quand mon amie Céphalo arrive, souriante et couverte de graisse de machine.

– Luca dit que nous sortirons le *Nautilus* pour un petit tour demain, me dit-elle en chuchotant. Si tu arrives à le convaincre de bouger !

Je devrais être ravie, je suppose. Je vais peut-être réaliser le rêve de tous les Dakkar depuis le XIX$^{e}$ siècle : faire revivre le *Nautilus*. Pour ne pas gâcher la joie de Nelinha, je m'efforce de prendre un ton enthousiaste.

– Ouais, ce serait formidable !

Mais je me couche plus troublée que jamais.

J'ai l'impression que des gens ont ouvert les trappes de service de mon propre cerveau et qu'ils enlèvent la bouillie visqueuse qui l'encrasse. Je ne suis pas sûre d'être contente qu'ils soient là, à déblayer les décombres de ma vie. Qui serai-je quand ils auront fini leurs réparations ?

Dans mon sommeil, je fais encore des cauchemars où je suis prise au piège et je me noie. Seulement, cette fois-ci, ma tombe sous-marine ressemble à la passerelle du *Nautilus*.

# CHAPITRE TRENTE-SEPT

Le lendemain matin, je me lève tôt de nouveau pour plonger.

Je ne vois Socrate nulle part. En fait, on dirait qu'il n'y a pas un seul dauphin dans tout le lagon. Ce n'est pas pour calmer mon sombre pressentiment.

Au petit-déjeuner, mes camarades sont de bonne humeur. Essayer de faire naviguer le *Nautilus* sera la mission la plus ambitieuse que nous ayons jamais tentée, et je sens presque l'odeur de l'adrénaline qui flotte dans l'air, se mêlant à celle des muffins aux myrtilles de Jupiter.

Linzi Huang nous apprend que la nuit dernière, à l'infirmerie, Hewett a pété dans son sommeil. Ce serait signe que ses fonctions corporelles reprennent le dessus. Elle ajoute en plaisantant qu'il sera bientôt en mesure de nous sermonner de nouveau. Cooper Dunne prétend qu'il a vu en rêve comment réparer les torpilles du *Nautilus*. Ses camarades Requins le taquinent en lui disant qu'il carbure mieux quand il est inconscient. Kay Ramsay, qui n'a pas souri depuis qu'elle a perdu sa sœur dans l'attaque de HP, éclate de rire à une des blagues ringardes de Robbie Barr – genre : combien faut-il d'ingénieurs du nucléaire pour changer une ampoule ? (C'est de l'humour de Céphalopodes, ça m'échappe.)

Dans l'équipage, certains murmurent que le vieux sous-marin est sinistre et que ça rajoute du piment à l'aventure. Il y en a aussi qui discutent de l'endroit où le corps de Nemo a été retrouvé et de la façon exacte dont mes parents ont été tués. Ils essaient de parler à mi-voix, hors de portée de mes oreilles, pour ne pas me faire de peinc. Malheureusement, je sais lire sur les lèvres.

Tout le monde a l'air de penser que notre première sortie à bord du *Nautilus* sera couronnée de succès.

– La magie Nemo vit en toi ! me dit Kiya Jensen, comme si elle n'avait pas contesté, il y a quelques jours à peine, ma légitimité à prendre le commandement du *Varuna*.

Même Nelinha, qui sait combien les technologies avancées peuvent s'avérer délicates, a l'air confiante et détendue.

– Nous allons remettre en marche le sous-marin le plus vieux et le plus complexe de la planète, me dit-elle. Tu ne trouves pas ça un tout petit peu excitant ?

Je ne sais pas quoi lui répondre. Ces derniers temps, j'ai du mal à faire la distinction entre l'excitation et la terreur.

Après avoir fait notre vaisselle du petit-déjeuner (car la vaisselle n'attend pas, à l'instar du temps et de la marée), nous nous rassemblons sur le quai du *Nautilus* pour un briefing avant l'immersion. Les Céphalos ont apporté leurs boîtes à outils, les Requins leurs armes. Gemini Twain a tellement de pistolets, de revolvers et d'autres objets dangereux sur lui qu'on croirait qu'il s'attend à affronter l'apocalypse des sirènes.

Il croise mon regard et hausse les épaules, l'air de dire *On ne sait jamais.*

Le *Nautilus*, quant à lui, paraît inchangé depuis hier. Pas de flammes peintes sur sa proue, heureusement. Ses yeux géants d'insecte luisent dans la pénombre de la caverne. Dans l'eau qui l'entoure, le phytoplancton multicolore fête toujours la Holi.

Le sous-marin a l'air intemporel – comme s'il existait *littéralement* hors du temps. Il n'appartient pas plus au XXI$^{e}$ siècle qu'il n'appartenait au XIX$^{e}$. J'essaie d'imaginer le sentiment de solitude que cela pourrait engendrer, surtout si mon créateur m'avait fait couler au fond d'une grotte volcanique il y a plus d'un siècle. Aurais-je encore ma *santé mentale*, après tout ce temps ?

Je ne m'étais pas rendu compte que j'avais décroché, jusqu'à ce que Luca dise :

– ... comme Ana en conviendra, j'en suis sûr.

Tout le monde me regarde.

– Comment, pardon ?

Mes camarades rient.

– Ana me donne raison, dit Luca en m'adressant un sourire bon enfant. Nous devons rester concentrés en permanence et prendre les choses une à la fois. Pour aujourd'hui, notre tâche est simple. Si nous parvenons à immerger le *Nautilus* puis à le ramener à la surface, ce sera un triomphe !

– Rhôôôôô, plaisante Halimah, on pourrait pas aller faire un petit tour du lac ?

– Mais moi je veux voir ce qu'il peut faire au large ! lance Dru.

Les autres applaudissent avec des cris d'approbation.

Je me penche vers Ester et lui chuchote à l'oreille :

– Non mais attends, comment le sub peut-il rejoindre le large ?

– Luca nous expliquait qu'il y a un tunnel sous-marin qui part d'ici et ressort de l'autre côté de l'atoll. (Elle note frénétiquement l'information sur une de ses fiches.) C'est sans doute une ancienne cheminée de lave. Tu crois que je devrais marquer *cheminée de lave* ou juste *tunnel* ?

Ophelia claque deux fois des mains, bien fort et nettement, pour attirer notre attention.

– Écoutez-moi !

Le silence se fait. Pour la première fois, j'apprécie le fait qu'Ophelia soit non seulement chercheuse, mais aussi une ancienne prof de HP. Je parie que ses cours étaient durs. Super intéressants, mais durs.

– Bon, alors, continue-t-elle. Nous allons prendre cette mission *au sérieux*. Le *Nautilus* n'a pas fonctionné depuis presque deux cents ans. Nous devons donner à Ana, ainsi qu'à nous tous, le temps de nous y acclimater. Ça va être un peu comme quand on apprend à monter un nouveau cheval.

Meadow Newman fronce les sourcils.

– Mais c'est quand même une machine, ce sous-marin, non ? dit-elle. Vous en parlez comme si c'était un animal sauvage !

Le *Nautilus* n'apprécie pas. Le navire tout entier se met à bourdonner.

– Attention ! hurle Ester.

Elle se jette au sol au moment où des paquets d'eau fusent des deux côtés de la proue du *Nautilus* en traçant deux arcs de cercle vers l'arrière. Le déluge de tribord s'abat sans dégâts dans le lac, tandis que celui de bâbord nous trempe de la tête aux pieds.

S'ensuit un instant de silence stupéfait.

Meadow a l'air estomaquée.

– Pardon, *Nautilus* ! s'écrie-t-elle. Tu es une créature magnifique !

L'équipage éclate de rire. Top aboie et s'ébroue. Je ne peux pas m'empêcher de sourire. Maintenant, nous savons que le sous-marin a sa fierté, une bonne ouïe, et peut-être même le sens de l'humour, puisqu'il n'a pas essayé de nous tuer.

Je commence à me dire que mes craintes étaient exagérées. Nous sommes entre amis. Nous ne risquons rien. Le *Nautilus* veut juste un peu de respect. Tout ce que nous avons à faire, c'est tenter une plongée rapide. Ensuite, nous pourrons réparer les éventuelles fuites, revenir demain et recommencer. Nous avons tout le temps.

C'est alors que Socrate jaillit au milieu du lac, fusant dans l'air. Il se laisse retomber sur le flanc pour faire le plus de bruit possible. Un instant plus tard, sa tête pointe au pied de la jetée. Il s'adresse à moi avec des vocalises, des cliquetis et des sifflements pressants.

– Waouh ! dit Gem. Comment nous a-t-il trouvés ?

Mais la question n'est pas là. La question, c'est *pourquoi*.

– Il y a un problème, dit Ester, oubliant ses fiches gorgées d'eau dans sa main.

Socrate donne un coup de tête vers l'arrière – un signal dont je ne me souviens que trop bien. *On s'en va ! Dépêchez-vous !*

J'ai l'impression que mes entrailles sombrent dans la fosse des Mariannes. Mon pressentiment est en passe de devenir une terrible réalité. Je crie :

– Écoutez-moi ! Hé !

Je n'ai pas l'autorité d'Ophelia, mais l'urgence dans ma voix impressionne mes camarades. Ils se tournent vers moi.

Nelinha fronce les sourcils, regarde le dauphin, me regarde.

– Qu'est-ce qui se passe ? demande-t-elle. Il y a quelque chose qui ne va pas ?

J'ai les mains qui tremblent.

– Rien ne va, dis-je. Je crois que l'*Aronnax* nous a trouvés.

# CHAPITRE TRENTE-HUIT

Mon annonce fait l'effet d'une douche froide sur mes camarades, autrement plus glaçante que l'arrosage du *Nautilus*.

Pendant quelques instants, c'est le chaos. Les élèves s'agitent en demandant « Quoi ? Comment ? » tandis que j'essaie de leur expliquer pourquoi j'ai la certitude que nous avons été découverts. Bizarrement, « C'est le dauphin qui me le dit » ne suffit pas à dissiper la confusion. Pendant ce temps, Ester et Top essaient d'interroger Socrate, mais ça ne se passe pas très bien. Il est extrêmement agité. Si on se fie à son langage corporel, son unique message, c'est *Partez tout de suite.*

Finalement, c'est Ophelia qui rétablit l'ordre. Elle confie une mission différente à chaque maison : aux Requins, la vérification de la grille de défense de l'île ; aux Céphalos, l'envoi de drones en reconnaissance ; aux Orques, le suivi des communications et des LOCUS ; aux Dauphins, un dernier ratissage du *Varuna* à la recherche d'éventuels appareils de traçage.

– Les quatre préfets, conclut Ophelia, restez avec Luca et moi.

Nos hôtes nous emmènent, Franklin, Tia, Gem et moi, à bord du *Nautilus*.

Cette fois-ci, les commandes de la passerelle s'allument dès que j'y mets le pied. Luca se dirige vers le pupitre de com et saisit la sphère du LOCUS entre ses mains. Il arrive à le tourner rien qu'en le tenant des deux côtés à la fois. Trois jours que je me sers d'un LOCUS à bord du *Varuna* et je n'y avais même pas pensé.

– Je ne vois rien, annonce-t-il.

– Vérifie, dit Ophelia. Règle le LOCUS sur rayon maximal.

– Bien sûr que j'ai réglé le LOCUS sur... (Luca hésite. Il tourne un bouton sur le pupitre de commande.) Ça y est, j'ai réglé le LOCUS sur rayon maximal. Toujours rien.

– Nous sommes au milieu d'une montagne, dit Gem. Ça a forcément un impact sur les détecteurs du *Nautilus*.

Luca ébauche un sourire.

– Moins que tu ne pourrais le croire, répond-il. Même à travers plusieurs centaines de mètres de roche, ces instruments demeurent plus sensibles que tous ceux de la base.

– Mais si l'*Aronnax* a un camouflage dynamique, dis-je, ce qui est probable...

– Nous devrions quand même observer des variations thermiques, m'interrompt Ophelia, l'air soucieuse. Mais peut-être pas tant qu'il ne sera pas plus près. Trop près. Tia, les drones sont-ils déjà en ligne ? Tu devrais pouvoir vérifier avec le pupitre de commande.

– Euh...

Tia tourne deux ou trois boutons. Elle fait pivoter le LOCUS. Même une brillante Céphalo a besoin de quelques secondes pour apprendre à se servir d'une nouvelle interface.

– Je ne... Attends.

Elle appuie sur un interrupteur à bascule. Une nuée de points violets apparaît dans l'holosphère.

– Oui, dit-elle. Ils se déploient sur un périmètre de recherche. Mais si l'*Aronnax* est dans les parages, les drones ne risquent-ils pas de trahir notre position ?

– Si l'*Aronnax* est dans les parages, répond Luca, l'air sombre, il nous a déjà repérés, et nous avons des problèmes autrement plus importants.

Je serre les poings. La pensée que nous avons peut-être attiré nos ennemis dans ce sanctuaire me rend dingue.

– Comment auraient-ils pu nous suivre ? Nous avons ratissé le *Varuna*. Nous étions camouflés et silencieux. Nous avons fait tout ce que nous a dit le docteur Hewett...

Alors même que je prononce ces mots, ma conviction s'évanouit. Après tout, Hewett aurait pu travailler toutes ces années pour le compte de l'Institut Land et nous mener à l'échec. Quelqu'un d'autre à bord pouvait être le traître également, et il ou elle aurait envoyé une communication sans que nous la détections. J'ai la nausée rien que d'y penser.

– Pas moyen de savoir, dit Luca. Une chose est sûre : l'IL est arrivé à garder un grand nombre de ses avancées technologiques secrètes. Quand il est entré à HP, Theodosius nous a avertis des plans qu'il avait conçus pour l'*Aronnax*. Il affirmait que son submersible pourrait rivaliser avec le *Nautilus*, mais il ne pensait pas que l'IL serait capable de le construire avant au moins une décennie ou deux. S'ils y sont parvenus si rapidement, et à notre insu...

Gem se harnache de sa panoplie de fusils.

– Mais la base Lincoln est bien défendue, non ? dit-il. Nous avons vu les tourelles en entrant dans l'atoll.

– Nous avons des systèmes de défense, effectivement,

confirme Ophelia. Nous pouvons repousser presque tous les projectiles ou drones d'une armée ordinaire. Mais nous ne pouvons pas connaître les capacités de l'*Aronnax*. Nous sommes obligés de supposer le pire.

Franklin croise nerveusement les doigts. Sa mèche bleue a viré au violet dans l'éclairage de la passerelle.

– Nous avons vu ce que l'*Aronnax* a fait à HP, dit-il. Que se passera-t-il si l'une de ces ogives frappe l'île ?

– Attendez, lance Tia. Les drones six et sept viennent de s'éteindre.

Ophelia se précipite à ses côtés.

– As-tu essayé de rediriger...

– Oui. J'envoie les cinq et huit scanner ce secteur... Ah, ils viennent de s'éteindre eux aussi.

– Une arme à IEM, peut-être ? demande Gem.

– Peut-être, acquiesce Luca. Quatre drones qui tombent en panne en même temps, c'est peu probable. Il y a quelque chose dans ce secteur qui ne veut pas être vu.

– Position relative ?

– Trois mille mètres nord par nord-ouest, en gros, signale Tia.

– Ça nous donne au mieux quelques minutes, dit Ophelia.

Elle échange un regard avec Luca. Ils semblent tomber tacitement d'accord.

– Ana, me dit Luca, il faut que tu amènes le *Nautilus* loin d'ici, au grand large. Il *n'est pas question* qu'il tombe entre les mains de l'IL.

Gem a un mouvement de recul, comme si on l'avait poussé.

– Attendez. On ne sait même pas s'il peut *bouger*, ce sub.

– Il n'y a pas deux minutes, vous nous disiez qu'il fallait prendre les choses une à la fois ! renchérit Franklin.

– Et maintenant nous n'avons plus le temps, rétorque

Ophelia d'une voix tendue. Si l'*Aronnax* a mis un traceur à bord du *Varuna*, ils se concentreront sur la base Lincoln, pas sur le *Nautilus* lui-même. Nous avons suffisamment de défenses pour les occuper pendant votre fuite.

– Nous pouvons vous aider à les repousser ! dis-je. Pourquoi prendre le risque de partir ?

Je connais la vraie raison qui me fait dire cela. Ce n'est pas le sous-marin.

J'ai quitté Dev et HP s'est écroulée autour de lui. Je refuse de voir la même chose arriver à la base Lincoln. Je refuse de fuir et voir de nouveau mourir les gens que j'aime.

– Chère Ana, dit Luca, le plus grand risque, c'est que l'IL s'empare du *Nautilus*. C'est un risque pour le monde entier. Le *Nautilus* t'écoutera. Je suis sûr de sa navigabilité. Il devrait avoir la propulsion principale. Le camouflage est opérationnel.

– C'est vrai, confirme Tia. On l'a vérifié hier.

– Il peut prendre la fuite et se cacher, conclut Ophelia, mais ses armes de longue portée ne fonctionnent pas. Dans une bataille, il serait totalement démuni.

– Vrai aussi, dit Gem. Nous ne savons pas comment marchent la moitié de ses armes. Et les torpilles...

Il secoue tristement la tête.

– S'il reste ici, reprend Ophelia, le *Nautilus* n'est qu'un trophée attendant d'être cueilli. En mer, il aura au moins une chance.

Les lumières baissent un bref instant. Des bruits mats montent des ponts inférieurs. Presque malgré moi, je sens que le *Nautilus* tousse pour attirer mon attention. *Hum... oui, sors-moi d'ici.*

L'idée du grand large doit être irrésistible pour lui, après avoir été confiné si longtemps dans cette caverne. Pourtant, mon cœur s'agite dans ma poitrine. Je préférerais laisser Luca et Ophelia commander le navire, ou Gem... Mais je suis la seule Dakkar. Il faut que ce soit moi.

Je hais mon ADN.

– Si nous faisions comme ça... dis-je. Je dis bien, si... que ferions-nous pour le docteur Hewett ? On ne peut pas le déplacer.

– Oh, je reste, dit Franklin comme si c'était une évidence. Je ne vais pas abandonner mon patient en cours de traitement. Ester pourra être préfète par intérim.

– Mais...

– Je reste aussi, intervient Tia. Ophelia et Luca vont avoir besoin d'aide pour les systèmes de défense de l'île. En plus, Nelinha est la meilleure en génie naval.

Les larmes me viennent aux yeux.

– Tia, je n'ai jamais...

– Hé, t'inquiète. (Elle me serre le bras.) Nous avons tous nos points forts. Travailler sur ce sous-marin... – elle balaie la passerelle d'un regard inquiet –, si beau soit-il, ça ne fait pas partie des miens.

– Ton aide à la base serait la bienvenue, lui dit Luca, qui se tourne alors vers moi. Ana, le tunnel qui part de cette caverne débouche au sud de l'atoll, pile en face du vecteur d'approche de l'*Aronnax*. L'île se retrouvera donc entre vous et nos ennemis. Nous ferons de notre mieux pour attirer leur attention et vous donner du temps.

Je me souviens des paroles de Hewett aux gardes, sur le quai de San Alejandro : « Faites-nous gagner du temps. »

– Mais s'ils prennent l'île, dis-je, ou s'ils la détruisent ?

Le souvenir de Harding-Pencroft s'effondrant dans le Pacifique flotte dans mon esprit comme une photographie à l'ancienne dans son bac de révélateur au nitrate d'argent.

Luca me sourit tristement.

– Ma chère Ana, ne t'inquiète pas. Je ne les laisserai pas me tuer.

– Ni me tuer moi non plus, ajoute aigrement Ophelia.

– Bien sûr, acquiesce Luca. Tu peux emmener Jupiter, en revanche. Il appréciera l'aventure et il connaît bien la coquerie du sous-marin. Et, qui sait ? Tout ceci est peut-être une fausse alerte ! Ou peut-être que la base Lincoln détruira l'*Aronnax* et vous sauvera la mise !

Je vois bien qu'il ne croit à aucun des deux scénarios et qu'il veut juste me remonter le moral.

Tout le monde me regarde, attendant ma décision. Car ça dépend de moi, en fait. Le *Nautilus* n'acceptera de bouger que pour moi.

Je me tourne vers Gem. Je suppose qu'il va me dire qu'il reste à terre, lui aussi. Il voudra certainement être là où auront lieu les combats.

– Oh non, dit-il, devinant mes pensées. J'ai pour ordre de te protéger. Si tu pars, je pars aussi.

Il y a trois jours, cette réponse m'aurait irritée. Je m'imagine disant : *Non, vraiment, ça va aller. Va tirer sur quelques ennemis. Je ne risque rien.*

À présent, je lui suis reconnaissante de son soutien. À ma propre surprise, il commence à faire partie des gens que je veux avoir autour de moi, comme Ester et Nelinha, et je ne sais pas trop quoi faire de ce sentiment.

– D'accord, dis-je sans me laisser le temps de changer d'avis. Luca, tu as intérêt à tenir ta parole. *Interdiction* de se faire tuer.

Je prends une grande inspiration et je me tourne vers Gem.

– Rassemble l'équipage. Va chercher l'orang-outan. Je prends le commandement du *Nautilus*.

# CHAPITRE TRENTE-NEUF

En un quart d'heure, nous sommes tous à bord.

Nelinha me tape dans la main avant d'emmener les Céphalos à la chambre des machines. Les Orques chargent des caisses de nourriture et de matériel médical, ainsi qu'une collection impressionnante d'ustensiles et de casseroles, sous l'œil de Jupiter qui les suit d'un pas chaloupé, en signant : *Attention, c'est fragile.*

Gem envoie ses Requins à la chambre des torpilles pour vérifier que nos spécimens anciens sont bien arrimés. Puis il nous suit à la passerelle, les autres Dauphins et moi-même.

Lee-Ann prend le poste de commande des plongées. Virgil celui des communications. Et Halimah la navigation, ce qui est naturel puisqu'elle est notre meilleure pilote. Gem s'installe aux armes, même si nous n'en avons pas vraiment. Jack reste à mes côtés comme messager, au cas où la communication intérieure nous lâcherait. (D'ailleurs, le sous-marin a-t-il un système de communication intérieure ?)

J'examine le fauteuil du capitaine.

Je suis certaine que l'assise florentine neuve, tapissée de cuir d'algues, sera confortable. L'éclairage d'ambiance violet à la base du fauteuil est une touche agréable. Les commandes des accoudoirs paraissent assez simples : poser les mains sur les sphères, espérer que le *Nautilus* réponde.

Mais ce fauteuil demeure celui où mon ancêtre est mort. Son corps s'y est flétri pendant cent cinquante ans. C'est l'autel central du mausolée de la famille Dakkar.

Il faut que je l'amène au-delà de ça, que je redonne vie à ce navire.

L'agitation retombe. Chacun est à son poste et tous se tournent vers moi, attendant mes ordres. J'ai l'impression d'être une petite fille qui joue à faire semblant, comme avec Dev, quand nous étions petits.

– *Nautilus*, dis-je en bundeli. (Au cas où vous vous posiez la question, ça se dit, ô, surprise, *Notilas*.) J'ai besoin que tu me donnes accès à tous les systèmes, s'il te plaît. Notre équipage est à bord. Nous sommes prêts à partir.

De l'orgue nous parvient un *do* du milieu, grave et doux. Puis, une octave plus haut, s'ajoute un autre *do*, puis un autre encore d'une octave au-dessous, comme un orchestre entier qui s'accorde. Le volume va crescendo. La coque gronde. Le placage du sol vibre sous mes pieds. Tout autour de la passerelle, les cadrans et les jauges jusque-là éteints s'allument.

L'orgue se tait.

– OK, murmure Lee-Ann nerveusement. Ça, c'est nouveau.

La voix de Nelinha sort en crépitant d'un haut-parleur métallique en forme de jonquille, au plafond.

– Ana, tu as réussi ! Je crois que nous avons le contrôle sur tout. Et le bouton rouge de la supercavitation est allumé, maintenant ! (Il y a de la friture sur la ligne pendant qu'elle débat rapidement avec ses collègues.) Ouais, je sais, je sais. On ne va pas appuyer dessus.

– Tenez-vous prêts, dis-je. Nous n'avons besoin que de la poussée de propulsion et du contrôle de la profondeur.

Je me rends compte que je ne sais même pas si Nelinha m'entend. J'agrippe la sphère de mon accoudoir.

– C'est allumé, ce truc ?

Mes paroles retentissent par les haut-parleurs de la passerelle, se répercutant dans tout le navire. Merci beaucoup, *Nautilus*. Je fais une nouvelle tentative.

– Chambre des machines ?

Cette fois-ci, il n'y a pas d'Écho Divin.

– Ouais, ouais, dit Nelinha, et j'entends le sourire dans sa voix. On est tous bien réveillés, maintenant.

J'essaie de me souvenir des commandes et des procédures opératoires. Je me mords les doigts de ne pas avoir écouté plus attentivement le seul cours du colonel Apesh sur le pilotage des sous-marins cet automne.

– Timonière ?

– Parée, répond Halimah.

– Poste de plongée ?

– Parée, répond Lee-Ann.

– Poste de commandement des télécommunications ?

– Paré, capitaine.

Virgil utilise le titre sans aucune ironie.

– Module armes ? demandé-je à Gem.

– Euh... (Il regarde son pupitre.) Ben... parés ? Fusils Leyde à courte portée, peut-être. Et ce bouton a l'air d'électrifier l'extérieur de la coque, mais je ne sais pas s'il marche ou...

Le tableau de bord crépite, et Gem prend une décharge dans les doigts.

– Aïe ! OK, désolé, *Nautilus*. Module armes parés.

– Bien.

Je n'arrive pas à croire ce que je suis en train de faire.

– Amarres larguées. Panneaux fermés verrouillés... Timonière, manœuvre de sortie. Cap droit devant, en avant lente.

– En avant lente, confirme Halimah.

Le sol tremble. Un sillage enfle au-dessus des grandes fenêtres en dôme. Nous bougeons.

– *Yes !* s'écrie Virgil.

Halimah et Lee-Ann se font un check du poing.

Je ne me sens pas de crier victoire si vite. J'ai peur que mon prochain ordre révèle l'existence de milliers de fuites à bord du submersible et cause notre noyade à tous.

– Chambre des machines, dis-je. Préparez-vous à plonger.

– Chambre des machines, répond Nelinha, parés à plonger.

– Tranche D parée, capitaine, signale Dru Cardenas depuis la chambre des torpilles.

– BIBLIOTHÈQUE IDEM, annonce la voix d'Ester.

– Bibliothèque ?

Je regarde autour de moi et remarque pour la première fois qu'Ester n'est pas sur la passerelle. J'avais sans doute pris pour acquis qu'elle me suivrait.

– Ben, il faut bien que je sois quelque part, dit Ester. En plus, Jupiter a apporté des scones au sirop d'érable.

Top aboie, faisant grésiller les haut-parleurs. Il veut sans doute dire *Vive les orangs-outans !*

– Ester, passerelle, s'il te plaît, dis-je. J'ai besoin de ton aide pour comprendre le navire.

– À tes ordres, capitaine, soupire-t-elle.

– Et tu m'apporterais un scone ?

– À moi aussi, s'il te plaît, enchaîne Virgil.

Halimah, Lee-Ann, Jack et Gem lèvent la main.

– Six scones, dis-je.

– Six scones, d'accord, capitaine, dit Ester. Et je vous sers des expressos avec ça ?

Je n'arrive pas à savoir si elle plaisante ou non.

– Non merci, ça ira.

Quoique. Un petit crème, ce serait... non.

Une seconde. Qu'est-ce que je fabrique ?

– Commande de plongée. (Je respire à fond, puis me tourne vers Lee-Ann.) Immersion dix mètres. C'est parti.

Dehors, l'eau monte, engloutit les fenêtres de la proue. Le *Nautilus* s'immerge. Pour la première fois en un siècle et demi, il navigue par sa propre puissance.

C'est alors que nous percutons quelque chose.

# CHAPITRE QUARANTE

Le sous-marin tremble et crisse. Je hurle :

– Arrêtez tout !

Le crissement continue, tel un bruit d'ongles rayant un tableau noir, jusqu'à ce que notre élan s'épuise. Je reprends mon souffle tant bien que mal, en me demandant si nous venons de bousiller l'invention la plus importante du monde.

– Qu'est-ce qui s'est passé ? demandé-je.

– Ah, au temps pour moi, répond Halimah en grimaçant. Le LOCUS était réglé sur longue portée...

Elle enfonce un interrupteur. L'holosphère de son pupitre grossit jusqu'à faire la taille d'une médecine ball. Un point violet lumineux marque toujours notre emplacement au centre, mais je peux maintenant voir notre environnement immédiat. Des résilles de lumière verte dessinent les parois de la caverne. Du fond du lac se dressent une demi-douzaine de flèches en pierre. La pointe de l'une d'elles se trouve juste au-dessous de nous – un doigt de la mort qui tente de percer le ventre du *Nautilus*.

Je serre les dents. Luca et Ophelia auraient pu nous prévenir que nous devrions traverser une forêt de stalagmites géantes. Et ils auraient pu, au moins, remettre le LOCUS sur courte portée. Cela dit, notre départ a été un peu bousculé.

– Non, c'est ma faute, dis-je à Halimah. C'est moi qui ai donné l'ordre. Bilan des dégâts ?

Elle essaie d'interpréter ses affichages. Vu le style du *Nautilus*, je ne serais qu'à moitié étonnée qu'une plaque de cuivre jaillisse du pupitre, élégamment gravée *AÏEUH !*

Pendant ce temps, les coéquipiers présents sur la passerelle rectifient le réglage de leurs afficheurs.

– Ah oui, marmonne Lee-Ann. Regardez ça. Des rochers géants.

Ester déboule avec un plateau chargé de scones. Top, à ses pieds, s'étire sur ses pattes avant, l'air de dire *Où est la fête ?*

– ON A TOUCHÉ UN ROCHER ? demande Ester.

Du haut-parleur du plafond, la voix de Nelinha annonce :

– Je crois que nous avons percuté un rocher.

– Merci, on a vu, dis-je. Quelqu'un peut-il me dire s'il y a des dégâts ?

– D'après ce que je vois, non, répond Nelinha. Mais il faudrait éviter de recommencer.

– Entendu. Timonière, dégage-nous de ce doigt de la mort, s'il te plaît.

– À tes ordres, capitaine, répond Halimah d'un ton soulagé.

– Ça y est, j'ai l'entrée du tunnel, dit alors Virgil au pupitre de com. Quinze degrés tribord, distance quatre-vingt-dix mètres, profondeur vingt mètres.

Je réprime un frisson. Une des premières choses qu'on apprend à l'école de plongée, c'est combien les cavernes sous-marines peuvent être dangereuses. Ce sont les lieux les plus susceptibles de vous tuer.

Le fait que nous soyons à l'intérieur d'un submersible ne me rassure pas sur nos chances. Nous sommes à peine sortis de l'allée sous-marine que nous avons déjà failli nous embrocher. Cependant, j'estime qu'il serait déplacé de la part du capitaine de hurler : *Nous allons tous mourir!*

– Virez de quinze degrés tribord, dis-je. Immersion vingt mètres. Avant lente. Je veux qu'on rejoigne la sortie sans rien percuter d'autre, les gars.

Gem glousse.

Je le foudroie du regard.

– OK, reconnaît-il, c'était pas drôle.

Nous nous ébranlons. Je surveille les afficheurs des LOCUS. L'entrée du tunnel se rapproche, telle la bouche ouverte d'une baleine.

– Distance quarante mètres, annonce Halimah. Profondeur stable à vingt mètres.

Je jette un coup d'œil à Ester, debout à ma droite avec ses scones.

– Comment se sent le Nautilus?

– Calme. Tu veux un scone?

Calme, c'est bien. Et oui, je veux bien un scone.

Je n'entends pas de grognements ni de craquements, pas de cris alarmés dans les couloirs. Pourtant, j'imagine mille petites fuites fuser du vieux placage de la coque.

– Jack, dis-je. Fais le tour du sous-marin, tu veux bien? Vérifie partout.

– Oui, capitaine.

Il a l'air soulagé d'avoir quelque chose à faire. Il attrape un scone et file.

– Entrée du tunnel, dix mètres, dit Halimah. Ça va être serré.

– Tu vas savoir piloter ce machin ? demande Virgil.

L'orgue émet un accord diminué qui nous fait tous tressaillir.

– Je veux dire, se reprend Virgil, sais-tu comment piloter ce magnifique navire ?

– Je crois que oui, répond Halimah. *Nautilus*, aide-moi à sortir. Capitaine ?

Il me faut une seconde pour saisir qu'elle s'adresse à moi. Je ne suis pas encore habituée à ce qu'on m'appelle capitaine.

– En avant lente, dis-je. Corrections de trajectoire à ta discrétion.

– Entendu, capitaine.

Halimah tourne très légèrement une manette.

À peine arrivons-nous au tunnel qu'un tremblement secoue la passerelle. Des chapelets de bulles dégringolent sur les fenêtres avant.

J'agrippe les accoudoirs.

– Qu'est-ce que… ?

– Une explosion ! hurle Gem, un peu plus fort que nécessaire. Pas près, cela étant. C'était à environ… (Il tripote ses commandes et son holosphère se colore d'un violet profond.) Waouh ! Cool.

– Tu parlais pas d'une explosion ?

– Oui, pardon. Il y a eu une détonation contre le bord droit de l'atoll, à environ un kilomètre de distance. Une torpille, peut-être ?

– Onde de choc énorme pour une torpille, commente Virgil.

– L'*Aronnax*, dit Ester.

Ce nom est bien plus troublant que l'accord diminué de l'orgue.

J'aimerais croire qu'Ophelia et Luca ont fait sauter nos ennemis, mais je sais que nous n'aurons pas cette chance. Il est plus probable que l'*Aronnax* ait envoyé un tir d'avertissement pour faire comprendre à la base Lincoln qu'ils ne plaisantent pas.

– Gardez le cap, dis-je.

Halimah nous fait entrer dans le tunnel.

Derrière les vitres, les constellations de phytoplancton disparaissent. La voûte de lave du boyau se met à filer à seulement un mètre au-dessus de nos têtes, luisant dans l'éclairage violacé de la passerelle. Je comprends maintenant pourquoi Nemo a choisi le violet pour son éclairage. Les ondes lumineuses les plus longues, à savoir le bleu et le violet, sont les dernières couleurs à disparaître sous l'eau. Je me demande si le *Nautilus* a des phares violets. Ou de bons vieux essuie-glaces.

Soudain, les holosphères de tous les postes s'éteignent en clignotant.

– Halimah ? demandé-je avec inquiétude.

– C'est bon.

Sa main gauche est ferme sur la manette. Sa main droite voltige d'une commande à l'autre comme si elle s'était servie de ce pupitre toute sa vie.

– J'avais anticipé, me rassure-t-elle.

– Les parois du boyau de lave ont un contenu en métal d'une densité exceptionnelle, m'explique Lee-Ann. Ça interfère avec nos LOCUS. Nous devrons nous contenter de mesures physiques en attendant de sortir du tunnel.

Halimah ne répond pas. Elle est un peu occupée à essayer de nous garder en un seul morceau.

– La tactique est HS aussi, dit Gem. Je ne peux pas voir ce qu'il se passe dans l'eau.

– Tu as pu relever la position de l'*Aronnax* ? lui demandé-je.

– Non, pas du tout. Ils sont peut-être camouflés.

– Ça pourrait s'avérer une bonne chose, dit Ester, tout en donnant un bout de scone à Top. Peut-être qu'ils ne pourront pas nous voir, eux non plus.

À ce propos...

– Chambre des machines, bilan des avaries et limitations associées, dis-je.

– Eh bien, dit Nelinha, tout ce qui est censé briller brille toujours. Tout ce qui doit bourdonner bourdonne. Je crois que tout va bien.

– Si nous avons le camouflage dynamique, ce serait le bon moment de l'activer.

– Euh... ouais. Attends.

Notre traversée du tunnel paraît interminable. Je sens la transpiration dégouliner dans mon dos. Mon tee-shirt colle au beau cuir d'algues italien.

Personne ne parle. Même Top, assis patiemment à côté d'Ester, à l'affût de nouvelles bouchées de scone, s'abstient d'aboyer.

Ester pose la main sur mon dossier.

– Le *Nautilus* se sent bien, me dit-elle. Je crois qu'il est excité.

Ça en fait toujours un.

Jack revient, essoufflé d'avoir fait le tour du navire en courant.

– Tout est OK, signale-t-il.

Nelinha annonce par l'intercom :

– Camouflage activé, chaton. Je veux dire, capitaine. Capitaine Chaton.

Un instant plus tard, les LOCUS se rallument en clignotant.

– On est sortis, soupire Halimah.

– *Yes !* s'écrie Lee-Ann, qui applaudit.

Jack pousse des cris de joie, ponctués d'un geste du poing. J'entends l'écho des acclamations des autres, répercuté le long de la coursive.

Notre enthousiasme est de courte durée.

– Ana ! crie Gem, oubliant toute cette histoire de « capitaine ». J'ai localisé l'*Aronnax*. (Il tourne la tête vers moi, le regard grave.) Cette explosion ne s'est pas contentée de *toucher* le nord de l'atoll. Le nord de l'atoll a disparu.

# CHAPITRE QUARANTE ET UN

Gem tripote un autre interrupteur. Soudain, son holosphère tactique grossit, nous donnant à voir une image 3D de la base Lincoln. L'île principale se dresse au milieu du lagon, entouré de l'atoll qui dessinait jusque-là un cercle concentrique presque parfait. À présent, en plus du chenal que le *Varuna* a emprunté il y a quelques jours, une brèche s'ouvre dans la partie nord de l'anneau, bien plus large. Une tranche de plage et de ronces de la taille d'un terrain de football a tout bonnement disparu dans la mer.

Le point violet du *Nautilus* brille au coin sud de l'image. Juste en face de nous, au nord de l'atoll, flotte un second point violet : l'*Aronnax*.

Des tirs d'armes sillonnent l'holosphère comme des étoiles filantes, un va-et-vient nourri entre l'*Aronnax* et les tourelles de ce qu'il reste de l'atoll. L'une après l'autre, les défenses de l'île s'éteignent.

J'ai l'impression d'avoir la bouche pleine de sable.

– Gem, dis-je, tu peux zoomer sur l'attaquant ?

Il manie un autre bouton. Brusquement, me voici dans l'intimité de l'*Aronnax* – du moins de son image holographique en gros plan.

Comme nous l'avions vu sur les images floues des drones du docteur Hewett, le navire a la forme d'une tête de flèche – à croire que l'Institut Land a reconverti un bombardier furtif en sous-marin. Sa coque est entourée d'un halo violet cotonneux qui semble absorber les décharges décochées par les défenses de la base.

– Qu'est-ce que c'est ? demandé-je. Un écran de protection ?

Personne ne répond. Horrifiés, nous regardons l'*Aronnax* poursuivre son avancée lente et implacable vers l'île.

Virgil se tourne vers moi :

– Ana... Capitaine... S'ils envoient une de leurs torpilles sismiques sur la base principale...

– Ils ne le feront pas, intervient Ester. Pas s'ils pensent que leur trophée est à l'intérieur.

*Leur trophée.*

Mes mains se crispent sur les accoudoirs. Je n'ai jamais rien détesté autant que je déteste l'*Aronnax*, mais Ester a raison. Le *Nautilus* et moi, nous sommes les trophées d'une passe à dix. Nous ne pouvons pas être des combattants dans cette partie.

– Tes ordres, capitaine ?

Halimah parle d'une voix posée, mais ses mains tremblent sur les commandes de navigation, ce qui n'est jamais bon pour un pilote.

J'imagine le docteur Hewett allongé dans son lit médicalisé, Franklin s'efforçant de le protéger des gravats qui tombent telle une pluie du plafond. J'imagine les couloirs de la base Lincoln qui tremblent, les lumières qui vacillent. Tia, Luca et Ophelia courant désespérément d'un tableau de bord à l'autre, essayant de maintenir le courant alors que leurs systèmes d'armes sont détruits un par un.

J'aimerais les aider, mais ce n'est pas notre mission. Nous ne pouvons rien faire pour la base Lincoln.

– Timonière, cap au sud. Vitesse maximale, quelle qu'elle soit.

– Cap au sud, vitesse maximale, entendu, capitaine.

– Immersion, profondeur...

Je bats des paupières, tente de m'éclaircir les idées. Je consulte l'holosphère qui flotte au-dessus du pupitre de Lee-Ann.

– ... Profondeur, vingt-cinq mètres.

– Profondeur de vingt-cinq mètres, entendu, capitaine, dit Lee-Ann.

Je sens au creux de mon ventre que le *Nautilus* commence à accélérer et à plonger. La voix de Nelinha crépite dans le haut-parleur :

– Capitaine, je crois qu'on devrait renoncer à la vitesse. J'obtiens des mesures bizarres sur... OH NON.

Le *Nautilus* tremble. Par l'intercom, j'entends les Céphalos qui hurlent. Derrière nous, dans la coursive, d'autres membres de l'équipage poussent des cris d'alarme.

– Chambre des torpilles ! dit la voix de Dru par le pupitre de com. J'ai de la vase verte qui sort des tuyaux !

– Coquerie ! (C'est la voix de Brigid Salter. Derrière elle, j'entends un orang-outan mécontent qui peste et grogne.) Une espèce de bouillie coule des bouches d'aération. Il y en a plein les casseroles de Jupiter et il est FURIEUX !

– Chambre des machines ! crie Nelinha. Moteurs principaux en panne ! Nous avons de la bouillasse ! Je répète : nous avons de la bouillasse !

Je laisse échapper un juron. Je me souviens de la bouillie d'algues pourries que Luca avait sortie du compartiment des câbles la première fois que je suis montée à bord. J'imagine une inondation de cette bouillasse, aussi pestilentielle que victorienne, s'échappant de tous les tuyaux et fissures du navire, forcée à circuler par la pression que nous mettons sur cette vieille caisse de nemonium. Mais qu'est-ce qui m'a pris de considérer le *Nautilus* comme un sous-marin en état de marche normal ?

– Nelinha, dis-je à travers la com, il nous faut dérober à tout prix. Délai de réparation ?

Pour toute réponse, j'entends des parasites et des cris confus en arrière-plan.

– J'y vais.

Jack part en flèche de nouveau.

– Oh... (Gem recule d'un pas de son pupitre.) Non, non, non.

Je suppose qu'il a lui aussi de la bouillasse qui sort de son pupitre, mais non, le problème est autre. Sur l'afficheur tactique de Gem, l'*Aronnax* a changé de cap. Les tourelles qui tiennent encore debout sur la base continuent leurs tirs, mais l'*Aronnax* ne se donne pas la peine de contre-attaquer. Il vire à l'est, contournant le bord de l'atoll.

– Qu'est-ce qu'ils font ? marmonne Lee-Ann.

– Ils nous ont repérés, dis-je.

– Comment ? demande Halimah. Notre camouflage s'affiche opérationnel.

– Peut-être qu'il ne l'est pas, dit Virgil. Il a pu tomber en panne en même temps que la propulsion. À moins que l'*Aronnax* ne détecte nos variations thermiques, comme disait Ophelia...

– Ce n'est plus le problème, dis-je. Dans moins d'une minute, l'ennemi sera en position de tir. Donnez-moi des options.

– Il y a le mini-sub, dit Gem. Je pourrais le piloter, attirer leurs tirs, peut-être, pour vous faire gagner du temps. Si j'arrive à me rapprocher suffisamment de l'*Aronnax* avec des armes conventionnelles...

– Non, lui dis-je, c'est du suicide. Qu'est-ce qu'on a comme trucs de protection ?

– Des trucs de protection... (Gem regarde son pupitre en fronçant les sourcils.) Hum, je ne...

– *NAUTILUS.* (La voix retentit par les haut-parleurs, si fort que je saute en l'air.) *ICI L'ARONNAX. RENDEZ-VOUS OU MOUREZ.*

Je reconnais cette voix. C'est notre vieux pote/prisonnier soumis à l'interrogatoire, Caleb South.

– Qu'est-ce qu'il fait là, celui-là ? grogne Gem. Je croyais que l'IL punissait l'échec.

– Il a dû inventer un mensonge en béton, suppose Lee-Ann. Il a peut-être tout mis sur le dos de ses camarades.

– Mouais. J'aurais dû trouer ses brassards à canards roses, conclut Gem.

– VOUS ÊTES À L'ARRÊT ET SANS DÉFENSE DANS CETTE ÉPAVE, poursuit Caleb. ABANDONNEZ MAINTENANT ET NOUS ÉPARGNERONS VOTRE BASE.

Le *Nautilus* vibre. Ça ne doit pas lui plaire de se faire traiter d'épave. Je demande :

– On peut couper sa voix ? D'ailleurs, comment il fait pour phagocyter notre com ?

– Je... je cherche, répond Virgil, qui tourne frénétiquement des molettes.

La tirade de Caleb continue, quelques décibels moins forts.

– Tout ce que nous voulons, c'est le *Nautilus* et Ana Dakkar. Il n'arrivera rien à aucun de vous. Nous vous traiterons mieux que vous m'avez traité.

– Ils approchent, me dit Gem. Plus qu'un kilomètre.

Les défenses de l'île continuent de faire feu pour essayer de détourner l'attention de l'*Aronnax*. Notre ennemi ignore leurs tirs. Ils sont rivés sur nous, presque comme si...

Une crampe soudaine me plie les entrailles en origami. Je viens de comprendre une chose.

– Ils ne traçaient pas le *Varuna*, dis-je. C'est *moi* qu'ils traçaient.

– Comment ? demande Lee-Ann. Tu as l'ADN radioactif ou quoi ?

– Capitaine, dit Nelinha dans la com, nous avons une idée. Elle ne va pas te plaire, mais...

– Si vous ne me croyez pas, interrompt Caleb, écoutez notre capitaine.

Je me lève d'un bond et je hurle à Virgil :

– Coupe-moi cette stupide transmission !

La voix du capitaine résonne alors dans l'intercom et me cloue dans mon fauteuil.

– Salut sœurette, dit Dev. Tu as assuré comme une reine. Maintenant, il est temps de rendre les armes.

# CHAPITRE QUARANTE-DEUX

Je me souviens de ma première narcose à l'azote.

Le moniteur m'avait fait descendre sous la barre des trois mètres avec des bouteilles ordinaires, rien que pour me donner à ressentir l'« ivresse des profondeurs ». Mon champ de vision avait commencé à rétrécir. Je n'arrivais plus à faire des calculs simples sur mon ordi de plongée. J'étais en proie à un étrange mélange d'euphorie et de terreur. Je savais que le magnifique vide bleu me tuerait si je m'y enfonçais davantage, mais il m'attirait irrésistiblement.

Entendre la voix de Dev produit le même effet sur moi.

Mes pensées se réduisent en mélasse. Mon frère est vivant. Mon frère est un traître.

Je suis soulagée. Je suis horrifiée. Je pique en spirale dans l'abîme bleu.

– C'est impossible, dis-je.

Les membres de l'équipage présents sur la passerelle me regardent. Ils ont l'air en état de choc, perdus... blessés. Ils ont besoin de réponses. Une fois de plus, je n'en ai pas.

– Ce... doit être truqué, bafouillé-je. Peut-être un synthétiseur vocal...

Ester m'interrompt, gardant les yeux rivés sur le sol :

– C'est sa voix, Ana. Il est vivant.

– Mais...

– *Nautilus*, dit Dev. Ana, ton temps est écoulé. Je dois t'entendre dire que vous vous rendez. Sinon, nous tirons.

– Il ne ferait pas ça, dit Lee-Ann.

– Il l'a déjà fait, rétorque Halimah. C'est lui qui a démoli HP.

*Non*, me dis-je dans ma tête. *Non, pas mon frère.*

Alors, je me souviens des paroles de Dev notre dernier jour, quand il m'a donné mon cadeau d'anniversaire. « Tu pars pour tes épreuves de deuxième année aujourd'hui. »

Il savait que je ne serais pas sur le campus au moment de l'attaque. Il a minimisé mes inquiétudes sur la barrière électronique. L'Institut Land avait besoin d'une aide de l'intérieur pour saboter le système de sécurité. Tout ce temps, j'ai soupçonné mes camarades, le docteur Hewett...

L'intercom crépite. La voix de Nelinha m'arrache à ma torpeur.

– Euh... tout le monde a entendu ? Quels sont les ordres, capitaine ?

Des ordres... j'en rirais presque. Pourquoi un seul d'entre eux accepterait-il mes ordres ? Je ne suis qu'une petite fille stupide qui s'est laissé tromper par son propre frère.

– Ça va, Ana ? me demande Gem.

Son visage est préoccupé, inquiet, comme s'il attendait que j'agrippe une corde de sécurité.

Je me force à respirer. Ce n'est pas le moment de sombrer

dans un vide émotionnel... pas au risque d'abandonner mes amis.

– Chambre des machines, tenez-vous prêts. (Je me tourne vers Virgil.) Est-ce qu'ils peuvent nous entendre ?

– Non, affirme-t-il. C'est une transmission unidirectionnelle. J'en suis assez sûr. Quasiment certain.

– Leur position ?

Gem consulte ses tableaux de bord.

– À cinq cents mètres. En position à notre 6 heures.

Comment nous ont-ils trouvés, avec toutes les précautions que nous avons prises ? Ils ne suivaient pas le *Varuna*. C'était *moi* qu'ils suivaient...

« Je voulais que tu aies la perle comme porte-bonheur, avait dit Dev, tu sais, juste au cas où tu te plantes magistralement. »

Je me lève. Mes doigts se referment sur la perle noire de ma mère. Je tire sur le pendentif, cassant la chaîne. Dev l'avait fait ressertir exprès pour moi. La perle sort facilement de sa nouvelle monture. À l'intérieur, collé à la base en argent, se love un minuscule récepteur alt-tech.

– Ana, je suis vraiment désolée.

La lèvre inférieure d'Ester tremble. Elle comprend ce que je ressens. Elle sait ce que c'est d'être utilisée, d'être traitée comme une marchandise, même par sa famille.

– Je peux t'emprunter ton Leyde ? lui demandé-je.

Sans hésiter, elle me tend le pistolet.

Je dispose les éléments du collier cassé par terre : la chaîne, la monture et même la perle. Je ne peux pas prendre de risque. Je recule d'un pas et je tire.

Des vrilles électriques bleues courent le long de la chaîne. Le récepteur alt-tech crépite et s'enflamme comme une minuscule fusée de détresse. Des volutes de fumée blanche s'enroulent autour de la perle de ma mère.

Un goût âcre envahit le fond de ma bouche. Je ne sais pas s'il vient du traceur qui brûle par terre ou de l'amertume qui monte dans ma gorge.

Plus tôt, à bord du *Varuna*, les commandos d'assaut de l'Institut Land s'étaient donné du mal pour éviter de me tirer dessus avec un Leyde. Ils avaient recouru au poison à la place. Ils espéraient capturer le bateau, corps et biens : avec moi, la carte du docteur Hewett, le lecteur d'ADN, tout. Mais ils ne voulaient pas risquer d'endommager leur traceur, au cas où ça tournerait mal. J'étais leur assurance. Je les ai guidés – j'ai guidé *Dev* – jusqu'au *Nautilus*.

La voix de mon frère retentit dans le sous-marin, mais c'est à moi seule qu'il s'adresse, d'un ton personnel et implorant :

– J'ai prévenu l'école, Ana. Je leur ai dit d'évacuer. Je ne voulais pas que les élèves meurent. Je ne veux pas que qui que ce soit d'autre meure, et surtout pas toi.

Oh, mon Dieu ! Ce mauvais enregistrement de Dev ne venait pas de l'intercom de l'école. Il l'a diffusé depuis l'*Aronnax*.

J'ai envie de lui hurler dessus. D'exiger des explications de sa part. Mais il est hors de question que j'engage la communication.

Il y a une heure, j'aurais donné le *Nautilus* et le monde entier pour pouvoir parler encore une fois à Dev. Maintenant, j'aspire à être le plus loin possible de lui.

– Chambre des machines, tu parlais d'options ?

Quelques parasites, puis Nelinha répond :

– Oui, mais ça ne va pas te plaire...

– Rien ne me plaît dans cette situation. Dis-moi.

– La supercavitation. Il se peut qu'elle soit encore opérationnelle. Elle emploie un système de démarrage différent pour communiquer avec les moteurs...

La voix de Dev vient couvrir celle de Nelinha.

– Les gens de HP ne sont pas nos amis, Ana. Ça fait des générations qu'ils s'arrogent l'héritage de notre famille. C'est leur stupidité qui a causé la mort de nos parents. Ils se servent de toi. L'Institut Land m'a confié le commandement de leur précieux navire. L'IL veut se servir de nos technologies pour améliorer le monde. Pour Harding-Pencroft, il n'en est pas question. Nos profs avaient même refusé que je voie le *Nautilus*. Ce qu'on a fait, c'était le seul moyen de leur forcer la main. Je suis désolé, mais il fallait le faire. À présent, nous pouvons prendre ce qui nous appartient. À toi et à moi.

– N... Nelinha, la supercavitation... (J'essaie de faire la sourde oreille aux paroles de Dev, mais c'est comme si je m'étais gargarisée avec du venin de serpent de mer.) Tu es sûre que ça va marcher ?

– Absolument pas, répond-elle. Si j'appuie sur ce bouton rouge, peut-être qu'il ne se passera rien. Peut-être que nous exploserons. Peut-être que nous traverserons en flèche la moitié du Pacifique pour finir par nous planter dans le flanc d'une montagne sous-marine. Mais c'est tout ce que j'ai à te proposer, sauf si tu te sens capable de faire parler Dev encore six ou sept heures, le temps qu'on fasse les réparations.

Je préférerais encore exploser.

– Si nous parvenons à nous échapper, avertit Gem, l'*Aronnax* s'en prendra à la base Lincoln.

J'en suis consciente. Ophelia, Luca, le docteur Hewett, Tia, Franklin... Comment pouvons-nous les laisser à la merci de ce sous-marin... à la merci de Dev ? Qui mon frère est-il devenu ?

Mais je ne peux pas non plus livrer mon équipage. Les défenseurs de la base Lincoln m'ont confié une mission. Ils sont restés à la base pour me permettre de l'accomplir.

– *Nautilus*, écoute-moi, dis-je en bundeli. Nous avons besoin de partir immédiatement. Nous avons besoin de trouver un abri sûr. Sinon...

– Très bien...

La voix peinée de Dev me rappelle tellement celle de mon père. Quand nous nous comportions mal, le soupir de déception de papa était toujours la pire punition.

– Ana, nous lançons une torpille à IEM. Elle ne détruira pas votre sub. Elle anéantira juste les systèmes qui vous restent. Ensuite, nous aborderons. Vous ne pouvez pas nous en empêcher. Vous êtes une poignée de deuxième année sur un bateau déglingué que vous ne connaissez pas. S'il te plaît, ne nous oblige pas à tuer ton équipage.

– Alerte torpille ! hurle Gem. Impact dans dix secondes !

– Chambre des machines, hurlé-je, lance la supercav !

Pendant trois battements de cœur, il ne se passe rien.

Puis des rideaux de bulles et d'eau s'abattent sur les fenêtres avant, comme si nous venions d'entrer sous le portique de lavage auto le plus puissant du monde. Le navire se propulse si violemment vers l'avant que je suis projetée en arrière. Je sens le craquement sourd de ma tête heurtant du métal, et tout devient noir.

# CHAPITRE QUARANTE-TROIS

Quand je me réveille, Ester est debout près de moi, en blouse de chirurgien. Mes tempes palpitent. J'ai l'impression d'avoir l'arrière du crâne pris dans de la glace.

– Tu es à l'infirmerie, dit Ester. Tu es restée inconsciente quatre heures. Il faut que tu te reposes.

Je sors du lit en roulant sur le côté, tente de me redresser. Je marche sur Top, qui proteste en couinant. Ester m'attrape par le bras pour me stabiliser.

– Ce n'est pas ce que j'appelle se reposer, observe-t-elle.

– Je dois... Le bateau. On est en sécurité ?

Quelque part dans les parages, la voix de Nelinha répond :

– Pour le moment.

J'essaie de fixer mon regard sur la source de la voix. Une demi-douzaine de Da Silva tourbillonnent dans l'encadrement de la porte. Elle porte des rangers, un kilt écossais noir et blanc, un sweat à capuche noir et un rouge à lèvres noir assorti, ce qui lui donne une dégaine de commando highlander. Elle a un épais pansement blanc de la taille d'un billet d'un dollar sur le front.

Je tends un doigt tremblant vers sa tête :

– Ça va ?

– Qui, moi ? Ça baigne. Quand on est entrés en supercav, j'ai eu un différend avec un vilebrequin. Et toi, comment tu te sens ?

Bonne question. Mon mal de tête génère une puissance explosive d'environ cinquante mégatonnes. Je suis restée quatre heures inconsciente. Ça m'a épargné quatre heures d'atroces sanglots. Mon frère est vivant, c'est un traître et un meurtrier de masse.

– Je m'en remettrai, dis-je d'un ton décidé. Qui pilote le navire ?

– Ben, Gem est à la passerelle, dit Nelinha avec moins d'aversion que j'aurais cru, mais personne ne pilote pour le moment. Nous sommes stationnaires.

Je fais un effort pour traiter cette information.

– Comment va l'équipage ?

– Nous dénombrons dix-sept blessures, dit Ester. Mineures pour la plupart.

– Maintenant que Franklin et Tia ne sont plus là, nous ne sommes que dix-huit.

– Je sais, acquiesce-t-elle. J'ai eu de la chance. J'ai un bon sens de l'équilibre. Jupiter va bien, lui aussi. Et Top.

Top agite la queue. *Affirmatif.*

Ester enfonce les doigts dans mon cuir chevelu, comme si elle cherchait des trous dans mon crâne. Elle déteste le contact physique, mais maintenant que je ne suis qu'une patiente, ça ne lui pose aucun problème de me labourer la tête sans pitié.

– Ton ancêtre a inventé la supercavitation, reprend-elle,

mais il n'a pas inventé la ceinture de sécurité. Nous avons trois bras cassés, deux commotions cérébrales et une brûlure au deuxième degré.

– Qui s'est brûlé ?

– Kay Ramsay.

Nelinha pointe du doigt derrière moi. Kay dort profondément dans le lit suivant. Son bras est bandé de l'épaule au bout des doigts. Pauvre Kay... J'espère que cette infirmerie dispose d'une technologie de greffe de peau, même archaïque.

J'abaisse la voix :

– Qu'est-ce qui s'est passé ?

– Elle a été projetée contre une bobine de fusion froide. (Le visage de Nelinha se crispe.) En fait ça chauffe, ces trucs-là, *à mort*. Improbable !

– On pourrait réfléchir à créer des harnais de protection, dit Ester. Ou, au moins, prévenir l'équipage la prochaine fois qu'on déclenche la supercav.

Je hoche la tête, penaude. Même ce petit mouvement me fait mal.

– Il faut que je retourne à la passerelle, dis-je.

– Déconseillé, dit Ester. Tu t'es cogné la tête assez fort. Je t'ai examinée avec une espèce de scanner, un genre de LOCUS pour les corps...

– Alors, Nemo a aussi inventé l'IRM et le scanner ?

Je frissonne en espérant qu'Ester ne m'a pas exposée à une radiation alt-tech qui va me transformer en poisson.

– Je n'ai pas vu d'inflammation, dit-elle. Mais je me sers d'un équipement et de médicaments que je ne connais pas vraiment.

Je comprends. Elle veut que je me repose, et c'est *la* chose que je ne peux pas faire.

Je m'adresse à Nelinha :

– Bilan des dégâts ?

Elle écarte les mains.

– Écoute... on est en un seul morceau. La propulsion est en panne. La supercav a dû griller une résistance ou un truc de ce genre. On n'a pas fini de déblayer la Grande Explosion de Bouillasse. D'un autre côté, nous avons du courant. Nous avons de l'air. Notre profondeur est stable à vingt mètres. La coque est intacte. Donc ça va. C'est juste qu'on ne sera pas en état de bouger avant un moment.

– Quelle est notre position ?

Elle rit.

– Tu ne vas pas me croire. On est dans la mer des Philippines, à environ six cents kilomètres du golfe de Davao.

J'écarquille les yeux, m'efforçant de digérer l'information.

– Tu veux dire qu'une pression sur ce bouton de supercavitation nous a propulsés...

– À environ huit mille kilomètres, confirme-t-elle. Ça a pris deux heures, note bien. Tu étais inconsciente pendant tout ce temps ; il n'empêche que...

– Ça prendrait quoi, douze heures en avion de ligne ? Six jours par voie de mer ?

– Je t'avais dit que tu ne me croirais pas.

Le problème, c'est que si : je la crois. J'ajoute *supercavitation* à la liste des raisons pour lesquelles l'Institut Land veut à tout prix mettre la main sur cette « épave sous-marine ». Une technologie propriétaire de ce calibre a de quoi bouleverser le monde. Repenser à l'IL me met les nerfs à vif.

– Des signes de vie de l'*Aronnax* ? demandé-je.

– Aucun, répond Nelinha. Notre cap et notre position étaient suffisamment clairs. Si l'*Aronnax* disposait de la supercavitation, ils auraient pu nous suivre. Vu qu'ils ne se sont pas encore montrés, j'estime qu'on peut dire que nous avons l'avantage sur ce coup.

Je pousse un soupir de soulagement. Nous avons besoin de tous les avantages possibles.

Mais nous avons laissé la base Lincoln à la merci de l'*Aronnax*. Et nous sommes coincés au milieu de l'océan, sans propulsion, sans alliés et sans ports accueillants.

Du moins, à ce qu'il me semble...

Je me souviens avoir demandé au *Nautilus* de nous conduire en lieu sûr. A-t-il délibérément choisi de sortir de supercavitation ici, ou s'est-il juste essoufflé ?

– Sommes-nous près de quelque chose ?

Nelinha hausse les épaules.

– On n'a détecté aucune base secrète, si c'est à ça que tu penses. La fosse des Palaos est juste au-dessous de nous – huit mille mètres de profondeur à-pic. Je n'aimerais pas perdre le contrôle de la plongée ici.

J'ai l'impression, quant à moi, de l'avoir déjà perdu. Des fractures de stress lézardent mon cerveau. Pourquoi ici ? Que faire maintenant ? Comment pourrai-je regarder mes camarades en face alors que mon frère est à l'origine de tous nos problèmes et que je l'ai guidé jusqu'à nous à la base Lincoln ?

Mes genoux flanchent. Ester me rattrape de justesse par le bras.

– Ana, assieds-toi au moins, insiste-t-elle.

– Je vais m'asseoir, promis. Dans la grande salle à manger. (Je regarde Nelinha.) Tu peux rassembler l'équipage, s'il te plaît ? Et, Ester, si tu avais une aspirine alt-tech, elle serait la bienvenue. Nous allons avoir une conversation difficile.

# CHAPITRE QUARANTE-QUATRE

Une conversation difficile, et aussi le brunch le plus bizarre du monde.

Il n'y a que huit places à table. Nous apportons toutes les autres chaises que nous pouvons trouver et les disposons le long des murs. Les meubles grincent et sentent le moisi, mais l'équipage s'est démené pour nettoyer la pièce. Le vieux plateau en acajou de la table est luisant. Le lustre en nacre d'ormeau scintille. L'argenterie, gravée aux armoiries de Nemo jusqu'à la moindre petite cuillère, brille, comme neuve.

Jupiter a préparé un assortiment de sandwichs aux macroalgues ainsi que plusieurs douzaines de cookies aux pépites de chocolat, ce qui me renforce dans ma conviction qu'il est le membre le plus important de cet équipage.

Ester ne plaisantait pas sur le nombre de blessures. À nous tous, nous avons assez de pansements, de bandages, d'attelles et de plâtres pour équiper une unité de secouristes.

Une fois que tout le monde a mangé – et c'est un repas très silencieux –, je prends la parole :

– Les gars, je ne me doutais de rien, pour Dev.

J'ai préparé ce que je voulais dire, pourtant j'ai du mal à articuler.

– Je croyais qu'il était mort. Ce que Dev a fait... Le Dev qui a été capable de faire une chose pareille à notre école et à nos amis, je ne le connais pas, je ne sais pas qui c'est.

J'essuie une larme. Je connais mes camarades de classe depuis deux ans, mais là, je suis incapable de déchiffrer leurs expressions. Leurs visages floutés dansent devant mes yeux. Je me demande si c'est comme ça qu'Ester perçoit tout le temps les choses.

– Si vous pensez que je suis impliquée d'une façon ou d'une autre, dis-je, je ne vous en voudrai pas. Vu la situation, moi non plus, je ne me fais pas confiance. Ce navire ne m'appartient pas. Vous méritez de pouvoir élire la personne qui en prendra le commandement. Gem peut me remplacer, ou n'importe qui d'autre de votre choix... Ce que j'essaie de vous dire, c'est que je vous présente mes excuses.

Le seul bruit qu'on entend est le vrombissement lointain des circulateurs d'air.

– Ana, finit par dire Gem, personne ne te reproche rien.

Je le dévisage. Je serais moins surprise s'il me disait que l'océan est violet.

– Tu n'es pas ton frère, poursuit-il. Ce qu'il a fait n'a pas à te retomber dessus. Tu nous as menés jusqu'ici et tu nous as maintenus en vie. (Il balaie le groupe du regard.) Quelqu'un est-il d'un autre avis ? Si oui, qu'il le dise maintenant.

Pas une seule voix ne s'élève.

Je me demande si c'est juste que personne n'ose le contredire. Pas facile de s'opposer à Gem. Mais je ne sens aucun malaise au sein de l'équipage : pas de regards furtifs, personne ne gigote sur sa chaise.

Un sentiment de gratitude m'enveloppe comme un plaid douillet. J'ai envie de remercier mes amis, mais cela me paraît insuffisant. La meilleure façon de les remercier, c'est de me montrer à la hauteur de leur confiance.

– Si vous êtes sûrs de vous, dis-je en écrasant une autre larme, alors nous avons du pain sur la planche. Où en sommes-nous pour les réparations ?

Les rapports techniques n'arrangent pas mon mal de tête. La liste des tâches à accomplir est aussi longue que le sous-marin. En plus de finir de nettoyer les coulées de bouillasse et de réparer les systèmes qui n'ont pas résisté à notre fuite, il y a des milliers de choses, sur le *Nautilus*, qui nous échappent encore.

Luca et Ophelia ont passé deux ans à essayer de comprendre ce navire. Ils étaient les meilleurs de HP. Si nous voulons nous remettre en route, nous allons devoir achever leur travail sans disposer de leur expérience – ni de leur base, ni d'aucun atelier de réparation. Et nous n'avons pas deux ans devant nous.

Nelinha dit alors ce que j'étais en train de penser :

– Nous devons venir en aide à la base Lincoln.

Kiya Jensen remue son bras cassé, qu'elle porte en écharpe. Je sens qu'elle n'aime pas ce qu'elle s'apprête à dire.

– Il y a une chose que nous ne devrions pas oublier, objecte-t-elle. Notre devoir est d'empêcher le *Nautilus* de tomber entre les mains de qui que ce soit, n'est-ce pas ? Vous ne croyez pas que Luca et Ophelia nous diraient de ne pas essayer de les aider, s'il y avait le moindre risque que l'IL s'empare du sub ?

Elle a raison, bien sûr. Nous sommes à bord de l'avancée technologique la plus déstabilisante qui ait jamais existé : un bond en avant aussi spectaculaire que les armes en fer ou la poudre à canon. Entendre un Requin comme Kiya suggérer que nous prenions la fuite me fait l'effet d'une douche glacée.

– Sans compter, continue-t-elle, qu'ils sont plus forts que nous. Dev n'avait pas tort là-dessus. Ce submersible est très vieux, et loin d'être en parfait état de marche… si incroyable et beau soit-il… (Elle finit la phrase bien fort, en s'adressant au lustre.) Et nous n'avons pas eu de formation pour le manier. L'Institut Land nous a envoyé ses cinquième année. Ils ont été stupides de ne pas envoyer leurs anciens élèves ni aucun de leurs adultes, mais quand même… ils ont Dev. Ils ont dû préparer cette opération depuis longtemps.

De nouveau, je me demande pourquoi l'IL a choisi d'envoyer des élèves, même s'il s'agissait des meilleurs. Cela tient peut-être à la culture de l'école – encourager l'autonomie, comme disait Caleb –, mais je soupçonne que ce soit plutôt à la demande de Dev. Je l'imagine bien posant des conditions à sa coopération – qu'il soit le seul commandant de l'*Aronnax*, que l'IL lui prouve, en lui confiant le commandement, qu'ils sont différents de HP. Peut-être, dans un coin de sa tête, essayait-il d'établir un pied d'égalité, de donner à HP une chance de se battre…

Non. Je ne peux pas me permettre de penser ce genre de choses. Je ne peux pas excuser Dev. Il a choisi son camp. Un camp *abject*. Et s'il ne parvient pas à s'emparer du *Nautilus*, j'imagine que ses nouveaux amis se retourneront rapidement contre lui.

Nelinha reluque son sandwich d'un œil mauvais.

– L'Institut Land a tué nos amis et détruit HP. Maintenant, ses commandos ont pris la base Lincoln. On ne peut pas simplement fuir.

Brigid Salter repousse son assiette, l'air abattu. Elle a perdu son frère à HP. Elle sait parfaitement ce dont l'Institut Land est capable.

– C'est le *Nautilus* qu'ils veulent, pas l'île. L'*Aronnax* a peut-être quitté la base Lincoln pour nous suivre.

À en juger par le ton de sa voix, elle voudrait désespérément que ce soit vrai. Elle n'attend que l'occasion de se battre.

– Ou, suggère Dru, désolée de mettre les pieds dans le plat, mais ils ont peut-être déjà détruit la base.

Je secoue la tête.

– Ils ont détruit HP parce que ça faisait partie de leur plan. Ça nous a poussés à les conduire au *Nautilus*. La base Lincoln, c'est différent. C'est la dernière demeure de Nemo. Ils voudront l'explorer. Ils s'attendront à y trouver des indices sur notre position actuelle, des informations sur le navire...

– Ils vont s'emparer de l'île, intervient Gem. Ce qui veut dire qu'ils feront des prisonniers.

Je pense à tous ceux que nous avons laissés derrière nous : Luca, Ophelia, le docteur Hewett, Franklin, Tia. Sans oublier Socrate – même si je n'ai pas vraiment peur qu'il se fasse capturer.

– Ils ne les tueront pas, dis-je en m'efforçant d'y croire. Dev voudra les interroger.

Quand je pense à notre ennemi, c'est à lui que je pense, à présent. Pas à un groupe anonyme de jeunes d'une école rivale. À mon propre frère. J'ai basculé dans un monde que je ne comprends pas et dont je ne veux pas.

– Combien de temps avons-nous ? demande Gem.

Je devine ce qu'il sous-entend : *avant que les prisonniers cessent d'être utiles.*

Je m'en remets à Lee-Ann. C'est notre meilleure interrogatrice. Mais je ne peux plus voir si ses oreilles rougissent ou non, parce qu'elles sont enrubannées de bande Velpeau.

– Ça dépend de la patience des interrogateurs, dit-elle. J'imagine que Dev – enfin l'Institut Land – espère qu'on va revenir. Ils vont attendre. Des prisonniers vivants, ça pourra leur servir.

Je pense aux méthodes d'interrogatoire qui m'ont été enseignées à HP. On nous disait toujours de ne pas recourir à la cruauté. Ce n'était pas digne de nous. Il n'empêche, certaines techniques psychologiques peuvent faire des ravages ; or, je doute que l'Institut Land fasse dans la dentelle. Chaque journée de captivité semblera durer une éternité pour les prisonniers.

– Nous ne pouvons pas attendre des semaines, dis-je.

– De toute façon, renchérit Ester, on ne peut pas rester ici indéfiniment. Tant que le réacteur est en ligne, nous avons de l'électricité, de l'air et de l'eau sans limites. Mais d'ici sept jours environ, nous serons à court de nourriture.

Top pose la tête sur sa cuisse. Je crois qu'il veut lui rappeler que la nourriture, c'est important, et c'est aussi bon.

– Une semaine. (Nelinha gratte le pansement qu'elle a au front.) Pour faire l'impossible. Remettre les moteurs en route.

– Rendre quelques-unes de ces torpilles opérationnelles, ajoute Dru.

– Nettoyer toutes les bouches d'aération engorgées de bouillasse, reprend Gem avec un frisson. Alors c'est ça, le plan, capitaine ? Retourner à la base Lincoln ?

Je me lève, m'efforçant de ne pas vaciller sur mes jambes.

– Si quelqu'un pense que nous devons adopter l'option raisonnable, c'est-à-dire fuir et nous cacher, qu'il le dise maintenant.

Personne ne plaide pour l'option raisonnable.

J'adore mon équipage.

– OK, dis-je. Heureusement que nous sommes la meilleure promotion que Harding-Pencroft ait jamais eue. On va remettre le *Nautilus* en état de marche en une semaine. Ensuite, on va rentrer à la base Lincoln. Et on va montrer à l'Institut Land de quel bois les deuxième année de HP se chauffent.

# CHAPITRE QUARANTE-CINQ

Après ce discours inspirant, je vais manger des cookies dans la bibliothèque.

Ester m'a ordonné de me reposer au moins une heure, le temps que l'aspirine qu'elle a trouvée à bord fasse effet. (Je crois qu'elle veut voir si je vais vraiment me changer en poisson.) Pendant que le reste de l'équipage s'affaire, nettoie et répare, va et vient en trimballant des boîtes à outils et des seaux de bouillasse, j'essaie de me détendre dans un fauteuil qui sent le moisi, un exemplaire de l'édition originale française de *Vingt Mille Lieues sous les mers* entre les mains.

C'est très méta, comme activité, de lire une fiction sur le *Nautilus* à bord du vrai *Nautilus*. Je me demande si Nemo a lu le livre avant sa mort, et si les inexactitudes l'ont contrarié. En tout cas, il n'est pas dédicacé *Pour Nemo, affectueusement, Jules.* J'ai vérifié.

Ester est assise dans une causeuse en face de moi, Top roulé en boule contre elle. Se servant d'un livre de la bibliothèque comme tablette, elle consigne ses notes sur des fiches qu'elle jette au fur et à mesure sur le dos de Top. À en juger par les ronflements satisfaits de ce dernier, ça ne le gêne pas d'être enseveli sous les informations.

Le feu flambe joyeusement dans l'âtre. Je ne sais pas qui l'a allumé et j'ignore encore comment la cheminée fonctionne et où part la fumée, mais il chasse une bonne part de la fraîcheur humide de l'air. J'en oublierais presque que nous sommes sous l'eau, sans la fenêtre qui donne sur la grande bleue, quelquefois traversée par un requin pointe blanche.

Je suis contente qu'Ester soit avec moi. Je suis sûre qu'elle a un million de choses à faire, mais je suppose qu'elle sait très bien que si elle n'était pas là, je sauterais de ma chaise et me mettrais au travail.

– Détends-toi, me dit-elle encore une fois, d'un ton sévère.

Difficile de se détendre quand on vous ordonne de vous détendre.

Il y a quelques jours à peine, Ester et moi étions ensemble dans une autre bibliothèque, à bord du *Varuna*, et c'était moi qui m'inquiétais pour elle. Maintenant, nous avons inversé les rôles.

Je feuillette le roman. Je m'arrête sur une illustration montrant un enterrement sous-marin. Une douzaine de personnes en scaphandres à l'ancienne mode sont réunies autour d'une tombe, l'air grave. Je me souviens de la scène – un membre de l'équipage de Nemo était mort –, mais j'ai oublié les détails. J'espère que tomber sur cette image n'est pas un mauvais présage.

– Pourquoi Dev a-t-il fait ça? murmuré-je. Comment a-t-il pu... ?

Je n'arrive même pas à mettre des mots sur sa trahison. Il m'a menti, il a placé un traceur sur moi, il a collaboré avec nos ennemis. Il a détruit notre école, tué nos professeurs et nos camarades... tout ça pour un sous-marin.

Ester pose son stylo. Elle fixe un point juste au-dessus de ma tête.

– À ton avis, pourquoi l'a-t-il fait ?

Aïe. J'avais oublié que les Orques suivent une formation en psychologie. Cela dit, c'est une bonne question.

Je passe les doigts sur l'image des funérailles.

– La mort de nos parents. Il considère que c'est la faute de Harding-Pencroft.

– Il te l'avait déjà dit ? demande Ester. Je veux dire, avant de le claironner depuis l'*Aronnax* ?

Je fais non de la tête.

– Il essayait toujours de rester positif pour moi. C'était le grand frère idéal. Je crois que je ne me suis jamais demandé ce qui pouvait se passer derrière ce sourire.

C'est troublant de me dire que j'en savais si peu sur Dev. C'est encore plus troublant de me rendre compte qu'il gardait sa façade positive pour moi, alors qu'à l'intérieur, il était rongé par l'amertume.

Je n'avais rien vu. Enfin, je ne me suis jamais *autorisée* à voir, plutôt. Manifestement, cette amertume n'a pas échappé à l'Institut Land, qui s'en est servi pour le retourner contre HP.

– Le capitaine Nemo avait beaucoup de colère intérieure, lui aussi. (Ester parle d'une voix monocorde, comme si elle racontait un rêve fait il y a des années.) Lorsque Ned Land et le professeur Aronnax l'ont rencontré, il les a terrifiés. Les Britanniques avaient tué la femme de Nemo et l'aîné de leurs enfants. Il haïssait les puissances européennes. Il voulait démanteler leurs empires. Il détruisait leurs bateaux, finançait des rébellions. Si Nemo vivait aujourd'hui, les gouvernements mondiaux le traiteraient sans doute de...

– Terroriste.

Je me souviens de l'accusation de Caleb South, parlant de Harding-Pencroft : « Vous protégiez l'héritage d'un hors-la-loi. »

Ester hoche la tête.

– L'Institut Land a toujours été motivé par la peur et la colère. Ils veulent détruire l'héritage de Nemo. Et en même temps, ils veulent *être* Nemo.

J'examine l'illustration du livre. J'ai du mal à réconcilier l'idée de Nemo le terroriste avec celle de Nemo l'inventeur de génie. Mais bien sûr, les étiquettes dépendent toujours de ceux qui nous les collent. Patriote, partisan, terroriste, voyou. Le prince Dakkar était un homme brun de peau qui combattait les colonisateurs. Ça n'a pas dû arranger sa réputation en Europe, à mon avis.

– Attends... (Je reporte mon attention sur Ester.) Tu es en train de me dire que je ne devrais pas juger Dev trop sévèrement ? Ou... ?

Ester attrape une nouvelle fiche. Elle la regarde en fronçant les sourcils, comme si les lignes n'étaient pas tout à fait parallèles.

– Je suis juste en train de te dire que les gens sont compliqués. Nemo était devenu un homme différent quand Harding et Pencroft l'ont rencontré : plus âgé, amer et désillusionné. C'est pourquoi il souhaitait que ses technologies soient gardées secrètes et sous surveillance. HP est née de la prudence de Nemo, pour ne pas dire de sa paranoïa. C'est ce qui a donné deux écoles complètement différentes, l'Institut

Land et Harding-Pencroft, inspirées par les différents visages d'une même personne.

J'ai des élancements dans la tête. L'aspirine alt-tech a l'air de me recoudre le crâne de la façon la plus douloureuse possible.

– Et je dois choisir le type de Nemo que je veux être ? Le Nemo en colère ou le Nemo parano ?

– Non. (Ester griffonne quelques mots – j'espère que ce ne sont pas des notes de thérapie.) Dev est peut-être tombé dans ce piège. Il a cru qu'il devait choisir. Mais peut-être que rien ne t'y oblige. Vous avez tous les deux des traits de caractère Dakkar, bien sûr. Mais tu peux décider d'être une capitaine Nemo différente.

Je regarde Ester, sidérée par sa capacité à rendre tout cela limpide.

– Je veux juste faire ce qui est bien, dis-je.

– Dev aussi, je parie, dit Ester. La différence, c'est que tu as le sub. Tu disposes des ressources de Nemo. Tu pourrais reconstruire un Harding-Pencroft entièrement neuf, si tu voulais. J'aimerais t'aider.

– Les ressources de Nemo ?

J'ai l'impression qu'elle ne parle pas seulement du moteur à fusion froide, de la supercavitation ou de l'abondante réserve de bouillie d'algues pourries.

Ester jette un coup d'œil à sa montre.

– Ça ne fait pas encore une heure, mais je crois que tu t'es suffisamment reposée. Viens. Il y a une dernière porte que je voudrais que tu ouvres.

# CHAPITRE QUARANTE-SIX

Chaque fois que je pense que le *Nautilus* ne peut plus me surprendre, quelque chose vient me prouver le contraire.

Au niveau le plus bas du submersible, derrière la réserve principale, des caisses ont été écartées, révélant une grande porte blindée de type chambre forte, pareille à celle qui mène au lac souterrain de la base Lincoln.

– Rhys et Linzi l'ont découverte en faisant l'inventaire, m'explique Ester. Je crois savoir ce qu'il y a à l'intérieur, mais il n'y a qu'un seul moyen d'en être sûrs.

Autrement dit, elle a besoin de mes mains Nemo-magiques.

J'examine la serrure. Je fais confiance aux instincts d'Ester, mais... j'hésite tout de même à ouvrir une porte que quelqu'un a pris soin de dissimuler. Si Nemo avait des squelettes dans son placard (au sens propre comme au sens figuré), cet endroit serait la cachette idéale.

– *Nautilus*, dis-je en bundeli, serais-tu d'accord pour que j'ouvre cette porte ?

La serrure s'ouvre d'elle-même. J'entends le déclic du pêne. Je suppose que la réponse est oui.

J'ouvre la porte. À l'intérieur...

Oh.

D'ordinaire, je ne suis pas matérialiste comme fille. Les *biens* ne m'impressionnent pas.

Mais là, j'oublie un instant de respirer. Je revis un de mes premiers souvenirs : la fois où Dev, qui devait être encore gamin, m'avait soufflé dans les narines. Ses poumons plus puissants que les miens les avaient écrasés, et j'en étais restée haletante et commotionnée.

– Le trésor de Nemo, dit Ester avec un calme remarquable. C'est bien ce que je pensais.

Je comprends maintenant le vieux dicton : *Tout ce qui brille n'est pas or.* Car dans la salle au trésor de Nemo, les scintillements proviennent en bonne partie d'objets en argent, de diamants, de rubis, de perles et de luxueux bijoux fantaisie. Des coffres en bois sont alignés sur les étagères, débordant tous d'un butin soigneusement trié. De toute évidence, Nemo était obsédé par l'ordre. Les diamants sont regroupés, les rubis de même, et les perles rangées par couleurs et par tailles. Contre le mur du fond, je vois une palette où s'empilent des lingots d'or. Il y a même une étagère réservée aux couronnes : une demi-douzaine au total, qui semblent chacune avoir été arrachée de la tête de quelque monarque du XIXe siècle. Somme toute, la pièce me fait penser à un magasin de fournitures d'un genre spécial.

*Excusez-moi, monsieur, où puis-je trouver les saphirs ?*

*Les saphirs. Ce sera dans la troisième allée, juste après le rayon des lingots d'or.*

– Waouh ! dis-je – un commentaire un peu indigent.

Ester regarde autour d'elle avec admiration.

– Cette salle a été organisée par un génie, dit-elle.

Top renifle les merveilles du trésor en secouant la queue sans conviction, comme pour dire : *Bon, c'est sympa tout ça, mais où sont les biscuits ?*

Ester saisit un coffre plein de perles blanches de la taille d'un carton à chaussures.

– Nemo a donné une boîte comme celle-ci à Harding et à Pencroft, dit-elle. Ça leur a suffi pour construire l'Académie.

– Il doit y avoir une vingtaine de boîtes identiques, dis-je.

Ester balaie la pièce du regard, sans doute pour faire des estimations.

– Nemo a rassemblé ce trésor en pillant des navires marchands et en fouillant les épaves anciennes qu'il découvrait, m'explique-t-elle. Dans *Vingt Mille Lieues*, il se targuait de pouvoir rembourser la dette nationale de la France sans que sa fortune s'en ressente aucunement. Cette salle n'est peut-être qu'une de ses nombreuses cachettes. D'après les légendes familiales des Harding, Nemo avait des bases d'approvisionnement cachées partout dans le monde.

Je me demande si c'est ce qui intéressait l'Institut Land, en plus des technologies : l'argent. Vouloir de l'argent, c'est tellement banal. Mais il est vrai qu'avec une richesse pareille, l'IL pourrait construire trois *Aronnax* de plus et renverser plusieurs puissances mondiales. Pour un tel enjeu, risquer un sous-marin flambant neuf et une promotion de cinquième année, ça commence à ressembler à un jeu qui en vaut la chandelle.

Ces considérations me donnent envie de prendre une douche.

Mes yeux se posent sur un étrange instrument de musique

calé dans un coin. Il fait à peu près la taille d'une guitare, mais il a un clavier à la place des cordes et des boutons et manettes alt-tech à l'emplacement des touchettes, et même un cadran qui ressemble à un cercle chromatique, peut-être pour créer des effets visuels spéciaux ?

– Mais qu'est-ce que... (J'attrape l'instrument avec précaution.) Le capitaine Nemo a inventé le keytar ?

Ça fait rire Ester. Son rire est un son adorable et rare, comme un porcelet qu'on chatouille. Elle ne trouve pas souvent mes plaisanteries drôles (ce qui me force à la modestie), mais l'absurde fonctionne à tous les coups.

– Il prenait la musique très au sérieux, dit-elle.

– Je vois ça.

J'examine les commandes, très complexes. Je me souviens de la réaction du *Nautilus*, la première fois que j'ai joué de l'orgue. Ce keytar a été jugé suffisamment important pour être rangé dans la salle au trésor, il doit donc avoir une fonction qui va au-delà du divertissement. Je décide de revenir ici plus tard pour creuser la question. Pour le moment, je ne peux pas m'ôter de la tête l'image du capitaine Nemo dansant le long des coursives du *Nautilus* avec son keytar, improvisant des variations sur l'air de *Little Red Corvette*.

Cette chanson date-t-elle de l'ère victorienne ? Oui, à peu près.

Je regarde Ester, qui tient toujours le coffre aux perles dans ses bras comme si c'était une portée de chatons.

Un sentiment de contentement me réchauffe le cœur en la voyant ainsi.

– Nos malheurs auront eu au moins quelque chose de bon, lui dis-je. Tu n'as plus besoin de tes curateurs. Tu peux reconstruire Harding-Pencroft entièrement par toi-même.

Ester se raidit.

– Non, je ne... (Elle s'empresse de me tendre le coffre de perles.) Ce n'est pas mon trésor. Jamais je ne... Je ne le ferais que si tu décidais...

– Ester. (Je repousse doucement le coffre vers elle.) J'ai confiance en toi. Nous verrons les détails plus tard, mais je ne peux pas imaginer un monde sans l'Académie Harding-Pencroft. En tant que descendante du prince Dakkar et capitaine du *Nautilus*, je te demande, s'il te plaît, d'accepter ce cadeau. Je sais que tu sauras faire renaître HP, et la rendre encore plus belle qu'avant. Nous le ferons ensemble.

Ses lèvres tremblent. Elle refoule ses larmes d'un battement de paupières. Un bref instant, j'ai peur de m'être méprise sur ses aspirations et de lui avoir confié un fardeau dont elle ne voulait pas vraiment.

Puis elle dit :

– Je t'aime. Je vais aller mettre ça sous ma banquette.

Sur ces mots, elle sort, Top sur les talons.

Seule au milieu du trésor de Nemo, je me demande si mon ancêtre a jamais eu peur que son équipage ne s'éclipse en emportant pour quelques centaines de millions de dollars en or et en bijoux. Cela l'aurait-il vraiment gêné ? La mer lui donnait tout ce dont il avait besoin.

Pourtant, malgré son immense fortune et ses technologies d'avant-garde, il avait fini sa vie dans l'amertume et l'échec. Sa solitude était si grande qu'il avait dû confier son héritage à des naufragés inconnus.

Il ne croyait pas en l'humanité ni en lui-même. Il avait essayé de changer le monde, sans succès – pour finir réduit à un personnage de fiction.

Je pense à Dev, à bord de l'*Aronnax*. Je l'entends me dire

qu'il avait été *obligé* de détruire HP, car c'était le seul moyen de récupérer ce qui nous revenait de droit : ce navire, l'héritage de Nemo.

J'aimerais l'avoir en face de moi. Je lui donnerais un bon coup de poing. Et puis je le serrerais dans mes bras. Ensuite, je le forcerais à contempler toutes ces richesses et à mesurer combien elles s'étaient avérées inutiles pour Nemo. Le pouvoir absolu peut corrompre tout le monde. Nemo le savait. À la fin, sa seule option a été de s'ensevelir avec son sub et son trésor, en espérant qu'un jour peut-être la nature humaine s'améliorerait suffisamment pour que nous soyons à même d'utiliser son héritage à bon escient.

Et nous voici, plus d'un siècle et demi plus tard, à nous battre encore pour le *Nautilus*, comme si c'était un jouet de valeur jeté dans un bac à sable.

Un grognement, derrière moi, m'arrache à mes pensées.

Je me retourne et trouve Jupiter qui attend que je le remarque. Il regarde, derrière moi, la salle au trésor pleine à craquer. Puis il signe : *Où est-ce que ton équipage a mis mes moules à muffins ?*

Je ne peux que sourire. Les orangs-outans, au moins, connaissent leurs priorités.

– Allons voir, lui dis-je.

Nous partons à la recherche du véritable trésor. Nous ne saurions que faire de millions de dollars au milieu la fosse des Palaos, mais une chose est sûre, nous ferons bon usage des muffins aux myrtilles de Jupiter.

# CHAPITRE QUARANTE-SEPT

Le jour, la nuit, ça ne veut pas dire grand-chose sous l'eau. Je consacre néanmoins les heures qui nous séparent du dîner à une tournée d'inspection du sous-marin, proposant mon aide chaque fois que nécessaire.

Le *Nautilus* boude, vexé de s'être fait traiter d'« épave » et d'avoir dû se téléporter à travers le Pacifique. Je tente de l'amadouer avec la promesse de le réparer, s'il nous laisse travailler sans nous électrocuter ou nous cracher une bouillie d'algues pourries et de caca de crabe au visage.

Cette méthode semble fonctionner, car à la fin de la journée, les Céphalos ont rafistolé son système de propulsion. La supercavitation prendra plus de temps, mais ce n'est pas plus mal : je préférerais régler ce problème d'absence de ceintures de sécurité avant le prochain test.

L'ambiance à bord est plus détendue que la veille : nous sommes toujours vivants, ce qui constitue en soi un exploit, la cuisine de Jupiter réjouit nos estomacs, et tout l'équipage est maintenant au courant de l'existence du trésor.

J'ai laissé le coffre ouvert pour permettre à chacun de l'admirer. J'ai précisé qu'une fois les réparations achevées, chacun sera libre de partir en emportant sa part.

Jusqu'ici, personne ne s'est saisi de cette offre. Tous paraissent décidés à retourner à la base Lincoln pour sauver nos amis et vaincre l'*Aronnax*. Après quoi (s'il y a un après), nous emploierons ce tas de babioles à la reconstruction de Harding-Pencroft. Ça n'empêche pas mes camarades de se charrier en se traitant mutuellement de « milliardaire ». Ainsi, Nelinha est l'ingénieure milliardaire da Silva, moi, la capitaine milliardaire Dakkar, et Jupiter, le chef cuisinier milliardaire orang-outan... Rien que ça !

Nemo se trompait sur la nature humaine : malgré la trahison de Dev, les crimes de l'Institut Land et les nombreux défauts de Harding-Pencroft, je reste persuadée qu'il existe des gens dignes de confiance, à commencer par mes amis.

Cette nuit-là, je me couche dans la cabine de mon ancêtre. Tout en admirant le plafond décoré d'une frise de conques marines, je me demande comment le *Nautilus* juge son nouvel équipage. J'espère juste que le grand nettoyage que nous faisons subir à son cerveau ne réveillera pas trop de mauvais souvenirs de sa collaboration avec des hommes.

Le lendemain matin, Ester et Nelinha entrent dans ma chambre en portant un cupcake couronné d'une bougie et en chantant « Joyeux anniversaire ». J'ai officiellement quinze ans, mais je n'ai pas vraiment le cœur à le fêter. Je n'ai pas non plus envie de réfléchir aux changements survenus durant l'année écoulée. Si je devais formuler un vœu en soufflant ma bougie, je fondrais en larmes. Alors, autant aller de l'avant !

Nous nous sommes donné une semaine pour réparer le sous-marin. C'est trop peu, mais chaque jour qui passe est un jour de captivité en plus pour nos amis. J'aimerais me convaincre que l'*Aronnax* s'est lancé à la poursuite du *Nautilus* sans attaquer la base, mais Lee-Ann a sans doute raison : Dev aura préféré prendre des otages et attendre notre retour. Reste à espérer que notre antiquité en ait encore sous le capot. Si nous fonçons tête baissée dans un piège sans assurer nos arrières, ni nos gadgets alt-tech ni notre trésor ne nous seront d'un quelconque secours.

Le lendemain de mon anniversaire, nous finissons de décrasser les entrailles du *Nautilus*. Selon Nelinha, la supercavitation est de nouveau fonctionnelle. Les Requins réparent les canons Leyde à la proue et à la poupe. Ils parviennent même à bricoler deux torpilles en état de marche en utilisant des morceaux de toutes celles qu'ils ont trouvées dans la soute.

– Encore heureux que nous n'ayons pas tenté de couler l'*Aronnax* avec ces vieilleries, commente Gem. Elles auraient sûrement explosé dans leurs compartiments.

Le jour suivant, Halimah et Jack vont faire un tour à bord de la navette. Par miracle, ils reviennent indemnes. Robbie trouve le moyen de diffuser *The Great British Bake Off* dans la coquerie au moyen du LOCUS, permettant ainsi à Jupiter de regarder Mary Berry en 3D et en hologramme géant. (C'est aussi terrifiant que ça en a l'air.) Pour ma part, je découvre que je peux synchroniser le keytar et l'orgue de la passerelle, ce qui me donne la possibilité de jouer de la musique à n'importe quel endroit du sous-marin.

– Ce keytar semble parfaitement étanche, observe Ester. Tu pourrais même en jouer au fond de l'eau.

– Pour quoi faire ? demande Nelinha.

– Euh... parce que c'est cool ?

Cet après-midi-là, pour m'exercer, j'interprète une fugue de Bach à l'orgue devant une partie de l'équipage.

Quand j'ai terminé, je m'aperçois que tous me regardent.

– Magnifique, murmure Virgil.

La voix de Meadow Newman jaillit alors du haut-parleur :

– Ana, tu veux bien continuer ? Pendant que tu jouais, des panneaux de contrôle qui ne répondaient pas jusqu'ici se sont allumés.

J'enchaîne une autre pièce de Bach puis *Imagine* de John Lennon, avant de me lâcher sur ma chanson préférée : *Someone Like You* d'Adele.

L'éclairage de la passerelle augmente d'intensité. Le clavier se réchauffe sous mes doigts. Les notes viennent sans effort, comme si l'orgue les anticipait. Puis la voix du *Nautilus* se superpose à celle de l'instrument, apportant de la profondeur et de la gravité au morceau.

– Waouh ! s'exclame Lee-Ann tandis que le sous-marin s'enfonce de plus en plus. Quarante mètres... Cinquante... C'est normal qu'il fasse ça ?

Mes oreilles sifflent, la coque craque, mais je continue de jouer. J'ai la sensation que le *Nautilus* et moi communiquons vraiment pour la première fois. Il m'exprime son chagrin ; peut-être même me demande-t-il pardon d'avoir tué mes parents. Lui et moi avons perdu trop d'êtres chers.

À la fin de la chanson, mon visage est mouillé de larmes.

– Profondeur stabilisée à cent mètres, annonce Halimah, soulagée. On dirait que le *Nautilus* apprécie un peu trop Adele.

Une ombre s'abat sur le clavier. Depuis quand Gem se tient-il derrière moi ?

– Ana, c'était fabuleux ! s'exclame-t-il. Tu m'étonneras toujours !

Il me tend alors un mouchoir en coton. Voilà autre chose ! D'un côté, ça lui ressemble bien de garder un mouchoir dans sa poche en cas d'urgence. À moins que ce ne soit juste le chiffon avec lequel il astique ses pistolets.

Il y a encore quelques jours, je lui aurais ri au nez. Mais j'accepte son mouchoir avec gratitude et tourne le dos à l'équipage pour tamponner mes yeux.

– Merci, murmuré-je.

– Il n'y a pas de honte à être sensible.

Pourquoi est-il aussi gentil avec moi ? Et pourquoi ses attentions aggravent-elles mon malaise ?

Je me lève, tremblante, et abandonne le mouchoir sur le clavier.

– Je... Si vous avez besoin de moi, je serai dans ma cabine, dis-je.

Ester attend une heure, le temps que je me remette de mes émotions, avant de me rejoindre.

Top connaît son rôle par cœur : il saute aussitôt sur le lit pour me faire un câlin.

– Ça n'a pas dû être facile, dit Ester en mordillant son pouce. Mais c'était nécessaire.

Je ne suis pas certaine de comprendre. J'acquiesce néanmoins d'un air sombre.

– J'ai l'impression que le *Nautilus* et moi, on a communiqué pour la première fois.

Ester presse une main contre la cloison, comme si elle voulait vérifier sa température.

– C'était plus que ça, reprend-elle. En jouant, tu l'as aidé à guérir.

– « Guérir » ? Tu parles comme s'il avait un corps.

– Le terme est peut-être mal choisi. Mais l'orgue n'est pas purement décoratif. La musique...

– ... agit comme un langage de programmation !

Comment n'y ai-je pas pensé plus tôt ? Le *Nautilus* est une intelligence artificielle. En jouant, je lui ouvre de nouvelles voies cognitives qui vont lui permettre de se développer.

– Je n'ai pas fait de bêtises, au moins ? demandé-je subitement inquiète.

Le silence prolongé d'Ester ne contribue pas à me rassurer.

– Tout ce qu'on peut dire, répond-elle enfin, c'est que tu l'as changé. Tu sais ce qu'est l'imprégnation ?

– C'est ce qui fait qu'un caneton s'attache à sa mère dès la naissance.

– Ou que des animaux créent des liens affectifs avec des hommes. Les chiens, par exemple.

En entendant « chiens », Top remue la queue.

– Tu es en train de m'expliquer que le *Nautilus* est mon bébé caneton ?

– Ou alors, tu es le sien, reprend Ester d'un air songeur. Dans tous les cas, vous êtes liés l'un à l'autre. Je pense que c'est une bonne chose. Mais ça, on le vérifiera demain.

– Pourquoi demain ?

– Nelinha ne t'a rien dit ? Elle voudrait que tu sortes en mer pour faire je ne sais quoi à la coque.

# CHAPITRE QUARANTE-HUIT

– L'effet Leidenfrost ! lâche Gem tandis que nous nous équipons.

Occupée à ressasser mon dernier cauchemar, où je restais scotchée dans le fauteuil de Nemo pendant qu'un torrent de boue verdâtre envahissait la passerelle, je mets quelques secondes à réagir.

– Euh... pardon ?

– Rien à voir avec la bouteille de Leyde, explique Gem. L'effet Leidenfrost, ou caléfaction, consiste à former un bouclier thermique autour la coque.

Assis sur le banc face à moi, il branche des tuyaux sur sa tenue de plongée vintage. Nelinha tape à la vitre extérieure du sas.

– Le tuyau rouge dans l'embout rouge, Twain ! crie-t-elle dans l'intercom. J'ai prévu des repères de couleur pour que tu ne te trompes pas. Et je te signale qu'un bouclier thermique n'est pas une arme offensive.

– C'est bon ! soupire Gem. Depuis qu'elle est devenue ingénieure milliardaire, elle est insupportable, me souffle-t-il.

– Je t'entends, pistolero milliardaire ! réplique Nelinha.

Gem sourit. S'il y a une chose que je pensais ne jamais voir de ma vie, ce sont ces deux-là plaisanter ensemble comme de vieux amis.

– Bref, poursuit Gem en prenant son casque sur le banc, le bouclier thermique conçu par Nemo permettait au *Nautilus* de résister à des températures extrêmes. En théorie, il est capable de plonger au cœur d'un volcan en éruption et d'en ressortir intact.

– Waouh ! *Nautilus*, tu as dû vivre des aventures incroyables ! dis-je en direction de la trappe que nous nous apprêtons à franchir pour descendre dans les abysses.

Le sous-marin ne répond pas, mais je l'imagine se rengorger : *Ah ! ah ! Si tu savais...*

– Si nous parvenons à le réactiver, poursuit Gem, il devrait nous protéger des armes à impulsions. Nemo ne l'a pas créé dans ce but – à son époque, aucun autre bâtiment n'était équipé de canons Leyde –, mais je suis persuadé que l'*Aronnax* a lui-même un bouclier thermique. C'est pour ça que les mitrailleuses de la base Lincoln n'ont pas pu l'arrêter.

J'acquiesce, repensant à l'aura brumeuse qui entourait le sous-marin sur l'afficheur du LOCUS.

– Comment doit-on procéder ? demandé-je.

– Je vous guiderai, indique Nelinha. J'ai repéré un conduit endommagé sur la poupe à tribord. Grâce au toucher magique des Dakkar, tu devrais pouvoir le réparer facilement.

– À cent mètres de profondeur ? Tu ne doutes de rien !

Pour une raison mystérieuse, le *Nautilus* refuse obstinément de remonter. Mon instinct me dit qu'il n'a pas choisi cet endroit par hasard, même si le LOCUS ne décèle que la gueule béante de la fosse des Palaos.

– T'inquiète, tout va bien se passer, affirme Nelinha.

Je la connais trop pour ne pas percevoir sa nervosité.

– On a testé vos combinaisons, enchaîne-t-elle. Elles résistent à des pressions plus élevées que n'importe quel équipement moderne.

Néanmoins, Gem et moi serons les premiers à les utiliser depuis presque deux siècles, à une profondeur où les plongeurs de l'extrême ne se risquent qu'avec des bouteilles de nitrox.

Les combinaisons en question sont taillées dans une matière qui ne colle pas à la peau comme le néoprène : du nemonium, selon Nelinha, même si, au toucher, elles rappellent moins le métal qu'un pull en cachemire. Elles sont également si minces que j'ai du mal à croire qu'elles puissent nous préserver du froid. Nos réservoirs d'air comprimé ne tiennent pas plus de place qu'un petit sac à dos. Au lieu de palmes, nous sommes chaussés de bottes avec un système de propulsion inspiré de celui des calmars.

Le plus curieux, ce sont nos casques : deux globes transparents faits dans le même matériau que les « yeux » du *Nautilus*. Le mien me donne l'impression d'avoir sur la tête un bocal à poisson qui sent... le poisson.

Gem se lève. Son bassin paraît plus étroit sans ses holsters.

– Tu permets ?

Sa voix résonne à l'intérieur de mon bocal. Nous nous examinons l'un l'autre, traquant le moindre accroc, vérifiant que les tuyaux sont correctement branchés, avant de passer nos sacoches à outils en bandoulière.

– Tu peux remplir le sas, dis-je à Nelinha.

L'opération ne prend pas plus d'une minute, le temps pour Gem de fredonner le refrain de *Someone Like You*, sans ironie apparente.

Debout dans l'eau d'un vert trouble, nous nous assurons que nos équipements fonctionnent. Mieux vaut le faire maintenant qu'une fois dehors, soumis à une pression de dix atmosphères.

Aucune fuite nulle part. Je respire normalement. Cette combinaison chaude, étanche et confortable me fait regretter toutes mes heures d'entraînement, engoncée dans du néoprène.

Gem lève le pouce. C'est la minute de vérité !

– *Nautilus*, dis-je, je vais sortir inspecter la coque.

Je m'attends presque à ce qu'il se comporte comme un parent surprotecteur : *Et tu comptes rentrer à quelle heure, jeune fille ?*

Je débloque la porte extérieure, qui s'ouvre comme l'iris d'un appareil photo.

Je perçois à peine la différence de pression : ma combinaison se resserre légèrement, mes tympans se bouchent. Je replie les orteils, suivant les instructions de Nelinha, et mes bottes à réaction me propulsent hors du sas.

– Hé ! proteste Gem. Attends-moi !

Un son entre le rire et le cri de frayeur jaillit de ma gorge. J'ai plongé des centaines de fois, mais jamais je n'avais éprouvé cette sensation d'être sur un manège de parc d'attractions. Je me déplace sans effort et sans être gênée par l'embout d'un respirateur. Je tourne rapidement sur moi-même et m'élance dans la direction opposée, dispersant un banc de thons rouges.

– Génial ! s'esclaffe Gem.

Il me dépasse par la gauche, replie ses jambes contre sa

poitrine et pique vers la fosse. Son casque luit comme une méduse dans l'obscurité.

La voix de Nelinha nous ramène brusquement à la raison :

– Assez joué, tous les deux ! Je vous rappelle que vous avez du travail !

– Oui, maman, ânonne Gem d'un ton goguenard.

– Ne commence pas, Twain ! Sinon, je te confisque tes jumeaux. Maintenant, si ce n'est pas trop demander, vous voulez bien vous diriger vers la poupe ?

Nous obtempérons, même s'il est difficile de s'arracher à la contemplation du *Nautilus*.

L'extérieur du sous-marin est beau à couper le souffle, avec son réseau complexe de fioritures, d'éperons et de câbles entortillés telles des lianes. Sa coque en nemonium capte l'infime quantité de lumière solaire qui parvient à cette profondeur et la transforme en un halo du même violet pâle que ses gros yeux bombés. Contrairement à l'*Aronnax*, le *Nautilus* donne l'impression d'appartenir à ce monde. Ce géant paisible est le roi des abysses. Je ne serais pas étonnée que la cavité qui nous intrigue tant le long de son ventre lui serve à aspirer le krill, comme la gueule d'une baleine bleue.

Nous repérons immédiatement le conduit endommagé. Le *Nautilus* devait reposer sur un rocher depuis cent cinquante ans, ce qui lui a causé une sorte d'escarre. Pendant que Gem tire une longueur de câble neuf afin de contourner la zone abîmée, j'applique sur celle-ci une épaisse couche d'un onguent conçu par les Orques et les Céphalos.

– Désolée, murmuré-je au *Nautilus*.

J'ignore s'il ressent la douleur, mais plus je le connais, plus j'ai de la peine pour lui. Sans doute aurais-je réagi aussi violemment si l'on m'avait réveillée en sursaut après m'avoir abandonnée à mon sort pendant presque deux siècles.

Une fois les réparations achevées, Gem et moi remontons à vingt mètres.

– On a terminé ! dis-je à Nelinha.

– Bien ! Dans un premier temps, on va électrifier la coque. Ensuite, si tout se passe bien, on essaiera le bouclier thermique. Prêts ?

Le sous-marin s'éclaire soudain comme un manège de fête foraine. Des milliers de taches blanches, bleues et dorées dansent le long de ses flancs, et il émet des rayons dans toutes les directions. L'un d'eux balaie mon visage et m'aveugle pendant quelques secondes.

– Argh ! Nelinha, c'est normal, ça ?

– Non ! Une seconde, je... Allô, la passerelle ? Quelqu'un a touché à un bouton ? Ce n'est pas un peu tôt pour les illuminations de Noël ?

Gem pousse un sifflement admiratif :

– C'est magnifique !

À quoi le *Nautilus* joue-t-il ? Il brille si fort qu'on doit le voir à des kilomètres à la ronde.

– Faites quelque chose ! supplié-je.

– On essaie, répond Cooper Dunne. Je ne comprends pas. On n'a...

La suite se perd dans un mélange de cris et de parasites.

– Contact au LOCUS ! hurle Cooper.

Mon sang se glace.

– Un autre sous-marin ?

– Non, plus gros. Ana, Gem... C'EST JUSTE SOUS VOUS !

Je baisse les yeux. Une ombre gigantesque monte du fond des abysses et se déploie telles les ailes de la mort.

## CHAPITRE QUARANTE-NEUF

Gem s'élance et m'écarte de la trajectoire de la créature, mais celle-ci ne s'intéresse pas à nous.

Devant nos yeux effarés, huit tentacules aussi épais que des câbles de pont suspendu s'enroulent autour du *Nautilus*.

Le submersible s'incline vers l'arrière. Les hurlements de l'équipage résonnent dans mon casque. Je ne vais pas vous mentir : quand la tête du monstre émerge des ténèbres, je mouille ma belle combi en nemonium.

Je me suis déjà trouvée nez à nez avec des requins blancs ou des orques. Jamais je n'ai paniqué. Mais la... chose qui nous fait face ne devrait même pas exister. Il s'agit d'un poulpe géant du Pacifique, ou d'un proche cousin, dix fois plus gros que le plus grand spécimen connu. Il a une envergure d'environ cinquante mètres et doit peser pas loin de trois tonnes.

Mon sang se glace en pensant aux dégâts que ses bras puissants pourraient causer à notre sous-marin. Et en même temps, sa beauté me stupéfie.

Sa tête globuleuse m'évoque un super-vilain au cerveau

surdéveloppé. Ses yeux vifs expriment la curiosité. Quand il respire, ses siphons déployés atteignent la taille d'un moteur de Boeing 747. Les ventouses de ses tentacules brillent d'un éclat nacré. La structure de sa peau lui permet de se confondre avec les rochers et les coraux, même si je doute qu'il existe un récif assez vaste pour abriter un tel colosse. D'un brun terne dans les profondeurs marines, elle vire au rouge vif au contact des rayons lumineux et prend un aspect moucheté, comme si le poulpe cherchait à reproduire le scintillement multicolore du *Nautilus*.

Je retrouve enfin l'usage de la parole :

– *Nautilus*, votre situation ?

La voix de Cooper se détache de la friture :

– Une pieuvre nous tient dans ses tentacules !

Merci, Einstein !

Nelinha intervient :

– Je ne sais pas si la coque va résister...

– L'électricité ! s'écrie Gem. Comme dans *Vingt Mille Lieues sous les mers* !

Je me rappelle alors que dans le roman de Verne, le *Nautilus* parvient à se défaire d'un calmar géant en l'électrocutant. Quelque chose m'a toujours gênée dans cet épisode, mais avant que je puisse élever une objection, Cooper ordonne :

– Électrifiez la coque !

Le sous-marin s'éteint brusquement. Deux secondes plus tard, des flammèches vertes jaillissent de l'obscurité et enveloppent le poulpe, éclairant ses yeux par l'arrière. Ça doit faire *très* mal. Pourtant, au lieu de lâcher prise, il resserre son étreinte et approche son bec de la coque pour la briser comme la carapace d'un crabe.

– Fiche le camp, sale bête ! hurle Nelinha.

– Augmentez le voltage ! crie Gem.

Un déclic se fait dans mon esprit.

– Non, attendez !

Gem se tourne vers moi. L'éclairage de son bocal à poisson teinte son visage en violet.

– Tu as un meilleur plan ?

Aucune trace de sarcasme dans sa question : il est vraiment à court d'idées.

Je me traite intérieurement de tous les noms : comment n'y ai-je pas pensé plus tôt ?

– Il aime ça, dis-je.

La voix d'Ester explose dans mon casque :

– ANA A RAISON ! Les poulpes communiquent au moyen d'impulsions électriques. Je crois que ça lui a fait du bien.

Je remarque alors que le monstre possède un bras plus effilé que les autres et dépourvu de ventouses à l'extrémité : son membre reproducteur.

– Il ne nous attaque pas. Il est en manque d'affection.

– BEEERK ! fait quelqu'un à bord du *Nautilus*.

– Nelinha, ajouté-je, notre Roméo va devoir apprendre à respecter notre espace personnel. Envoie le bouclier thermique.

– Mais... Oh ! Pigé.

– Ouais. Une douche froide devrait le calmer.

Un geyser bouillonnant jaillit de la proue du sous-marin avec la puissance d'un raz-de-marée et enrobe son fuselage.

Un frisson parcourt le corps de Roméo. Sa grosse tête est agitée de pulsations, comme s'il luttait contre l'engourdissement de son cerveau.

– Encore !

Au second jet, Roméo lâche sa proie et crache un énorme

nuage d'encre. Je ne vois plus ni Gem, ni le *Nautilus*, ni même le poulpe.

Je lance un appel :

– Cooper ? Allô ? Quelqu'un ?

Je n'entends d'abord que des grésillements, puis :

– Ici Cooper. Tout le monde va bien à bord. Mais ça a été... intense.

– Il est parti ? s'enquiert Gem.

Cooper hésite. Sans doute consulte-t-il le LOCUS.

– Hum, les copains...

Avant qu'il achève, le nuage d'encre se dissipe. Roméo est toujours là. Il flotte juste devant moi, et son œil immense réfléchit ma silhouette tel un miroir en pied.

Son regard exprime une surprise peinée. *Pourquoi tant de haine ?* semble-t-il penser.

– Hum, Ana ? couine Gem d'une voix inhabituellement aiguë. Évite les mouvements brusques, d'accord ?

Pas évident de garder son calme face à un poulpe de trois tonnes. Toutefois, si Roméo avait voulu me tuer, il l'aurait déjà fait. Il a plutôt l'air d'attendre quelque chose de moi. Je réfléchis : il est apparu dès les premières secondes du light-show du *Nautilus*. Puis ma pensée dérive vers les interactions entre la lumière et les couleurs, la communication chez les céphalopodes... Une idée germe alors dans mon esprit – sans doute la plus mauvaise de toute ma vie.

– Ester, tu m'entends ?

– JE SUIS LÀ ! Ana, ce poulpe est vraiment très près de toi.

– Oui, j'ai remarqué. Tu veux bien enfiler une combi et nous rejoindre ?

– C'est une blague ? Je ne sais pas toujours quand tu plaisantes.

– Je suis très sérieuse. J'ai un besoin urgent d'une spécialiste du comportement animal. Ah ! Et apporte-moi le keytar. Je crois que j'ai compris pourquoi le *Nautilus* nous a conduits ici.

## CHAPITRE CINQUANTE

En attendant Ester, je me livre à une démonstration de langue des signes devant Roméo. Pas pour engager la conversation, mais ses semblables sont réputés être intelligents et très curieux. Tout ce que je souhaite, c'est le détourner de l'objet de sa flamme. En même temps, j'expose ma nouvelle théorie à mes amis : et si notre rencontre avec le poulpe ne devait rien au hasard, et tout à notre sous-marin ?

Gem, le seul dont je peux voir le visage, ne paraît pas convaincu.

– C'est un peu tiré par les cheveux, objecte-t-il. Je doute que le *Nautilus* ait pu connaître l'existence de Roméo... Quelle est la durée de vie d'une pieuvre de cette taille ?

Bonne question ! D'après mes souvenirs de lecture, le poulpe géant du Pacifique ne vit que quelques années, mais on n'avait encore jamais découvert de spécimen aussi gros.

– Je n'en sais rien, avoué-je. Roméo est peut-être très âgé, ou alors ses ancêtres ont toujours vécu dans le secteur... Quoi qu'il en soit, si le *Nautilus* avait voulu nous tuer, il aurait pu s'en charger lui-même et s'épargner la peine de nous conduire ici. J'ai plutôt l'impression qu'il cherche à nous aider.

Impossible de savoir ce qu'il se passe dans la tête de Roméo, mais jusqu'ici, il n'a pas manifesté l'intention de me réduire en bouillie ou de me couper en deux avec son bec tranchant. Il m'accorde toute son attention, et c'est très bien ainsi.

Pour la dixième fois au moins, j'épelle mon prénom : *A-N-A*.

Je lui montre ensuite la signature que j'ai imaginée pour lui : l'index et le majeur croisés, la paume tournée vers l'avant, un geste facile à reproduire avec deux tentacules, au cas où il voudrait se présenter dans une réunion mondaine de monstres marins.

Gem consulte l'antique cadran de contrôle à son poignet et annonce :

– Si je lis correctement cette jauge, il nous reste vingt minutes d'oxygène.

À cette profondeur, et avec un équipement inconnu, ces vingt minutes pourraient se réduire à dix, cinq ou zéro sans avertissement. La prudence exigerait que nous rejoignions immédiatement le sas, mais, d'une part, je n'ai pas encore vérifié mon hypothèse, et d'autre part, le poulpe géant ne me quitte pas des yeux.

L'iris extérieur du sous-marin s'ouvre enfin. Ester se jette à l'eau, le keytar à la main, comme si elle s'apprêtait à jouer le solo le plus bizarre de l'histoire du rock. Mais elle a mal calculé son élan et se retrouve la tête en bas.

– JE DÉTESTE LA PLONGÉE ! hurle-t-elle.

– Détends-toi, lui conseille Gem. Maintenant, donne une brève impulsion des deux pieds... C'est ça !

Ester progresse vers nous par à-coups. Son visage, qui

semble flotter dans la clarté violette de son bocal à poisson, exprime une stupeur encore plus vive que d'habitude.

– Waouh ! s'exclame-t-elle. Roméo est vraiment immense. Et trop beau !

Je me réjouis qu'elle aime tant les animaux, même les monstres géants super flippants. Un seul accident de vessie, ça suffit pour la journée.

– Tu crois qu'il se laisserait toucher ? demande-t-elle en me tendant l'instrument.

Avant que je puisse répondre, elle pose une main sur le front de Roméo. Un frémissement parcourt le poulpe ; sa peau pâlit et ses muscles se relâchent.

J'ajuste la sangle du keytar et m'adresse à Ester :

– Surveille Roméo pendant que je joue. S'il réagit mal, je compte sur toi pour m'inviter à corriger le tir.

– Et s'il réagit *vraiment* mal ? intervient Gem.

Je le devine à cran. Heureusement, il n'a pas d'arme sous la main, mais si ça ne tenait qu'à lui, il me traînerait probablement de force jusqu'au sous-marin, ou il collerait son poing entre les yeux de Roméo pour me laisser le temps de fuir.

– Ça n'arrivera pas, assuré-je.

Ces deux derniers jours, j'ai compris qu'être chef consiste surtout à paraître confiant quand on est mort de trouille. En toute franchise, j'ignore si mon plan va fonctionner : suis-je sur le point de révolutionner la communication entre l'homme et la pieuvre, ou vais-je déchaîner la fureur d'un céphalopode fou d'amour qui pourrait me briser comme une brindille ?

– *Nautilus*, j'ai besoin de toi, dis-je en bundeli. Je crois que tu nous as conduits ici pour nous présenter ton… ami. Si c'est le cas, aide-moi à lui parler.

En expliquant au sous-marin ce que j'attends de lui, je mesure la difficulté de ma tâche. Traduire d'une langue à l'autre est en soi compliqué. Alors, briefer une IA de l'ère victorienne dans un dialecte indo-aryen pour qu'elle vous serve d'interprète auprès d'une autre espèce... Mais en tant que Dauphin, j'ai la conviction qu'on peut lever tous les obstacles dès lors que chacun fait preuve de bonne volonté.

Je mets le clavier sous tension afin de le tester. Ester avait raison, il fonctionne parfaitement sous l'eau. Dans mes écouteurs, j'entends les notes résonner à l'intérieur du *Nautilus*. Les vibrations se propagent à travers sa coque, le transformant en ampli géant.

Je fais tourner le cercle chromatique de l'instrument. Roméo a l'air fasciné. Les couleurs reflétées dans ses yeux immenses se décomposent en arcs-en-ciel, telles des décorations de Noël filtrées par la pluie sur une vitre.

Je plaque un accord en *do* majeur. Les lumières de la coque virent aussitôt à l'indigo. Roméo en fait autant. Les ondes sonores sont si intenses que je sens mon casque trembler.

– Ça donne quoi ? s'enquiert Gem.

– Une minute. Je n'ai pas fini de dire bonjour.

Je joue quelques mesures de *Someone like you*, pour voir. Le *Nautilus* se met à briller de tous ses feux. Roméo, le regard fixé sur mes mains, passe par toutes les couleurs du spectre. Il semble intégrer un flot d'informations nouvelles.

– On dirait qu'il aime la complexité, observe Ester. Essaie un peu de Bach.

La *Sonate en trio pour orgue n^o^ 4* est la pièce la plus difficile que je sache jouer sans m'emmêler les doigts. Je déplace le curseur du cercle chromatique vers des teintes vives, normalement invisibles à cette profondeur, et je me lance. Le

*Nautilus* me marque son approbation par des éclairs rouges et jaunes qui rappellent la pigmentation naturelle du poulpe. Vers la moitié du morceau, il improvise des harmonies de son cru.

Roméo réagit avec sa propre palette. Son énorme tête pulse au rythme de la musique. Je me trompe peut-être, mais j'ai l'impression que le *Nautilus* cherche à lui transmettre un message. J'espère juste qu'il ne veut pas dire : *Le déjeuner est servi ! Bon appétit, mon vieux !*

Gem intervient d'un ton pressant :

– Ana, nous n'avons presque plus d'oxygène...

Je cesse de jouer. Le sous-marin n'émet plus qu'une faible clarté violette.

Je m'approche du poulpe. Une odeur de métal chauffé m'indique que ma bouteille d'air est quasi vide.

Enfin, Roméo agite ses tentacules. Son corps se comprime et prend la forme d'un losange plat. Un exploit pour une créature de sa taille, mais les céphalopodes sont vraiment incroyables.

Je souris : il a saisi mon message.

– Retournons à bord, dis-je.

Pendant que nous nageons vers le sous-marin, Roméo retrouve son apparence normale. Il semble content d'être là, près de l'objet de sa flamme, même si une vague mélancolie transparaît dans son attitude.

Le sas se vide rapidement. Tant mieux, car je venais d'inhaler les dernières molécules d'oxygène contenues dans mon casque. Heureusement, nos combinaisons en nemonium s'adaptent automatiquement à leur environnement, ce qui nous dispense de passer par des paliers de décompression.

Je m'apprête à ôter la mienne quand Nelinha et Top font

irruption dans le sas. Le second renifle ostensiblement mon entrejambe – merci, je sais que je sens le pipi ! – tandis que la première me jette un regard furieux.

– Tu as perdu la tête ? me gronde-t-elle. Qu'est-ce qui t'a pris de risquer ta vie comme ça ?

Je m'approche d'elle et l'enveloppe dans une étreinte mouillée.

– J'adore les céphalopodes ! m'écrié-je. Toi, le reste de ta maison et le spécimen géant qui se trouve dehors. Vous êtes tous merveilleux !

Nelinha dirige alors sa colère contre Gem :

– Qu'est-ce qui lui arrive ? C'est l'ivresse des profondeurs ? Tu as cassé mon chaton ?

– Je l'ai trouvée dans cet état ! se défend Gem.

Ester intervient :

– Ce poulpe est extraordinaire !

Top aboie, vexé.

– Pas autant que toi, ajoute sa maîtresse.

Je me tourne ensuite vers Nelinha :

– Dis à l'équipage de se tenir prêt. Je vais vous expliquer mon plan, puis nous rappellerons au poste de combat.

# CHAPITRE CINQUANTE ET UN

La meilleure leçon de tactique militaire que j'aie jamais reçue ne venait pas d'un officier de marine. C'était une phrase attribuée à Dwight D. Eisenhower, commandant en chef des forces alliées durant la Seconde Guerre mondiale : « Les plans sont inutiles, mais la planification est tout. »

Tel est mon état d'esprit tandis que je m'adresse à mon équipage. Ensemble, nous étudions tous les scénarios possibles. Je donne mon avis sur la façon dont Dev réagira. Nous mettons au point des plans A, B et C que nous oublierons probablement dans le feu de l'action, mais qui ont au moins le mérite de nous faire réfléchir aux défis colossaux qui nous attendent.

Je regagne la passerelle après trois heures de discussion. Nous avons réparé nos systèmes le mieux possible sans cale sèche. Notre équipement comprend un camouflage dynamique, un blindage électrifié, un bouclier thermique et un éclairage d'ambiance trop cool. Nous avons aussi deux canons en parfait état et deux torpilles plus ou moins opérationnelles.

Surtout, nous gardons un atout de taille dans notre manche – ou plutôt, dans la cavité sous la coque. Ma stratégie repose en grande partie sur l'effet de surprise qu'il devrait créer : le point d'orgue d'une semaine complètement barjo, mais mes camarades ont jugé que ça valait la peine d'essayer.

Ester et Robbie ont inspecté notre précieuse cargaison avant le départ. Ils me rejoignent sur le pont, encore vêtus de leurs combinaisons ruisselantes.

– C'est le truc le plus perturbant que j'aie vu de toute ma vie ! annonce le second, bouleversé.

– Tu veux dire « extraordinaire », rectifie la première.

Je souris, mais Gem s'empresse de casser l'ambiance :

– Ne vous réjouissez pas trop vite. Ce surpoids pourrait nous empêcher de supercaviter.

– Je t'entends, Spidey ! lance Nelinha depuis la chambre des machines. Mes moteurs sont plus costauds que tu ne le crois. J'attends les ordres, Ana !

Je prends place dans mon fauteuil, boucle la ceinture de sécurité alt-tech bidouillée par les Céphalos et parle dans l'intercom :

– Appel à l'équipage, ici votre capitaine !

Comme s'ils ne m'avaient pas reconnue ! J'enchaîne :

– Nous avons tous travaillé dur en prévision de cet instant. Chacun de vous sait ce qu'il doit faire. Si nos calculs sont exacts...

– Ils le sont, affirme Halimah.

– ... dans deux heures et quarante-six minutes, nous devrions atteindre notre destination, à deux kilomètres au sud-sud-est de la base Lincoln. Attendez-vous à être secoués, et rejoignez vos postes de combat. Il est possible que l'*Aronnax* nous voie venir...

– C'est même certain, marmonne Gem. Notre apparition va illuminer leurs écrans comme une explosion.

– Je préférerais qu'on évite ce mot. À l'arrivée, j'aurai besoin d'une solution de tir précise. Monsieur Twain, ne quittez pas le LOCUS des yeux.

Avec un demi-sourire, Gem porte le poing à sa poitrine et s'incline légèrement.

– À vos ordres, capitaine !

Il y a encore quelques jours, j'aurais pensé qu'il se moquait de moi. À présent, je sais que cette marque de déférence traduit un respect sincère. Les autres membres de l'équipage présents sur la passerelle me sourient également, attendant mes instructions.

Je redresse les épaules et m'adresse à Halimah :

– Timonière, fixe le cap.

– C'est fait, capitaine.

Je prends une profonde inspiration.

– Appel à la chambre des machines : déclenchez la supercavitation.

*PFFFFT !*

Cette fois, je reste consciente, ce qui me permet de vivre pleinement l'expérience. Un déluge de vapeur d'eau s'abat sur la proue du sous-marin, recouvrant les vitres d'un voile blanc. L'accélération me plaque contre mon fauteuil. L'éclairage de la passerelle faiblit. La coque craque et vibre, mais elle résiste.

Je serre les dents.

– Chambre des machines, point de situation.

– Normale. On ne déplore aucun blessé. Ce brave vieux *Nautilus* ! Je savais qu'il y arriverait.

Commence alors une attente interminable. Un trajet supersonique de presque trois heures n'a rien d'une partie de plaisir. J'ai l'impression qu'un morse s'est assis sur ma poitrine. Impossible de se déplacer ou de faire autre chose que surveiller les panneaux de contrôle. La supercavitation neutralisant le LOCUS, nous sommes aussi pratiquement aveugles, ce qui ne contribue pas à me rassurer.

– Tiens bon, murmuré-je au *Nautilus*. Toi et moi, on va montrer à nos ennemis ce qu'on a dans le ventre.

Je tente de me persuader qu'il me comprend. Il est maintenant habitué à ma voix, et nous l'avons remis en ordre de combat. J'espère juste qu'il a gardé quelques tours dans son sac pour surprendre son rival moderne.

Un délicieux parfum de cookies aux flocons d'avoine et aux raisins secs s'échappe de la coquerie. Comment Jupiter parvient-il à cuisiner dans ces conditions ? Quelle torture de ne pas pouvoir me lever pour lui rendre visite !

Je note pour moi-même qu'à l'avenir, les distributions de biscuits auront lieu *avant* les trajets en supercavitation. Je me demande si je pourrais équiper mon fauteuil d'un porte-gobelet, quand Halimah annonce :

– Terminus dans cinq minutes !

– Je n'aime pas le mot « terminus », réagit Ester. Ça me fait penser à « extermination ».

Elle est assise à l'arrière de la passerelle à côté de Top, attaché par un harnais dans son panier.

– Tu préfères « destination » ? propose Lee-Ann.

– Oui. Une destination suppose une direction. C'est rassurant.

Top soupire. Terminus ou destination, il semble pressé d'arriver, parce que pour lui, la supercavitation, c'est pire qu'être enfermé dans un chenil.

Je rallume mon micro :

– Appel à l'équipage. Rappel aux postes de combat !

Un ordre parfaitement inutile : ça fait plus de deux heures qu'ils sont tous coincés à leurs postes. Pourvu qu'on n'assiste pas à une ruée vers les toilettes à la seconde où nous ralentirons !

– Ter… Destination atteinte dans une minute, déclare Halimah.

Je pianote nerveusement sur l'accoudoir de mon fauteuil : si nous avons commis une erreur de calcul, nous risquons de nous écraser sur la côte hawaïenne comme un insecte alt-tech sur un pare-brise.

– Trois, deux, un… compte Halimah en agrippant le levier devant elle. Zéro !

La vapeur se dissipe instantanément, et je distingue le bleu de l'océan à travers la vitre. Les holosphères du LOCUS reprennent vie.

– Canons parés, indique Gem. Repérage de la cible en cours.

– Suivez la trajectoire de dérobement. Activez le camouflage. Trente degrés à tri…

Le sous-marin a un cahot, comme s'il avait franchi un dos-d'âne.

– Notre passager a changé de position, explique Lee-Ann.

– Il va bien ? s'inquiète Ester.

Je jette un coup d'œil au LOCUS de Lee-Ann : Roméo s'est en partie extrait de la cavité sous la coque. J'espère qu'il ne souffre pas du mal des transports en plus du manque d'amour.

Avec un peu de chance, l'*Aronnax* sera amarré dans le lagon ou dans la caverne, ce qui nous laissera le temps de nous délester de notre cargaison avant de prendre le large.

Sinon...

– Contact à midi ! nous crie Virgil. Distance : mille mètres. Profondeur : dix mètres. C'est l'*Aronnax*, entre la base Lincoln et nous.

Je lâche un juron. Je ne m'attendais pas à ce que Dev baisse la garde, même après une semaine. Toutefois, la vue de la terrible pointe de flèche violette sur l'afficheur tactique de Gem me fait hésiter une milliseconde de trop. Un autre signal, plus discret, surgit du néant juste devant notre proue.

– Alerte torpille ! hurle Gem.

– Activez le bouclier ther...

Avant que je puisse achever, une embardée manque de m'arracher la tête.

# CHAPITRE CINQUANTE-DEUX

– On n'a plus de courant ! s'affole Halimah. C'était une torpille électromagnétique !

Je cligne plusieurs fois des yeux. La passerelle est plongée dans le noir.

La voix pleine d'arrogance de Dev jaillit du haut-parleur :

– Bienvenue à la base Lincoln, *Nautilus* ! Rendez-vous immédiatement et préparez-vous à être abordés.

Il a bien calculé son coup. Même si j'avais envisagé ce scénario, j'espérais avoir quelques secondes pour tenter une manœuvre de dérobement. À présent, je peux seulement prier pour que le plan C fonctionne.

J'encourage le *Nautilus* à voix basse :

– Allez, mon vieux ! Ne nous laisse pas tomber. Chambre des machines, où en est le plan C ?

– On s'active, capitaine ! répond Nelinha. J'ai eu le réflexe de presser le bouton d'arrêt d'urgence juste avant l'impact. Le réacteur est HS, mais je ne crois pas que les circuits aient grillé. Si j'arrive à...

Un vrombissement monte des profondeurs du sous-marin. La passerelle se rallume. Les holosphères du LOCUS se reforment au-dessus du pupitre de commande.

– Ça marche, *querida* ! s'esclaffe Nelinha. J'ai relancé le générateur auxiliaire ! Dans ta face, l'*Aronnax* !

Des cris de joie fusent autour de moi. Le plan C comme Charbon a réussi. Bien sûr, notre moteur de secours n'offre pas la même puissance que la fusion froide, mais c'est mieux que rien.

– Da Silva, tu es un génie !

– Normal : je suis une Céphalo. Mais merci quand même, capitaine. Maintenant, si tu veux bien m'excuser, il faut nourrir la chaudière !

Robbie Barr renifle dans le fond :

– Je crois que je suis allergique au charbon !

Les mains de Gem volent au-dessus de la console tactique :

– Capitaine, l'*Aronnax* est à l'arrêt, mais j'ai un second signal. Un mini-submersible en approche à cinq cents mètres. Sans doute la section d'abordage.

– On va leur faire passer un message : attention pour lancer torpille 1. Visez le milieu de la cible. Feu !

Le *Nautilus* tremble quand l'antique missile s'élance. Je me cramponne aux accoudoirs.

– À bâbord toute ! Immersion trente mètres rapide !

Le *Nautilus* semble réagir à mes instructions avant même que Lee-Ann et Halimah touchent les commandes. Il plonge et vire vers la base. Le mini-sub ennemi se retrouve ainsi coincé entre son vaisseau mère et nous. Notre torpille atteint le flanc bâbord de l'*Aronnax*, traçant une gerbe pourpre sur l'afficheur du LOCUS de Gem.

– Ils ne s'attendaient pas à ça, constate Virgil. Je transfère leurs communications vers le haut-parleur.

On entend Dev hurler des ordres. Une demi-douzaine de voix lui répondent toutes ensemble. À ce que je comprends, mon frère s'enquiert de la situation sur l'*Aronnax* depuis la navette. La transmission s'arrête net.

Un sourire sans joie étire mes lèvres. Dev a péché par excès de confiance. Il croyait pouvoir s'emparer du *Nautilus* sans combattre, mais il se retrouve coincé entre deux feux.

Profitant de la confusion, j'abats une nouvelle carte :

– Attention pour lancer torpille 2 !

– C'est la dernière, me rappelle Gem.

– Ça, ils l'ignorent. Virez de trente degrés ! À bâbord, toute ! Débrouillez-vous pour que le mini-sub soit toujours entre l'*Aronnax* et nous.

– On fait ce qu'on peut, mais il cherche à nous échapper.

– Il est encore à portée de canon, observe Gem.

– Non !

J'ai beau détester mon frère, je ne peux me résoudre à le faire frire dans sa boîte de conserve.

– Restez concentrés sur l'*Aronnax*. Si nous parvenons à atteindre leurs mo...

*CLANK !*

Un claquement retentit à travers le bâtiment. L'éclairage baisse subitement en intensité.

– Hum ! Capitaine ? fait la voix de Nelinha. Il faudrait éviter les manœuvres superflues. Notre vieux tchou-tchou frôle la syncope.

– Encore quelques minutes !

J'espère ne pas me tromper. Roméo, notre atout secret, a

disparu. Sa défection me déçoit sans me surprendre. J'étais consciente de jouer avec des forces qui me dépassent.

Entre-temps, le mini-sub ennemi est sorti de notre ligne de mire. L'*Aronnax* vire vers nous. Il semble bouger au ralenti, mais je prends peut-être mes désirs pour des réalités.

– Alerte torpille ! hurle Gem.

– FEU !

Le sol tremble sous mes pieds quand notre dernier missile s'élance. Cette fois, je distingue son sillage blanc à travers la vitre. Sur l'afficheur du LOCUS, deux points violets – leur torpille et la nôtre – foncent l'un vers l'autre et entrent en collision. Le souffle de l'explosion renverse le *Nautilus* sur le flanc. Sa coque gémit. Sans ma ceinture de sécurité, j'aurais été projetée contre l'orgue.

– C'était une torpille subsonique ! s'écrie Gem, les yeux ronds. Si elle nous avait touchés…

Il n'a pas besoin d'en dire plus. La colère, ou la panique, s'est emparée de l'équipage de l'*Aronnax*. Avec ou sans la permission de Dev, ils ont tiré pour tuer.

Je serre les poings. À cet instant, la maxime militaire qui me vient à l'esprit n'est pas d'Eisenhower, mais du général chinois Sun Zi, l'auteur de *L'Art de la guerre* : « Semble faible quand tu es fort et fort quand tu es faible. »

– Cap sur l'*Aronnax* !

Halimah et Lee-Ann me regardent, croyant avoir mal entendu. La première paraît vouloir protester, puis elle se ravise.

– Bien, capitaine !

Le sous-marin se redresse en gémissant et vire de bord.

– Ici la chambre des machines, fait Nelinha. Capitaine ? Une pensée pour mon vieux tchou-tchou ?

– Je sais, je sais. Essaie de le garder en vie encore un petit moment, d'accord ? Artilleurs, armez le canon de proue. Préparez-vous à activer le bouclier thermique. Virgil, y a-t-il moyen d'ouvrir un canal com avec l'*Aronnax* et sa navette ?

– Tout de suite !

Je presse ma paume contre la sphère de commande de mon accoudoir, comme pour puiser des forces dans l'ADN que je partage avec Nemo. C'est mon premier contact avec Dev depuis sa trahison. C'est aussi la première fois que je vais m'annoncer à mes ennemis. Ma voix ne doit pas trembler.

– Appel à l'*Aronnax*. Ici la capitaine Ana Dakkar, du *Nautilus*. Rendez-vous, ou mourez.

Pas de réponse.

Le plus difficile, quand on bluffe bêtement, c'est de se persuader que l'adversaire l'ignore. Dev et ses complices ont vu que leur missile à IEM n'avait aucun effet sur nous. Ils ne savent pas que nous avons épuisé notre stock de torpilles. On peut aussi supposer que notre premier tir a endommagé l'*Aronnax*. Dev n'est pas du genre à capituler, mais il cherchera sans doute à temporiser pour se laisser une chance de remonter à bord. Je veux bien lui accorder tout le temps nécessaire pour rallumer notre réacteur à fusion froide.

Quand il se manifeste enfin, il semble prêt à mordre :

– Bien essayé, frangine ! Mais de nous deux, c'est moi qui essaie de te garder en vie. Les avertissements, c'est terminé. Notre prochain tir vous enverra par le fond. Équipage du *Nautilus*, vous savez qui je suis. Je suis l'aîné de la famille Dakkar. Ce submersible m'appartient. Rendez-vous !

Sur la passerelle, tous les regards se tournent vers moi.

Je m'adresse à Virgil en gaélique :

– *Gearr an líne.*

Il coupe la communication.

– L'*Aronnax* ouvre ses tubes lance-torpilles, indique Gem. Les quatre.

Une main de glace comprime mon cœur. J'enchaîne alors les ordres :

– Activez le bouclier thermique ! Faites feu avec le canon avant ! Tentez une manœuvre de dérobement !

C'en est trop pour notre tchou-tchou. Les holosphères du LOCUS tremblent comme la flamme d'une bougie dans le vent.

– Le gouvernail ne répond plus ! annonce Halimah.

– Le bouclier thermique non plus ! ajoute Gem.

Nelinha déverse un florilège de jurons portugais dans son micro.

– Ana ! proteste-t-elle. Je te l'ai dit : il me faut plus de temps !

– Il nous faut plus d'énergie ! répliqué-je.

Mais nous n'avons ni l'un ni l'autre.

Sur l'afficheur de Gem, la flèche pourpre de l'*Aronnax* se rapproche dangereusement. À quelques centaines de brasses de notre flanc bâbord, Dev attend pour s'emparer du *Nautilus*. Soudain, quatre points lumineux jaillissent de la proue du sous-marin ennemi.

Cette fois, c'est la fin.

## CHAPITRE CINQUANTE-TROIS

Dans un réflexe désespéré, je plaque ma main sur la sphère de commande et crie :

– *Nautilus*, plonge ! Ouvre les purges à air !

Le sous-marin a dû percevoir l'urgence dans ma voix. Dans un sursaut d'énergie carbonée, il remplit ses ballasts, crache un nuage de vapeur par la proue et coule à pic.

Les torpilles de l'*Aronnax*, désorientées, passent juste au-dessus de nos têtes et explosent une centaine de mètres plus loin.

L'onde de choc me fait perdre connaissance.

Je reviens à moi dans le noir complet. Des flammèches dansent sur le pupitre de com. Le LOCUS est éteint. Une brume âcre flotte dans l'air. Top pousse des aboiements indignés dans son panier. Ester se traîne d'un membre de l'équipage à l'autre pour vérifier qu'aucun n'est blessé. Assis par terre, Virgil paraît sonné. Un filet de fumée monte de ses cheveux. Du sang brille sur la tempe et la joue de Gem.

– Toutes nos armes sont HS, constate-t-il.

– Profondeur : quarante-deux mètres, indique Lee-Ann. Je n'ai que l'affichage analogique, mais l'*Aronnax*... Oh ! Il est là, achève-t-elle d'une voix tremblante.

Son regard n'est pas dirigé sur son pupitre, mais vers la fenêtre.

Comme elle, c'est la première fois que je vois le sous-marin ennemi en taille réelle. Sa silhouette noire se profile à une cinquantaine de mètres tel un présage de mort. Quoique plus petit que le *Nautilus*, il est beaucoup plus effrayant. À mon grand regret, notre torpille ne semble pas avoir endommagé sa coque. Je crains qu'on ne puisse en dire autant de la nôtre.

– Virgil, tu captes quelque chose ? demandé-je.

Je me rappelle alors qu'il a été éjecté de son siège et que son pupitre est en train de brûler.

Le *Nautilus* réagit au quart de tour. Un grésillement s'échappe du haut-parleur, suivi d'une violente dispute entre Dev et une fille à bord de l'*Aronnax*. Apparemment, la décision de tirer quatre torpilles presque à bout portant venait de celle-ci. Mon frère enrage : cette initiative aurait pu le priver de son butin, et même le tuer.

Un goût de bile envahit ma bouche. Dev se moque de ce qui aurait pu m'arriver. Et moi qui pensais le connaître !

Je m'adresse au micro :

– Nelinha, dans quel état est la chambre des machines ?

Elle ne répond pas. J'imagine aussitôt le pire.

Cependant, Dev a fini de réprimander sa coéquipière.

– Je repars pour le *Nautilus*, annonce-t-il. Tu n'as pas intérêt à me tirer de nouveau dans les pattes, Karen !

Celle-ci pousse un soupir exaspéré.

– Si cette coque de noix essaie encore de nous jouer un tour, je la fais exploser, que tu sois à bord ou pas !

Mes amis me regardent avec un mélange d'espoir et d'appréhension. Hélas ! Aucune idée ne me vient.

– Préparons-nous à les recevoir, dis-je. Distribuez des armes à tous les membres de l'équipage en état de combattre. Il va falloir…

Je me retourne vers la proue et me tais.

– Ana ? fait Ester, inquiète. Tu vois quelque chose ?

Je déboucle ma ceinture et me rue vers la fenêtre en forme d'œil d'insecte pour assister à l'entrée en scène de notre atout caché.

Pourquoi Roméo a-t-il choisi cet instant précis pour surgir des profondeurs marines ? Je l'ignore, mais qui peut dire ce qui passe par le cerveau d'un poulpe en mal d'amour ? Ses énormes tentacules enlacent l'*Aronnax*. L'équipage hurle d'effroi.

La tête globuleuse de Roméo palpite sous le coup de l'émotion. *Je sais ce qui ne va pas chez toi*, semble-t-il dire à son nouvel ami. *Tu n'as pas reçu assez de câlins quand tu étais petit.*

Au même moment, la passerelle se rallume, le LOCUS reprend vie et la voix de Nelinha jaillit du haut-parleur :

– Désolée, capitaine ! Notre réacteur ne tourne pas encore à plein régime, mais… C'est quoi, cet énorme truc sur mon écran ? *VIXE MARIA !* C'est mon poulpe-poupidou ? *OUIII !!!*

Des acclamations retentissent dans les coursives du *Nautilus*. Sur la passerelle, tout le monde se presse autour de moi pour voir Roméo entraîner l'*Aronnax* vers le fond.

– Vous pariez qu'ils vont électrifier leur coque ? demande Gem.

Gagné ! Les flancs de l'*Aronnax* s'illuminent soudain d'éclairs phosphorescents. Avec une lueur passionnée dans le regard, Roméo resserre son étreinte.

Je m'adresse au *Nautilus* :

– Mets-moi en communication avec eux, s'il te plaît.

Il répond avec un tintement enjoué. À l'évidence, il est content de lui.

– *Aronnax*, ici Ana Dakkar. Évacuez immédiatement le bâtiment.

– Ana ! s'écrie Dev d'une voix stridente. Qu'est-ce qui se passe ? Qu'est-ce que tu... ?

Soumis à une trop forte pression, l'*Aronnax* implose dans un bouillonnement d'eau et de feu. Je ressens l'onde de choc jusque dans mes os. Des bulles géantes, certaines habitées, s'envolent vers la surface. Roméo a brisé le cœur du sous-marin.

Mes amis poussent des vivats et des acclamations. Je ne partage pas leur joie : une victoire obtenue au prix du sang me laisserait un goût amer.

– Ester, dis-je, rassemble les Orques et organise les secours. Essaie de faire lâcher prise à Roméo, d'accord ?

– Je m'en occupe ! répond-elle.

– Tu veux sauver les gens qui ont détruit notre école ? s'étonne Lee-Ann.

– Oui. Nous ne sommes pas comme eux. Et je souhaite que tu participes à l'opération.

Lee-Ann paraît sur le point de protester, mais elle s'incline.

– Bien, capitaine.

Les filles relèvent Virgil et sortent avec lui.

– Capitaine, la navette ennemie a viré de bord, me signale Halimah.

– Pour récupérer les survivants ?

– Non. Elle se dirige vers l'entrée du tunnel.

J'étouffe un juron. J'étais tellement concentrée sur l'*Aron-*

*nax* que j'ai oublié la base Lincoln. J'espérais que Dev se soumettrait après avoir vu son vaisseau mère broyé par un poulpe géant, mais il est toujours aussi têtu – voilà au moins quelque chose qui n'a pas changé chez lui.

Sa réaction me confirme que nos amis sont retenus sur l'île et qu'il compte les utiliser comme boucliers humains.

– Gem, il y a moyen de l'arrêter ?

– Nos canons sont HS. Et de toute manière, c'est trop tard.

En effet, le LOCUS indique que le mini-sub vient de pénétrer dans le tunnel. Ma décision est vite prise :

– Il faut attaquer avant que Dev puisse regrouper ses forces.

– Ana, le *Nautilus* n'est pas en état de...

– Qui te parle de lui ?

Je poursuis en bundeli à l'intention du sous-marin :

– *Nautilus*, je vais tenter de sauver nos amis. S'il m'arrive quelque chose, prends soin de l'équipage. Dakkar ou pas, ils sont ta famille à présent.

Halimah hausse les sourcils. Après moi, c'est elle qui connaît le mieux les langues d'Asie du Sud parmi les Dauphins.

– Tu crois qu'il nous obéira ? demande-t-elle.

– Absolument ! lui affirmé-je avec une assurance que je suis loin de ressentir. Je te confie les commandes. Gem, toi et moi, on va s'occuper de Dev. Prends toutes les armes que tu peux porter.

À voir le sourire de Gem, je me réjouis que nous soyons dans le même camp.

– Enfin !

# CHAPITRE CINQUANTE-QUATRE

Histoire de ne pas trop se charger, en plus de ses jumeaux, Gem n'emporte que deux Leyde – pistolet et fusil – et un chapelet de grenades dénichées Dieu sait où. Je devine qu'il s'est fait violence pour ne pas ajouter un lance-flammes à son arsenal ou démonter le canon de proue du *Nautilus*.

Pour ma part, je me suis contentée d'un pistolet Leyde et de mon couteau de plongée. Nous nous sentons malgré tout à l'étroit dans nos fauteuils, surtout avec nos combinaisons et nos casques. Notre mini-sub n'étant pas armé, nous risquons de devoir l'abandonner d'un instant à l'autre. Il y aurait sans doute moyen de le transformer en décapotable en relevant le toit, mais le moment est mal choisi pour une virée romantique.

Sitôt la soute de lancement remplie, le sol s'ouvre et nous nous enfonçons dans l'eau bleue. Je donne un coup d'accélérateur. Le mini-sub réagit comme une Maserati. (Enfin, je crois : je n'ai jamais conduit de voiture de sport.) Guidés par le LOCUS, nous filons vers la base.

Gem réfléchit à voix haute :

– Ils ont eu une semaine pour placer des mines à contact, ou des lasers, dans le tunnel.

– Vu la vitesse à laquelle Dev s'y est engouffré, ça m'étonnerait.

– Pas faux. Dev préfère l'attaque à la défense. Mais ouvrons quand même l'œil.

J'avais oublié que Dev était le capitaine de Gem. Au cours des deux dernières années, il a probablement passé plus de temps que moi avec mon frère.

Le sang séché dessine un serpentin sur la tempe et la joue de mon compagnon. Dans la faible clarté qui baigne l'intérieur de son casque, son expression à la fois sereine et concentrée me fait penser à la statue de Shiva que mon père avait placée sur l'autel familial. Comme le dieu suprême hindou, il a l'air déterminé à châtier les méchants par tous les moyens appropriés. Finalement, Gem, Dev et le docteur Hewett se ressemblent plus que je ne l'aurais imaginé. Tous trois donnent la même impression de férocité larvée. Je rappelle à mon camarade :

– La priorité, c'est de sauver les otages.

– À condition qu'ils soient toujours en vie.

Je tente de me convaincre que c'est le cas.

– S'ils étaient morts, Dev n'aurait pas été aussi pressé de regagner la base. Nous ferons tout notre possible pour les libérer, mais nous n'emploierons la force létale qu'en dernier recours.

– Peux-tu préciser la notion de « dernier recours » ?

– Gem !

– Je rigole... Enfin, plus ou moins.

Nous plongeons dans la gueule béante de la caverne.

Le mini-sub se manœuvre si facilement que je regrette un

peu de ne pouvoir en profiter davantage. Socrate ferait une de ces têtes s'il me voyait débouler aux commandes de cet engin pour lui donner une leçon de danse et le régaler de calmars !

Le souvenir de mon ami me ramène brusquement au présent. De tous les occupants de la base, Socrate est probablement celui qui court le moins de risques, mais quand même... J'accélère, et quelques minutes plus tard, nous émergeons du tunnel de lave.

Notre LOCUS se ranime aussitôt. Mon cerveau met une milliseconde à déchiffrer le signal qu'il émet. En levant les yeux, je découvre, à cinq mètres à peine, une masse sombre hérissée de canons et de mitrailleuses comme un poisson porc-épic : la navette de l'*Aronnax*. Et derrière la fenêtre du cockpit, à la place du pilote, mon frère.

L'expression de son visage, ou mon instinct, m'incite à activer la procédure d'urgence : le moteur s'arrête, le toit se relève, Gem et moi sommes éjectés. Encore heureux que nous ayons nos casques et nos combinaisons ! Un harpon argenté se plante dans le fauteuil que j'occupais quelques secondes plus tôt en libérant une dentelle d'éclairs bleutés.

Avant que Dev puisse se tourner vers nous, Gem épaule son fusil Leyde et vise son réacteur. Le carter s'illumine. Stoppé dans son élan, le submersible gîte vers bâbord et s'enfonce dans l'eau.

– On va les repêcher ? demande Gem.

Je tremble sous l'effet de la colère et de l'adrénaline. Une partie de moi brûle d'arracher mon frère à sa boîte à chaussures surarmée pour lui flanquer un coup de pied bien placé. J'ai vu qu'il ne portait pas de combinaison de plongée. Sa section d'abordage et lui auront besoin de temps pour rallumer leur réacteur ou se résoudre à évacuer leur mini-sub, mais je ne doute pas qu'ils survivront. Dev est plein de ressources.

– Les otages sont plus importants, dis-je. Poursuivons.

Nous fonçons à travers le lagon en soulevant des nuages de phytoplancton bioluminescent dans notre sillage. Quand nous arrivons en vue des pylônes du ponton, des tirs de mitrailleuses pleuvent autour de nous. Les balles creusent des tourbillons d'écume avant que la résistance de l'eau ne les arrête.

Aucune munition conventionnelle ne peut nous atteindre à cinq mètres de profondeur. Les types de l'IL veulent juste nous faire passer un message : nous savons que vous êtes là, et si vous remontez à la surface, vous êtes morts.

– Sous le ponton, dis-je à Gem. Essayons de les prendre à revers.

– Compris !

Nos ennemis nous épargnent cette peine. Ils semblent aussi impatients que des gosses le matin de Noël : leurs cadeaux, c'est nous, et ils n'attendront pas que leurs parents soient levés pour nous déballer. Les tirs cessent. Deux plongeurs se jettent à l'eau juste au-dessus de nos têtes, nous noyant sous un déluge de bulles.

# CHAPITRE CINQUANTE-CINQ

Je déteste les corps à corps sous l'eau.

Vos mouvements sont aussi lents et ridiculement laborieux qu'avec un déguisement de sumo gonflable. Vos coups de pied et de poing n'ont aucune force. Mais faute de pouvoir zapper nos adversaires à bout portant sans nous zapper nous-mêmes, Gem et moi n'avons pas le choix.

Le plongeur le plus proche me frappe avec son couteau.

Si je portais une combi ordinaire, il m'aurait tuée. Heureusement, le nemonium dévie la lame, mais celle-ci, aussi aiguisée qu'un rasoir, entaille le tissu et érafle mes côtes. L'eau salée sur une plaie ouverte, ça fait *très* mal. Des mouches dansent devant mes yeux. Grâce à mes bottes à réaction, je parviens à repousser mon adversaire contre un pylône. Puis j'attrape son poignet, bloquant le couteau à quelques centimètres de mon visage.

Des grognements furieux à ma gauche m'indiquent que Gem est aux prises avec le second plongeur.

L'autre me lance un regard haineux à travers son masque.

Sans doute a-t-il appris la destruction de l'*Aronnax* et brûle-t-il de se venger.

Je n'ai aucune chance de le vaincre au bras de fer, et il est trop près pour que j'utilise mon Leyde. Aussi, pendant qu'il lutte pour récupérer son couteau, je dégaine le mien et le plante dans son gilet stabilisateur.

Le coup est trop faible pour le blesser sérieusement, mais les bulles qui s'échappent du gilet percé l'aveuglent momentanément. Déséquilibré, il me lâche par réflexe. Pendant qu'il coule, je lui décoche un coup de pied au visage pour faire bonne mesure.

Je suppose qu'il reviendra à la charge, mais je profite de ce répit pour voler au secours de Gem.

En effet, malgré son arsenal, M. Twain est en mauvaise posture. Le second plongeur l'a attaqué par-derrière et lui enserre le cou avec son bras. De sa main libre, il tente de dévisser son casque dans le but probable d'infliger le même traitement à sa tête. Gem parvient à saisir un de ses Sig Sauer et tire au jugé. La balle frôle l'oreille de son adversaire.

D'un bond, je me propulse vers eux. Hélas ! J'ai mal calculé ma trajectoire et m'écrase sur la bouteille du plongeur. Je vois trente-six chandelles, mais au moins, j'ai réussi à le distraire.

Il se retourne brusquement vers moi. Le temps que je remarque ses yeux bleus et les cheveux bruns qui flottent autour de son visage, une fusée gris argent fonce vers lui et le projette à dix mètres.

Socrate vient d'entrer en piste, et il a amené des amis. Pendant qu'il catapultait le plongeur aux yeux bleus, trois autres dauphins se précipitaient vers son complice et lui souhaitaient la bienvenue à grands coups de nageoires caudales.

La voix de Gem retentit dans mon casque :

– Je suis fan de ces bestioles !

– Les dauphins sont les meilleurs ! Ils valent dix fois mieux que les requins !

– Je n'irai pas jusque-là !

Mon rire se transforme en grimace : j'ai l'impression qu'un millier d'aiguilles chauffées à blanc me percent le flanc.

– Tu es blessée, remarque Gem.

– Je vais bien.

– Tellement bien que du sang s'écoule de ta combi...

– Ne t'inquiète pas pour moi. Avançons !

Je remercie Socrate en langue des signes. J'ignore s'il s'en aperçoit, car il est toujours occupé avec son nouveau jouet, le plongeur aux yeux bleus.

Nous nous dirigeons vers le quai et remontons à la surface après avoir vérifié qu'aucun comité d'accueil ne nous attendait. Même les drones libellules semblent avoir déserté la caverne. J'espère qu'ils n'ont pas été capturés ou détruits.

Gem épaule son fusil Leyde et me couvre, tandis que je gravis l'échelle la plus proche. Malgré la douleur, j'atteins le sommet sans perdre connaissance ni me faire attaquer.

Gem me rejoint, et nous enlevons nos casques.

– On ne peut pas te laisser comme ça, dit-il en pointant l'index vers mes côtes.

La blessure paraît saigner davantage hors de l'eau. J'évite de m'interroger sur sa gravité.

– On n'a pas le temps de...

– On sera bien avancés si tu tournes de l'œil en plein combat, me rétorque Gem en se dépouillant du haut de sa combinaison.

Le feu me monte aux joues.

– Qu'est-ce que tu...

– J'en ai pour une seconde.

Il retire son tee-shirt. Avant que je puisse protester, il le déchire et explique :

– Pour faire un pansement.

– Gem, c'est très chevaleresque de ta part, mais il y a une trousse de secours là-bas, dis-je en indiquant une des armoires à fournitures de Luca.

Il considère tristement le tee-shirt qu'il vient de sacrifier et soupire :

– J'aurais dû m'en douter !

Nous nous abritons le mieux possible entre deux armoires, puis Gem panse ma blessure avec de la gaze pendant que je guette. N'allez pas imaginer que ça me trouble d'être soignée par un beau gosse torse nu... Il m'en faut davantage !

Mon regard passe sans cesse des eaux paisibles du lagon à la porte blindée à l'entrée du quai. Je m'attends à voir le mini-sub de Dev refaire surface, ou un commando armé surgir de la base d'un instant à l'autre. La question n'est pas de savoir si l'on nous attaquera de nouveau, mais quand et de quelle direction viendra le danger.

– Ça ira, dis-je enfin à Gem. En route !

# CHAPITRE CINQUANTE-SIX

La porte blindée s'ouvre lorsque j'applique la paume contre le lecteur. C'est ce qui s'appelle montrer patte blanche... Même si le dernier Dakkar à avoir franchi cette porte, Dev, avait le sang de ses camarades sur les mains.

Gem dégaine ses Sig Sauer et jette un coup d'œil dans le corridor. Il est vide, mais on ne peut rien en déduire : des ennemis se planquent peut-être dans la pièce au fond. Le passage cylindrique d'une quinzaine de mètres n'offre aucune cachette, et le moindre son y résonne comme dans un tunnel de métro. Malheureusement, nous sommes obligés de l'emprunter pour rejoindre la base.

– Attends-moi ici, murmure Gem.

Il se baisse et s'avance lentement, aussi agile et silencieux qu'un chat. Il a parcouru environ la moitié du corridor quand deux élèves de l'IL surgissent des deux couloirs contigus au fond. Heureusement, Gem se tenait sur ses gardes. Il fait feu une nanoseconde avant qu'ils pressent la détente de leurs Leyde. Ils tombent comme des masses, et leurs projectiles ricochent inutilement le long des murs en y semant des étincelles.

Je retiens mon souffle, partagée entre le soulagement et l'effroi. Est-ce qu'ils sont... ? Non, Gem ne peut pas les avoir tués ! Je me retourne. Toujours aucun mouvement dans la grotte. Si les coups de feu n'ont pas alerté tous les occupants de la base, les battements de mon cœur s'en chargeront.

Gem reprend prudemment sa progression. Arrivé au bout du couloir, il balaie la zone avec son viseur, puis il pousse du pied les ennemis au sol pour s'assurer qu'ils ne représentent aucune menace.

– La voie est libre ! me souffle-t-il.

Je le rejoins en boitant. Ma blessure me brûle et le sang traverse déjà le pansement. Je baisse les yeux vers les deux gardes. Chacun a une profonde marque rouge vif au milieu du front. Je lâche un juron où il est question d'un certain être éternel et tout-puissant.

– Tu pourrais éviter de blasphémer ? répond machinalement Gem. J'ai tiré des balles en caoutchouc. Ils auront sans doute mal au crâne à leur réveil, mais ils survivront.

– Comment fais-tu pour rester aussi calme ? J'ai l'impression que mon cerveau va imploser !

– Détrompe-toi : je suis dans le même état que toi depuis quatre jours. Les écrans se trouvent par ici, si je me rappelle bien...

Nous atteignons le local de sécurité sans rencontrer d'autre résistance. Le fait que Gem ait neutralisé les gardes y est sans doute pour quelque chose.

Je passe en revue les images des différentes caméras pendant qu'il surveille le couloir. La base semble vide... *très* vide. L'armurerie a été pillée, de même que l'atelier de Luca. Dans la salle des serveurs, les ordinateurs d'Ophelia ont disparu ou ont été démontés pour voler leurs disques durs. Quant à l'infirmerie...

Ma gorge se noue.

– Je ne vois pas le docteur Hewett !

– QUOI ?

– Une seconde...

Mes mains tremblent au-dessus du clavier tandis que je bascule d'une caméra à l'autre. Si les prisonniers étaient à bord de l'*Aronnax*, et non dans la base... Les images du ponton extérieur apparaissent à l'écran, et mes épaules se relâchent un peu.

– Ça y est, je l'ai trouvé ! Deux types de l'IL le transportent à bord du *Varuna* sur une civière. Logique : avec la destruction de l'*Aronnax*, leur seul moyen pour quitter cette île, c'est de voler notre bateau.

L'expression de Gem se durcit.

– Qu'ont-ils fait du reste des otages ? demande-t-il.

Je recommence à zapper d'une caméra à l'autre. Soudain, le nœud dans ma gorge grossit.

– Bonne nouvelle, ils sont vivants, dis-je. Vivants, mais étroitement surveillés.

Gem s'approche et jette un coup d'œil à l'écran. Luca, Ophelia, Franklin et Tia sont agenouillés au milieu de la salle à manger, les mains attachées dans le dos. Deux ennemis pointent leurs fusils Leyde sur leurs têtes. Deux autres, eux aussi armés, marchent de long en large, comme s'ils attendaient des ordres.

– Ils les utilisent comme boucliers humains, murmure Gem. En emmenant Hewett et en laissant le reste des captifs ici, sous bonne garde, ils doublent leurs chances de fuir à bord du *Varuna*. On va devoir prendre la salle à manger d'assaut, puis rejoindre le bateau avant qu'ils ne lèvent l'ancre.

– Mais nous sommes deux, et eux...

Un bruit provenant du plafond me fait sursauter. Gem braque ses pistolets vers la bouche de ventilation. Une minuscule tête en métal avec des yeux comme des œufs de Fabergé pointe entre les lames inclinées.

J'éclate de rire, soulagée.

– C'est toi, Pilote ?

Je ne suis pas certaine qu'il s'agisse bien du drone qui nous a guidés à l'entrée du lagon. Toutefois, il émet une étincelle, comme s'il était content de nous voir. Puis il s'extrait de sa cachette, suivi par une demi-douzaine de ses amis.

– Vous êtes tous là ? Quelle joie de vous retrouver sains et saufs !

Je passe l'index le long du dos de Pilote, dont les ailes frémissent. Les autres font claquer leurs mandibules en crachant des flammèches pour exprimer ce que leur inspire l'invasion de la base par l'IL.

– Ils ont dû se planquer dans les conduits d'aération, suppose Gem.

Je regarde tour à tour les drones, l'écran et la bouche de ventilation.

– Gem, tu n'aurais pas des grenades non létales, par hasard ?

– Si, mais pour quoi... Oh ! Pigé.

Gem détache un explosif alt-tech de son chapelet et le tend à Pilote.

– Tu peux voler avec une charge aussi lourde ? s'inquiète-t-il.

Avec un vrombissement outré, la libellule mécanique enroule sa langue cuivrée autour de la grenade.

– Parfait ! approuve Gem. Cette arme envoie une impulsion électromagnétique courte. Elle n'affecte pas les êtres humains, mais elle détruit les appareils électroniques dans un espace clos. Pilote, tu as intérêt à t'éloigner sitôt que tu l'auras larguée.

– Elle va mettre leurs fusils Leyde HS ?

– En principe, oui. Nos propres munitions sont enrobées de carbonite et stockées dans un magasin en nemonium. En plus, nous serons à l'extérieur de la pièce, donc nos armes ne risquent rien. Les leurs, en revanche, devraient au minimum subir un court-circuit qui les neutralisera.

– *Devraient* ?

– Je ne peux rien promettre.

– Dans ce cas, il nous faudrait aussi un truc pour désorienter les gardes.

La douleur palpite dans mon flanc et l'adrénaline cogne dans mes tempes. Difficile de rester concentrée dans ces conditions ! Soudain, je repense à l'attaque de l'IL contre le *Varuna* peu après notre départ de San Alejandro.

– Gem, par hasard, tu n'aurais pas...

– Un flashbang version Nemo ? achève-t-il, comme s'il avait lu dans mes pensées.

Avec un sourire féroce de Requin, il détache une autre grenade du chapelet.

– Justement, si ! Et la vengeance est un plat qui se mange froid.

## CHAPITRE CINQUANTE-SEPT

– ON SE REND !

Quelle meilleure entrée en matière pour des négociations ?

Gem et moi avons pris position à l'extérieur de la salle à manger, de part et d'autre de la porte. Sage précaution : à peine ai-je prononcé ces mots que la pointe d'un harpon Leyde traverse celle-ci. Cette réaction trahit une certaine nervosité de la part des gardes. Rester pour surveiller des otages pendant que vos camarades prennent le large, ça vous sape le moral.

J'en remets une couche :

– CESSEZ LE FEU ! JE SUIS ANA DAKKAR, ET JE SOUHAITE ME RENDRE !

Pas de réponse ni de nouveau tir.

Puis la voix de Luca s'élève à l'intérieur :

– *Miei amici !* Fuyez ! Ne...

– La ferme !

Un bruit de gifle m'arrache une grimace.

– Laisse mon mari tranquille, sale petit cafard ! gronde Ophelia.

– ÉCOUTEZ-MOI, BON SANG ! Vous n'avez pas envie de vous attribuer le mérite de ma capture ?

Je perçois un échange tendu entre les gardes. Apparemment, le manuel de stratégie de l'IL n'avait pas envisagé ce scénario.

– Ouvre la porte ! me lance l'un d'eux. Et pas de gestes brusques !

Je me tourne vers Gem, qui hoche la tête. Il n'a pas entendu les ordres du gardien – contrairement à moi, il a fourré du coton dans ses oreilles –, mais il estime que notre commando de libellules est maintenant en place.

– C'est bon, je vais ouvrir ! dis-je. Ne me tuez pas ! Morte, je ne vous serai d'aucune utilité !

J'actionne la poignée et tire doucement la porte vers moi.

– Je vais vous montrer mes mains ! *Chiudete gli occhi !*

J'ai prononcé les derniers mots sur le ton que j'aurais employé pour annoncer une nouvelle concession. Même si les gardes parlent italien, dans ce contexte, ils ne comprendront pas pourquoi je les invite à fermer les yeux. En revanche, Luca devrait saisir le message, et cette phrase est le signal qu'attendent les drones.

Tout s'enchaîne très vite. J'entends deux objets métalliques heurter le sol, provoquant des exclamations confuses – en principe, les grenades ne pleuvent pas des bouches de ventilation. Puis un tsunami de couleurs et de sons envahit la pièce.

Je croyais m'être préparée mentalement à l'explosion d'un flashbang alt-tech, mais j'avais tort. Même protégée par une porte à demi fermée, j'ai l'impression que mes tympans encaissent en l'espace d'une milliseconde l'équivalent de trois jours de rock psychédélique à fond les amplis. Des méduses fluorescentes flottent devant mes yeux. J'ai juste le réflexe de m'écarter avant que Gem fasse irruption dans la salle et tire.

J'entre à mon tour, mon pistolet Leyde pointé devant moi, mais mon coéquipier ne m'a laissé aucun ennemi à neutraliser.

Nos amis sont indemnes, même s'ils n'ont pas très bonne mine. Ils clignent des yeux et gémissent, recroquevillés sur le sol. Ophelia a la lèvre fendue, et Luca, un coquard. Du sang coule de l'oreille gauche de Tia. Franklin est en train de vomir.

Les gardes inconscients affichent tous le même sourire idiot, à croire qu'ils ont apprécié le concert d'une milliseconde juste avant que Gem leur colle une balle en caoutchouc en plein front. Des flammes et de la fumée se dégagent de leurs fusils-harpons.

– Notre plan a marché !

– QUOI ?

Je fais signe à Gem d'ôter le coton de ses oreilles tout en dégainant mon couteau pour trancher les liens de nos amis.

– Contente de te revoir, marmonne Ophelia. Et merci pour les grenades.

– Pardon !

– Y a pas de mal... Comment va le *Nautilus* ? Et son équipage ?

Je lui résume la situation : l'*Aronnax* est détruit, le *Nautilus* a subi des dommages heureusement sans gravité, et la base est libre, au moins pour le moment, grâce à notre petite troupe de guérilleros mécaniques.

– *Chiudete gli occhi !* glousse Luca, presque hystérique. Ça y est, j'ai compris ! Je crois que je suis aveugle !

– Ça va passer.

J'espère ne pas lui mentir.

– J'ai un goût de bleu turquoise dans la bouche, remarque Franklin avec un haut-le-cœur. C'est normal ?

– Ana, tu te sens bien ? s'inquiète Tia. Ton pansement est imbibé de sang.

– Ce n'est rien. Tu verrais ce que j'ai mis à mon adversaire !

Je tais le fait qu'eux-mêmes donnent l'impression d'avoir été tabassés par le gang local de dauphins et m'excuse :

– Désolée de ne pas avoir pu venir plus tôt.

Tia grimace tandis que je coupe ses liens.

– Tu rigoles ? réplique-t-elle. Nous nous étions préparés à tenir au moins un mois.

– Si vous préférez, on peut repasser plus tard...

– Bah, puisque vous êtes là... Merci, capitaine.

– Il faut empêcher le *Varuna* de lever l'ancre, dit Gem en détachant Franklin.

Celui-ci fait claquer sa langue, sans doute pour chasser un arrière-goût de bile et de bleu turquoise.

– Ouais, acquiesce-t-il. Ils ont emmené le docteur Hewett à bord. Il réagissait bien au traitement, mais il n'est pas transportable.

– Ils ont également emporté le fruit de notre travail et de nos recherches, se désole Ophelia. Ils ne doivent pas quitter l'île. Dépêchez-vous !

Privée de ses lunettes, elle cligne des yeux telle une taupe arrachée à son tunnel.

– Aucun de vous n'est en état de combattre, lui fais-je remarquer. Et Dev peut surgir d'un instant à l'autre.

– Vos Leyde fonctionnent toujours ? Vous n'avez qu'à nous laisser une partie de vos armes.

Gem donne son fusil à Tia, son pistolet à Franklin et ses

dernières grenades à Luca, qui le remercie avec un grand sourire, tandis que je confie mon Leyde à Ophelia. Il ne nous reste que mon couteau de plongée et les Sig Sauer de Gem, mais il faudra s'en contenter.

– Qu'est-ce qu'on fait d'eux ? interroge Gem en désignant les gardes toujours inconscients.

– Ne t'inquiète pas, répond Ophelia avec une lueur féroce dans le regard. Je leur enfilerai moi-même les brassards à canards roses. Maintenant, déguerpissez !

## CHAPITRE CINQUANTE-HUIT

Tout en courant le long du couloir principal, je parle dans le micro intégré au col de ma combi :

– Dakkar au *Nautilus*, vous me recevez ?

J'entends un sifflement sur la ligne, puis Halimah me répond :

– Ici le *Nautilus*. Comment ça va, Ana ?

– Ça pourrait aller mieux. Nos ennemis sont en passe de fuir avec le *Varuna*. Ils ont transporté le docteur Hewett à bord. Gem et moi allons tenter de les intercepter.

– On... Tu pourrais rép... ?

La communication s'interrompt.

– Je ne reçois plus rien non plus, me signale Gem.

Vu le traitement que nous infligeons à nos combinaisons depuis une heure, ça n'a rien d'étonnant. De toute manière, même si Halimah a saisi l'essentiel de mon message, le *Nautilus* n'est pas en état de nous prêter main-forte. Nous ne pouvons compter que sur nous-mêmes.

Quand nous débouchons enfin à l'air libre, je dois fermer

les yeux quelques secondes. Ça faisait plus d'une semaine que je n'avais pas vu la lumière du jour. Le ciel me paraît trop grand, l'horizon trop vaste, les couleurs trop vives.

Un vrombissement de moteur me tire de ma stupeur. Le *Varuna* s'éloigne du quai.

Gem pique un sprint jusqu'au bout du ponton, saute et atterrit sur le tableau arrière. Moins agile, je m'écrase sur le garde-corps de poupe. La douleur explose dans mon flanc. Gem m'attrape le bras pour m'empêcher de tomber à l'eau.

Je marmonne un vague *merci*.

– Tiens, prends ça, dit-il en me tendant un Sig Sauer.

Je ne l'avais encore jamais vu confier un de ses précieux jumeaux à quiconque.

– S'il te plaît, ajoute-t-il avant que je puisse protester. Pour moi.

J'accepte alors le pistolet.

Le *Varuna* accélère. Il se dirige vers la brèche que les canons de l'*Aronnax* ont ouverte au nord de l'atoll. Je n'aperçois personne à bord. Avec un peu de chance, le bateau aura levé l'ancre avec un équipage réduit. J'ai toujours aimé les petits nombres, comme un ou deux.

– On se sépare ? propose Gem.

– Dans les films, ce n'est jamais un bon plan.

– Pas faux !

C'est donc ensemble que nous avançons le long du bastingage, moi devant, et Gem derrière pour me couvrir.

Nous atteignons le pont intermédiaire sans croiser personne. Bizarre ! Le grondement des moteurs est assourdissant. J'avais oublié combien le monde de la surface est bruyant.

Je me retourne, et la question qui se formait sur mes lèvres se transforme en cri.

Gem fait volte-face. Trop tard ! Dev l'assomme avec une poulie de drisse, et il s'écroule. D'un coup de pied, mon frère expédie son pistolet à l'autre bout du pont.

Je recule précipitamment, le cœur battant. Le second Sig Sauer tremble dans ma main telle une baguette de sourcier.

Dev me fixe d'un regard mauvais. Je ne trouve plus rien d'attendrissant à l'épi au sommet de sa tête. Au contraire, il m'évoque une excroissance maléfique qui pousserait sur son crâne. Il a dû rafistoler son mini-sub pour intercepter le *Varuna*. J'ignore où est le reste de sa section d'abordage, mais il est déjà bien assez dangereux seul. L'eau ruisselle le long de sa combinaison en néoprène noire. C'est celle qu'il portait la dernière fois que nous avons plongé ensemble, avec le logo des Requins sur la poitrine. Ma main se crispe autour de la crosse du pistolet.

– Tu as l'intention de me tuer ? raille-t-il en jetant sa poulie. Tu attends quoi ?

Dieu sait que ça me démange de presser la détente ! Mon arme est chargée avec des balles en caoutchouc. Mais quoi qu'il ait fait, Dev reste mon frère. Je ne peux me résoudre à lui tirer dessus à bout portant.

– Je m'en doutais, grogne-t-il. Tu as tout gâché, espèce d'idiote !

Puis il se jette sur moi.

# CHAPITRE CINQUANTE-NEUF

Dev et moi avons suivi la même formation au combat, mais il compte des années de pratique en plus.

Il me désarme en me tordant le poignet et tente de me jeter par-dessus son épaule. Je fais le poids mort et enchaîne avec une roulade arrière. Déséquilibré, il passe au-dessus de ma tête et s'écrase contre le plat-bord.

Un point pour moi !

Ma plaie me brûle. Du sang chaud ruisselle sur mon ventre. Dev se relève déjà.

– Tu es blessée, constate-t-il.

Il a le culot de feindre l'inquiétude, alors que ses derniers mots – « Espèce d'idiote ! » – rongent mon cerveau comme de l'acide chlorhydrique.

– Tu as perdu, Dev.

– Je ne crois pas, non. Grâce aux données que nous avons dérobées à la base, le prochain *Aronnax* ne fera qu'une bouchée du *Nautilus*. Et la présence de votre cher professeur malade devrait dissuader tes amis d'attaquer ce bateau.

Il me noie sous un déluge de coups, m'obligeant à reculer contre le bastingage. J'essaie d'esquiver, mais mes membres pèsent une tonne et ma tête me semble flotter au-dessus de mon corps.

Je fais un pas de côté et coince son bras, espérant lui déboîter le coude. Hélas ! Il connaît cette parade aussi bien que moi. Son pied fauche ma jambe d'appui. Je roule au sol et me relève juste à temps pour bloquer le coup suivant.

Il s'écarte, ce qui me permet de reprendre ma respiration.

– On n'est pas obligés de se battre, Ana. Toi et moi, on est toujours liés par le sang.

Me voir affaiblie semble l'avoir calmé. Il paraît presque gentil, ce qui attise ma fureur. En jouant les grands frères protecteurs, il ne cherche qu'à me rabaisser.

– Tu as raison, on est liés par le sang, dis-je. C'est pour ça que ta trahison me fait si mal.

Je le poursuis à travers le pont, déterminée à effacer son sourire condescendant, mais il pare chaque attaque.

Le *Varuna* s'engouffre dans la brèche afin de gagner le large. Le soleil tape dur sur mes épaules. Quoique légère et flexible, ma combi en nemonium n'est pas conçue pour le combat rapproché. La fatigue ralentit mes mouvements. Dev sait que le temps est son meilleur allié.

Galvanisée par la colère, je lui colle mon poing dans l'estomac par surprise. Il se plie en deux de douleur, le souffle coupé. Mon prof de sport, M. Kind, serait fier de moi. Malheureusement, je n'ai plus assez de force pour profiter de mon avantage.

– Ce n'est pas moi le traître, parvient-il à articuler. C'est la faute de Harding-Pencroft si nos parents sont morts. Grâce à la technologie de Nemo, l'Académie aurait pu sauver le monde au moins une centaine de fois. Mais elle a choisi de cultiver le secret et nous a volé notre héritage.

Je jette un coup d'œil à Gem. Il remue les doigts, mais il ne sera pas en état de se battre avant un moment. Heureusement qu'aucun élève de l'IL n'est encore venu prêter main-forte à Dev !

Tout va se jouer entre mon frère et moi, comme autrefois, mais différemment. Je rétorque :

– Le *Nautilus* n'est pas « notre héritage ». Il n'appartient qu'à lui-même.

– N'importe quoi ! ricane-t-il. C'est juste une machine fabriquée par le prince Dakkar. Il est à nous !

Il se jette sur moi. Je m'écarte d'un bond et manque de m'étaler. Ma blessure me lance. Le sang forme une couche tiède et visqueuse à l'intérieur de ma combi.

– J'avais l'intention de t'en parler, poursuit Dev comme s'il s'agissait d'une conversation normale. Mais tu n'étais pas prête. Tu ignorais tout des technologies alternatives, et tu n'étais pas consciente du tort que HP a causé à notre famille. D'ailleurs, tu ne t'es pas encore libérée de leur influence. Ouvre les yeux !

Je me rue vers lui en poussant un cri de rage. Pas très malin de ma part. J'esquive son poing et tente de lui flanquer un coup de genou dans l'aine, mais il se tenait sur ses gardes. Il me balance comme un mannequin d'entraînement, et j'atterris sur les fesses. Un éclair de douleur remonte le long de ma colonne vertébrale.

– Laisse tomber, Ana !

Mes doigts se referment sur un objet métallique derrière moi : un des pistolets de Gem.

– J'avoue que je t'ai sous-estimée, enchaîne Dev. Cette

pieuvre géante... Tu devras m'expliquer comment tu as fait. Mais pas plus que moi, tu n'aurais trouvé ta place à Harding-Pencroft. Tous les deux, on va regagner le *Nautilus* et tu me céderas le commandement. Je vais reprendre ce qui m'appartient de plein droit !

Je me relève avec difficulté.

Dev fronce les sourcils à la vue du pistolet.

– Ne sois pas bête, me gronde-t-il. Tu as eu l'occasion de m'abattre, et tu n'as pas eu le cran de le faire.

*L'abattre ?*

Je comprends soudain pourquoi il n'a pas essayé de récupérer les armes de Gem : il les croit chargées avec des munitions standards. Il n'a pas l'intention de me tuer avec, et il est persuadé que je n'en ferai pas usage contre lui. *Dev préfère l'attaque à la défense.* Il ne lui viendrait jamais à l'esprit d'employer des balles non létales.

Un rire hystérique jaillit de ma gorge. Déstabilisé, il adopte de nouveau la posture du grand frère attentionné :

– Ana, tu as perdu beaucoup de sang. Pose ce...

– Tu es à côté de la plaque, Dev. Ce qui t'appartient « de plein droit », ce n'est pas le sous-marin. C'est ta famille, tes amis... Tout ce que tu as détruit !

Je tire à trois reprises. La dernière balle en caoutchouc l'atteint au front. Sa tête part en arrière et il tombe à la renverse.

Mon rire s'achève en sanglots. Je lâche le pistolet et m'agenouille près de mon frère. J'ignore combien de temps je reste là, à le veiller. Il est vivant, son pouls bat fort. Pourtant, je ne peux retenir mes larmes. Le lien qui nous unissait est mort.

– Ana ? fait la voix de Gem derrière moi.

J'essuie vivement mes paupières et m'approche de lui en

flageolant sur mes jambes. Il a l'air groggy et il louche, mais pour un type qui a pris une poulie de drisse sur la tête, il ne s'en sort pas trop mal.

Je lève l'index et le majeur :

– J'ai combien de doigts ?

– Euh... Vingt-cinq ?

– C'est bon, tu devrais survivre.

– Dev ?

– Je lui ai collé une balle en caoutchouc entre les yeux.

Ma voix tremble un peu, mais elle ne se brise pas.

– Ça n'a pas dû être facile, murmure Gem. Tu te sens comment ?

– Bien ! Très bien, même.

Il fait semblant de me croire. Lorsque j'essaie de le relever, il se rallonge en gémissant.

– Je... Encore une minute. Pourquoi on n'avance plus ?

Je ne l'avais pas remarqué, mais les moteurs se sont tus. Quelqu'un les a arrêtés. Ça signifie que nous ne sommes pas seuls à bord.

– Je vais inspecter la passerelle, dis-je.

– Tu as une mine affreuse.

– Merci. Ne t'inquiète pas pour moi, j'ai toujours ton pistolet.

– Prends-en soin. Et sois prudente.

Je m'éloigne en titubant. Dans mon état, je ne viendrais même pas à bout d'un gosse de trois ans armé d'une frite en mousse, mais je n'ai pas le choix.

Une surprise m'attend sur la passerelle : une fille aux cheveux frisés, vêtue d'une combi en nemonium, se penche au-dessus d'un élève de l'IL inconscient, un fusil Leyde à la main.

– Ester ?!

Elle se retourne.

– J'ai capté ton message, dit-elle d'un air gêné. Et figure-toi que le conduit menant à l'aquarium de ta cabine est assez large pour un être humain.

– Ester, tu ne sais pas à quel point je t'aime !

– Si, je le sais. Je crois que tu vas t'évanouir.

Comme toujours, elle a raison. Elle me rattrape juste avant que je sombre dans un néant plus obscur qu'aucun gouffre sous-marin.

# CHAPITRE SOIXANTE

Un chantier colossal nous attend pour remettre la base Lincoln en ordre de marche.

L'ennui, c'est que j'ai toujours été plus douée pour semer le désordre que pour ranger. De toute manière, je suis HS. Je passe deux jours à l'infirmerie du *Nautilus*, reliée à des machines qui doivent me réhydrater, reconstituer mon sang et s'assurer que mes organes internes n'explosent pas.

J'ai pour compagnons Gem, qui récupère de son traumatisme crânien, et le docteur Hewett. Ce dernier a meilleure mine que dans mes souvenirs. Dans ses rares moments de semi-conscience, il marmonne en se plaignant des notes catastrophiques de ses élèves. Je me suis toujours demandé à quoi rêvent les profs. Maintenant, je le sais, et franchement, j'aurais préféré rester dans l'ignorance.

D'après Franklin, le *Nautilus* a des idées bien arrêtées sur la manière dont il convient de traiter un cancer du pancréas. Les substances mystérieuses qu'il injecte à Hewett éliminent peu à peu les cellules malignes de son organisme.

Ça n'a rien de très étonnant : Nemo avait bien percé le secret de l'ADN il y a cent cinquante ans... Étendue sur mon lit, j'ai tout loisir de réfléchir aux accusations de Dev. Grâce à la technologie de notre ancêtre, a-t-il dit, Harding-Pencroft aurait pu sauver le monde au moins une centaine de fois. D'un autre côté, j'ai vu comment la soif de pouvoir de l'Institut Land a contaminé mon frère. L'humanité n'est pas mûre pour de telles avancées. Je ne connais pas la devise de l'IL, mais j'en ai une à leur proposer : *Le père Noël ne passera pas encore cette année.*

Gem n'a pas l'air pressé de quitter l'infirmerie. Lorsque Franklin le déclare apte au service, il lui répond :

– Je préférerais rester quelques jours de plus. Un traumatisme crânien, ça ne doit pas être pris à la légère.

Franklin nous considère tour à tour puis :

– T'as raison... Faut pas plaisanter avec ça.

J'éclate de rire, tirant sur mes points de suture.

– Gem, je n'ai plus besoin d'un garde du corps !

– D'un garde du corps, non. Mais d'un ami ?

Une douce chaleur envahit ma poitrine. Je repense à la confidence qu'il m'a faite, il y a quelques jours, à l'infirmerie de la base : « Je n'ai pas beaucoup de proches. Alors, ceux que j'ai sont vraiment importants. »

Je fais maintenant partie de ce cercle restreint, et ça ne serait jamais arrivé si nous n'avions pas traversé toutes ces épreuves ensemble.

– Dans ce cas, lui dis-je, j'accepte volontiers ta compagnie.

– Mais ses blessures ne justifient pas...

– Franklin !

Gem et moi avons protesté d'une seule voix.

– D'accord ! soupire notre ange gardien. Je vous laisse, je vais déjeuner.

Par miracle, la bataille qui vient de s'achever n'a fait aucune victime. L'intervention rapide des Orques a permis de repêcher tous les passagers de l'*Aronnax*. Beaucoup étaient blessés, certains ont failli se noyer, et la plupart auront la phobie des poulpes jusqu'à leur mort, mais ils survivront. Ils se sont laissé capturer et enfermer dans des cellules improvisées sans opposer de résistance.

Au bout de quatre jours, je suis assez rétablie pour plonger.

Notre ami Roméo a élu domicile dans un gouffre douillet au sud de l'île Lincoln. Il vient me saluer pendant que je joue du keytar. Je fais de mon mieux pour lui exprimer notre gratitude. Je lui demande aussi s'il souhaite que nous le ramenions à l'endroit où nous l'avons rencontré, mais il paraît satisfait de son sort.

Chaque fois qu'Ester et Top se promènent le long de l'atoll, il remonte à la surface. Top aboie gaiement et adopte une posture de jeu. Dans mes cauchemars, j'imagine Roméo lançant une balle jusqu'aux îles Fidji, et Top se jetant à l'eau pour la rattraper à la nage.

Socrate est plus méfiant. Les céphalopodes, il les aime petits et savoureux, alors que celui-ci pourrait l'avaler tout rond. Aussi, ses nouveaux amis et lui préfèrent-ils garder leurs distances. Sinon, ils ont l'air parfaitement heureux. Je les gave de calmars pour les remercier de leur aide.

Lorsque Socrate s'enquiert de mon frère avec le mouvement de la queue que j'ai appris à traduire par « Dev », je ne sais que répondre. Au moins, sous l'eau, je peux pleurer sans que personne le remarque, et mes larmes se diluent dans l'océan.

Une fois le *Nautilus* réparé, Tia supervise le renflouage de l'*Aronnax*. L'opération prendra plusieurs semaines, mais elle nous renseignera sur l'état des recherches de l'IL, et aucun de nous ne souhaite voir une épave rouillée devant notre porte.

Le cinquième jour, nous libérons nos prisonniers, excepté Dev. Cette décision provoque quelques grincements de dents parmi mon équipage. Nous restons ennemis, ils ont le sang des nôtres sur les mains, mais pas question de transformer la base en centre pénitentiaire, et nous n'avons aucun moyen de prouver leurs crimes devant un tribunal. Je n'ai pas d'autre choix, malgré le risque de devoir les affronter de nouveau dans un avenir plus ou moins proche. Le plus difficile, c'est de leur donner le *Varuna*. Nous leur laissons assez de vivres et de carburant pour regagner la Californie après avoir dépouillé le bateau de tous ses objets de valeur (armes, LOCUS, système de camouflage dynamique). Nous avons même vidé la bibliothèque du bord !

Franchement, ils auraient tort de se plaindre de notre hospitalité. Nous les avons bien traités, et ils ont tous pris plusieurs kilos grâce à la cuisine de Jupiter. Ils ne l'avoueront jamais, mais je parie que son millefeuille va leur manquer.

Lorsque je lui confie le commandement du *Varuna*, Caleb South se scandalise presque :

– Quoi ? Vous nous relâchez alors que nous connaissons l'emplacement de votre base ?

– C'est vrai. Mais quand vous avez tenté de vous en emparer, vos meilleurs éléments se sont fait écraser par une classe de deuxième année. Vous voulez votre revanche ? Pas de problème ! Nous vous attendrons de pied ferme.

Il se crispe, mais ne répond pas, et quelques minutes plus

tard, je regarde notre bateau quitter le lagon et s'éloigner vers le large.

– Je ne sais pas si c'était une bonne idée de le provoquer, dit Gem.

– Notre capitaine Chaton a été parfaite ! lui rétorque Nelinha Qu'ils reviennent donc, s'ils l'osent !

Je la devine moins assurée qu'elle voudrait le paraître – aucun de nous n'aimerait repasser par les épreuves des derniers jours –, mais elle a gagné le droit de frimer. Nous pouvons tous être fiers de notre victoire.

Le lendemain, le docteur Hewett parvient à se lever et à se déplacer avec un déambulateur. Je le conduis à la caverne, qu'il n'avait pas encore visitée. Depuis le ponton, nous admirons le ballet des drones insectes, les jeux de lumière du phytoplancton dans les profondeurs du lagon, et surtout, le *Nautilus*.

Hewett a passé une vieille robe de chambre bleue sur son pyjama. Ses cheveux blancs se dressent sur sa tête telle une houppe de coton graisseux. Il a les traits tirés, mais il est vivant, et il ne sent plus mauvais. C'est encourageant.

– Tu as réussi au-delà de mes espérances, Ana, me dit-il soudain.

Je lui jette un regard étonné – c'est la première fois qu'il me tutoie et m'appelle juste par mon prénom – et demande d'un ton prudent :

– Je dois le prendre comme un compliment ? Parce que j'ignore quelles espérances vous aviez...

Il respire bruyamment.

– S'il te plaît, ne me fais pas rire. C'est douloureux. Préfète... Pardon, *Capitaine* Dakkar, je te savais capable de grandes choses. Je regrette de ne pas te l'avoir montré, et de ne pas t'avoir témoigné le respect que tu méritais.

Je plisse les yeux d'un air méfiant.

– Mais… ?

– Il n'y a pas de « mais ». Je l'avoue, Dev était le centre de toutes les attentions, y compris de la mienne. Je m'inquiétais de le savoir aussi impétueux, colérique, aussi… semblable à moi et à mes anciens élèves de l'Institut Land. Je me suis efforcé de le guider. Toutefois, je n'aurais jamais imaginé… (Il secoue tristement la tête.) En vérité, c'est toi que nous aurions dû entraîner au commandement. Il n'y a qu'à voir ce que tu as accompli en pleine tragédie, malgré une formation incomplète. Qu'as-tu décidé pour la suite ?

La surprise me cloue au sol.

–La « suite » ? Ce n'est pas à moi d'en décider !

Hewett hausse ses sourcils broussailleux.

– Mais si ! Tu es maintenant la capitaine Nemo. Le *Nautilus* t'a adoptée, et tes camarades t'ont acceptée comme chef. Quant à nous, les professeurs de l'Académie – enfin, ceux qui restent –, nous sommes prêts à t'assister et à poursuivre ton instruction, si tu le souhaites. Mais c'est à toi de fixer le cap. Quoi que tu décides, nous te suivrons.

Sa confiance me flatte, et en même temps, elle me met mal à l'aise. Est-ce cela, être une meneuse ? Et si oui, parvient-on jamais à surmonter ses doutes ?

– Je dois en parler à Ester, dis-je. Aux autres aussi, bien sûr. Mais j'ai déjà une petite idée de la direction à prendre…

# CHAPITRE SOIXANTE ET UN

La direction immédiate à prendre, c'est celle de la salle à manger !

Avant de passer à table, j'expose mon plan à Ester, qui l'approuve à cent pour cent, puis à Gem et Nelinha. Le premier m'assure aussitôt de son soutien. Quant à la seconde, elle se borne à déclarer :

– Tu me demandes si je te suis ? C'te blague !

Top écoute attentivement en remuant la queue. Soit il trouve mon idée géniale, soit il a juste envie d'une friandise.

Notre équipe se rassemble dans la salle à manger, où la télé diffuse en sourdine un épisode de *The Great British Bake Off*. Jupiter fait passer les assiettes de *crespelle alla fiorentina*. Les crêpes à la farine de nori sont fourrées avec un mélange d'algues et de goémon, qui imite parfaitement les épinards et la ricotta. Quant à la sauce… En fait, je me fiche de savoir ce qu'elle contient. Tout ce que je peux dire, c'est qu'elle déchire.

Luca nous raconte pour la dixième fois au moins comment il a repoussé à lui seul, ou presque, la tentative d'invasion de l'IL. Son récit s'enrichit de nouveaux détails au fil des versions. Au début, Ophelia se contente de sourire et de secouer la tête, puis elle l'attire à elle et l'embrasse fougueusement.

– Mon mari est aussi génial qu'idiot, constate-t-elle. Comment est-ce possible ?

Après le plat principal, je demande à Gem de baisser le son de la télé et réclame le silence en faisant tinter ma fourchette contre mon verre. Je me lève alors et prends la parole :

– Mes amis, si nous sommes en vie aujourd'hui, c'est grâce à votre courage et votre intelligence.

Nelinha porte un toast :

– À la vie !

Des rires fusent, et plusieurs convives trinquent avec leurs voisins.

Je poursuis :

– À présent, nous devons faire des choix. Beaucoup... (Ma voix se fêle.) Beaucoup d'entre vous ont une famille, des parents sur le continent. Sans doute souhaitez-vous leur donner des nouvelles et peut-être passer l'été avec eux. Après ce que nous venons de traverser, je comprendrais que certains aspirent à mener une scolarité normale...

– « Normale » ? marmonne Franklin.

Dans sa bouche, le mot sonne comme une insulte.

– Si c'est votre cas, je ne vous en tiendrai pas rigueur. Vous pourrez partir quand vous le voudrez avec une part du trésor du *Nautilus*...

– Ou bien... ? demande Halimah.

On n'entend que la voix assourdie de Mary Berry, en pleine envolée lyrique à propos des différentes températures de four.

– Ou bien, dis-je, nous pouvons rester une équipe. Nous

n'en avons pas terminé avec l'IL. Ils construiront un nouveau sous-marin et reviendront, plus déterminés que jamais à s'emparer du *Nautilus*, maintenant qu'ils se croient débarrassés de leurs seuls rivaux...

Des murmures s'élèvent et les visages se ferment autour de la table, comme à chaque mention de l'Institut Land.

– J'ai parlé avec Ester. Notre première idée, c'était de repartir de zéro. Il y a beaucoup à redire sur Harding-Pencroft, son goût du secret, son manque de confiance envers ses élèves...

Luca tousse discrètement :

– Hum ! Ana...

– Elle a raison ! approuve Ophelia.

J'enchaîne :

– Pourtant, l'Académie compte de nombreux succès à son actif. Elle a su préserver l'héritage de Nemo. Il n'est pas question de tirer un trait sur cent cinquante ans d'histoire. Pour tenir l'IL en échec, nous aurons besoin de nouvelles recrues qu'il faudra former. Et puisque l'*Aron*... Dev a envoyé un avertissement à l'école avant sa destruction, il est possible qu'une partie de nos camarades et professeurs aient réussi à fuir et qu'ils se cachent. Nous devons les retrouver. Pour toutes ces raisons... Ester ?

Celle-ci se lève, presque aussi rouge que la sauce tomate dans son assiette, et déclare :

– Je souhaite reconstruire Harding-Pencroft.

– Chaton...

– Pardon. J'ai parlé trop fort ?

Nelinha sourit.

– Au contraire : MONTE LE SON !

Ester prend une inspiration, puis elle hurle à pleins poumons :

– JE SOUHAITE RECONSTRUIRE HARDING-PENCROFT !

Cette annonce déclenche un tonnerre d'acclamations. Les Requins tapent sur la table en rythme, au grand déplaisir de Jupiter, qui a commencé à servir le tiramisu.

– CE NE SERA PAS TOUT À FAIT PAREIL…

– Maintenant, tu peux baisser le son, souffle Nelinha.

– La nouvelle école aura un meilleur système de défense, poursuit Ester. Et on évitera de la construire au bord d'une falaise.

Tout le monde acquiesce.

– Nous accomplirons la volonté de mon ancêtre… et de celui d'Ana. Nos connaissances ne doivent pas tomber aux mains des gouvernements, des multinationales, et encore moins de l'Institut Land. Nous partagerons notre temps entre la Californie et cette île. Grâce au *Nautilus*, nous nous déplacerons facilement.

– Cette troisième année s'annonce plus intéressante que prévu ! commente Tia.

– Notre programme est tout tracé, dis-je : nous perfectionner, combattre l'IL, étudier les technologies de Nemo. Nous savons qu'il possédait au moins une demi-douzaine de bases secrètes, et Ester est persuadée qu'il y en a davantage. Qui peut dire ce que nous y découvrirons ? Et nous n'avons encore eu qu'un mince aperçu des capacités du *Nautilus*… Attendez un peu que nous l'ayons remis à neuf ! Nous serons la première promo de HP à naviguer à bord du sous-marin de Nemo. Le temps d'achever notre formation, nous serons devenus des experts.

– Les types de l'IL vont mouiller leur froc ! prédit Nelinha.

– Toutefois, je ne vais pas vous mentir : les trois années à venir seront difficiles. En plus de reconstruire l'école, nous devrons sans cesse surveiller nos arrières. Si ça ne vous fait pas peur, levez la main.

Ester et moi ne maîtrisons pas vraiment notre destin. Nos camarades, en revanche, peuvent choisir une existence normale et partir avec une somme suffisante pour payer leurs études. J'espérais pouvoir m'appuyer sur une dizaine d'entre eux, mais à ma grande surprise, toutes les mains se lèvent. Gem les compte scrupuleusement, puis il déclare :

– Unanimité ! Et maintenant, capitaine ?

Nelinha devance ma réponse :

– Maintenant, je propose de porter un toast à Harding-Pencroft !

– À Harding-Pencroft ! s'écrie le groupe d'une seule voix. À la capitaine Nemo !

Mon cœur déborde de tendresse et de gratitude. Mais au milieu des rires, la question de Gem continue de résonner dans un coin de ma tête. Maintenant, je dois avoir une conversation. La plus difficile de toute ma vie.

# CHAPITRE SOIXANTE-DEUX

Dev tourne comme un lion en cage dans sa cellule.

Comment le lui reprocher ? Ça fait deux semaines qu'il est enfermé dans l'ancienne chambre d'amis. Il y a de quoi devenir enragé.

Il s'arrête net en me voyant. Vêtu d'un bermuda kaki et d'un vieux tee-shirt prêté par Luca, il se frotte les bras. Comme toujours, il a l'air frigorifié.

– Toi !

Il voudrait paraître en colère, mais le tremblement de sa lèvre le trahit. Le voir au bord des larmes me touche encore plus que les insultes dont il m'a bombardée lors de mes précédentes visites.

Il s'approche de la grille en nemonium qui remplit l'embrasure de la porte et s'y suspend comme le ferait Jupiter. Même si les Céphalos l'ont conçue légère et flexible, il n'a aucune chance de l'arracher, surtout avec pour seuls outils un oreiller et un rouleau de papier toilette.

– Tu as besoin de moi, tu le sais ? me lance-t-il.

Si je m'attendais à ça !

– Ah bon ? dis-je.

– Tu as l'intention de te venger de l'Institut Land, pas vrai ? Je peux te renseigner sur leur campus, leur système de sécurité et leurs effectifs.

Je scrute son visage. Où est passé le Dev que je connaissais ?

– Tu m'offres ton aide ?

– Tout plutôt que de rester enfermé ! répond-il en secouant la grille.

Je ne le savais pas claustrophobe, mais je commence à m'interroger. Il semble complètement paniqué.

– Je te propose un marché, reprend-il. Je te file un coup de main, et tu me laisses partir. Tu n'entendras plus jamais parler de moi !

Ne voulant pas lui montrer que ses paroles me brisent le cœur, je fais non de la tête.

– Ana, je t'en supplie... Tu as relâché tous les autres. Tu ne vas pas me garder éternellement dans cette cage. Ce serait trop cruel !

– Je me moque de ton aide. Mais si tu veux retrouver la liberté, tu devras en effet faire quelque chose pour moi.

Il me lance un regard soupçonneux.

– Quoi ?

J'adresse un signe à la caméra de surveillance placée dans le couloir, et la grille s'ouvre.

– Viens avec moi ! dis-je.

Dev rit d'un air incrédule.

– Tu me laisses sortir ? Où sont tes gardes du corps ?

– Il n'y a que nous deux. Si tu veux t'en prendre à moi, c'est le moment.

La plupart des animaux, y compris l'homme, flairent la

peur. Je dois être douée pour cacher la mienne, car il hésite à franchir le seuil, comme si c'était moi qui risquais de l'attaquer.

– Par ici !

Je sens son regard dans mon dos pendant que je le guide le long du corridor. Sans doute dresse-t-il des plans pour s'évader après m'avoir assommée. Rien ne dit qu'il n'essaiera pas, mais je dois me comporter comme si je maîtrisais la situation, même si je n'en ai pas l'impression.

Je m'arrête devant la porte blindée à l'entrée de la caverne et lui désigne le lecteur d'ADN.

– À toi l'honneur.

Il plisse les yeux.

– Tu l'as programmée pour qu'elle m'électrocute, c'est ça ? Pour me punir ?

La tristesse m'envahit.

– Non, Dev. Nous ne sommes pas l'Institut Land... Et toi non plus.

Après avoir hésité, il applique sa main contre le lecteur. La porte s'ouvre avec un déclic.

Des libellules en métal tournoient paresseusement sous le plafond de la caverne. Amarré au ponton, le *Nautilus* chatoie dans la clarté irisée des nuages de phytoplancton tel un mirage alt-tech. Sa coque hérissée d'éperons et sillonnée de câbles ne m'apparaît plus comme une bizarrerie, mais comme un refuge.

Dev prend une profonde inspiration. Il n'avait jamais aperçu le sous-marin que de loin, ou comme un point clignotant sur les écrans de l'*Aronnax*. Je me rappelle ma propre émotion lorsque je l'ai vu de près pour la première fois. C'est une sensation qu'on n'oublie pas.

– Magnifique, murmure-t-il avec un mélange d'envie et d'émerveillement.

Soudain, Socrate crève la surface de l'eau à quelques mètres de nous et apostrophe Dev, qui s'accroupit au bord du quai.

– Salut, toi !

Le dauphin continue à lui dire ses quatre vérités.

Dev coule un regard penaud vers moi.

– Il m'en veut, remarque-t-il.

– Je confirme.

Je sais qu'il ne fera aucun mal à Socrate. C'est une chose de laisser détruire son école, c'en est une autre de blesser intentionnellement un être aimé, face à face. Ce dauphin et moi ne sommes pas des concepts abstraits. Nous appartenons à sa famille. Je tiens à ce qu'il perçoive la différence.

– Je n'ai rien pour toi, Socrate, dit-il d'un ton maussade.

Je lis sur son visage qu'il ne parle pas seulement d'une friandise : il n'a ni excuses ni explications valables à fournir.

J'ouvre l'armoire la plus proche, puise un calmar dans la glacière de Luca et le tends à Dev. Mon frère le considère comme s'il venait de surgir d'une dimension parallèle (sans doute pense-t-il aussi à la dernière fois que nous avons nourri notre ami ensemble), puis il le lance à Socrate, qui l'attrape au vol. Un dauphin, même en colère, ne refuse jamais un en-cas.

Après une nouvelle bordée d'insultes, Socrate plonge en nous éclaboussant et disparaît.

Dev baisse tristement la tête.

– Si c'est ça ma punition, je préférais encore ma cellule, soupire-t-il.

– Ce n'est pas tout, dis-je d'un ton sévère. Maintenant, nous allons à bord du *Nautilus*.

# CHAPITRE SOIXANTE-TROIS

Nous n'avons pas encore atteint le bas des marches que les mains de Dev tremblent déjà.

Il s'immobilise une fois la porte passée, ne sachant de quel côté se tourner.

Je m'adresse au sous-marin en bundeli :

– *Nautilus*, voici Dev. Je t'ai parlé de lui.

Un bourdonnement s'élève et la lumière gagne en intensité.

Dev me regarde avec stupeur. Je suis presque certaine qu'il n'a plus l'intention de m'agresser ni de fuir : il se sent trop vulnérable.

– Tu le contrôles par commande vocale ? s'étonne-t-il.

– Je ne le « contrôle » pas, Dev. Ni moi ni personne. Le *Nautilus* est vivant.

– *Vivant* ? Non, c'est impos...

Le sol bouge légèrement sous nos pieds. Le message est clair : *Je te conseille d'écouter ta sœur, mon gars !*

Je guide ensuite Dev jusqu'à la passerelle. Il reste bouche

bée devant l'orgue, les fenêtres en forme d'yeux, les sphères étincelantes des LOCUS planant au-dessus des pupitres.

– Pourquoi me montrer tout ça ? demande-t-il en caressant le fauteuil du capitaine. Ça fait partie de mon châtiment ?

Sa voix exprime l'amertume, et autre chose encore. Je crois qu'il commence à mesurer ce qu'il a perdu. Pas seulement le *Nautilus*, mais HP, l'avenir qui s'offrait à lui... Peut-être m'a-t-il perdue, moi aussi.

– Je tenais à te le présenter, dis-je. Le *Nautilus* sait qui tu es. Essaie de lui donner un ordre.

Les yeux de Dev se mettent à briller de convoitise. Il est moins à l'aise que moi en bundeli, mais il s'applique :

– *Nautilus*, ici Dev Dakkar. Je suis... J'aurais dû devenir ton capitaine. Tu veux bien plonger à cinq mètres pour moi ?

Le *Nautilus* l'ignore. Dev devait s'y attendre ; toutefois, ses épaules se voûtent.

– Tu l'as programmé pour qu'il me bloque, marmonne-t-il.

– Je n'ai rien fait. C'est juste qu'il se méfie de toi. Tu l'as insulté, tu as voulu le prendre d'assaut...

– Ana, j'en sais plus que tu ne le crois. Ce sous-marin a tué nos parents.

L'éclairage vire au violet sombre.

– Ce sous-marin, dis-je, a passé cent cinquante ans seul au fond de ce lagon. Ses fonctions étaient endommagées. Il a agi sous le coup de la colère. Maintenant, il tente de surmonter son chagrin, comme nous.

– Son chagrin, répète Dev, comme s'il ignorait le sens de ce mot. Tu lui as pardonné ?

– J'essaie.

Je suis sincère : Dev et le *Nautilus* méritent la vérité. En regardant mon frère droit dans les yeux, je formule l'ordre qui me brûlait les lèvres depuis ma première visite au sous-marin :

– *Nautilus*, s'il te plaît, plonge au fond du lagon. Montre-nous les jardins.

Les moteurs vrombissent, les amarres se rétractent, l'eau recouvre les vitres, et avec une lenteur presque solennelle, nous descendons dans le cœur noir du volcan éteint.

– C'est quoi, ces jardins ? s'enquiert Dev.

– Tu les verras bientôt.

Je m'approche des fenêtres. Après quelques secondes d'hésitation, Dev me rejoint, et nous restons ainsi sans échanger un mot. Enfin, le *Nautilus* se pose sur le fond et allume ses projecteurs. Devant nous s'étendent des champs d'algues rouges, des rangs de raisins de mer d'un vert vif, des vergers de varech parcourus de reflets orangés dans la pénombre sous-marine. Certaines plantes, purement décoratives, portent des fleurs violettes, qui pourraient être des anémones, des orchidées, ou provenir d'une autre planète.

– C'est merveilleux, murmure Dev.

– C'est dans ces jardins que nos parents ont découvert le *Nautilus*. Ophelia et Luca y ont répandu leurs cendres près de celles du prince Dakkar. J'ai pensé que tu voudrais peut-être leur dire au revoir. Moi, en tout cas, je le veux.

Dev tremble si fort que ses jambes se dérobent. Il tombe à genoux et éclate en sanglots, évacuant la colère et la tristesse accumulées depuis des années. J'espère qu'il se libérera aussi de son amertume. Je le revois, petit garçon, courir dans le Jardin botanique de San Alejandro, un soir d'été, en agitant un cierge magique. Je revois nos parents, assis côte à côte, contempler les tournesols et les némophiles avec des sourires ravis.

Je ne sais pas si je pourrai un jour refaire confiance à Dev. Tout ce que je sais, c'est qu'il est mon frère et que je l'aime. Peut-être prendra-t-il un jour conscience de la gravité de ses actes et des efforts qu'il devra fournir pour regagner ma confiance. En attendant, je dois rester forte pour lui, comme je l'ai été pour mon équipage. Debout près de lui, je regarde les fleurs sous-marines changer de couleur dans la lumière des projecteurs, et je fais mes adieux à nos parents.

Je dis ensuite une prière pour mon frère, et pour l'avenir.

Je ne renoncerai ni à l'un ni à l'autre.

## REMERCIEMENTS

Merci à Roshani Chokshi, l'auteure de la série à succès *Aru Shah*, à Riddhi Kamal Parekh et à Lizzie Huxley-Jones pour leur lecture sensible des épreuves, ainsi qu'au docteur Robert Ballard, ex-officier de la Marine américaine et professeur d'océanographie devenu explorateur à temps plein. Pour tout savoir de ses aventures extraordinaires, jetez-vous sur son dernier livre de souvenirs, *Into the Deep : A Memoir from the Man Who Found the* Titanic.

## NOTE DES TRADUCTRICES

Dans *Vingt Mille Lieues sous les mers*, Jules Verne a créé, outre le capitaine Nemo, plusieurs personnages, dont : Cyrus Smith, Bonadventure Pencroff et Conseil.

Les traductions de langue anglaise ainsi que le film américain *20 000 Lieues sous les mers*, réalisé en 1954 par Richard Fleischer pour Walt Disney Productions, ont renommé ainsi ces personnages, dans l'ordre : Cyrus Harding, Bonaventure Pencroft et Consiel. Rick Riordan a repris ces noms dans *L'Héritière des abysses*, et a demandé que la traduction française respecte ce choix.

# D'autres livres

Wiz Albin Michel

Jennifer BELL, *Les Extraordinaires. Les Mystères de Londinor*
Jennifer BELL, *Les Extraordinaires. Le Sablier Fumant*
Jennifer BELL, *Les Extraordinaires, L'Armée des spectres*
Roshani CHOKSHI, *Aru Shah et la lampe du chaos*
Roshani CHOKSHI, *Aru Shah et le royaume naga*
Neil GAIMAN, *Coraline*
Neil GAIMAN, *L'Étrange Vie de Nobody Owens*
Neil GAIMAN, *Odd et les géants de glace*
Ben GUTERSON, *Winterhouse Hôtel*
Ben GUTERSON, *Retour à Winterhouse Hôtel*
Ben GUTERSON, *Les Mystères de Winterhouse Hôtel*
Inbali ISERLES, *Foxcraft. Les Possédés*
Inbali ISERLES, *Foxcraft. Les Anciens*
Inbali ISERLES, *Foxcraft. Le Mage*
Stephen KING, *Brume*
Stephen KING, *Le Corps*
Stephen KING, *Le Molosse surgi du soleil*
Stephen KING, *La Petite fille qui aimait Tom Gordon*
Stephen KING, *Les Langoliers*
Stephen KING, *Les Évadés*
Rick RIORDAN, *Percy Jackson. Le Voleur de foudre*
Rick RIORDAN, *Percy Jackson. La Mer des monstres*

Rick RIORDAN, *Percy Jackson. Le Sort du Titan*

Rick RIORDAN, *Percy Jackson. La Bataille du Labyrinthe*

Rick RIORDAN, *Percy Jackson. Le Dernier Olympien*

Rick RIORDAN, *Percy Jackson et les dieux grecs*

Rick RIORDAN, *Héros de l'Olympe. Le Héros perdu*

Rick RIORDAN, *Héros de l'Olympe. La Fils de Neptune*

Rick RIORDAN, *Héros de l'Olympe. La Marque d'Athéna*

Rick RIORDAN, *Héros de l'Olympe. La Maison d'Hadès*

Rick RIORDAN, *Héros de l'Olympe. Le Sang de l'Olympe*

Rick RIORDAN, *Kane Chronicles. La Pyramide rouge*

Rick RIORDAN, *Kane Chronicles. Le Trône de feu*

Rick RIORDAN, *Kane Chronicles. L'Ombre du serpent*

Rick RIORDAN, *Magnus Chase et les dieux d'Asgard. L'Épée de l'été*

Rick RIORDAN, *Magnus Chase et les dieux d'Asgard.*
*Le Marteau de Thor*

Rick RIORDAN, *Magnus Chase et les dieux d'Asgard.*
*Le Vaisseau des damnés*

Rick RIORDAN, *Les Travaux d'Apollon. L'Oracle caché*

Rick RIORDAN, *Les Travaux d'Apollon. La Prophétie des ténèbres*

Rick RIORDAN, *Les Travaux d'Apollon. Le Piège de feu*

Rick RIORDAN, *Les Travaux d'Apollon. Le Tombeau du tyran*

Rick RIORDAN, *Les Travaux d'Apollon. La Dernière Épreuve*

Laura SEBASTIAN, *Ash Princess*

Laura SEBASTIAN, *Lady Smoke*

Jonathan STROUD, *La Trilogie de Bartiméus I.*
*L'Amulette de Samarcande*

Jonathan STROUD, *La Trilogie de Bartiméus II. L' Œil du golem*

Jonathan STROUD, *La Trilogie de Bartiméus III.*
*La Porte de Ptolémée*

Jonathan STROUD, *L'Anneau de Salomon*

Jonathan STROUD, *Les Héros de la vallée*

Jonathan STROUD, *Agence Lockwood & Co. Chasseurs de fantômes, Le Manoir de Combe Carey*

Jonathan STROUD, *Agence Lockwood & Co. Chasseurs de fantômes, Le Crâne qui murmure*

Jonathan STROUD, *Agence Lockwood & Co. Chasseurs de fantômes, Le Garçon fantôme*

Jonathan STROUD, *Agence Lockwood & Co. Chasseurs de fantômes, L'Ombre qui parlait aux morts*

Logo Wiz : Caroline Ancelot

*Composition IGS-CP*
*Impression CPI Black Print (Barcelone) en octobre 2021*
*Éditions Albin Michel*
*22, rue Huyghens, 75014 Paris*

*ISBN : 978-2-226-46868-0*

*N° d'édition : 24706/01*

*Dépôt légal : novembre 2021*

*Loi n° 49-956 du 16 juillet 1949 sur les publications destinées à la jeunesse.*

*Imprimé en Espagne.*